復讐するは我にあり

改訂新版

佐木隆三

文藝春秋

目次

11	10	9	8	7	6	5	4	3	2	1
繋	濘	汗	刃	声	火	貌	血	車	峠	畑
88	75	62	54	44	39	33	25	20	14	9

22	21	20	19	18	17	16	15	14	13	12
目	纜	爪	影	舌	土	幟	海	脚	嗤	蠢
215	204	172	159	154	145	134	123	114	106	94

列島を縦断した榎津巌の足取り

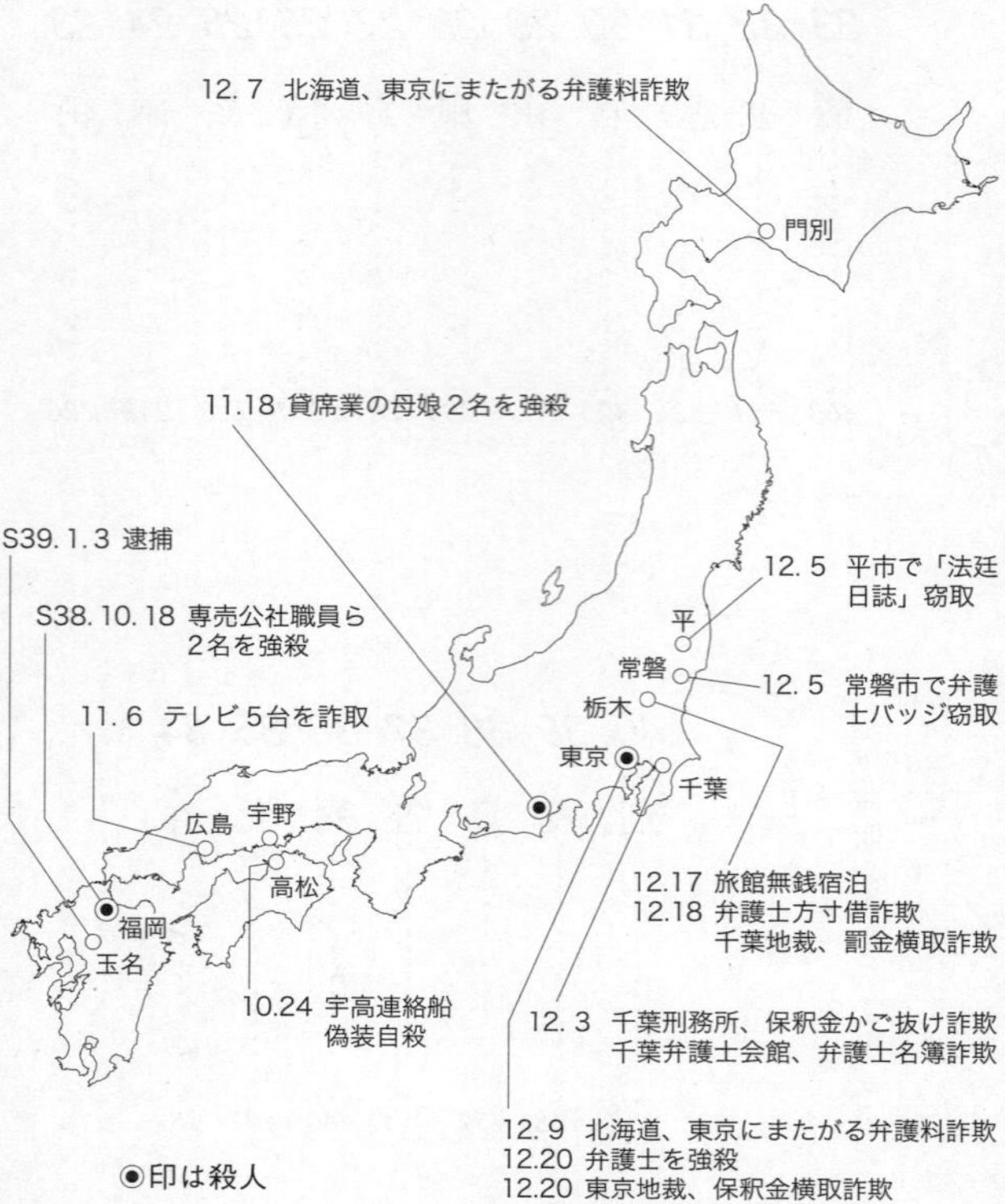

※警察庁資料により作成

復讐するは我にあり

「愛する者よ、自ら復讐するな、ただ神の怒に任せまつれ。録して『主いい給う。復讐するは我にあり、我これを報いん』とあり」

ロマ書一二・一九

1――畑

第一の死体発見者は、福岡県行橋《ゆくはし》市に隣接する京都《みやこ》郡苅田《かんだ》町の六十二歳の主婦だった。日豊本線の行橋駅から二つ小倉寄りの苅田駅裏に、彼女の畑がある。十年ほど前に一町八村が合併し、人口五万の行橋市が発足しており、山間部から周防灘に面した海岸まで細長く伸びた地形で、石灰石を資源とするセメント工業が中心の苅田町は、臨海工業用地を造成中であり、死体が遺棄されていたのは、苅田駅裏台地のダイコン畑だった。

一九六三（昭和三十八）年十月十九日午前七時ころ、彼女は朝食のおかずにするダイコンを抜くために、自分の畑へ行った。家から三百メートルほど歩くと、二つの養豚場にはさまれて、ダイコンやニンジンなど自家用野菜ばかりの四畝《せ》ほどの畑に着く。さらに二百メートルほど先にも彼女の畑があり、ここより五倍も広く、植えているのはぜんぶキャベツである。キャベツのほうは、セメント工場で共働きの息子夫婦との約束で、八百屋に持ち込んで背負い籠一杯の単位で交換し、彼女の収入になる。しかし、こちらの畑の野菜は一家五人の食卓に供することになっているから、今朝はダイコンおろしをつくるために来た。息子はダイコンおろしなどなくてもサンマは食えると言ってくれたけど、昨夜来の嫁の仏頂面がどうにもおもしろくないから、ひとかかえ持ち帰ってやるつもりでいる。どだい五人家族にサンマ二十匹とは、どういう料簡《りょうけん》なのだろう。安かった安かったとぬかしおるが、あれは性根が悪いから、ダイコンを一本でも多く消費することを考えて、夕食の買い物をしてくるに違いない。だから晩飯のとき食べきれずに、朝飯もまたサンマで、弁当のおかずもサンマだなんて、みっともない結果になる。いったいサンマにダイコンおろしなんて、だれが思いついたのかしらんが、おれたちはそげな喰いかたはしちょらんかったぞ。サンマはサンマ、ダイコンはダイコンじゃ。この前の日曜日には、偉そうに畑まで来て、「だいぶやられちょるねぇ」とぬかしよった。草取りひとつ加勢するわけでもないくせに、地主様のげな顔で畑にあらわれる。どうやら籠にキャベツだけじゃなく、ダイコンやニンジンも混ぜて持って行くこともあるのを、気づいておるらしい。おれはその前から、「野荒しが多うて困る」と誤魔化しておいた。バッテン誤魔化すというても、カネはたいてい孫どものために使うてしまう。来月は八幡製鉄所の起業祭に連れて行くことになっちょるけん、そんときゃセーターを買うてやらにゃならんし……。いや、そやけ嫁はおもうしろうなかごたる、孫どもは母親よりおれになついちょるもんな。

嫁との諍《いさか》いを避けて家を出た彼女は、当然ながら不機嫌であった。だから畑にやって来て、きのうの男がまだ居るのに気づいて、思わずこぶしを握りしめた。畑の手前の背の高い雑草のなかだった。きのう孫娘を連れてダイコンをとりに来たとき、そこから足だけ覗《のぞ》いていた。「ほれ、酔っぱらいが、また寝ておる」と、孫娘に見せるために指さした。このあたりの養豚場は朝鮮人の経営で、すぐ近くには朝鮮寺もある。看板はあるが、文字を読む習慣がないから正式名称を知らないし、トタンぶきの小さな寺でどんな儀式がおこなわれるのか、見当もつかない。ただ、夕方になるとたいてい酒盛りがはじまり、アリランに似た調子の歌が聞こえ、やがて怒鳴りあう声がしてくる。養豚場の人たちだけではなく、川向こうではじまっている大がかりな港湾拡張工事現場の朝鮮人労働者も、夜になるとやって来るからだ。

しかし、朝になるとかならず仕事に出かけるとはかぎらず、夏などは外で酔いつぶれて彼女の畑に侵入していることもある。おおむね武器になりうる農具を持っているから、彼女はためらわずに追い出す。だがきのう、雑草から足だけ出している男を見ながらそうしなかったのは、孫娘がいっしょだったからだ。武勇を誇りたい気持ちもあったが、そうしなかったのは、家に帰って話題になったとき、嫁になんと言われるかわからない。あの嫁ときたら、男の子が「おれ」というたびに、「ぼくといいなさい」と叱る。つい自分が「おれ」と口にすることへの当てつけなのだ。嫁のさしがねにきまっているが、このごろは息子まで、「おれはやめちょくれ。ばあちゃんそれでも女子《おなご》じゃろうもん」とうるさく言う。それでもなにも、自分は死ぬまで女子にきまっておる。生まれたときから「おれ」で、だれもとがめだてなどしなかった。むろん口うるさい人間のおる学校なんかへ行っていない。それがどうだろう、苦労して育てて学校を出してやった息子から、いまになって「おれ」をとがめられる。いったいぜんたい、なぜ女子が「おれ」でいけないのだ。これは差別ではないか。

それでも彼女は、孫への悪影響を云々されるものだから、家ではなるべく「うち」というように心がけている。しかし、たとえば畑に侵入した酔っぱらいを追い立てるために、「ここはうちの畑よ」と注意して、素直に出て行ってもらえるものだろうか。やはり「ここはおれの畑ぞ！」と怒鳴ってこそ、所有者としての威厳を保てるし、不当な侵入への抗議として相手を圧倒できる。きのう孫娘さえついて来なかったら……。彼女は悔しさをこらえながら、立ちどまった。小学三年の孫娘が気味悪がって後ずさりしたから、強引に突破するのもためらわれて、けっきょく夕食のサンマに、ダイコンおろしを添えられなかったのだ。

この朝、やはり侵入者が長ながと寝そべっているのを見て、こんどはためらわずに駆け出そうとした農婦は、声をかけられた。

「おはよう。いつも早いね」

たぶん同年配で、体重もおなじ六十キログラム前後と思われる、畑の西側の養豚場の主婦だった。いつもなら笑顔であいさつを返すが、この日ばかりは違う。

「おはようがあるかね。見ておくれ、おれの畑を！」

「どげんした？」

「どげもこげも、また朝鮮人が入りこんでおる」

養豚場の主婦は、その見幕に圧倒され、しばらく石油缶の残飯を持って突っ立っていたが、あわててこちらへ走ってきた。

「わかった、おれが見てくる。すまんねぇ」

笑顔が凍りついた養豚場の主婦は、頭を下げたあとゴム長をキュッキュッと鳴らして、雑草から覗いている足のほうへ急いだ。そうか朝鮮人の女も、自分のことを「おれ」というのか。そのことに安心したような、困ったような気もしたが、そんなことよりも、やがて詫《わ》びに来るだろう二人になんと言ってやるかを、考えなければならない。

しかし、引き返して来たのは、養豚場の主婦だけだった。

「朝鮮人ちがうよ。日本人だよ」

「ほんなごつ？」

「ほんなごつ、血だらけ。このへんいっぱい」

養豚場の主婦は、ゴム手袋の両手で、顔から首筋へなでおろす仕種をした。

「そげね、日本人か。すまんかったねぇ」

とりあえず詫びて、彼女は血だらけという男のほうへ歩いた。そうしながらふと、すでに死んでいるのではないかと思った。そうだ血だらけで、きのうと同じ位置で、足の向きも変わっていないのなら……。

「おれの畑で、日本人が死んでおる。酔っぱらいかと思うたら、日本人じゃった」

まっすぐ自宅へ駆け戻った六十二歳の農婦は、四十三歳の長男にそう報告した。それで長男が、近くの巡査部長派出所へ知らせに行った。

こうして発見された死体は、昨夜十時三十分に、日本専売公社行橋出張所から捜索願が出されていた、同職員・柴田種次郎、五十八歳である。

2──峠

第二の死体発見者は、筑豊から北九州市小倉区へオートバイ通勤している、三十八歳のブロック工だった。昭和三十八年十月十九日、いつもとおなじ午前七時十五分に田川市の炭坑住宅を出発して、小倉の郊外に造成中の住宅公団アパート現場へ向かっていたとき、田川郡香春《かわら》町の仲哀トンネルの手前で、死体を探し出すことに成功した。

彼が十三年働いた鉱山会社は、閉山で筑豊から引き揚げていった。長屋の炭坑住宅は払い下げということになり、住み慣れたところを離れるのもためらわれ、かつての掘進夫は、いま職業訓練所で資格を得たブロック技能士なのだ。閉山があいついで、わずかのビルド坑を残すだけになった筑豊にも、産炭地振興ということで、税制上や融資面で恩典を受けた企業が、すこしずつ進出してきている。縫製工場、軽量型鋼工場、メリヤス工場などで、とりあえずブロック工の仕事場はある。

しかし、彼は地元で働くのは、気がすすまなかった。五市が合併したばかりの北九州市へ出ることにしたのは、いずれ筑豊は滅びるのだから、いまのうちに百万都市に足場をつくったほうがよいと考えたからだ。それならいっそ引っ越しをしようと妻は言うが、いざとなると炭住ほど暮らしよいところもないように思えて、オートバイ通勤を続けている。片道五十五分だから、もともとオートバイ好きの彼にとって、それほど苦にならない。筑豊から東へ走る国道を、いったん行橋市へ出るのだ。もともと行橋は、小倉から日向路を下る最初の宿場町だったから、いまでも交通の要所ということになる。苅田町は海岸を埋め立て、大自動車工場にする計画があるというが、どうなるかはまだ決定していないし、いずれにしても筑豊の労働力は、ここを素通りして北九州市へ出る。三十八歳のブロック工は、日豊本線にほぼ並行する国道10号線に抜けて、小倉へ向かうのである。

彼は通報先の田川警察署で、次のように供述した。

「トンネルに近い笹藪《ささやぶ》に捨てられていたシートの包みが死体だとわかったのは、午前七時三十八分くらいでした」

とはいえ彼は、腕時計をはめておらず、懐中時計を用いているでもなかった。説明を求められて、その事情を説明した。

「中学三年の長女が、運動会の予行演習に要るから貸せというので、私のセイコーは学校へ行っております。美容師が希望なのですが、体育が得意で進行係を命じられており、どうしても時計が必要なのでした。それなのに、なぜ七時三十八分といえるのかとのおたずねでありますが、私は毎朝七時十五分にNHKのラジオ第一放送のニュース、天気予報が終わると同時にキックしてエンジンをかけておりますから、峠のトンネルに入るのは、晴雨にかかわらず、七時三十八分くらいなのです」

仲哀天皇が神功皇后と越えたという伝説にちなむトンネルができたのは三年前で、これが開通していなかったら、彼が小倉へ通勤していたかどうかわからない。全長四百八十メートルのトンネルが開通するまで、この国道は十三曲がりと呼ばれる難所だった。路線バスは一気に二十分間も短縮したほどで、筑豊の経済的な落ちこみがなければ、トンネルの重要さは、もっと喧伝《けんでん》されたことだろう。トラックの運転手たちは、十三曲がりの峠にある茶屋で、たいてい一服したものである。そこから筑豊の盆地に点在するピラミッド状のボタ山を数えることができたし、八幡を中心とする北九州工業地帯のエントツ群も望めた。そして目の下は、周防灘《すおうなだ》に面した行橋市で、ブドウ栽培でにわかに注目されてきた果樹園がひろがり、その緑の合間に二つ見える大きな建物は、八幡製鐵健康保険組合のサナトリウムと、機能障害の坑夫を優先入院させる県立リハビリテーションである。

十三曲がりの旧道は雑草におおわれて、すでに峠の茶屋はない。彼の安全運転である時速四十五キロメートルで、四百八十メートルのトンネルは四十秒弱で通過してしまうが、死体はその二キロメートル手前に遺棄されていた。

「十三曲がりの旧道に突っこむように、行橋通運のトラックが停車しており、そこから四十メートルほど離れたところに、シートに包まれた血まみれの死体がありました。私は峠のトンネルにさしかかる、およそ三分前に気づいてオートバイを停め、トラックまで約一分間、シートの死体を確認するまで約二分間を要しておりますから、七時三十八分に発見したと申し上げているのです」

交通渋滞もくぐり抜けられるオートバイの有利さで、通過時刻はほぼ列車並みの正確さというのはわかる。しかし、死体を包んだシートは急斜面の笹藪に放り出してあり、道路を時速四十五キロメートルで走っていて、そう簡単に発見できるとは思えない。その点をたずねられて、三十八歳のブロック工は、落ち着いて答えた。

「きのう帰宅中に、旧道に突っこんでいる行橋通運のトラックを、見かけておったのでありますす。その日その日で仕事の段取りがちがいますので、帰りの時間はまちまちですが、家に着いたとき午後七時三十分でしたから、トンネルを出たのは七時十分前後だったと思います。もうほとんど、暗闇になっておりましたが……」

ブロック工は、時間をさかのぼりつつ話を進めるタイプらしく、このとき初めて、トラックは昨夜も停車していたことを告げた。これはきわめて重要な証言だった。

「トラックは旧道に突っこんでいたから、峠のトンネルを下ってくる者には、運転台は正面から見えます。どうしても夕方は下りの車が多く、そのライトで浮かんでおったのだと思いますが、私はそこに背広姿でメガネをかけた男を目撃したのです。そして助手席のほうに、なにかをかぶった人間がおりました。私は恥ずかしがる女もおるんだなと考えただけで、べつに気にもとめず通りすぎました。そのとき二人は、なにもしておりませんでした」

彼はアベックと思ったのである。なかには恥ずかしがってシートをかぶる女もいるのだから、背広を着てトラックを運転する男もいるだろう。アベックはなにもしていなかったし、わざわざオートバイを停めて様子をうかがう必要など、まるでなかったのだ。にもかかわらず翌朝に、トラックがそのままなのに気づいて、オートバイを停めた。そしてトラックの運転席を覗き、熊笹の茂みをかきわけたのだが、それはなぜなのか。

真夜中に小用を足しに屋外へ出た彼は、シートの中にいたのは死人ではなかったかと、ふと思ったのだ。炭住では、四軒長屋の二棟にひとつ、便所が配置されている。とはいえ小用のときわざわざ入る男はおらず、彼の放尿の定位置は横の溝なのである。そこに立つと、正面にボタ山が見える。そこが坑夫として、最後の職場だった。すでに四年前、坑道にボタを詰めてコンクリートで坑口を固めたから、ボタ山はお碗を伏せたような形になっている。坑底のボタを頂上まで運んで捨てる作業のあいだ、ボタ山は尖《とが》ってピラミッド状だ。

しかし、今はみんな丸くなっている。正面のボタ山にミカンの木を植える話もあったが、あいかわらずところどころに雑草が生えているだけである。そのボタ山の坑口から、月夜にかならず若い女が上がってきて、長く垂らした髪を櫛《くし》ですいたあと、ふたたび下がっていくという。コンクリートでふさいでおるのに、出入りできるわけがあるか。それができるけんユウレイじゃろ。見たという者が十人に達したころには、はるばる下関市や別府市から見物人がやって来た。ライトバンのホットドッグ、屋台のラーメンを食いながら待つのだが、月夜なのに若い女は現れない。七月、八月はあれほどの見物人だったのに、九月になるとだれも来なくなった。

三十八歳のブロック工は、迷信がきらいだから、そんな噂話は一笑に付した。新聞もきらいだから、ユウレイ騒ぎの記事も読んでいない。朝七時のラジオの時報を聞いて便所へ行き、天気予報がはじまったころ戻る。坑内作業とちがって、ブロック積み立ては屋外でやることが多いから、いちおう聞いておくのだ。シートをかぶった人間のことが気になったのは、坑内から髪をすきに出てくるという若い女の話を思い出したからだ。なんで女な、おかしかバイ。そうよな、男ならわかるバッテン。騒ぎが下火になると、皆はそう言い交わして納得したようだった。男ならわかる、か。あの落盤のとき、重田弘道はなぜ死んだ。中腰になって痔のクスリを塗りよった重田を、地鳴りを聞いたおれが、とっさに突き飛ばして逃げるようなことをしなければ……。

「運転台を見ると、助手席は血だらけでした。私はとっさにホトケが近くにあるものと判断して、近くを探すことにしたのです。どのような場合でも、死体はいつまでも放置されるべきではありません。きちんと葬って、その霊を慰めるべきでありますから、私は捜索にとりかかり、死体を発見することができたのであります」

第二の死体発見者は、そこまで供述して、席を立とうとした。これで用事は済んだ。これから出勤して遅刻を詫びれば、仕事をさせてもらえるだろう。そう思ってオートバイに戻ろうとしたのに、むしろこれからが重要だからと、刑事に押しとどめられた。目撃した運転席の男について、詳しく話を聞かせてほしいという。彼は死体のほうが大切で、だれが殺したかについて関心はない。それで押し問答になったが、県警本部からも捜査員が到着し、発見現場へ同行を求められた。

「ボタかろうたですなぁ」

憮然《ぶぜん》として腕組みをする三十八歳のブロック工に、番茶を持ってきた制服の老巡査が、ささやくように言った。ボタをかついだ＝貧乏籤《くじ》を引いたという意味である。

「はい、ボタかろうたです」

彼はささやき返して、目を閉じた。胎児のように身体を丸めた血だらけの死体と、中腰で痔のクスリを塗っていたのが最後の姿で、とうとう死体が上がらなかった同僚の顔が脳裏に浮かんだ。

こうして発見された死体は、まだ捜索願が出ていなかった行橋通運のトラック運転手・馬場大八、四十四歳であった。

3——車

日本専売公社の行橋出張所では、市内にある三つの運送業者と、タバコ臨店《りんてん》配給の請負契約をしている。
行橋通運
西海運輸
行橋貨物
一九六三（昭和三十八）年十月十八日の臨店配給は二方面で、京都郡苅田町へ向かったのが、行橋通運の二トン積み小型四輪トラックだった。配給するのは三十二軒、予定集金額は約百二十万円であり、運転手の馬場大八は、指定どおり午前八時三十分にやって来た。積み込みが終わったのは九時ちょっと前で、集金カバンを肩から斜交《はすか》いにかけた柴田種次郎を助手席に乗せて、すぐに出発した。行橋市の北側の苅田町は、そんなに広くはないから、順調なら午後三時には帰ってくるはずである。
しかし、集金人が柴田種次郎だから、五時ぎりぎりになるだろう。このベテランは、定年が間近で大目にみられるのをよいことに、このごろは酒くさい息を吐いて帰る。臨店配給に出かけて、「どうぞお茶をいっぱい」ともてなされた湯呑みに、注がれたのが酒であることに面食らった同僚もいる。タバコ屋が気をきかせて、柴田とおなじようにもてなしたからだった。酒屋がタバコ小売りを兼ねているのが多く、品薄のハイライトを注文どおりに回してもらうための、サービスかもしれない。
行橋出張所で初めのうち、午後五時を回っても臨店配給の車が帰らないのを、深刻な事態と思わなかった理由は、昼過ぎにいちど柴田種次郎から電話が入っていたからである。午前中に集金した七十七万円余を銀行に入金したという連絡だった。店の数や売上高によって異なるが、集金が百万円を超える日も珍しいことではない。万一の事故のばあいに損害を少なくするため、百万円以上になる日は、途中で銀行に入れることにしているのだ。代金引き換えの配給だから、あらかじめ集金額はわかる。念のため経理係が五時すぎに銀行に問い合わせると、間違いなく七十七万円余は入金されており、窓口でとくに変わった様子はなかったという。

もし柴田種次郎が、集金分を持ち逃げするつもりなら、途中で銀行に入れるような愚かなことはしないだろう。なによりも戦前からの職員で、一日の集金の最高額に数倍する退職金を目前にしており、長男は市役所、次男は自衛隊に勤務し、長女は教員に嫁いで……と、いつも得意顔の八人の子福者なのだ。もともと正体を失うまで呑むことはない。その自信があるからこそ、酒くさい息を吐いて帰っても、悪びれたところがないのだろう。この日もどこかのタバコ屋で孫の自慢話をしているか、酔いざましのつもりでパチンコをしているか、そんなところに違いない。これまでどんなに遅れても、暗くなるまで帰らなかったことはない。残業の口実になったのだから、むしろありがたいくらいだと、経理係は呑気《のんき》にかまえていたのだった。

しかし、午後七時を回っても、まだ帰らない。さすがに不安になった経理係が、交通事故の可能性を考えて警察へ問い合わせてみようとしたとき、電話が鳴った。行橋通運から、帰らぬトラックについてたずねてきたのである。

行橋通運は、日本通運の集配業務を委託されており、丸通と呼ばれる市内でいちばん大きい運送業者だ。保有するのは、大型トラック五台、小型トラック九台（うち三輪車五）で、たいてい一日に一台は専売公社に回している。タバコ臨店配給は、安定した得意先であるが、配車係が人選に頭を悩ますのは、トラックが現金輸送車になるからである。専売公社は前もって、臨店配給のコースを教えることはない。配車係もまた、だれを専売公社の仕事に回すかについては、当日にならねば知らせない。運転手には不評だが、陰謀を未然に防ぐ有効な手段とする荷主側の方針だから、仕方ないのである。

十月十八日の臨店配給は一台で、配車係は馬場大八を指名した。ちょうどブドウの収穫期とあって、農協の仕事が多い。巨峰の栽培に成功していらい、モモやカキをしのぐ量になっている。ただし、農協の荷物は遠距離になるので、小型四輪トラックに乗る馬場大八にはあまり回らない。本人も遠出より、市内集配のほうを望んでいるから、どうしても臨店配給が多くなる。さほど重量負担のある荷物でもないし、走行するより待ち時間が多いから楽といえば楽だが、専売公社職員と組まされるのは窮屈だと、嫌がる運転手もいるのだ。

その点で、勤続十三年の馬場大八は、いつも指名に従順だった。内心では嫌がっているのかもしれないが、これまで配車に不平を漏らしたことはなく、専売公社から苦情がきたこともない。この日も「苅田町かもしれんなぁ」とつぶやきながら弁当箱を持って指定の車へ行き、丹念な整備のあと車庫を出発した。

「運転手として、模範的ですもんね」

午後九時すぎ、専売公社の出張所長に呼ばれた行橋通運の社長は、しきりに強調した。

待ち時間が退屈だといって、運転席に雑誌を持ち込んだりせず、せいぜい弁当箱を包んだ新聞紙を読むくらいで、積み下ろしが済むとすぐ運転席に戻って車を守っている男だから、居眠りをしていて乗っ取られるぶざまを演じるとは考えられず、運転ミスもありえないはずである。

「身持ちはかたいですよ。みんなが石部《いしべ》大八と呼んでおりますもんね。ほんなごつ石部金吉《きんきち》ですもん」

なにかにつけて運転手同士が、「今晩はいっちょ賑《にぎ》わうか」と、呑む機会をつくりたがる。しかし、馬場大八は忘年会ぐらいしか出てこない。定刻に来て定刻に帰る。それが色黒で短軀で無口な、四十四歳の運転手の日常なのだ。

「中学生の一人娘がおって、これがなんちゅうか、目に入れても痛くないちゅうて、可愛がっておるですよ」

行橋通運の社長は、不測の事態は馬場大八に起因するものでないことをくりかえし語って、さらに運転手たちから情報を集めるために、営業所へ引き返した。

「こうなったら、警察だな」

専売公社の出張所長が決断したのは、午後十時すぎだった。再三の交通事故の問い合わせに、行橋警察署が捜索願を出すようにすすめていたが、この時刻まで所長はためらっていたのである。やむなく彼は、経理係をともなって、徒歩で行橋署へ向かった。そうして柴田種次郎の保護に、捜索願の眼目があることを申し添えた。

「ええ、ですからね、私どもとしては、日ごろから契約業者には、運転手を厳選するよう、注意を与えておったのですが……」

4――血

福岡県京都郡苅田町のダイコン畑にあった死体は、午前十時に現場へ来た妻によって、柴田種次郎と確認された。駅裏台地の小道には、無数の血痕が残っており、あたりの雑草が踏み荒らされて、乱闘のあとのようだった。紺色の背広上着に茶色の作業ズボンをはいた被害者は、仰向けになって倒れており、肩から吊ったカバンを、身体の下に敷いた格好である。顔は凝結した血でおおわれ、後頭部は外見でも十数カ所の傷で、鈍器状のものでなぐられたらしい。そして黄色セーターの胸に数カ所の血痕があるのは、キリのようなもので刺されたからではないか。

現場近くからは血のついた千枚通しが一本、被害者のものと思われる登山帽一個、ゴム製の握り柄らしいもの一個、それにパチンコ玉二個が発見されている。カバンのなかには現金と、タバコ注文票・売り渡し請求書が入っていた。専売公社出張所の経理係が立ち会って調べたところ、残された現金は合計十四万六千三百七円だった。それらは千円札を除く紙幣と、硬貨だった。ベテラン集金人は、いくつものポケットのついたカバンに、貨幣をそれぞれの単位ごとにしまう癖をもっていた。おそらく奪い取られたのは、丸く束ねて輪ゴムで止めた、二百六十九枚の千円札だったろう。経理係は伝票を整理して、被害額を算出した。銀行入金ぶんを差し引くと、ぴたりと端数まで一致する。被害者の所持金は二百七十円、これは上着のポケットに残っていた。

峠ひとつ隔てて、南西へ二十六キロメートル離れた田川郡香春町の山道で発見された死体は、午前九時三十分に現場へ行った行橋通運の同僚によって、馬場大八と確認された。シートをかぶせられた死体は仰向けになっており、首にはロープが二重に巻きつけられ、両手を前に合わせてタオルで縛ってある。上下つなぎの作業着はどんな色であったか、血まみれなのでちょっと判断がつかない。左顔面と前頭部は、切り傷と刺し傷だらけで、ほとんど原型をとどめないほどである。周辺にもおびただしい血が飛散しており、すべて小柄の被害者のものかどうか、疑わしくなるほどだった。そうしてトラックの運転席はまさに血の海で、ドアを開けると凝固しきれない部分が揺れて、差しこむ陽光に真紅の輝きを返した。運転席とフロントガラスには、こすりつけたような血がついて、乱闘があったのか弁当箱のふたはゆがみ、開運の守り神とされる英彦山ガラガラは砕け、ラジオのつまみも折れていた。ステップには車体の床から流れた血がひろがり、タイヤの裏側に包丁の柄が一本落ちていた。

二人の死体の司法解剖は、その日のうちに九州大学医学部教授の執刀でなされ、柴田種次郎は行橋市で午後一時から、馬場大八は田川市で午後七時からだった。

［柴田種次郎］

（ア）死因　金属製鈍器状のものによる頭蓋骨骨折による

（イ）死亡推定日時　昭和三十八年十月十八日午後二時から五時ころのあいだ

（ウ）自他殺の別　他殺

（エ）創傷の部位、程度　①左右側頭部ならびに後頭部に三十四カ所の打撲傷（後頭部の一カ所は骨膜に達している）②胸部に数カ所の刺創

［馬場大八］

（ア）死因　左顔面の切創、前頭部刺創にもとづく出血多量の失血死

（イ）死亡推定日時　昭和三十八年十月十八日午後四時三十分から七時ころまでのあいだ

（ウ）自他殺の別　他殺

（エ）創傷の部位、程度　①左眼と右眉の中間における脳実質に達する深さ十八ミリメートルの刺創　②左側口唇の切創　③舌骨骨折　④右耳の前に直径五ミリメートルの側頭頂骨に達する刺創（以上の創傷は同一成傷器によるものと認められる）⑤左右手掌に防御損傷と認められる切創　⑥骨および肺気管内に血液充満

⑦前額部に小さい切創

　十月十九日午後に、行橋署に「専売公社強盗殺人事件合同捜査本部」がもうけられた。馬場大八の死体が遺棄され、トラックが乗り捨てられていた香春町は田川署の管轄だから、合同捜査本部の看板をかけたのである。前夜おそく柴田種次郎の捜索願が出されてすぐ、行橋署では全署員七十二人を、非常招集していた。公金拐帯逃走よりも、強盗被害の可能性が大きいとみて、市内の足取りを確かめるだけでなく、県下の全警察署にトラック発見の手配もしていたのだ。

　前夜からの捜査で、およそ次の点がわかっている。

　二人が昼食をとったのは、午後一時すぎで、福岡銀行苅田支店の斜め向かいの食堂だった。この大衆食堂に二年前まで、柴田種次郎の姪が勤めていた。だから四十七歳の女主人は、集金人と顔なじみなのだ。

「柴田さんは焼きうどんにビール一本、運転手さんは弁当持参で素うどん一杯でした。ときどき運転手さんは表を覗いて、銀行の前に停めてあるトラックの様子を確かめておるげなふうでしたが、うどんは汁も残さずきれいに食べたです。柴田さんのほうは、焼きうどんを三分の一くらい食べ残して、ビールはコップの泡まで舐《な》めて行かれたです。せいぜい二十分くらい、長くても三十分はおられなかったと思います。そのあいだ二人は、なにも話をしておらんかったようですよ。柴田さんが、運転手さんの素うどん三十円もいっしょに払うとき、ちょっとなんごとか言い交わしたぐらいでした」

ふたたび臨店配給を続けて中路川沿いに下り、おそらく最後の立寄り先とみられるタバコ屋を出たのは、午後三時前だった。柴田種次郎は、すでに酔いが回りはじめていたようで、食料品を主とする雑貨商が振る舞ったコップ酒を、畳の部屋に腰かけてゆっくり呑んだ。タバコ受領の押印を求め、代金と引き換えに領収書を切るあいだに、惜しむようにゆっくりコップを口に運ぶのである。テレビはＮＨＫの『おかあさんといっしょ』の再放送の時間だった。六十四歳になる寡夫の三歳の孫娘が、テレビの体操に合わせて跳んだりはねたり畳を転がったり、危うく集金人のコップを倒しそうになった。それでも上機嫌に最後の一滴を呑んで、ようやく腰を上げた。

「もう一杯どげですな、とすすめてはみたですが、柴田さんはもう結構ですちゅうて、出がけにわしに内証話をしたですなぁ」

内証話というのは、マッカリのことで、これから密造酒を呑みに行くという。タバコ配給とはいえ、専売公社の職員が密造のマッカリとは穏やかでない。そんな目で冗談めかして睨《にら》むと、相手は太った身体を揺すって笑った。こないだ池田を連れて行った男から誘われたのだが、そもそもわしに教えないのがけしからんというような意味のことを口にして、帽子をかぶって出て行ったのである。それで連れのあることがわかり、その男は店の近くで待っていたらしく、柴田種次郎といっしょに、行橋通運のトラックに乗り、三人で去って行った。

「後ろ姿をちらっと見ただけですもんな。なにか学校の先生みたいな格好をして、国防色《カーキ》のジャンパーを着ておったごたるですが、ようとは覚えておらんです。……そうそう、白いズック靴をはいとったですけ」

これが柴田種次郎の最後の目撃者で、テレビの放映時間から推測すると、午後二時三十分から三時までのあいだである。

そして午後四時すぎ、こんどは行橋市内で馬場大八を目撃したのは、二十七歳の建材店の女事務員だった。京都郡苅田町から中路川大橋を渡ってすぐの変電所前に、行橋通運のトラックが停まっており、運転席にいたのが馬場大八だから、彼女が会釈を送ったのだ。建材店には三輪トラックしかないので、ときどきトラックを雇うことがあり、彼女は二度ほどこの運転手と配達に行ったことがある。

「私が自転車を停めてあいさつしたのに、知らん顔でしたもんね。なんかこう人待ち顔ちゅうか、落ち着かない様子でしたけ。うちに見られて困るんかなぁと思うて、そのまま通りすぎたバッテン。そいでもうちは、肌を休ませるために化粧を落としておったけ、ひょっとしたら馬場さんは気がつかんかったのかもしれんです」

十月十九日は、彼女自身の結婚式である。だから建材店のほうは十日間の休暇をもらい、このときは行橋駅前の商店街まで、自転車で買い物に出かけた帰りだった。挙式当日は早朝から美容院なので、前日は化粧を落としていた。しかし、いくら化粧の顔とはちがっていても、人通りのないところで自転車を停めて会釈してたのに、気づかないはずはない。決して愛想のよくない運転手だが、いちおう反応すべきではないか。

「やっぱり、落ち着かんげな様子じゃったですけ。言うちゃ悪いけど、あんまり正々堂々たることをしとる人の顔じゃなかったです。変電所からそげん離れておらんところで、もう一人の被害者が死んでおったでしょ。ひょっとしたら馬場さんも、なんか関係しとったとでしょうか。……いいえ、死んだ人のことを、どうのこうの言う気はなかですバッテンが」

建材店の事務員は、挙式と披露宴を終えて、新婚旅行へ出かける前のあわただしい時間に、事情聴取に応じたのだ。今夜は別府市で、明日は宮崎市、二泊三日ですぐ帰るから、必要ならいつでも聞きにきてくださいと言い、パトカーで送られて新郎の待つ行橋駅へ向かった。

さらに目撃者はいて、馬場大八が峠のトンネルへ向かってトラックを走らせているのを、午後六時すぎにタクシー運転手が見ている。二十三歳の運転手は、田川市まで客を送った帰り車のとき、すれ違ったというのである。仲哀トンネルから二、三キロメートル行橋市寄りで、貯水池のあたりだった。

「だれか横におったような、おらんかったような……。それでも馬場さんとは、家もそげん離れておらんし、知った仲ですけね。あの人が運転しよったことだけは、はっきりしちょるですよ。いまから田川のほうへ、なにごとじゃろうかと思うて、すれちごうたわけです」

引っ越し荷物を運んでいると思ったというが、そのときバックミラーに眼をやったら、荷台にあるのはタバコ梱包の空き箱だけと気づいたはずだ。遅番で正午に出勤した二十三歳の運転手は、まだ事件についてなにも知らず、聞き込みの刑事が行橋通運のトラックについて情報を求めているというので、馬場大八の名前を出したのだった。

もう一人の目撃者は、西海運輸行橋支店の運転手で、峠のトンネルのなかに停まっている行橋通運のトラックを、追い越したというのである。四十八歳の運転手は、その日の仕事が終わり、会社の大型トラックで田川市の自宅へ帰る途中だった。十月十九日は久留米市へ、荷物を受け取りに行く。そのためバス通勤の彼は、会社のトラックで帰宅したのだった。追い越したのは、午後六時半ころで、トンネルの真ん中あたりに、行橋通運のトラックは停まっていた。これは異常な事態で、友好的な関係ではなくても、市内で同業者なのだから、停車して確かめてやるくらいの配慮があってもよかったのではないか。そう問われて、かつては石炭を運んだ運転手は答えた。

「前方から八トントラックが来よったタイ。後ろにはマイクロバスが続いておる。危ないちゅうたらありゃせん。追い越すのがようやっとで、なんで停まっておったのかを、確かめるヒマなんかありゃせん。マイクロバスには、ようけ人が乗っておったけ、だれか見とるかもしれんな。どこのマイクロじゃったか。おおかた若松か八幡の会社じゃろうと思うけんど」

おそらく後続のマイクロバスは、北九州市内の港湾荷役の会社が、日雇い労働者のために筑豊に差し向けている、送迎用のものだろう。定員オーバー気味のマイクロバスがどこの会社のものか、捜し当てることができたとしても、事情を聞くのはむつかしそうだった。かなりの台数のこれらの送迎用バスは、生活保護受給者や失業保険受給者を、隠密裏に運んでいるせいもあって、とかく実態がつかみにくいのである。

5——貌

容疑者として、榎津巌《えのきづいわお》の名前が浮かんだのは、十月十九日の夕方であった。榎津は一九二五（大正十四）年十二月生まれで三十七歳、西海運輸行橋支店の運転手で、かつて専売公社のタバコ臨店配給に従事したことがあるという。

捜査本部では、専売公社行橋出張所および、契約している三つの運送会社について、重点的な聞き込みをおこなっていた。事情に詳しい者の犯行とみて、この仕事の経験者から洗っていった。その結果、殺された馬場大八を除く十四人の運転手が割り出され、榎津巌もその一人だったのである。行橋署の交通課には、運転免許証貼付の顔写真が保管してあり、まず鑑識課は割り出された十四人について複写、大量に焼き増しをして捜査員に携行させた。交通課に登録された写真を、犯罪捜査に用いるのは問題があると、このところ微妙な成り行きだが、いまの段階ではさしつかえない。だから聞き込みに活用したのだが、行橋通運のトラックが最後に立ち寄ったとみられるタバコ小売店で六十四歳の雑貨商は、十四人の顔写真を前に返答に窮していた。いくら努力しても、「国防色のジャンパーを着て白いズック靴をはいた男の後ろ姿」しか、思い出せなかったからだ。すなわち、柴田種次郎にマッカリを呑もうと誘った男は、用心深く顔を見せなかったということではないか。

「そう、思い出したです」と、寡夫の雑貨商は叫んだ。「学校の先生のげな格好のその男は、柴田さんを待っちょるあいだ、ずーっと店の前で新聞を読んでおったですけ」

顔を隠すつもりだったかもしれない新聞は、スポーツ紙だった。プロ野球は最終節で、パリーグは地元の西鉄ライオンズが、首位の南海ホークスに肉薄して、逆転優勝に望みをつないでいる。題字が青色だったというから、『フクニチスポーツ』かもしれない。それが赤色の『西日本スポーツ』だとしても、十月十八日付では大見出しで、西鉄ライオンズが前日の大毎オリオンズ戦に勝ったことを報じている。

榎津巌に容疑をかけたきっかけは、柴田種次郎をマッカリに誘ったとき、専売公社職員の名前を漏らしていたからだ。雑貨屋を出るとき、内証話として密造酒について告げた柴田は、「こないだは池田を連れて行ったと言いよるけん」と笑った。あとで気づいた捜査員が、池田姓の職員がいるのを確かめて事情を聞いたら、二十七歳のタバコ集金係は、「それなら榎津さんですよ」と、あっさり明かしたのだった。

「ぼくは洋酒党やけ、なんぼ誘惑されても、密造酒なんか呑みゃせんですよ。それに榎津さんは、話題が豊富やけんど、どこまでホントかわからんところがある。苅田町の養豚場に友だちがおって、行けばホルモンを焼いてくれ、マッカリが呑み放題と誘われたことはあっても、ぼくは行く気がなかけん、いい加減に聞いておったですよ。ずいぶん前の話で、あの人が行橋貨物におったころと思います」

西海運輸行橋支店で働くようになって三カ月足らず、榎津巌は小倉の魚市場との往復に専従しており、専売公社のタバコ臨店配給にやられたことはない。だから捜査本部のリストから漏れるところだったが、その前に勤めていた行橋貨物で、七回も専売公社の仕事に回されていた。

「そうそう、だからぼくは、二回ほど組んだことがある。たしか大阪外語大の英文科卒で、ものすごいインテリです。別府の実家では、手広く事業をやりよるが、そげなことより運転手として、裸一貫で生きるのがモットーだと、欲のない人のごたる。じつに清潔好きで、入浴を一日でも欠かすと気が狂いそうになるし、三日に一回は散髪屋に行っておるようです。いや、話だけじゃなく、こないだも駅裏の散髪屋で、いっしょになったばかりですよ。なんちゅう店やったかな、駅裏に散髪屋は一軒だけやけど」

しかし、捜査員が理容「うるわし」へ回るのは、十月二十日になった。とりあえず職場関係の聞き込みに、集中させられたからである。

西海運輸は、北部九州一円に支店網をもつ大手業者だ。行橋支店は、かつて独立した運送店だったが、行橋通運が日本通運の子会社になったような経緯で、系列化されて西海運輸行橋支店になった。従業員は五人で、三輪トラック二台と、四輪トラック四台をもち、支店長がみずからハンドルをにぎることもある。

榎津巌は、昭和三十八年七月十五日付で採用され、身元保証人は防衛庁職員の森山有常と、給与台帳に記入されている。七月の支給額は一万二千百円、八月は二万四千八百円、九月は二万八千三百円となっており、いずれも超過勤務手当てをふくむ。

「仕事ぶりは熱心ですよ。同僚から煙たがられるくらい、几帳面な男でしてね。ずっと欠勤もなく、よか運転手と思うておったです。十月五日から、病気欠勤ですけど」

支店長は、その仕事ぶりを評価している。ただし、給与台帳には小刻みに金額が記入されており、捜査員が聞いてみると、前借ということだった。

「なんちゅうても、男の独り暮らしですけん、月末の給料日まで待てんですタイ。べつに榎津君だけじゃなかですよ」

八月六日、二千円

八月十日、二千円

八月十三日、五千円

九月六日、千円

九月十三日、二千円

九月二十四日、四千円

十月五日、二千円

これが給与台帳にある、前借金支払いの明細だった。しかし、十月五日に二千円を受け取ってから、事務所にまったく顔を出していない。椎間板ヘルニアの疑いがあるため、しばらく休養したいと届け出ている。

「登録している住所は、金比羅座ですなぁ。ほら、報徳町の劇場ですタイ。そもそも榎津君は、別府の商事会社でセールスマンをしておって、行橋に来ることとなったとは、金比羅座の女に惚れたためです。あそこで同棲をはじめて、行橋貨物の運転手になったバッテンが、女とゴタゴタが生じたけん、あっちをやめて西海運輸へ来たです。やっぱり詳しいことは、あっちで聞いてもらわにゃ」

四十七歳の支店長は、大阪から交替なしで運転して帰ったばかりで、疲れ切った表情だった。

「とにかく、わしには信じられんです。榎津君は、そげなバカな真似をする男じゃなか。悪事をはたらくにしても、もっとマシなことをするはずですよ」

西海運輸へ移る前の行橋貨物は、従業員七人で、三輪トラック四台、四輪トラック二台を保有している。戦後しばらくは荷馬車で営業したこともあり、一九〇一（明治三十四）年の創業いらい一日も休んでいないと、女主人は強調した。

「榎津ちゅう男は、金比羅座の西条銀次郎が頭を下げてきたけん、うちで使うことにしたです。もともと流れ者は、ぜったいに雇わん。身元がしっかりしちょらんと、荷主に安心してもらえんでしょうが。岡本よ、帳面ば持ってこい」

五十七歳の店主は、配車係を兼ねた運転手が取り出した、和紙の綴りをめくった。榎津巌が、専売公社のタバコ臨店配給に出たのが七回であることは、すでにわかっている。この帳面によると、採用は今年二月五日で、退職の届け出は七月二十五日。しかし、次の就職先の西海運輸の台帳によれば、七月十五日付の採用である。

「そげな男ですタイ、あいつは……。後足で砂をかけるごとして、うちをやめて行った。西条銀次郎の顔に、泥を塗ったですもんな」

劇場主であり、役者でもある西条銀次郎と、女主人は幼なじみだから、頼まれて榎津を雇ったという。食堂をやっている妹の亭主なのでよろしくと、行橋貨物へ連れてきたのだった。とはいえ妹の亭主は、ヒロポンで身を滅ぼして、行方不明の役者である。子ども三人を捨てた男が、いまさら帰ったのでもあるまいと思いながら、事情を聞かずに採用したのだった。

「榎津は顔もそうバッテン、性格も陰気くさい。うちの運転手たちと、仲良うやるわけでもなし、仕事ぶりはまぁまぁちゅうところ。なんか知らんが、西条銀次郎の妹とうまくいかんようになって、うちをやめることになったんでしょうや。早ういえば、西条への義理が立たんごとなった。うちが専売公社の仕事に出したのも、身元保証人がはっきりしちょるけんで、そうでなけりゃ流れ者を、大切な得意先に回しておらんです」

すると配車係が、流れ者といっても、ずっと以前に行橋にいたらしいと、横から口をはさんだ。榎津の父親が合併前の柳瀬村で、果樹園をいとなんでいたと漏らしたことがある。

「ああ、それならどっちみち、流れ者ちゅうことよ。柳瀬の果樹園は、開拓の連中がはじめた。どっか遠くから流れてきたんで、土地の者じゃなか。榎津にゃ、油断できんところがあったもんな。やっぱり土地の者でなけらにゃ、安心して仕事を任せられん。早う縁を切っておいてよかったバイ。それにしても、西条銀次郎の妹は、榎津とあげなふうになったばかりに可哀そうに、またストリップに出るごとなったもんねぇ」

6――火

金比羅座は、一九一八（大正七）年に落成した劇場である。歌舞伎座を模倣した建物で、ひとまわり小さいが、舞台には迫《せ》り出しもあって、北九州随一の設備と評価されていた。行橋港が石炭の積み出しで盛んだったころ、海運業者が贔屓《ひいき》の役者のために建ててやったといい、そのあと持ち主が次つぎに変わって、いまは剣劇一座を率いる西条銀次郎が所有している。

しかし、その西条劇団は有名無実で、わずかにストリップショーを編成しているにすぎず、金比羅座では興行していない。それどころか二年ほど前から、金比羅座はアパートとして、地元で知られるようになった。舞台や桟敷をベニヤ板で仕切り、楽屋といっしょに住居として賃貸している。そして食堂「金比羅座」は、かつての下足預かり所を改造したもので、劇場が国道10号線に面しているため、流行のドライブインとして開業した。保健所への登録名義人は、西条銀次郎の義妹の吉里幸子である。榎津巌は、この食堂で彼女と知り合い、楽屋だった一角で同棲をはじめた。

「幸子とは、もうきれいに切れとるですけんねぇ。参考になるげな話は、なんにもでけんと思います」

聞き込みの捜査員に応対したのは、七つちがいの姉であった。彼女は西条銀次郎の妻で、かつて芸名が水島花江であったと、自己紹介した。いまストリップ劇団「金比羅座」は旅興行に出ており、芸名が加茂さかえの吉里幸子は、座長格で一座を率いているため、食堂「金比羅座」は、姉が引き受けているというのである。

「妹はどこまで薄幸の星の下に生きておるのかと、しみじみ涙をもよおすですねぇ。他人様にこのような話をするのもあれですが、腹ちがいの妹なんですよ。世間ではざらにあることで、とりたてて惨めな境遇とは思えんでしょうが、なにぶん亭主運が悪うしてですね。子どもは三人おりますが、父親の愛というものを知らんのですよ、幸子とおなじように。それで三十五にもなって、こんどは榎津のようなどまぐれ者と、ひっついてしもうてからに……。なんか自分らは、横で見ておって結果はわかっちょる。そいでも姉と妹として、なんでも打ち明ける仲じゃないし、余計な世話を焼くなと思われるのもあれやけん、初めのうちは黙っておったです。三千世界どこへ行っても、男と女は惚れ合うもんでしょう。あの二人は、それはもうおおごとで、幸子は子どもをほったらかしに、榎津は仕事をほったらかしに、あちこち遊び回ってですね。あの男は、別府に妻子がおるちゅうのに、アッという間にここへ転がりこんだです」

この年一月中旬に、榎津巌がアパート「金比羅座」で同棲をはじめ、二月に西条銀次郎の口ききで行橋貨物の運転手になったが、八月に同棲生活が終わった。

「幸子には、言うて聞かせたですよ。あんたには悪いが、よう半年も続いたねぇ、と。あの男は、別府の商事会社でセールス兼運転手で、そりゃ遣り手だったかもしれんが、パッと見ればわかるですよ、港々で女をつくるタイプですもんね。ぜったい長続きする男じゃなかです。たいした甲斐性もないくせに、大口をたたいて幸子をたぶらかして、転がり込んでなにをするかと思えば、悋気《りんき》ばっかしやけ、食堂は商売になりゃせんですよ。幸子は客商売じゃけん、盃を差されたら受けますタイ。それが気に入らんちゅうて、あとでヤキモチを焼くのならともかく、おれの女をどげするつもりかと、店に出て客を脅すありさまやけ。幸子は子役時代から鳴らした役者で、色気あり愛嬌ありでしょう。そりゃ惚れて通う男はおるですよ。それで客商売しよるのに、男が出てきてタンカをきれば、どげもこげもなりゃせん。私の主人は、一座を任せると言うておったのに、幸子は子どもの教育もあるけん旅に出たくない、食堂でがんばりたいと引き受けた。それがどげんこつか、榎津と深間にはまったために、なにが子どもの教育なもんか。男に朝晩責めたてられて、本人はええかもしれんバッテン、一間だけの部屋で子どもに筒抜けでしょうが。商売はガタガタで、子どもには顔向けでけん。それで幸子は、ノイローゼになってですね。男は男で身体の具合が悪いちゅうて、行橋貨物の仕事をほったらかしやけ、西条銀次郎としては、顔に泥を塗られたようなもんです。それでも男は、幸子を朝昼晩求め続けるけ入院しましたよ。いいえ、婦人科じゃなか、精神科ですタイ」

とうとう西条銀次郎が、二人を別れさせた。役者として名前を売るだけではなく、興行を通じて暴力団ともつながりがある。その威嚇にもかかわらず、榎津巌は金比羅座に放火するなどと言うので、いよいよ出て行く日には、行橋署の知り合いの刑事に頼み、さりげなく見張ってもらった。

「そりゃもう、あきれたもんです。別府から来たとき、なんぼか現金を持っておったから、所帯道具らしいものを買うたけど、それをみんな持って出たですよ。知り合いの男が加勢にきとりましたね、ぶくぶく太ったのが……。タンスも炊事道具も、ぜんぶ運び出してですね、テレビだけは置いておったけど、これは月賦が十カ月分も残っておった。もちろん、店に引き取らせたです」

放火はともかく、吉里幸子につきまとうだろう。それで姉夫婦はヌードに復帰することをすすめて、彼女も承知したから、旅興行に出たのである。中学生と小学生の三人の子どもは、食堂といっしょに姉が引き受けた。

「そのあと榎津は、近づかんですか」

「それが来たですよ、五日くらい前じゃった」

「なんちゅうて？」

「幸子の居所を教えてくれ、ち。えろうひちこい男ですタイ」

「教えたですか」

「教えるもんですか。こんどは殺されるかもしれん」

「そりゃよかった」

「バッテン、ここが人気稼業のつらかとこです。ストリップショーの道順は、きまっておるでっしょが。日本中どこでも『金比羅座』はどこかと、その気になって探したら、わかることになっちょるです」

「すると、いまどこに？」

「それはちょっと……」

「警察にも教えられんですか」

「いいえ、主人でなけりゃ、道順はわからんです」

その西条銀次郎は、一昨日から遠出している。広島で開催中の競輪に、出かけているのだ。

「たしか幸子は、山口県か、島根県か、鳥取県か、あのへんを巡業中と思います」

「わかったら、すぐ教えてくださいよ」

ひとまず捜査員は、食堂「金比羅座」を出た。夕方だというのに、聞き込みのあいだ客は一人もない。なるほど歌舞伎座のような劇場の正面を見ていると、老夫婦が木戸口から入って行った。芝居見物のようなのどかな表情だったが、それぞれ洗面器にタオルを持っているから、アパート「金比羅座」の住人が、銭湯から帰ったのだろう。

7——声

行橋駅裏の電気工場の塀が途切れると、あとは一面の稲田で、農家が点在するだけである。榎津巌が借りているアパートは、農業用水路にかかる橋の脇の木造二階建てだった。

おなじ敷地内の農家が持主だが、上下十六世帯のうち榎津の部屋がどれなのか、すぐにはわからなかった。留守番の老婆は九十歳近くのようで、台所仕事をしながら耳が遠く、まるで話が通じないからだ。家人は野良仕事に出ているらしく、稲刈りは十一月からというのに、こんな時刻までなにをしているのだろう。捜査員たちは腰をかがめ、薄闇のなかを眺めたが、人の姿は見当たらない。いくつか案山子《かかし》が立っているが、このあいだの台風で傾いたらしく、すぐそれとわかるのだった。

この農家は、井戸の横に墓地をもっている。母屋とアパートのあいだに背の高い墓石が並んでおり、捜査員が身を隠すのにつごうよかった。アパートの玄関ドアに名札をかけているのは二部屋だけで、榎津巌の名前はない。窓に明かりがあるのは三部屋だが、午後六時三十分ころ一つが消えて、女が出てきた。袖を通さずにカーディガンを羽織ったワンピースの女は、ドアに施錠すると、すぐに駆けだした。日豊本線のガードに通じるほうへ向かったので、橋を渡り切ったところを、追いついた刑事が呼びとめた。

「ちょっと、榎津さんのことやけどね」

「榎津さんち、知らんバイ」

「アパートにおる、トラック運転手やけど」

「あんた、だれ？」

「警察の者タイ」

「なんぼ警察の人ちゅうても、知らんものは知らんよ」

三十すぎの女は、ひどく急いでいるようだった。警察手帳を示されて問われると、駅前通りのバーの名称と店での名前を告げて、それが身分証明であるかのように、バッグから出したマッチを渡した。

「うちは十日前に、引っ越してきたばかりやけん」

「西海運輸に勤める榎津やけどねぇ」

「それやったら、五号室の人じゃなかろうか」

「この男タイ。ちょっと見てやらんね」

手帳にはさんだ写真を取り出すと、もう一人の刑事が、受け取ったばかりのマッチをすった。しかし、女はろくに見ようともせずに、二階の部屋を指さした。

「うちは顔を見ておらんバッテン、あの部屋の女の人が、旦那が運転手ち言いよったけ、たぶんそうやなかろか」

「あれが五号室な？」

その部屋には明かりがついており、窓に人影も映っている。そうとわかれば、踏み込むべきだろう。もういちど捜査員が念を押そうとしたとき、女は小走りに出勤を急いでいた。

「京ちゃん？」

五号室をノックすると、ジーパンをはいた若い女が、すぐにドアを開けた。それで刑事の顔を見て、ひどくおびえた表情を見せた。

「だれですか？」

「旦那さんに用があるんだけどね」

「まだ帰っていませんよ。そろそろやと思いますけど」

「榎津さんの部屋でしょう」

「ああ、それやったら、お隣さんですよ」

若い女は、急に笑いだして、わざわざ外へ出て、玄関ドアに墨汁で記した「六」を、青っぽいマニキュアの爪で差した。

「うちは中牟田京二やさかい」

「こりゃどうも。西海運輸の人と聞いたもんでね」

「京ちゃんもそうですよ。そやから榎津さんを紹介して、この部屋に入れてあげたんですわ」

ひどく痩《や》せた女は、関西訛《なま》りで説明しながら、まだ笑っている。その榎津の部屋には、大きな南京錠がかけてある。

「いま榎津さんは？」

「留守ですよ。けさ早う出て行って、まだ帰ってへん」

「どこへ行ったか、わかりませんか」

「おたくさんは？」

「警察の者やけど」

「井尾組の人とちがうん……」

このとき笑顔が凍りついた。どうやら警察よりも、新興暴力団の井尾組に好意を抱いているらしく、五号室に細い身体をすべりこませた。

「京ちゃんが帰ってこんと、うちはなにもわからへん」

「あ、待って。榎津さんは、けさ何時ころ出て行きましたか」

「知らんわ。うちは中牟田京二の女房やさかい」

「だから中牟田さんに、教えてもらいたい」

「うち、忙しいんです」

「これから勤め？」

「晩ごはんの支度です。もう勤めはやめてます」

彼女は憤然としてドアを閉め、音を立てて内鍵をかけた。それで刑事も憤然としてドアをたたいたが、決して開けようとしないのである。

「ちょっと、ちょっと。これは重要な職務質問だから」

さらにノックしていると、階下で待機していた一人が、家主が野良仕事から帰ったことを知らせた。


しかし、家主からは、榎津巌に関する情報を、ほとんど得ることができなかった。六十七歳の農夫は、警察に悪意をもっている様子はなく、むしろ協力しようと努めているようだが、なにしろ六号室の住人とは、八月下旬に契約するとき、ちょっと言葉を交わしただけという。

「一階は庭付きやけん四千円、二階は三千五百円にしておるです。あの人は、二階の角部屋の八号室をほしがったけど、水道管を修理せんといかんので六号室になった。そのとき九月分の家賃をもろうて、十月ぶんは中牟田さんの奥さんが預かってくれた。わしは契約書みたいなものは、人を疑うみたいで好かんけ、そげなものはありません。きちんきちんと家賃をおさめてくれたら、それでよかです。榎津さんは滞納もなかで、独身やけ部屋を傷める心配もなかけ、よか人に借りてもろうたと思うちょりますが、なにごとかあったとでっしょか」

今年八月に完成したアパートは、すぐに部屋がふさがった。修理の終わっていない八号室は、物置代わりにしているが、すでに予約が入っており、水道が使えるようになったら、女性が入居するという。どういうわけか水商売の人が多いのは、繁華街に近いからのようだと家主が説明していると、座敷の老婆がしきりになにか言おうとする。すでに配膳を終えており、早く食べるようにうながしているらしいが、六十七歳の息子は母親を手で制して、土間に立ったままである。

「六号室にはカギがかけてあるです。済まんことですが、ちょっと開けてもらえんでしょうか」

こういうとき捜索令状が必要だが、この家主なら応じてくれそうで切り出したら、心底あいすまぬという顔つきで答えた。

「カギは自前でやってもろうとります。ただし六号室は、うちの南京錠を貸しておるですが、いっしょに合カギも渡しちょります。もともと八号室にかけちょったものを、あの人に頼まれて貸したとです。ヤットコでねじ切れんこともなかでしょうが、本人の帰りを待ってもらいましょう」

このとき母親が、また手招きをした。この家は、どういう事情なのか、母子二人暮らしのようである。いずれにしても、合カギのない南京錠を、ねじ切って部屋に入るわけにはいかない。だからといって、帰ってくるものだろうか。

「なんな？」

家主は母親に近づいて、言葉にならない声を聞き分け、ふんふんとうなずいた。さっきから老婆が呼んでいたのは、事情聴取に協力するためだったのだ。

「なるほど、会社行きさんのごとして、旅支度でなぁ。けさ榎津さんは、小学生が学校へ行く時間に、サラリーマン風のみなりで、大きなカバンを提げておったそうです。おふくろは眼だけは達者ですけ、まちがいないと思います」

五号室の中牟田京二が帰宅したのは、午後八時すぎだった。十九歳になる彼は、左官見習い、映写技師見習いなどしてトラック運転助手になり、一年前に免許証を取得して、西海運輸の運転手になった。しかし、若いという理由で、専売公社のタバコ臨店配給に回されたことはない。

「チーちゃん、心配せんでもよかバイ。おれは容疑者じゃなかもん。さあ、刑事さんたち入ってつかさい。むさ苦しい部屋バッテン、これでもチーちゃんとの愛の巣です。あまり邪魔されとうはないけど、下手をするとおれに疑いがかけられる。そやけチーちゃん、我慢する我慢する」

招かれて入ると、板の間が二畳くらいの台所、その奥が四畳半で、便所もついている。

ジーパンの女性と、あまり体型が変わらない十九歳の運転手は、愛想よく捜査員に対応した。ポマードで丹念になでつけた長髪の頭をふりたて、太めの金の指輪をはめた手をひらひらさせながら、最初から饒舌《じょうぜつ》だった。

八月に金比羅座を出た榎津さんは、西海運輸の車庫の前の山本家具店に、しばらく間借りしちょったです。というても、半月ちょっとしか、あっちにはおらんかった。間借りしとる二階には、襖《ふすま》ひとつで隣に中ノ島の高校生がおって、落ち着かんだったらしいです。中ノ島は中学校までしかなかけん、進学したきゃ行橋へ出て、下宿するですタイ。じゃけんおなじ間借り人が、離れ島からきとるニキビ面。榎津さんは部屋に女を呼んでも、いざ合戦ちゅうときに覗かれそうで具合が悪い。そげなふうで困っちょるけ、そんならアパートにこんね、三千五百円はちょっと高いかもしれんが、安心して女を連れ込めるバイ、とおれが誘うてやったですよ。そうそう、榎津さんには高校一年の長男がおるそうで、隣のニキビ面と顔を合わせるたびに、別府に置いておる子どもたちを思い出すと、ウソかホントかしんみりする顔をしておった。

バッテンあの人は、長男は別府かもしれんが、肝心の息子はちゃーんと連れちょる。うんにゃ、息子というのはだれでもぶら下げとるもの。それも真珠を三つはめちょる、とびきりの孝行息子。そいで女がなんぼでも寄ってくるげな話でしたバイ。というても、ウソかホントか、おれは見ておらんですよ。チーちゃんも見ておらん。あ、チーちゃんが見ておるならおおごと、血の雨が降る。というわけで実際に見ておらんから、真珠三つの真相はナゾです。そうそう、榎津さんには前科があるそうですけん、もし埋めるとすると、ハブラシの柄じゃなかですか。あれを折って、コンクリートの床でゴシゴシ磨いて玉にする。あれなら錆《さ》びる心配はなかけん、息子の頭をちょこっと切って、パッと入れておくと、傷口がふさがってイボになる。刑務所に入っておるあいだ、たいてい一つは入れるというでしょうが。前科について榎津さんは、なんにも言わんかったバッテン、イボ三つなら前科三犯ちゅうわけか。

ま、それはべつな話。どうも脱線ばかりで、チーちゃんにはいつも叱られるですタイ。晴れてこのアパートに入居した榎津さんは、孝行息子のおかげで、そりゃ派手なもんです。なぁ、チーちゃん。天下の色男の中牟田京二も、とてもかなわんかったよな。七号室はホステスさんが、毎晩のごと男をくわえこんで、この五号室はごらんのとおり新婚ホヤホヤじゃけ、榎津さんはステレオ放送を聞きよるごたるち笑いよったバッテン、なんの六号室こそ激しい、激しい。仕切りがベニヤ板でしょうが、びんびん響くですタイ。チーちゃんいうたら、あんたも真珠入れたらなんち、おれに言うたぐらいです。侮辱されて黙っておるのは男の恥。こっちは若さでいこう、回数で対抗せにゃ仕様のなか。いや、脱線また脱線。

西海運輸で、主に榎津さんがやりよった仕事は、魚市場です。午前四時に起きて、行橋の漁協から積んで小倉まで行き、また魚を積んで帰るですタイ。会社で聞かれたでっしょが、仕事ぶりはマジメなもんでした。早寝早起きはよかバッテン、そのあいだにも真珠三つの名刀を抜くのを忘れはせんけ、どげなっちょるんですかねぇ、ものすごいスタミナですバイ。このアパートへ来よったのが、どこの女であるかは、いちいち知らんですけんど、駅前の「麻里」のママさんだけは、すぐわかったです。この人のそれはもう、激しいことというたら、なぁ、チーちゃん。今月初めから、榎津さんは仕事に出ておらんから、昼間にくることもあるし、店を閉めて十二時すぎということもあって、あの人が来たときゃ、おおごとですけ。なにがおおごとかちゅうて、刑事さんも嫌らしか。顔が赤うなるですバイ、ほかになにをするですか。そりゃ、もう「麻里」のママならすぐわかる。落《お》てる落《お》てるですけ、なぁ、チーちゃん。また、とぼけなさんな、刑事さん。あんときに叫ぶですタイ、落てる落てる。

　ほかに訪ねてくるのは、男で井尾組の人。名前は知らんですが、ぶくぶく太って革のジャンパーを着たのが、オートバイで来よったです。榎津さんとは、えらい仲がええそうで、「おい」と声をかけたら、十人でも二十人でも集められる幹部クラスらしいです。さぁ、おれはマジメな運転手やけ、直接には知らんです。そげなふうに、榎津さんから聞いておるだけのこと。そいでね、刑事さん、言うてええかわるいかわからんけど、チーちゃんは博多のトルコにおったですタイ。それが、ちょっとわけがあって逃げ出した。うんにゃ、あげな仕事から、足を洗うためですバイ。警察から褒めてもろうても、叱られる筋合いじゃなか。そいで組関係と、ちょっとあってですね、見つかったらヤバイことになる。それを榎津さんに相談したら、おれに任せておけ、井尾組に頼んで面倒みてやると言うてくれました。バッテン、考えてみりゃ、暴力団に任せてはようないですよね。こげなことは、やっぱり警察がいちばん頼りになる。そやけん、これもなにかの縁ですバイ、名刺があったら一枚くれんですか、刑事さん。

8――刃

行橋駅は改札口が一つで、海岸側に面している。駅舎の前は、なんとかバスが回れる広場があるだけで、預かり所からはみ出した自転車のせいで、いっそう狭くなっている。日豊本線から二百メートルほど直角に伸びた国道10号線と交差する路を、駅前大通りと呼ぶが、割烹「麻里」はその通りの裏にある。

パチンコの景品買いを兼ねたクリーニング屋と、化粧品と薬品を商う店にはさまれて、そこだけ路地から半間くらい引っ込んだところが「麻里」だった。出入り口前の狭い空き地に、自転車が四台とバイクが一台停まっている。十月十九日午後九時すぎ、スタンドバー形式の一階は満員だった。和服にエプロンがけの畑千代子は、「どうぞお二階へ」と、捜査員に張りのある声をかけた。しかし、榎津巌についての聞き込みとわかると、なにやらしきりに目配せをして、細いが上背のある身体で、押しまくるように表へ出した。

「その話は困るですけ。榎津さんには、さんざん泣かされたです。わたしは大きな被害に遇うとるですよ」

だからといって、その被害の内容を語るのではなく、容疑者とのかかわりそのものを語ることを拒否するというのだった。顔の造作が派手で、化粧映えする畑千代子は、強《こわ》面《もて》で切り口上ふうに意思を伝えると、こんどは胸のあたりで手を合わせた。

「あしたの昼間にでも、警察署へ行くですけ。そんとき、なんでも聞いてください。なんでも話すですけ」

「それがこっちも、急いでおるとよ」

このとき捜査員は、アパートで榎津の同僚運転手から聞いたことを、それとなく匂わせた。すると畑千代子は、さらに路地のほうへ押しやった。

「滅多なことを言わんでつかさい、人権問題ですバイ。わたしには、れっきとした夫と、子どもがおるです。子どもは大学病院に入院中で、そのためわたしは必死に働きよるとですよ」

「わかっちょる、わかっちょる。ママさん、秘密は守るけん。とにかく話を聞かせてもらわにゃ、わしだって署に帰って、上役に叱られる」

「バッテン、榎津さんは、ただのお客さんちゅうだけのこと」

「じゃけんど、あんたと内縁関係と言う者もおる」

「だれですか、そげん人権問題になるげなことを言う者は……。すぐにでも連れて来てつかさい。わたしは黙ってはおらんですよ」

「いやいや、そげんこつ言う者もおるけん、ママさんからほんなごつを、きちんと聞かせてもらいたか」

押し問答になったところへ、板前の服装をした小柄な男が出てきた。三十年配の彼は、捜査員たちを睨《ね》め回すようにしたあと、畑千代子に言った。

「ママさん、困るですよ。この忙しい最中に、なんごとですな？」

「それが警察の人が、ちょっと聞きたいことがあると言うてね。刑事さん、わたしの主人ですけ」

もういちど畑千代子は、最初のときのように目配せを送った。

「どうも忙しいときに、すみまっせん。たいしたことじゃないんですが、おたくの客のことで、ちょっと聞きたいことがあってですねぇ」

「それはおかしかバイ。うちのお客さんは国鉄とか市役所とか、固い人ばかりです」

「あんた、お尋ねになっておるのは、榎津とかいうトラック運転手のこと」

「やっぱりそうか。刑事さん、ひょっとしたら専売公社事件のことじゃなかですか。そうでしょうが？　あれならやるかもしれん。千代子、入ってもらうがよか。二号室が空いておるやろ。なにもかも、自白してあげんしゃい」

二十六歳のママは、とりあえず秘密が守れると判断したらしく、笑顔を取り戻して捜査員を誘った。

「わたしの自白で、お役に立てるかどうかわからんですが……。どうぞお二階へ」

この夫婦の語彙《ごい》で、警察官の質問に答えるのは、すべて自白ということになるらしい。

二階に六畳間と三畳間が一つずつあり、広いほうに若い男女七、八人がいる。なんでも文芸同人雑誌グループとかで、捜査員が案内されたのは、住込み女給の居室でもある三畳間だった。

「事件のことは、夕刊に載ったけ知っちょりますが、ほんなごつ犯人は、榎津さんのごたるですか」

「それはわからん。いまのところ、なんとも言えんけ、こうして聞き歩きよる」

しかし、畑千代子は、なにか知っているようだった。かなり早口で、問わず語りにしゃべるタイプのようだから、とりあえず捜査員は、相槌《あいづち》を打つにとどめた。その供述の途中に、板前ということになっている電力会社勤めの三十四歳の夫が、ビール一本と酒二本、それに刺身一皿を運び上げ、必要だったらいつでも自分を呼んでくれと言った。

強姦されたです、と畑千代子は言った。ツケを払うから取りに来いと電話があり、西海運輸の営業所へ行くと、金はアパートにあるからとタクシーに乗せ、部屋へ連れ込んで大工道具のノミで脅して裸にさせ、させんと殺すぞと迫った。夕方五時くらいで、まだ部屋は明るい。万年床にしてはシーツが新しく、あらかじめ準備していたとしか思えなかった。連れ込んだのは計画的だし、拒めばほんとうに殺しかねない形相で凶器をつきつけた。させえ、させえと迫られて、命じられるまま衣服を一枚ずつ脱いだのは、殺されるわけにはいかなかったからだ。

六歳になる長男は、小児麻痺にかかった。下肢が不自由だが、治療によってかなり快復する。それで大学病院に入院中で、来年三月には帰宅して、学齢どおり小学校に入れそうだ。下の子はつくらず、長男の治療費のために、夫婦で必死に働いてきた。店ではママと呼ばれているが、厳密には女給で、給与は歩合制である。火力発電所で働いている夫は、板前として手伝いに来て、翌日の勤務があるから、午後十時には帰る。自分は忙しいときは店を閉めて、そのまま二階の部屋に泊まったりするけれども、住み込み女給がいることだし、夫は信用してくれている。とにかく長男のため、必死に働いているのであって、榎津の無体な要求に従ったのも、生き抜くためだった。その強姦被害に遇ったのが、十月三日だという。

榎津巌が「麻里」に来たのは、そんなに古いことではない。九月下旬だったから、一カ月になるかならないかで、宇野というヤクザが連れてきた。宇野は歓迎したくない客だが、中学校で一年上だったから、なんとはなしに知っていた。合併して行橋市になる前の我入道村の中学校で、畑千代子は卒業してバス車掌になった。宇野はどういう経緯をたどったのかわからないが、現在はパチンコ店の用心棒ということらしい。畑千代子は、しばらく小倉でホステスをしたことがあり、その店へ宇野が客としてあらわれ、一年前に行橋で雇われママになったのを知り、ときどき「麻里」へ来るようになった。

ついでながら「麻里」は、小倉のバーのオーナーのもので、畑千代子は見込まれて任されていた。最初のバス車掌は、憧れていた職業だが、ずいぶん疲れる仕事なので、二年ちょっとでやめた。そのあと喫茶店のウエイトレスをやり、バー勤めに入って、十九歳で結婚した。自分としては水商売が性に合っているので、長男が長期入院したあと、この仕事に戻ったのである。夫はかなり嫉妬深いけれども、電力会社の給料だけではどうすることもできないので、わたしと客のきわどい会話も、横でがまんして聞いている。つらい立場だとわかっているので、夫を裏切るようなことはしていない。「麻里」で呑んだあと、宇野が送ってやるとタクシーに乗せ、旅館へ連れ込もうとしたとき、命がけで抵抗して難を逃れたこともある。

その宇野が連れてきた榎津は、初めの印象はなかなかよかった。服装もきちんとして、言葉づかいもていねいだったから、とても宇野の友だちとは思えなかったが、小倉刑務所で知り合ったのだという。だから初日は、刑務所の話もしていた。大笑いするかと思えば、急にひそひそ言い交わす。二人とも二級酒を熱燗で呑んで、勘定は千二百円だった。宇野のツケにされるのかと思ったら、榎津が払うと言って、千円札と五百円札を出して、釣りは要らないと帰った。あれに騙《だま》された。そんな客にかぎって、後がよくない。榎津がよいお手本だ。うっかり、宇野とは違うと油断したのが、わたしの間違いだった。そこまで話して、畑千代子は涙をこぼし、コップのビールをあおって、捜査員にもすすめた。

二度目にあらわれたのは、その翌日のことで、こんどは榎津一人だった。西海運輸の運転手とわかったのはそのときで、実家は別府市で観光旅館をやっているが、自分は客商売に向かないので飛び出し、気ままな独り暮らしだという。カウンターで、その日も熱燗の二級酒だったが、むしろ肴《さかな》をつつくのが忙しく、アジの塩焼きがうまいと褒めてくれた。畑千代子にも盃をすすめて、運転免許証入れにはさんだ乗用車の写真を見せたりする。なんのことかと思ったら、別府の実家にある自分の愛車だとか。こんど取りに行ってくるから、ドライブに付き合わないか、九州の一流ホテルならどこでも顔がきくと、話に夢中になっていた。酔うにつれて声が大きくなるのは、仕方のないことだが、榎津の場合はとくにそうで、マーちゃんを叱りつけたとき、店内が静まりかえった。マーちゃんは、住み込み女給で三十二歳。前日から榎津に興味を示しており、男らしいところが好きだという。だから気を惹《ひ》こうとして、しきりに酌をしたがるのに、まるで邪険に「うるさい」と大声ではねつける。ところがマーちゃんは、ますます男らしいと感じて、横から離れようとしない。とうとう榎津は、マーちゃんの顔に、盃の酒を浴びせかけた。

それでもマーちゃんは、怒らなかった。苦々しげに見ていた助役さんが、黙っていられなくなって、「静かに呑めよ」とたしなめた。行橋駅の助役さんで、それは温厚な紳士だから、ケンカを売ったわけではない。ところが榎津は、いきなりカウンターの内側に手を伸ばして包丁を二本取り、一本を助役さんに投げて寄越した。さあ来い、かかって来い、それだけの覚悟があって、おれに因縁をつけたんじゃろう。そうすごんだので、店内は総立ちになった。助役さんは身動きひとつできず、榎津は自分が手にしていた包丁をカウンターに突き刺して出て行き、ツケというのは、そのときの呑み代の千五十円だった。数日たって詫びの電話があり、恥ずかしいところを見せた、金を持参してまた迷惑をかけてもいけないので取りにきてくれないかと、とても優しい声だった。

強姦されたあと、じつは板前が主人だから、知れるとただでは済まないだろうと告げたら、わかった、わかったと詫びた。そうして榎津は、お茶を沸かしてタクアンを切り、自分でつくったニギリメシをすすめる。食べたくなかったが、断るのも怖いので一つだけ食べたら、また押し倒して強要した。とても悔しくて、舌を噛み切って死にたいと思ったが、耐えるしかなかった。これきりにしてちょうだい、と泣いて頼んだら、わかったわかった、あなたが美しすぎるから、自制心がなくなったと弁明した。それでツケの千五十円を受け取って、逃げるように帰った。しかし、それきりの約束だったのに、店に電話をかけてきて、亭主に知られたくなかったらアパートに来いと、しつこく誘い出す。放っておいたら店に来て、強引に二階に上がりこんだ。マーちゃんを行かせると、ママでなければダメだという。なにを言い出すかわからないので行くと、ここでやろうと脱がせにかかる。必死に抵抗すると顔をなぐられ、店が終わってからアパートへ行くと約束して、その場をなんとかしのいだ。そんな事情で、ずるずる続いていただけであり、夫さえいなければ、強姦罪で訴えてやりたい……。
畑千代子は、けっきょくビール一本と日本酒二合をひとりで呑み、それから先はなにを聞いても答えなかった。隣の部屋で賑やかな同人雑誌グループは、いつしか口論になっており、「女が描けておらん、類型的にすぎない」「バカ、女ちゅうのは本来的に、没個性的なんじゃよ」「なんね、黙って聞いておれば、男ばかり勝手なことを言うて」などと、怒鳴り合う声が重なるのだった。

9——汗

専売公社強盗殺人事件の捜査本部が、恐喝罪で榎津巌の逮捕令状を請求したのは、昭和三十八年十月二十日午前二時だった。福岡地裁行橋支部の裁判官は深夜に起こされ、「疑うに足りる相当の理由」を知らされ、令状に署名捺印した。

住居　福岡県行橋市大字塔野三八二二番地川本荘六号室
職業　自動車運転手
罪名　恐喝

氏名　榎津巌　三十七年
引致すべき場所　行橋警察署
有効期間　昭和三十八年十月二十七日まで
被疑事実の要旨　被疑者は、前記住居において、本年八月末から一人暮らしで、行橋市本町三九番地の西海運輸に勤務する者であるが、怠惰で出勤常ならず、目下ぶらぶら市内を徘徊《はいかい》し、たまたま昭和三十八年十月八日午後十時三十分ころ、行橋市魚屋町一二七番地の割烹「麻里」において飲酒におよんだ折に、女給の畑千代子（二十六年）の接客態度が悪いと、やにわに顔面を殴打するや、「おれをなめるか、殺されたくなかったら、十万円を持参せよ」と申し向け、さらに後日も電話で同様の趣旨の恐喝をしたものである。

強盗殺人罪を適用しなかったのは、その罪状がまだ十分に裏付けられなかったからである。捜査本部内には、本件で逮捕請求すべきとの意見も多かったが、慎重に別件で手配することになったのであり、これは畑千代子の中立にもとづく。

畑千代子は聞き込みの捜査員に、榎津のアパートに連れ込まれ、強姦されたと話している。これは警察のいう「情婦」を否定するために、あえて明かしたのであって、強姦罪として親告する意思はないことを、閉店後に訪れた行橋署で、くりかえし念を押した。彼女は、夫に知られることを、なによりも恐れている。捜査本部としては、所在不明で任意出頭を求めることができない榎津を追及するために、どうしても逮捕状が必要である。さしあたって被害者たりうるのは、割烹「麻里」のママしかいない。説得された畑千代子は、強姦の事実を将来にわたって極秘にしてくれるなら、という条件をつけて、被害届を出すことに同意したのだった。殴打された部分は、三日間ぐらい痛んだが、すでに治まっているから、傷害罪はむつかしい。暴行罪は、強姦を言い換えた婦女暴行のイメージにつながるおそれがあるから、検察官と打ち合わせたうえで恐喝罪にしたのである。

むろん捜査は、本件たる強盗殺人に集中している。行橋署は全署員七十二人で、刑事課は定員十人で病欠一人とあって、駐在巡査まで投入し、約四十人が捜査にあたっている。福岡県警の捜査一課からは、機動捜査班が派遣されており、第二現場の田川署側も総動員で捜査している。有力容疑者として榎津巖が浮かんでからは、捜査を行橋市周辺の聞き込みに絞って、タバコ小売店、飲食店、質屋、薬局、病院などを回り、すでにいくつか有力情報を得ている。

十八日午後四時ごろ、榎津らしい男が、苅田町の金物屋で包丁を買っている。四百二十円の出刃包丁で、これは馬場大八の死体遺棄現場で発見された、柄だけ残ったものにほぼ合致する。

十八日午後四時から五時のあいだ、榎津らしい男が、第二現場に近い香春町の質屋で、背広上下と時計を買っている。時計は女物で千七百円、背広はチャコールグレーで五千八百円だった。

十八日午後八時すぎ、榎津らしい男が香春町の電気器具店で、トランジスターラジオ一台を買っている。そして店の電話で、タクシーを呼んだ。呼ばれたのは日田彦山線の田川伊田駅の構内タクシーで、日豊本線の苅田駅まで乗せて料金は千二百円だった。

十八日午後九時ころ、榎津らしい男が行橋駅前の薬局で、耳カバー一個を買っている。しかし、運転免許証用の顔写真は、榎津と面識のある者によれば、あまり本人と似ていないという。面長でちぢれ髪なのはそのとおりだが、二重まぶたかどうか。ふつう彼はメガネをかけるが、写真の顔はかけていない。目撃者に問い直すと、メガネをかけていたり、かけていなかったり、マチマチの答えである。

警察庁にデーターが集約されている、通称「前科者カード」に、榎津巌の名前はあった。少年時代の詐欺罪をふくめて、前科四犯なのである。これらの前科は、詐欺・恐喝など知能犯だから、いきなり凶悪犯に変わるのは、犯罪常識からいうと、きわめて稀とされる。捜査本部が、強盗殺人罪の被疑者にするのをためらった理由は、その点もあるからだ。

十月二十日早朝から、捜査員は恐喝容疑の逮捕状を手にして散り、榎津の本籍地である大分県別府市へも五人が派遣された。別府市の温泉旅館には、両親と妻子がいる。榎津は畑千代子に、「近くまとまった金が入るから、いっしょに別府へ行こう」と誘っていた。さしあたって、もっとも可能性の高い立回り先と考えられた。

行橋駅裏の理容「うるわし」の聞き込みは、二十日の午後になった。異常なほど散髪好きで三日に一回は通っているという。何カ所かでそんな話が出たので、交遊関係をつかむ糸口になればと行ったところ、意外なことに事件に直接つながる情報がもたらされた。

理容「うるわし」は、四十六歳になる北原コイトの経営で、店主と通いの職人、それに住み込みの見習いが二人で、四人とも女性である。榎津は今年八月ころから、この店に通うようになった。毎朝四時に起床する榎津に、鮮魚を小倉までトラックで運ばせる仲買人によれば、とても四十半ばには見えない女店主を、すでにアパートに連れ込むことに成功した口ぶりだったという。そして北原コイトの長女である理容師見習いも、口説けば脈がありそうだから、そのうちなんとかすると自慢していたらしい。

そのことに捜査員がさりげなく触れたら、女店主は激怒して、夕方になって捜査本部へ出頭したときも、怒りはおさまっておらず、小柄な身体をふるわせて叫んだ。

「警察ちゅうところは、週刊誌みたいな真似ばすっとですか。なんにもない清らかな男女を、しゃっちが怪しい関係にしたがるのは、どういうことですか。それに散髪屋にゃ、肉屋さんも来れば、魚屋さんも来る。受け取ったお札に血がついとったぐらいで、ビクビクしたりゃせんです。榎津さんから借りた金に、たまたま血がついておったからというて、なんであの人を犯人にせにゃならんのですか。バカにせんでつかっせ」

こうして怒りをぶちまけた北原コイトは、こんどは泣きじゃくりながら、榎津巌から紙幣を受け取るまでのいきさつを、順序だてて語った。

西海運輸の営業所に近いので、以前からトラック運転手が散髪に来る。店は女ばかり四人とあって、なんとなく居心地がよいらしい。週刊誌を読むだけのために来たときでも、店としては邪険にしない。その点で榎津は違っており、十日に一回は調髪するし、三日に一回は顔を当たらせる。金比羅座の婿だと聞いていたので、この人もやはり役者の血を引いているから、運転手に身をやつしても、身だしなみを整えているのだろうと思っていた。顔はいいし、姿もなかなかの貫禄で、店では人気があって、とくに通いの職人は、ほかの客をほったらかしにしてでも、引き受けたがるほどだった。見習いは、熊本県阿蘇郡から来た住み込みの二十歳の娘、もう一人は中学卒業いらい店で働いている十九歳の長女である。しかし、通いの職人や見習いから「先生」と呼ばれる立場の自分としては、なれなれしく榎津にふるまったことはない。もとより、大切なお客様だから、粗末にあつかうはずもない。

榎津が身体を悪くして、勤めを休みはじめてからも、これまでどおり店にやってきた。散髪代はきちんと払うし、ときどき菓子や果物を持ってくるのも、変わらなかった。実家が裕福だそうで、十日くらい前には、東京にいる大学の同級生からきたハガキを見せてくれ、「レストランやバーを何軒も持って、羨ましい身分なのに、なぜ別府へ帰って、ご両親を安心させてあげないのか」という文面だった。まったく羨ましい、私なんかこうして毎日働いていながら、いざというとき弟子のために、費用を用立ててやることもできない、と愚痴を漏らしてしまった。すると榎津は、「どうしたんですか」と尋ねてくれた。どうにもこうにも、十月二十日に福岡大学で、理容師免状の試験があって、うちの二人も受験するのだが、このままでは行けそうにない。すると重ねて「どういうわけなのだ」と。なにしろ福岡市まで三時間もかかるから、試験の始まる午前九時に会場に着くには、五時半には出発しなければならず、これでは実力を発揮できないのではないか。行橋市から何人も受験するけれども、前日から福岡市へ行き、理容組合の指定旅館に泊まるそうだ。うちもそうさせてやりたいが、一人一万円はかかるので、工面がつきそうにない。

それを聞いた榎津は、「わかりました、私がなんとかしますよ」と即座に答えた。しかし、西海運輸の運転手の給料は、二万五千円から三万円くらいだから、二万円といえば大金である。なまじ同情されても、その実あてにならないのが他人だとわかっているから、その言葉だけで嬉しいです、と答えておいた。ところが翌日やって来て、大分銀行の預金通帳を見せ、「二、三日のうちに別府へ行くから、そのとき約束したぶんを下ろしてきてあげる」とのことだった。通帳を渡されたが、悪いので開いて見ていない。それでも私は、この人には実《じつ》があると思い、信用する気になった。

そのあと何日か姿を見せなかったので、別府に行ったのだろうと考え、受験する二人には金策ができたので心配するなと言っておいた。十月十七日の午後九時ころ、近くの食堂にいる榎津から電話があり、一身上の相談があるから来てくれないか、ということだった。ちょうど銭湯へ行くところで、こんな時間に一身上の相談もあったものではない。「うるわし」に電話はなく、彼がいるという食堂にも電話はない。食堂のおかみさんが、公衆電話からこちらのタバコ屋の赤電話にかけ、呼び出したのだった。おかみさんとは顔なじみで、「どうしても聞いてもらいたい話があるそうよ」と気安く言う。「しかし、夜だからムリですよ」「そんなこと言ってもお安くない仲でしょう。だいぶ聞かされましたよ」「つまらん冗談はやめてください」「あらそうかしら」「そうですよ」「二人はお似合いよ。ひょっとしたら結婚の申し込みじゃないの」「あのねぇ、私たちは職人とお客様の関係で、それだけのこと」。そんなやりとりで終わり、行かなかった。

十月十八日の夜十一時ころ、榎津が突然やって来た。あきらめかけていた二万円を借りたのは、そのときである。前夜の呼び出しに応じなかったので、気を悪くしたと思っていたのに、約束を守ってくれた。二男二女の子持ちなのに、なぜか男に言い寄られることが多く、客商売というのはむつかしいと、つくづく思う。こちらは客を大切にするだけなのに、それを女の媚《こ》びと勘違いされるのだろうか。いつだったか榎津の顔を当たっているとき、「自分は成熟した女に惹かれるのです」とささやかれたことがある。むろん四十六にもなって、そんな殺し文句に浮つくはずもない。夜の呼び出しを断ったのも、毅然とした態度をみせるためで、それで二万円がご破産になっても、女の操にかえられないと思ったのだ。それだけに十八日夜、こんなに遅くなってから現金を持参してくれたことに、涙が出るほど嬉しかった。ちょうど夜食の注文に、ガードをくぐって駅前まで行き、小走りに店の前まで戻ったとき、榎津が声をかけてくれたのだった。隣のタバコ屋の前の郵便ポストの陰からぬっと現れ、「奥さん、遅れてすまない。約束のものを持ってきましたよ」と告げた。なんだかずいぶん疲れているみたいだったし、寒そうに肩をすくめているので、とにかく店へ入るようにすすめた。「ゆうべはごめんなさいね」と言ったら、「いや、いいんですよ。三十七にもなって、自分の悩みごとを打ち明けようなんて、甘えた気持ちをもったのが恥ずかしい」と寂しそうに笑う。金比羅座の人とは、やはりうまくいっていないのだろうか。急に悪いことをしたという気持ちになったが、同時にこうして約束を守ってくれるのは、心底やさしい人なのだろうと、いっそう感謝の思いがつのった。出前が届けられるまでの十数分、二人だけで店にいるあいだ、べつに変なふるまいはせず、しきりに寒いと口にしたが、額にはうっすら汗がにじんでおり、カゼでもひきかけているのかと思った。

ラーメン四杯、うどん四杯が届くと、二階から皆が下りてきて、急に賑やかになった。すると彼は、「試験の必勝を祈って、これは自分がおごる」と、ボストンバッグから出した千円をくれた。その千円札は、翌朝の出前下げのとき払ったが、八杯分で六百四十円だった。夫の両親が食べるうどん二杯は裏の部屋へ運び、いつも六杯を店で食べるのだけれど、二十三歳の長男だけ下りていない。知らない人とは食べないと、すねたのである。この長男は客商売の家に生まれながら、人見知りをするところがあり、私が男性と親しげな素振りをすると、すぐに突っかかる。農協の職員でそろそろ縁談があってもいいのに、いつまでこうなのだろう。腹が立ったから、そのラーメンを榎津にすすめたら、「いや、自分はいいですよ」と断って箸をつけず、けっきょくあとで長男が食べた。娘たちが食べているあいだ榎津は、「私もあした博多に用がある。大学時代の同級生が会社をやっているので、その社長ぶりを見に行く約束になっているから、いっしょに行こう」と、いつもの快活さを取り戻して誘った。

そうして帰りがけ、用意していた千円札二十枚を、さりげなく私に渡した。輪ゴムでとめて背広の内ポケットに入れていたようで、別口の三千円はボストンバッグから取り出した。このように金を貸してくれた榎津は、いったん店を出たあと、寒いといって戸を開けて、襟巻きのようなものはないかと聞いた。二階の部屋を探して、白い襟巻きを取り出して下りると、いくらの品物かと尋ねる。去年千八百円で買ったものだというと、悪いから新しいものを買ってくれと、さらに二千円をボストンバッグから出した。でも女物ですよとためらったら、このとおり時計も女物だから平気ですよ、と笑って店を出て行った。

翌十九日午前八時三十分ころ、約束だからと旅支度をして、笑顔で店にやって来た。試験場の福岡大学へまっすぐ行くよりは、博多の街に馴染んだほうがよい。そのため車で見物をしよう、友人の乗用車を借りればすむことだ。そんなことを夜食のとき言っていた。すごい、すごいと受験者二人ははしゃいでいたのだが、寝る前に「相談がある」とやって来て、借りたといっても返さねばならない金なのだから、やはり贅沢はやめるというのだった。そんな心配は要らない、合格すればすぐ取り戻せるではないか、浪費のように思えても役立つことなのだから、と説得した。それで前夜は終わったけれども、迎えにきたことを知らせたら、二人はやはり行かないという。せっかくの厚意を無にするのかと叱ったら、長女が自分で断るといって店へ下り、午後から行くことにすると伝えた。

真っ白なカッターシャツに、しぶい色のネクタイの榎津は、社長をしているという同級生と並んでも、ひけをとらぬほど立派で、「ドライブはどうなるのか」と問い返した。するると長女は、中学校時代の同級生が呉服町で住み込み店員をしているから、その友だちの車に乗せてもらうことになったと、思いつきを口にした。苦り切った顔つきの榎津は、それ以上はなにも言わなかった。このとき長女が、前夜の宿泊をやめるとはっきり言わなかったのは、せっかく金の都合をつけてくれた相手に、悪いと思ったからだろう。

そのあと彼は、髭を剃るように命じて、どうもこのごろの若い者はわからないとぼやいていたが、怒りを表面に出すことはなかった。いっそう悪いような気がして、娘二人はきっと不安だろうから、博多に着いたら電話をさせますと、大学の同級生が経営する会社について聞こうとしたら、「まぁ、若い者は若い者同士でいいのでしょう」と笑っただけだった。髭剃りが終わると、ポケットから取り出した耳カバーを当て、紐の長さを気にしていた。右側に中耳炎の後遺症が出ることがあるそうで、ガーゼを当ててバンソウコウを貼り、その上に黒い耳カバーをかぶせるのだった。耳の裏から首筋にかけて、タツノオトシゴに似た赤い痣《あざ》があり、それが隠れるほどの耳カバーで、紐を切ってくれといわれてハサミで切ると、こんどは短すぎるといって結ばせるようなことをして、午前十時三十分ころ店を出た。

受験の二人は、けっきょく翌二十日の早朝に出発した。借りた二万円は夫の両親にあずけ、仏壇の引き出しにしまってもらっていたので、そのうちから四千円を持たせた。なんとか気を悪くしないように、しばらくたって都合がついたと返済するつもりでいたのであり、店の運転資金や生活費に充当するつもりはなかった。ましてや千円札に血がついているなどとは、夢にも思っていない。なるほど指摘されたとおり、茶褐色の染みは血液の可能性が高いが、受け取ったのは夜中だから気づかず、もともと紙幣の汚れをいちいち確かめるような習慣はない。ただ、今になって気づいたことは、借りた二万円は輪ゴムで止めてあったが、端のあたりハサミで切ったような形跡があり、ボストンバッグから取り出した二枚の千円札は、染みが多いような気がする。あるいはこれらの紙幣は、専売公社集金人の強盗殺人事件の被害品かもしれないが、こちらとしては、あくまでも借りた金である。受験の二人は日帰りで出かけて、一人二千円ずつしか渡していない。だから次に榎津に会ったとき、使わなかった一万六千円を返済するつもりでいた。しかし、このたび容疑をかけられ、現在のところ所在不明とのことなので、警察に任意提出いたします。千円札十八枚の内訳は、借りたうちの残り十六枚と、襟巻きに払ってくれた二枚であり、夜食をおごってくれたぶんは、すでに支払ったので手元にございません。

北原コイトが任意提出した十八枚の千円札は、さっそく鑑識にかけられた。千円札は十一月一日から、伊藤博文像の新デザインが流通することになっているが、ニセ千円札に神経をとがらせている時期だけに、この聖徳太子像紙幣の横が一センチメートルほど短いのは、そのまま使用されたら、不審に思われたかもしれない。そして印刷面に散った染みについては、微量のため血液型までは判定できないが、人間の血であることは確かだった。

これら紙幣の鑑定が終わるころ、さらに次の事実がわかった。

馬場大八の死体発見現場から、百五十メートルほど離れた小川の岸辺に、血痕の付着した漁業用手鉤《てかぎ》と、カーキ色のジャンパーが捨てられていた。長柄の手鉤は鮮魚仲買人のもので、小倉と行橋を往復する運転手にあずけている。そしてジャンパーは、柴田種次郎をマッカリに誘った男が着ていた「国防色」で、榎津の洗濯物を引き受けていた理容「うるわし」の通い職人に見せたところ、いつか洗濯したことがあると証言した。

十九日午前十時三十分すぎ、行橋駅裏の食堂「おふくろの味」の十八歳の女店員は、国道10号線のバス停・行橋駅入口に立っている榎津を見かけたという。

「小倉のほうさへ行く停留所で、黒っぽいスーツケースのげなカバンをベンチに置いて、ぽつんと立っておったです。うちは道の反対側から来よったけ、手を振ろうか振るまいかと思うて、やっぱり振らんかった。あの人は、しょっちゅう冗談を言うて、うちらを笑わせるバッテン、黙るときはずーっと黙って、なんか恐ろしか顔になる。あんときは、そげな顔をしちょったけぇ」

殺人容疑の逮捕状が出たのは、十月二十一日午前二時だった。二十日夜の捜査会議で、合同捜査本部は、榎津巌を犯人と断定したのである。福岡県警は、十月二十二日で全国指名手配をおこない、立回り先のリスト作成にとりかかった。そして夜明けを待って、逮捕状といっしょに裁判官の署名捺印をもらった検証許可令状を執行するため、榎津のアパートへ行った。独居の男性の部屋としてはよく整理整頓された二階の六号室を捜索して、押収したのは走り書きのメモ、女物靴など合計十二点である。

10——濘

防衛庁職員の森山有常は、思いがけない贈り物に当惑しきっていた。榎津巌がアパートに残したメモに、「迷惑ばかりかけてすまない。荷物一切あなたに差し上げる」と記されていたからだ。

革ジャンパーを着て肥満体、オートバイで榎津を訪ねていたのを、隣室の運転手夫妻は「井尾組の幹部」と思いこんでいたようだが、じつは三十八歳の防衛庁の職員だった。榎津のメモにあるように、さんざんな目に遇わされた。金も貸したし、月賦の保証人にもなり、金比羅座を出るときは引っ越しを手伝い、運送店を休む日は頼まれて電話をかけてやった。それも追いつめられたら何をしでかすかわからない友だちを、自暴自棄にさせないためだったのに、すべて裏目に出たことになる。森山は絶句して、しばらく瞑《めい》目《もく》したままだった。

「友だちというと?」

「わたしらは、父親同士がイトコですけ。ふたイトコということになるですか」

問われて彼は、自分の経歴から語りはじめた。

防衛庁職員になったのは、一九五六(昭和三十一)年四月だが、周防灘に面した航空自衛隊の築城《ついき》基地には、それ以前から電気通信技術者として勤めていた。つまりアメリカ軍に雇用されていて、基地が返還されたため、そのまま自衛隊員になった。アメリカ軍に雇われたのは、朝鮮戦争がはじまった一九五〇(昭和二十五)年で、それまでは電機工場の社員だった。その会社には、戦時中に中学校を卒業して入った。だから通信技術者といっても、もっぱら整備を担当している。中学校は、福岡市のミッションスクールだった。全寮制で五年間を福岡市で過ごしたが、小学校は地元である。合併して行橋市になる前の柳瀬村で、実家は農業だった。

榎津巌に初めて会ったのは、一九三九（昭和十四）年の夏で、森山は中学二年生だった。夏休みで帰省する列車に、ミッションスクールの制服を着た下級生がいて、それが榎津だった。おなじ学校だから、顔を見たことはある。だから初めて会ったのは、その年の新学期と訂正すべきかもしれない。ともかく小倉駅で乗り換えるとき、日豊線のプラットホームで口をきいた。駅は一つちがうが、おなじ柳瀬村に帰るといい、父親が果樹園をやっていることがわかった。なんだそれなら、おれんとこと変わらん。名前はなんちゅうのか、本籍地はどこかと話しているうちに、父親同士がイトコであることを知った。

本籍地はそれぞれ、長崎県の五島列島である。あそこは北松浦郡と、南松浦郡に分かれる。森山は北で、榎津は南だったが、血縁はあり、先祖代々のカトリック教徒なのだ。森山の父親は四男、榎津の父親は次男だから、早くから島をはなれた。しかし、島を出たといっても、信仰は変わらない。「長男は神に捧げる」と信じている親によって、いずれもミッションスクールに入れられた。「おれは神父になるが、おまえはどういう考えか」と、森山が列車のなかで尋ねると、榎津は「ぼくの洗礼名はシモンだから、大きな教会を建てる」と答えた。この下級生には最初から圧倒されて、解説を聞かされるまで、その意味がわからなかった。

シモンは『新約聖書』によれば、十二使徒の一人で、イエスの最初の弟子である。修行を積んだイエスが、洗礼者ヨハネによって救い主として認知され、ヨルダン川で洗礼を受けて宣教活動に入る。四十四日間の断食で、荒野で誘惑をもしりぞけたイエスが、ガラリヤ湖のほとりを歩いていて、漁師の兄弟に声をかけた。「我に従いきたれ。さらば汝《すなど》らを、人を漁る者となさん」。それでシモンと弟アンドレは、ただちに網を捨てて従った。師匠のイエスが、シモンにつけたあだ名は「岩」で、ギリシャ語でペトロスである。だからシモンは、本名よりあだ名で有名になった。イエスは「この岩《ペテロ》の上に教会を建てよう、そして天国のカギを授けよう」と言った。絵のなかでペテロが持っているカギは、この天国のカギだから、教会の祖ということになる。

巌と名付けられたのは、大きな岩だからである。父親は聖書に出てくるペテロを尊敬しており、自分もおなじ漁師だったからのようだ。半農半漁の家の次男だった父親は、十八歳のとき大阪へ出稼ぎに行った。両親は敬虔《けいけん》なカトリック教徒で、最初に生まれた娘は、洗礼名をそのまま戸籍名にしたから、巌の姉はマリアである。しかし、これでは亡命した白系ロシア人みたいで、本人が困るかもしれない。それで翌年に生まれた長男には、ペテロをもじって巌と名付けた。

その巌が三歳のころ、両親は出稼ぎ先の大阪から、五島列島の中通島《なかどおり》へ帰った。稼ぎ貯めた金と、親類縁者の出資で、アジ・サバ漁の操業船二隻をもつ網元になったのである。大小二百の島が連なるが、福江・奈留《なる》・若松・中通・宇久島が中心だから、五島列島という。榎津の父親が網元になった中通島は、かつては捕鯨基地として知られた。ゴンドウクジラは、五島鯨がなまったことばだが、昭和になってからは、ほとんどクジラ漁はなくなった。ただし、いまでも南洋捕鯨には、島から六、七百人が乗り組んでいる。海岸の土地は仏教徒で、キリスト教徒は山を開拓してきたから、漁業従事者は多くない。主漁従農の島で頭角をあらわすために、榎津の父親は網元を志して、その夢を叶えたのだった。網元として成功して持船は八隻になり、家にはいつも巡査が立ち寄って酒を呑むくらい、島の有力者になっていた。巌が小学校に入るころは裕福で、誘いにくる上級生の肩車で登校するほどだった。

「巌のお父さんは、それはもう、よくできた人で、村長に推されたこともあるです。彼の子どものころの話は、あとでお父さんから聞かされたですが、一人息子ということで、ずいぶん甘やかされたごたるです」

「それで、五島から行橋へ来たのは？」

「うちの父とだいたいおなじで、昭和十一年か十二年ころと思います。こっちで開拓者を、募集しておったとですよ」

「なるほど、果樹園か」

いまはブドウが盛んだが、この一帯の果樹園は、モモやカキからはじまっており、主として外部からきた農民がひらいた。

「バッテン、網元までやっておった人が、なんで開拓者になったとですか」

「そのへんの事情は、ようわからんですが、もともとわたしらにゃ、開拓者の血が流れとるですもんね」

森山有常は、さらに話を遡《さかのぼ》らせた。

先祖は五島の土着ではなく、六、七代くらい前に、開拓民として五島列島に移住している。おなじ肥前だが、大村藩の外海《そとめ》地方から渡った。十八世紀の終わり、五島藩は山林開発のために、開拓民を入れることにした。五島藩の古文書に、「五島は地広く人少なくして、山林未だ開けざるを憂い、大村侯に乞いて、かの亡民をこの地に移し給う。これより後この由緒をもって、五島へ来たり住せし大村の亡民、その数を知らず」とある。離島の五島藩とちがい、大村藩は過剰人口をかかえていたから、外海地方の住民を移すことにした。外海とは、長崎の北西に伸びる西彼杵《にしそのぎ》半島の五島灘に面したほうで、内海は大村湾側である。かつては藩主以下、ほとんど全領民がキリシタンだった大村藩は、徳川家康の禁教令に屈伏して、弾圧政策をとった。しかし、外海地方の信徒は、ねばり強く信仰を捨てなかった。

これが潜伏キリシタンで、表面は仏教徒をよそおっている。宗門改帳で、年に一回は絵踏みをさせられながらも、その精神的拷問に耐え、ひそかにオラショ（祈り）を唱えて、神に許しを乞うていた。平地が少なく、生活条件の悪い外海地方の住民は、五島移住の話に飛びついた。大村藩のキリシタン検索はきわめてきびしいうえ、人口抑制策で間引きを強いられていたが、離島の五島藩はゆるやかである。初めの話では千人程度の移住だったのに、争うように五島へ向かい、「亡民その数を知らず」というほどだった。五島の土着民は「地下《じげ》」、移住者たちは「拓《ひら》き」と呼ばれる。いくら過疎地といっても、肥沃な土地や漁業に適した港は、地下の者たちが占めている。亡民たる開拓者は、南の福江島から北端の宇久島まで散ってゆき、想像を絶する苦労を重ねた。

「じゃけん、信仰だけが救いでした」

「聞いたことがある。隠れキリシタンちゅうわけでっしょ」

「いいえ、それとはまた、ちがうとですよ」

森山有常は、顔を上げて言った。

外海地方の潜伏キリシタンが、大挙して五島へ渡って約七十年後、キリシタン復活がはじまる。一八五八（安政五）年十月の日仏修好通商条約で、居留フランス人のために、長崎に教会を建てることが許され、大浦天主堂が姿をあらわす。このフランス寺にサンタ・マリア像があるというので、潜伏キリシタンたちは公然と出入りするようになり、やがて「浦上四番崩れ」がおこる。浦上村の信徒全員が幕末から明治にかけて流罪になり、六百六十四人が殉教したのだった。

五島の潜伏キリシタンも復活しており、このとき捕らえられた。明治六年になって、ようやく政府はキリシタン禁制を解くが、五島でも百人近い殉教者を出している。

「隠れキリシタンというのは、禁制が解かれても、まだ復活せん連中のことですけ。いつまた弾圧されるかわからん、じっとしておこうというわけです。ところが、わたしらのひい爺さん、ひいひい爺さんたちは、禁制が解かれる前に復活しておるけ、勇気ある人たちですよ。明治新政府も弾圧を続けて、五島では復活キリシタンを牢屋に閉じこめ、ろくに食事も与えんかったから、女や子どもをふくめて、次々に死んでおります。殉教というのは、こげんして死んだ者もそうです。こうして最後まで信仰を捨てず、牢屋から解放されたのが、わたしたちの先祖なんですよ。徳川幕府の鎖国政策による禁教にもかかわらず、七代にわたって二百五十年も潜伏し続け、みごとに復活したことが、世界的にも宗教の奇跡として、注目されております。バッテン、隠れキリシタンのほうは、仏教や神道にカムフラージュしておるうちに、ごっちゃごっちゃになっており、もはやキリスト教とは無縁の存在になっとる。ですけぇ、そのへんのちがいを、はっきりしてもらわにゃ困るちゅうことです」

「なるほど、わかりました。じゃけんど問題は、そげなふうに立派な信仰をもっておる榎津巖が、なんでこげな事件を起こしたかちゅうことです」

「はい、それですタイ」

森山有常は、ふたたび瞑目して、呼吸を整えた。

「巖はミッションスクールを、中途退学しております。三年生の二学期で、学校をやめてしもうたです。お父さんは、なんとかがんばらせて、神父にはなれないまでも、修道士くらいにはなってもらいたかったらしゅうて、なんべんも学校へ連れ戻しておりましたバッテン」

学業成績は中くらいだったが、戒律のきびしい全寮制の生活がこたえたらしく、学校を抜け出して、柳瀬村や別府市へ帰った。榎津の父親は、長男をミッションスクールに入れたあと、別府市に温泉旅館を買っていた。果樹園の経営に失敗したのではなく、持病の喘息《ぜんそく》が悪化して農業がムリになって、旅館経営に切り換えることにしたのだ。そのため巌が中退したときは、別府へ転居していた。別府温泉の旅館は、長期滞在する湯治客のための地味なものだった。森山家でも、別府へ行ったときは泊まるようにしていたから、榎津家と交際は続いていたのである。

「ミッションスクールを中退した巌は、教会へあずけられたり、精神病院へ入れられたりしたちゅうことですが、詳しいことは聞いておりません」

「そうすると中退は、昭和何年のことですか」

「わたしより一学年下やけん、昭和十四年の入学で、十六年秋の中退ちゅうことになります。太平洋戦争に突入する直前でっしょうか」

「記録によれば、昭和十七年一月、詐欺罪で別府署に検挙されておる。十六歳になったばかりで、福岡少年審判所で保護処分ですな」

すでに前科・前歴者カードで、榎津巌の経歴はわかっている。

昭和十六年六月、窃盗罪で別府署が検挙。福岡少年審判所で保護処分。

昭和十七年九月、詐欺罪で別府署が検挙。大分区裁で懲役一年以上三年以下の不定期刑判決を受け、岩国少年刑務所で服役。

「キリスト教の学校を中退して、すぐに非行に走り、三回目の逮捕で実刑に処せられておる。日本中が一億火の玉で、歯を食いしばっておるとき、どげな気持ちだったんでしょうかね」

「本人ではなかけぇ、なんとも言えませんが、わたしらカトリック教徒は、戦争に非協力的だったわけじゃありません。プロテスタントのほうは、米英の宗教ということで嫌われておりましたが、カトリックは同盟国のイタリア、ドイツから神父様がたくさん来ておられましたからね。もっともプロテスタントも、熱心に伊勢神宮を参拝するようになって、非国民ではなかったですけ。わたしも学校を卒業する前から、軍需工場である電機メーカーで働いており、日本国民として恥ずかしいことはしておらんです」

「そりゃ森山さん、ようわかっちょるです。現にあなたは航空自衛隊で、率先国防の任についておられる。ここでは被疑者を問題にしておるわけですから、気を悪うせんでください。それで榎津巌は、昭和十九年に岩国少年刑務所から横浜少年刑務所へ移され、終戦の年八月二十五日に仮出獄です。本人は十二月生まれだから、このとき満十九歳じゃったわけですな」


昭和二十一年十月、福岡県浮羽郡の女性と結婚。

昭和二十二年六月、長男出生。

昭和二十三年八月、恐喝罪（進駐軍名詐称）で大阪阿倍野署が検挙。同年九月、大阪地裁で懲役二年六カ月の判決。

昭和二十五年二月、大阪刑務所を仮出獄。

昭和二十六年八月、政令第三八九号違反（米ドル不法所持）で小倉署が検挙。同年同月、別府簡裁で罰金四千円の判決。

昭和二十六年十一月、長女・次女（双子）出生。

昭和二十七年十二月、詐欺罪（かご抜け）で博多署が検挙。二十八年三月、福岡地裁で懲役五年の判決。

昭和三十二年十二月、福岡刑務所を満期出所。

昭和三十四年十一月、詐欺罪で別府署が検挙。三十五年二月、大分地裁で懲役二年六カ月の判決。控訴したが同年八月、福岡高裁が棄却。

昭和三十五年八月、協議離婚を届出。

昭和三十七年八月、小倉刑務所を仮出獄。

「戦後の三つだけでも、打たれた刑の合計が十年ですな。少年のころも三年間入っておる。本人は大阪外語大卒と称しておるようですが？」

「終戦で出所してすぐ、大阪で進駐軍の軍政部通訳養成所に入り、三カ月ほど勉強したらしいです。それでアメリカ軍の日系二世ちゅうことで、あれこれよくないことをしております」

「英語ができるとですか。キリスト教に関係しておると、やっぱり便利でしょう」

「そうとは限りませんよ。大阪で通訳養成所に入ったちゅうても、きちんと卒業したわけじゃなかです。英語が達者というより、カタコトの日本語を使うてみせるのが上手だったらしい」

「なるほど、それで日系二世ねぇ。大阪刑務所を出てからは、ずっと別府ですか」

「ええ。アメリカ兵相手のバーを始めて、朝鮮戦争のころは大儲けしたようなことを吹聴しておりました」

「別府はアメリカ海軍ですね。それで小倉にも現れ、政令違反でやられて、次は昭和二十七年暮れの詐欺か」

「これも二世になりすまして、進駐軍の制服制帽で、高級外車を売ってやるとかなんとかですよ」

「懲役五年の実刑やけ、かなり悪質じゃったんでしょう。その次は別府で詐欺」

「昭和三十四年でしたかねぇ。あれはよくない、アメリカがらみです」

「やっぱり、二世になって?」

「いいえ、逆ですタイ。ハワイから来ておる日系米人が、二号さんにやらせておった旅館を売り飛ばした事件です。このときは、女も共犯じゃった」

「なるほど。女がらみの事件で服役中に、奥さんに愛想を尽かされて、協議離婚ちゅうことですか」

「そういうことですが、いったん離婚したあと、また婚姻届を出しておるですよ。わたしらは宗旨で、離婚を禁じられております。それで巌の父親が、出所後に二人を説得して、復縁をさせました。わたし自身も、別府へなんべんも説得に通ったのは、なんとか立ち直ってもらいたい一心からです」

「昨年八月に、小倉刑務所を出所しておりますね」

「はい。それで十二月に、奥さんも承諾して、婚姻届を提出しました。別府で運転手になって、マジメに働くちゅう条件です」

「とはいえ、今年一月には行橋へ来て、金比羅座の女と、同棲をはじめちょるじゃなかですか」

「そうなんです。ひょこっと現れて、行橋で暮らすことにしたけん、よろしゅう頼みますと言われたときは、頭をガーンとなぐられたみたいで、ショックを受けました。それで話を聞いてみると、服役中に奥さんが浮気をしちょったことが発覚したとか、自分のことを棚に上げて、勝手なことを言うちょったです」

「宗教上の理由で、形式的に復縁はしたけど、実際はどうにもならん夫婦ということですか」

「宗教上の形式と言われたら困るですけどね。奥さんも一時の気の迷いで離婚請求をしたことを反省して、きちんとやり直す決心だと、約束してくれましたが、なかなか思うようにはいかんようです」

「なにしろ復縁の翌月に、妻子を捨てて別府を離れ、行橋で子連れの飲み屋の女と同棲して、別れたかと思えば、次は強盗殺人ちゅうこと」

「はい。私が横についていながら、至らないばかりに、こげんこつになりました」

ふたたび瞑目した森山有常は、なにやら口のなかでつぶやきはじめた。

11――繋

日豊本線のいくつかの駅前に、おなじ名称のパチンコ店があり、井野一はそのチェーン店を見回る用心棒ということらしい。見たところ人当たりのよい小男で、女客が背負った赤ん坊にビスケットを持たせたりする。ふだんは愛想よくても、ひとつまちがえばどんなに凶暴になるかは、行橋署の暴力団担当刑事はよく知っている。その井野一と榎津巌が、このところ連絡を取り合っていたという。行橋駅前の割烹「麻里」に、榎津が初めて現れたのも、井野が連れてきたからだと、畑千代子は言っている。初め彼女は、宇野と供述したが記憶ちがいで、前科三犯の井野一とわかった。

昭和三十八年十月二十二日の夕方、彼は宇佐駅前のパチンコ店にいて、入口近くの台で首をかしげながら、玉をはじいているところだった。刑事に肩をたたかれると、ちょっと間をおいて振り向いたが、顔見知りとわかると笑顔をみせ、空いた隣の台にひとつかみの玉を移して、顎をしゃくった。タバコをすすめられたときと同様に、刑事は素直に受けて、指を使いはじめた。そうして頃合いを見はからって、尋ねたのである。

「榎津巌を知っとるじゃろ」

「そりゃ、知っちょるバイ。小倉の同窓生じゃもんな」

べつに表情も変えずに、井野は盤面におどる玉を、細い眼で追いつづける。共犯の疑いがかけられていることを、知らないはずはないが、落ち着きはらっているのだ。

「このごろ、ちょくちょく会うておったのは、刑務所の同窓会ちゅうわけか」

「そげなこと、あったかなぁ」

「思い出してくれると助かる。おまえにとっても、そのほうがよかごたるよ」

刑事の台の玉が切れたが、井野はあらためて補給することをせず、自分の台ではじき続けた。しかし、その指の使いかたは、玉を台に戻すためだった。

「こないだから、こんがらがっちょるもんね」

「よかろや。そっちのほうは、当分ほじくらんことにするけ」

「ふーん。そんなら、思い出してみよう」

チューリップがひらいて、連続して玉が出たので、井野が苦笑しながらはじくと、すぐになくなったから、「行こか」と刑事をうながした。この店に住み込んでいた夫婦から、虐待されたと訴えがあったのは、九月下旬だった。約束より安い賃金なので抗議すると、井野に脅された。それでやめると言ったら、夫がなぐられたというのだが、まだ事件を構成する裏付けはとれていない。

「榎津ちゅう男は、小倉でも評判が悪うてな。なにしろ弁が立ち、弱い者をとことんいじめる。ちょっと煙たいのがおると、あいつがこう言いよった、こいつはああ言いよったと、互いに蹴合うように仕向け、自分はぜったい懲罰を受けることはなか。皆から嫌われており、別府の石井組の連中は、シャバに出たらただではおかんと言いよった。おれは半年ほど同房じゃったけど、一年二カ月のつとめやったけ、先に出たわけよ」

通りを歩きながら、あいかわらず首をかしげた井野は、そんなことを話した。駅から通勤者が固まって歩いており、そのなかに顔見知りを見出すと自分から声をかけ、卑屈なほど深々と頭を下げた。二十七歳だが、少年院のあと三回の刑務所生活で、粗暴犯なのだった。突如として怒り狂うタイプではなく、狙った相手をしきりに挑発し、徹底して打ちのめす。しかし、決して凶器を準備することはなく、そのため刑期は軽いのだ。いずれにしても、この男の機嫌を損ねては、なにも聞き出すことはできないだろう。緊張している刑事が連れて行かれたのは、菓子店の二階のフルーツパーラーだった。

「おれはミルクとケーキ」

井野が先に注文して、刑事もおなじものにしたら、髪を短く刈った小男は、ふくみ笑いをした。

「あいつも、おれとおなじものを注文した。ぜったい、そんなことを言う男じゃなかよ。コーヒーならブルーマウンテンでなけらにゃ飲めんとか、講釈をたれるバッテン」

「この店で?」

「そうよ。おれに合わせてミルクとケーキにしたのは、頼みごとで来たけんタイ。女をモノにするコツも、榎津に言わせりゃ、初めのうち相手に合わせることとげな」

「いつ来たとかい」

「専売公社のあれが新聞に出る、二日ほど前じゃったかな」

井野はいきなり、そのときの二人の会話を、声色まじりに再現した。

——ハジキを持たんか。

——なんじゃ、ケンカなら話に乗ってもよかぞ。

——ケンカじゃなか、仕事タイ。

——なんばすっとや。

——集金人をやるとよ。百五十万円はかたいけぇ、井野なら頼りになると思うてな。

——引ったくりやなかろ。

——どっちにしても、ぜったいにバレやせんけ。

——いつやる？

——すぐにでもな。

——あのなぁ、今月十八日は弟の結婚式やけ、おれは唐津へ行かにゃならん。行けば何日か向こうにおる。

——そうか。だれか加勢する者は、おらんやろか。

——おらんやろ。

——なんとかならんか、井野。

——この話は、聞かんかったことにする。

そう言って井野が話を打ち切ると、榎津はがっかりした様子だったという。

「それだけな？」

「それだけ。……あ、待てよ。思い出した」

このとき井野は、おなじ刑務所仲間が、パチンコ店に来ていたことを、思い出したのである。だからフルーツパーラーを出て、すぐ榎津に教えた。

——一等パンが来ておった。朝日タイ。

——そうか、いつ出た？

——知らんバッテン、ぶらぶらしておる。あいつを誘うてみたらどげな。

——あいつは、つまらん。

——やっぱり、一等パンじゃあな。

——バッテン、ついでやけ会うてみるか。

——おお、呼んでやるけ、そこで待っちょけ。

井野一は榎津を表で待たせて、奥のほうで台にとりついている朝日信行に知らせた。そのあと榎津と朝日がなにを話し合ったか、井野は知らない。また別の台で、客をよそおって店内の様子を見る仕事に戻ったからだ。

「朝日信行ちゅうのは、どげな男や」

「土方をしちょって、仲間の給料を持ち逃げしたらしい」

「いま、なにをしよる」

「じゃけん、ぶらぶらしておる。妹が嫁入りした百姓家に、転がりこんどるようなことを言いよった」

「榎津とは、どげな関係やろか」

「関係？」

井野は、なにか思い出したらしく、ニヤリと笑った。

「なんじゃ、気色の悪か」

「それがちょっと、アンコ・カッパの噂があった」

「カッパが榎津で、アンコが朝日か」

「愚痴ばっかしで、女子みたいなやつやけん、榎津と組んで殺しをやるほどの度胸はなかろや」

「その朝日の妹の嫁入り先を、教えてやらんかい」

「知らんなぁ、そこまでは」

それから井野は、朝日信行について触れることはなく、別れ際にもういちど、「思い出した」と言った。

「榎津ちゅうのは、ウソつきの名人でな。千三《せんみつ》よりも上で、千回に一回しか本当のことを言わん。それであの話をもってきたとき、おれはアタマから、本気にしちょらんかった。まさか、ほんなごつとはなぁ」

「冗談を言いに来たと思うたのか」

「そりゃそうですよ。ほんなごつやるとわかっておったら、真っ先に警察へ知らせたですバイ。なんちゅうてもおれたちは、警察ともちつもたれつでいかにゃならん」

そう言って小男は頭を下げると、それが癖の首をかしげるようにしながら、彼の職場であるパチンコ店に戻った。

12――蠢

朝日信行は、東京湾の埋め立て工事現場で働いていた。完成すれば世界一の君津製鐵所が建設中で、八幡製鐵所から「民族の大移動」といわれるほど、家族ぐるみで転勤している。それに付随して九州から、大量の出稼人が来ているのだった。今年八月に刑期満了で出所した三十二歳の独身男は、妹に渡したメモのとおり、飯場暮らしをはじめていた。

「すみまっしぇん。なんにも知らなんだです」

木更津警察署に出頭して、事件のあらましを聞かされた彼は、大きな身体を縮めるようにした。福岡県警からの照会では、共犯の可能性があるということだったが、十月十八日に大分県から千葉県へ来ている。午前八時五十分に、宇佐駅から東京行き急行「ぶんご」に乗り、翌十九日午前七時二十六分着だから、アリバイははっきりした。

全国指名手配の榎津巌とは、出発の前日に会っている。パチンコをしているとき呼び出されたが、路上で立ち話をしただけという。パチンコ店の隣にある、自転車預かり所の看板にもたれるように立っていた彼は、なにかしら薄汚れた印象で、疲れているように見えたから、あれほど羽振りのよかった刑務所のなかとちがって、どういうことなのだろうと思った。

——元気にしとるか。

——ぼちぼちやりよるけぇ。

——そうか。しっかりやれよ。

——おおきに。あんたも元気でな。

元気にしているかと問われたのは、朝日信行のほうである。べつに懐かしい相手でもなく、こちらから話題にすることも思いつかず、相手もそれ以上は言わなかったから、会釈をしてパチンコ店へ戻った。この日は調子がよく、台のほうが気になっていた。

「それだけか」

「はい。それだけです」

朝日は丸刈りの頭をなでるようにして、付き添いの現場監督を見やった。五十年配の男は、月に一回は人集めのために大分県へ帰るそうで、今回は朝日をふくめて六人を率いて飯場入りした。防犯課の長椅子で、巡査部長となにやら話している彼も、刑事課の警部補の前でかしこまっている大男を、しきりに気づかっている。

「おい朝日、それだけじゃないだろうが」

「それだけです」

「福岡県警では、共犯者として追及しているんだよ。榎津をかばいだてすると、あんたのためにならんのとちがうか」

「はぁ」

考えこむように、天井を見上げる。しかし、どうしてもそれ以外に、交わしたことばを思い出せないという。

「小倉では、どれくらい、いっしょだったのかね」

「自分が小倉へ送られたとき、もうあの人はおりました。そんで入ってすぐ、同房になったわけです」

「ずっと同房だった？」

「途中で転房になるまで、十カ月くらいでしたか。雑居の十八房でした」

「そのとき共謀しただろう」

「うんにゃ、十八房ですけ」

「ばかたれ。集金人の強殺を計画したかと聞いておる」

このとき警部補は、恫喝《どうかつ》も通じそうにないこの大男から、なにを聞いたらよいのか、わからなくなった。いくらかでも役に立つ供述を引き出して、福岡県警に協力したい。このあいだの殺人事件では、ずいぶん世話になった。対岸から水中翼船で運ばれてくる山谷の日雇い労働者が、スコップで撲殺された事件である。犯人は北九州からの出稼者で、あちらへ舞い戻ったところを、若松警察署が逮捕してくれた。このところ木更津署の管内で粗暴犯が目立ち、福岡県警に照会しなければならないことが多い。こんなとき協力できなければ、先方に義理が立たない。

「それで榎津というのは、どんな野郎だ。刑務所でどんなだった？」

「そりゃ、もう模範囚ですけ」

「いい加減なことを言うな」

「なんちゅうても、二年六カ月の懲役を、一年半で済ませて出所しておる。おれなんかは、二年の刑でまるまる二年かかりました」

「どうもよくわからんな。聞いてやるから、思い出したことを、なんでもいいから話してくれないか」

それで朝日信行は、にわかに饒舌になった。

初犯なのに実刑二年を打たれたのは、横領したとされる八万五千円を弁済できなかったからだ。すでに両親は死んでおり、三つちがいで二十九歳の妹が、たった一人の肉親だけれども、嫁ぎ先ではどうにもならない大金だった。出仕事をしている四人分の給料を届けるよう命じられ、バスに乗る前に食堂で昼飯を食っていて、だまし取られただけなのに、横領の罪になった。食堂で会った四十歳くらいの男から、「宝石を磨く仕事をしているが、納税を忘れて品物をそっくり差し押さえられた。宝石店へ持って行けば、高値で引き取ってくれるのに、どうすることもできない。税務署は冷酷だから、十万円のものを一万円で差し押さえている。だから一万円を納めれば、十万円の品物を返してくれる。十万円を納めれば、百万円のものを返してくれるが、現金がないばかりに悔しい思いをしている。下手をすれば競売で、タダみたいな値をつけられてしまう。税務署に金を納めて、品物を返してもらったら、二倍にして返済するので、なんとか力になってくれないか」と持ちかけられた。それで四人分の給料と、自分の一万八千円を貸したところ、すぐ戻ってくると約束した男は、それきり食堂に姿を見せなかった。

いくら待ってもムダとわかり、恐ろしくなって逃げ出した。自分の給料もだまし取られたのだから、どこかで働くしかなかった。そうしてもぐり込んだ飯場で、十二日後に逮捕された。食堂で詐欺に遇った話を、刑事も検察官も信じてくれず、横領罪で起訴された。国選弁護人は「業務上横領にならなかっただけでもマシだ」と言い、懲役二年の実刑判決を受け控訴しようとしたら、「そのぶん出所が遅れるからやめとけ」と冷淡だった。それで弱気になってあきらめて、刑務所へ行ったら榎津巌がいた。

そのとき、榎津の処遇は二級だった。こちらは新入りで五級だから、待遇でえらいちがいがある。それはもう、めしの量から差があって、留置場にくらべてきびしい。新入教育を受けているあいだは五等めしで、軽作業か病人並みの四百グラム、四等めしなら五百五十グラム、三等めしは六百グラム、二等めしになると七百グラム。自分は人より図体がでかいから、これには参ったけれども、つけられたあだ名は「一等パン」。一週間に一回だけ、土曜の夕食はパンで、顔が似ているというのだが、本物の一等パンを食べたことはない。あだ名は刑務所の台帳にも載り、榎津は「千一」で、千回に一回しかほんとうのことを言わないのだと、本人も認めていた。子どものころからのあだ名らしく、榎津の言うことは、だれも信用しない。だからといって、本人が気にする様子はなく、ほかの者だってウソばかりついている。

それでも榎津は、自分が詐欺被害に遇ったことを、信じてくれた。笑わずに聞いてくれた人間は初めてで、「そういうときは税務署について行き、事実とわかってから現金を渡すべきだ」と教えてくれた。雑居房は四人ないし五人だったが、榎津はいろんなことに親切だった。教誨《きょうかい》に行くように言われたのもそうだが、あれは一回だけでやめた。真宗・浄土真宗・天理教・日蓮正宗・キリスト教など、願い書を出して好きなのを選べる。外部の人間に会えるのはこのときだけで、退屈しのぎになるとすすめられた。あっちはキリスト教のカトリックで、こっちは浄土真宗である。しかし、坊さんから「横領の罪を認めて反省しなさい」と諭され、がっかりしてやめた。八万五千円を横領したとされるのは、自分の給料をふくめて十万三千円をだまし取られたのだ。そう訴えたのに、ぜんぜん聞いてくれずに、裁判官みたいに「被害は狂言だ」と決めつける。それで教誨は、一回だけでやめてしまった。

二級処遇の榎津は、教誨のあと甘味が食べられる。月に一回だけ、百円分くらいの菓子が買えるのだ。そうして上級の者といっしょに、食べながら映画を観る。三本立てだけど、「躍進する福岡県」「鉄はこうして作られる」とか、産業映画ばかり。それでも、うらやましい。そうだよ、こんなことでもなきゃ、だれが教誨へ行くもんかと、榎津は言っていた。そうしてまもなく、一級になった。一級から模範囚で、その上は名誉犯。一級以上になったら、手紙も毎日書ける。甘味の購入も月に二回になり、もう駄菓子じゃない。桜餅なんか食べながら、テレビ鑑賞も許される。

そもそも榎津は、減点されたことがない。作業成績だって、すごくよかった。鉄工・木工・洋裁・印刷・靴など、いろんな作業場のうちで、印刷所へ出役していた。専門は校正で、職員もかなわないくらい達者だから、作業賞与金も多い。あれは作業の出来だけではなく、行状の点数もある。そっちも良いから、だれよりも賞与金が多い。たぶん月に三千円くらいではなかったか。女をだました詐欺で、旅館を売り飛ばして六百万円を儲け、たった三カ月で使い果たしたのは、ほんとうのことらしい。こっちの横領は八万五千円で、親子丼を食べた食堂でジュースを追加注文して、十万円が二十万円になる夢を見ているあいだに、宝石加工をしているという男は消えた。「なんに使ったのか正直に言わないから、おまえの罪は重くなった」と、弁護士に叱られる始末で、あっちは三カ月で六百万円を豪遊して、懲役二年六カ月。こっちは三時間ほど、十万円を儲ける夢を見て、懲役二年なのだ。おまけにあっちは、懲役のあいだも羽振りがよい。

看守はしきりに、「ここがちがうんだから仕方がないよ」と、頭を指さして笑った。新入教育のとき、「職員のことを父親か兄のように思え」と言われた。しかし、なんでも相談していいというのはウソだった。看守は懲役囚の相談なんか、ちっとも聞いてくれない。八万五千円をだまし取られた件を、いくら訴えても、せせら笑うだけなのだ。父親か兄のように思えというのは、言いつけを守れということでしかない。だから懲役は、看守を「先生」と呼ぶ。留置場では「担当さん」だったのに、なんで刑務所では「先生」なのか。とにかく「先生」と呼ばなきゃ、返事もしてくれない。一日に十枚を給与されるちり紙だって、看守の機嫌を損じたら七枚になったり五枚になったり三枚になったりする。それで古い看守は、もう「先生」じゃ足りなくて、「課長さん」と呼ばなくちゃいけない。なんでそうなるのか、最後までわからなかったけれども、「課長さん」と呼ばなければ、返事もしてもらえない。だから懲役は、看守にペコペコする。

そこへくると榎津は、ふしぎに威張っていた。なんかしらん看守のほうが、しきりに顔色をうかがっていた。こっちとちがってあっちは、ぜったいに「先生」なんて言わずに、「佐藤さん」「加来さん」と、名前で呼んで通した。じかに見たわけじゃないが、口論になると教育課長だって言い負かすらしい。差し入れのことで、大きな問題になったことがあるのは、家族の写真の人違い。榎津の同房に「鈴木」というのがいて、家族の写真が入ったけど、まったくの別人だった。よくある名前だから間違えたのだろうが、えらく榎津が怒った。だいたい差し入れに関しては、刑務所はデタラメだ。だれだって怒っているけれど、榎津のように堂々と言えないだけのこと。仕方ないと思って、あきらめている。家族のなかには、正月に餅を送ってきたりする。留置場じゃないから、刑務所では口にすることができない。それはわかっているけれども、「廃品許可願い」を書かされるときは、腹わたが煮えくりかえる。

妹がミカンを送ってきて、「皆さんで食べてください」と、手紙に書いていた。パンツでも送ってくれたら、痔で困っているから助かるのに、とかく身内というのは、食べ物を送りたがる。さっそく呼び出され、受領の拇印を押したあと、「廃品許可願い」である。「御多忙中、誠に恐縮ですが、私はこういう物は不用ですから、官のほうで御処分ください」と、教えられたとおりに書く。職員たちの胃袋に入るのが「官の御処分」だから、「ぜったいに腹が立つ。懲役というのはケガをしても、「今後このような不注意はいたしません」と始末書をとられる。なんでもかんでも、あやまる仕組みになっている。子どもを持った覚えのない「鈴木」が、赤ん坊を抱いた女の写真を差し入れられて首をかしげた一件では、榎津が刑務所側に厳重抗議した。手違いならそれでかまわないが、官があやまれと交渉したのである。あやまるところまではいかなかったが、このことでは刑務所側も手落ちを認めたので、榎津の名は上がった。

名は上がったが、そのぶん榎津の敵もふえた。こっちの立場としては、同房にこういう男がいると心強いから、どうしても自慢に思う。それがおもしろくない者も、あちこちにいる。やっぱり組関係者は勢力をもっており、名を上げすぎた榎津は憎まれた。印刷所へ出役せずに、十日ばかり房内で袋貼りの軽作業をしたのは、仕掛人が工場で狙っていたからのようだ。こっちは痔が悪化して、ちょうど房内で寝ており、ほかの三人は作業場へ行っていた。そうやって二人だけのとき、榎津はしんみり福岡拘置所の死刑囚監房で雑役をした話をした。死刑囚は懲役とちがって、拘置所に入れられて処刑を待つ。絞首台があるのは、大阪・名古屋・広島・福岡・宮城・札幌で、榎津は福岡で死体の後片付けなどもした。懲役のない死刑囚は、房のなかでのんびりして過ごす。のんびりしているように見えるけれども、月曜日の朝になるとビクビクする。死刑執行の通知がくるのは、たいていそのころで、大勢の看守が足音をたてて迎えにくる。ほかの囚人に別れのあいさつをして、しずしずと刑場へ向かう姿は哀れで、つくづく死刑囚でなくてよかったと思ったというのである。

そんなふうに思いながら、懲役五年のほとんどを、拘置所の雑役としてつとめた。このとき看守を買収して、ウイスキーを持ちこませた。それがバレて大問題になり、大減点で刑期満了まで出られなかった。これはほんとうの出来事で、ウイスキー事件のことを覚えている者が小倉にいた。その男の話では、榎津が死刑囚の死体の後片付けをしたのも事実だという。「だから死刑になるようなことだけはしたくない。懲役になったら、ヤケのヤンパチにならずに、一日も早く出るよう心がけたい」と言っていたくせに、こんどは強盗殺人罪で全国指名手配になるなんて、ちょっと信じられない。なにしろ小倉刑務所からは、刑期を一年も残して、さっさと出て行った。

こっちも小倉で、成績が悪かったわけじゃない。一年二カ月たったとき、仮出獄の話があった。監察官がやって来て質問されたときは、それはもうドキドキする。懲役番号を告げて、朝日信行ですと名乗る。かけなさいと言われ、はいと答えて椅子にすわり、生年月日、元の職業、帰るべき住所などを伝える。「出たいだろう」と問われ、そりゃ出たい、最高に出たいから、「はい」と返事をする。監察官は判決文を持参しているから、それを見ながら「反省しているね？」とくるから、こっちはちょっと困る。教誨へ行かないのは反省させられるからで、他人の給料を無断で使ったのはいけないが、自分の給料もいっしょに被害に遇った。その言い分を聞いてくれず、詐欺の犯人を捜す努力もしないで、横領罪に処せられたのだ。

やっぱり監察官に、裁判所で訴えたとおりのことを、伝えずにはいられない。「なんだ改悛《かいしゅん》の情なしだな」と言われ、あのとき食堂から逃げ出さずに、すぐに警察に知らせたらよかったと思う。でも、恐ろしかったのだ。預かった給料をだまし取られたと打ち明けても、欲の皮がつっぱっていたことを責められるにちがいない。それで行方をくらましたものだから、持ち逃げをしたことにされてしまった。「ダメだな、改悛の情のない者を仮出獄させれば、またおなじことをするにきまっている」と、監察官から相手にされず、一回目はダメになった。そうして二回目も、やっぱり最後のところで、改悛の情というのが出てこなくてダメ。それで刑期満了まで、小倉刑務所にいた。一年早く出た榎津を、なんともうらやましく思うことはあったが、どうしても自分は、ウソの反省ができなかった……。

「野郎とパチンコ店の自転車置き場で会って、ほんとうに事件について、なにも話さなかったのか」

「いいえ、パチンコ店の自転車置き場じゃなく、パチンコ店の隣の、自転車預かり所でのことですけ」

「どっちでもいい！」

とうとう警部補は、声を荒らげた。いくら辛抱して聞いても、今回の事件に関して、有力な情報は得られそうにない。しかし、朝日信行はまだ話し足りない表情だから、口を封じるつもりで問うてみた。

「ところで、アンコ・カッパというのは、なんのことかね」

「やっぱり、あのことですか」

朝日が笑うと、なんとなく一等パンというあだ名が、似合っているようだ。

「カッパは人間の尻から、腹わたを抜くちゅうでしょう。それで抜かれるほうが、アンコになるです」

「あんたと榎津は、そういう関係だったそうだな」

「だれから聞いたとですか。そげん噂をたてられて、こっちは迷惑したですもんね。たった一回だけのことですよ。さっき言うたでしょうが、印刷工場に仕掛人がおるけ、あっちが出役せずに袋貼りをしよったとき、こっちが痔で休んでおったから、どげな具合かみてやるちゅうて、カッパになったとです」

ここで警部補が、付き添いの現場監督を手招きしなかったら、朝日信行は、まだしゃべり続けたことだろう。

13——嗤

昭和三十八年十月二十三日の昼前、行橋署へ配達された郵便物のなかに、佐賀市から投函した、榎津巌のハガキが混じっていた。
——前略。手配のとおり、自分が専売公社集金人強盗殺人の犯人である。犯行後に情婦の畑千代子と逃げるつもりだったが、前非を悔いて自殺することにした。絶対に警察には捕まらない。悪しからず。
東京にて　榎津巌
ハガキの宛名は、行橋署長殿となっている。ちょっとくずした楷書で、なかなかの達筆であり、誤字もみられない。アパート検証のときの押収物に、走り書きのメモのほかに、別府市の妻宛てのハガキもあった。これは書いたあと気が変わったのか、破り捨ててゴミ袋に入れていたものだが、それらの筆跡と対照してみたら、同一人物によるものと断定することができた。すくなくとも、第三者によるいたずらではない。

警察にはさまざまな情報が、一般からもたらされており、そのなかには「殺された馬場大八も共犯だったのではないか」という推測や、「榎津らしい男が海岸の松林で首を吊っていた」という偽情報も混じっていたりする。「東京にて」とあるハガキの消印は佐賀局で、十月二十二日の正午から午後六時のあいだに投函したものである。捜査本部は、立回り先として百九カ所を予想しており、そのうち佐賀県内は一つだけで、伊万里市のバーテン方だった。小倉刑務所に服役中の知り合いで、さっそく電話照会したところ、そのバーテンは三カ月前から、熊本刑務所で服役中という回答だった。しかし、佐賀郵便局の消印を重視して、さっそく五人の捜査員を派遣した。

捜査本部が急派を決めて、佐賀県警に応援依頼の電話を入れているとき、行橋署の刑事課へ名指しの電話があった。しかし、その刑事は、別府市の榎津巌の実家に張り込んでいる。不在を告げると電話は切れたが、すぐまたかかってきた。「刑事さんと知り合いだから相談しようと思ったので、こんなハガキを受け取ったです」と、金比羅座の吉里幸子の姉だった。こちらへも午前中に、榎津からのハガキが配達されており、自殺をほのめかす内容だという。受取人の妹は巡業中だから、とりあえず知らせてくれた。こちらも消印は佐賀局で、投函時刻も一致する。ただし末尾に、なにやら辞世の句のようなものが書き添えてあると、電話の声はふるえていた。

これらのハガキを、被疑者が自ら投函したのなら、二十四時間前まで佐賀市にいたことになる。「東京にて」と記しているのは、東京へ向かうということなのか、単純な偽装なのか。その判断はつかないけれども、ともあれ佐賀市での足取りを追及することだ。派遣された五人の捜査員は、十月二十三日夕刻から深夜にかけて、応援の佐賀署員三十人とともに動いた。市内の約百軒の旅館を聞き込み、駅やバス停を張り込んだが、榎津らしい人物は立ち回っていない。唯一の情報は、二十二日夜に、通小路の飲み屋街をハシゴ酒していたモモヒキに下駄履きの男が、手配写真に酷似していたという。自殺を予告している男だから、自棄酒《やけ》を呑んでいるうちに、羽目をはずしたとも考えられる。いちおう足取りを追ったが、流行語の「お呼びでない？」を連発していた男の身元は、とうとうわからなかった。

十月二十四日昼すぎ、別府市のパチンコ店経営者のところへ、書留小包が配達された。二十二日に佐賀駅前郵便局から送ったもので、差出人は「佐賀カトリック教会」となっている。中の品物は、トランジスターラジオと現金五万円だった。そして包装紙の内側に、「済まないが自殺するので、遺品として子どもたちに渡してほしい」と、マジックインキで書きつけていた。このパチンコ店経営者の妻は、榎津の二つちがいの妹である。続柄では義弟になる四十歳の男は、とりあえず送り主の意思を尊重して、貸間業の実家へ小包みを届けた。六十四歳になる榎津の父親は、その内容を確かめると、すぐに表通りへ出て大きく手を振り、深々と頭を下げた。斜め前の公園に、張り込みの刑事がいるからだ。こうして任意提出されたトランジスターラジオは、第二現場の田川郡香春町で一万千九百円で買ったものと同型で、千円札ばかりの現金五万円に付着している染みは、鑑識にかけて人血と判定された。

　その書留小包を、佐賀駅前郵便局は、二十二日午前十一時ころ受け付けている。黒っぽい背広で、濃い縁のメガネ、手配写真の人物に似ていなくもない男は、なんとはなしに教師のような印象だったが、「佐賀カトリック教会」と記入しているから、牧師のようにも見えたという。

　佐賀市内にキリスト教の教会は十カ所で、九つはプロテスタント各派、カトリック系は一つしかない。榎津とみられる人物が、小包を「佐賀カトリック教会」として差し出した理由はわからないが、十分に立ち寄った可能性がある。捜査本部の指示で、捜査員がカトリック教会へ行き、書留小包を発送した事実の有無を問うことにした。しばらく待たされて、外国人の聖職者が応対したが、年齢、国籍いずれも、とっさに判断できない白色人種で、かなり達者な日本語だった。

「牧師さんですか」

「そのことで申し上げましょう、牧師はちがいます。カトリックでは、神父と称しております」

　丁重な応対ぶりだが、結果的に木で鼻をくくったような答えしか得られなかったのは、初めのつまずきに起因するのかと、しばらく捜査員は気に病んだ。三十五歳のオランダ人神父は、「宗教上の理由」ということで、最後まで供述を拒んだのである。

しかし、全国指名手配の被疑者が、このカトリック教会に立ち寄った形跡は、かなり濃厚なようだ。教会に所属する信徒は、約五百人とみられ、毎朝のミサに参加するのは一割弱という。十月二十二日は火曜日で、三十人前後だったから、所属しない者が加わればすぐにわかる。神父に供述を拒まれ、信徒たちに聞き込みをおこなって、それらしい人物がいたことは間違いないようだ。その情報によると、朝の祈りが終わったあと、その男は告解を申し出ている。「告解」とは、洗礼を受けたあとに犯した罪の赦しを与える秘跡のことで、かつてカトリックでは、「悔悛の秘跡」と称していた。いずれにしても懺悔《ざんげ》のようだから、用語に臆病になっている捜査員は、しっかり頭にたたきこんで、ふたたび教会を訪れた。

「ミサに参加した男は、神父様に告解をしていますね？」

「その質問には、答えられないです」

「二人も殺した犯人を、教会はかばうのですか。このあと逃亡先で、また事件を起こすかもしれんのです。早く逮捕せんことには、日本国民が迷惑するとですよ。なんとか協力してもらえんですか」

「宗教上の秘密です。告解のことは、だれにも明かすことはできません」

「ということは、現に来ておるんですね。ここへ立ち寄ったことは、神父さんが認めるわけですね」

「答えられないです」

「それは逃走幇助罪になる。立派な犯罪ですよ」

「どうぞ帰ってください。お裁きになるのは神です。あなたではありません」

まちがいなく榎津巌は、この教会に立ち寄っている。だからといって、告解の内容がわかったとしても、犯した罪について述べたものなら、すでに警察が知っていることではないか。これ以上の押し問答をやめることにして、捜査員は神父に命じられるまま、教会を後にした。しかし、二十四日夜から佐賀における捜査は、教会の張り込みに重点をおくことになった。


捜査本部に入った情報のなかで、ほかに足取りに関して信頼がおけそうなのは、長崎市内で女連れの榎津巌に会ったという、三十八歳の坑夫の供述だった。

十月二十日午後一時ころ、浦上の平和公園で時間をつぶしていたら、榎津のほうから声をかけてきた。坑夫のほうは、相手が福岡刑務所における知り合いと気づくまで、しばらく時間がかかった。そのあいだ一人でしゃべりまくり、「これから京都へ行くが、儲け話に乗らないか」という話だった。連れの女は二十歳くらい、一見して水商売風だった。北九州市若松区の炭坑で掘進方をしている坑夫は、減産で賃金が下がるいっぽうなので、条件のよい仕事先を見つけるために、長崎県へ来ていた。長崎港から船で一時間ほどのところに、三菱の高島炭坑と端島《はしま》炭坑がある。どちらもビルド鉱で、いまのところスクラップ（閉山）の心配はなく、とくに軍艦島と呼ばれる端島がよさそうだった。

しかし、二十日は日曜だから、島へ渡っても無駄足かもしれず、人出に誘われるように、爆心地の平和公園へ足が向いたという。

「うかうか刑務所仲間の誘いに乗ると、また悪の道へ戻ることになるもんね。そやけおれは、話を聞かんげなふりをしちょった。そいで榎津は、むすっとして行ってしもうた。それで別れ際に、ここで会うたのは内証にしてくれ、と。おれのほうも、前科を隠しちょるけん、内証で幸いと思うて、そのまま忘れるつもりじゃったら、あいつが殺人で指名手配されちょることが、若松へ戻ってわかったもんやけぇ」

この通報が二十四日午後で、佐賀市へ立ち回ったことが報道されたから、坑夫が名乗り出たのである。

長崎市の浦上には、天主堂を中心にして、神学校・短大・高校・中学と、カトリック系の学校が多く、日本にキリスト教をもたらしたザビエルにちなんだ、聖フランシスコ病院もある。昭和二十年八月九日の原爆投下で、とりわけ多くカトリック教徒が犠牲になったのは、八月十五日の聖母マリア被昇天祭の準備で、県内から浦上に集まっていたからという。榎津が浦上にいたのは、そのあと佐賀市で教会に立ち寄ったように、カトリックだからなのか。行橋市で最後に目撃されたのは、十月十九日午前十時三十分ころだから、バスで小倉へ出て、十一時十一分発の急行列車「出島」に乗れば、十六時二十分には長崎駅に着く。長崎へ直行しなかったにしても、小倉から二百五十キロメートルだから、二十日午後一時に平和公園に現れるのは、十分に可能だった。

長崎県は、榎津の両親の出身地である。いまは転籍して、大分県を本籍地にしているが、五島列島には血縁者が多く、伯父や叔母やイトコなどの家も、立回り先としてリストアップされている。犯行後にまず長崎市へ行き、次に佐賀市から捜査本部などへハガキを投函したのは、なにを目論んでのことなのか。ひとつの仮説として、「東京にて」で北上したと思わせ、じつは長崎県内に潜伏しているのではないかと、捜査会議で意見が出た。もし榎津が、幼少期を過ごした中通島へ立ち回るのなら、佐世保市から九州商船で行くのがふつうである。佐世保港から一日一便で二時間四十分かかり、長崎港からだと二日に一便で三時間五十分かかる。五島列島のうち福江島に次いで大きい中通島の人口は約四万五千、カトリック教会は七つもあり、基督教年鑑によれば所属信徒は九千四百人。ポルトガル人の宣教師が布教した島とあって、プロテスタントの教会は一つもないが、現在も隠れキリシタンとしての信仰も続いている島だから、実際に信徒数はもっと多い計算になる。おそらく中通島は、人口比でいうと日本でいちばんキリスト教の普及した土地だろう。

佐賀市のカトリック教会で、神父が宗教上の理由で供述を拒んだように、この島へ入ってしまえば、住民は犯人蔵匿の罪に問われるのを覚悟して、榎津をかばいとおすのではないか――。そんな推測をする刑事もいて、捜査会議で上司にたしなめられた。榎津が逃走をはじめてから、別府市の両親と妻子は、教会で祈りをおこないながら、いっぽうで積極的に捜査に協力している。立回り先のリストも、家族の協力で作成された。敬虔な信徒である父親は、一家の気持ちを代表して、捜査本部長に手紙を託しており、それは次のように結ばれていた。

［この上ごめいわくをかけることなく、自首することを祈るばかりです。自殺は神の教えにそむきます。おねがいいたします。自首せねば、つかまえてください］

14——脚

昭和三十八年十月二十五日午前一時三十分、福岡県警の当直係は、香川県警からの緊急連絡を受けた。指名手配の榎津巌が、宇高連絡船から投身自殺をはかった形跡があるという。

二十四日午後九時宇野港発の25便「瀬戸丸」が、中間点をすぎた九時四十分ころ、二等客室から船首のデッキへ出た学生三人が、タラップに背広上下とクツ一足が置かれているのに気づいた。右舷の救命ボートへの通路で、上着はていねいにたたまれ、クツもそろえてある。海上保安大四年生の三人は、手分けして救命ボートのあたりから探しはじめたものの、立入禁止を承知で幌にもたれていた男女一組のほかは人影がない。発見者たちは、船の管理者に事態を知らせることにして、客室係を呼んだ。デッキへきた客室係も、ただの遺失物とはみなさなかったが、船内アナウンスで脱ぎ忘れた人物を探すしかなかった。

国鉄連絡船「瀬戸丸」は一、五六六トンで、定員は千六百四十人である。ほぼ七〇パーセントの乗船率で、客室係はさりげなく船内を見回った。すでに十月末だから、十八キロメートルの船旅とはいえ、夜間はだいぶ冷える。観光旅行のいくつかの酔漢グループも、みんな上着をつけてクツもはいている。やはり右舷のタラップにあったのは、自殺者の遺留品なのだろうか。高松港へ着くすこし前に、一等船室の初老の婦人が名乗り出て、自殺をほのめかすように話しかけた男について知らせた。四十歳くらいで教員風の男は、一等船室の窓際でじっと海を見つめていたが、「いま飛び込めば助からないでしょうね」と、隣り合った婦人に思いつめたような表情で言った。そこで婦人は、「そうかもしれませんが、親というものは子どもに先だたれるくらいつらいことはないのです」と答えた。その会話だけでつらくなり、ハンカチで顔をおおっているあいだ、隣席の男は姿を消していたのである。

定刻より五分遅れて二十四日午後十時二十分、「瀬戸丸」は高松港に着いた。旅客係はただちに、鉄道公安官派出所へ届け出て、遺失物扱いで点検、記録された。

［男冬物背広上着一枚、男物黒短靴一足、女物金張腕時計一個、タバコピース一箱（残り二本）、岡山―高松一等乗車券一枚（十月二十四日発売・改札済み）、ハガキ（未投函のもの二枚）］

高松港鉄道公安官派出所では、ハガキの文面などを検討のうえ、自殺者の遺留品の可能性がつよいとして、警察へ連絡することにした。二十五日午前零時三十分、高松北署から水上派出所が引き継いだ。投身の現場を目撃している者はいないが、状況からしてそう判断できる。一等船室で自殺をほのめかすように話しかけてきた男について、初老の婦人は名前など聞いていない。しかし、遺留品のハガキから、自殺者とみられる男の身元を割り出すことはできそうだった。

ハガキのうち一通は、家族に宛てたもののようだ。

――御両親様はじめ加津子、正明、博子、愛子よ。先立つ不幸を許して下さい。今度は本当に御迷惑をかけました。胸が一杯で何も書けません。御幸せに御元気に。何時迄も御幸せにね。馬鹿な巌と思い許して下さい。

宛名は別府市の「榎津正明」で、「宇高連絡船にて巌」とある。するとハガキを書いたのは、榎津巌なる人物だろう。水上派出所は家出人手配との照合を思いつき、その名前が福岡県警より手配の強盗殺人被疑者であることに気づいて、ただちに香川県警本部へ報告したのである。

榎津巌の立回り先は、四国にかなりある。昭和三十七年八月に小倉刑務所を出て就職した別府の商事会社は、四国に販路をもっていて、別府港からフェリーで出張していた。親類縁者も何人かいるし、カトリック教会神父に知り合いもあり、さらに大阪刑務所の同房者なども いる。香川県九カ所、愛媛県六カ所、高知県五カ所、徳島県二カ所。だから四国各県に手配書を重点配布し、高松港水上派出所にも貼り付けてあった。

香川県警は、高松海上保安部に海上捜索を依頼した。そして高松北署は、全署員を非常招集して、「瀬戸丸」の乗客乗員の聞き込みをしている。

宇高連絡船内には、郵便ポストが備えてあるが、二枚のハガキを投函しなかったのは、それに気づかなかったのか、ことさら背広のポケットに残していたのか。ともあれ、もう一通は福岡市の旅館宛てだった。

——先だって平和台の野球を見に行って泊まった者です。その翌日に旅館を出る時、私の旅行用カバン、日用品、クツを預けましたね。これについて後で送り先を連絡するから、荷造りをして送って下さい。私と一緒の女が逃げて帰ったでしょう。その女が私の現金八万円とトランジスターラジオを持って逃げております。その女は新生タクシーの運転手が探してくれます。万一見つかったらよろしく頼みます。

ハガキに差出人の名前はなく、宛名は福岡市春吉の旅館「大石」となっている。十月二十五日午前二時すぎ、福岡県警捜査一課の刑事が急行すると、旅館の帳場では女中二人が夜食のたこ焼きを食べているところだった。かつての特殊飲食街で、旅館も転業したものである。飲み屋は夜が白むまで営業しており、酔客を誘う女が路地に見え隠れする。旅館の女中は深夜の聞き込みに態度を硬くしたが、スーツケースを置き去りにした客についての問い合わせとわかり、二人とも饒舌をとりもどした。その男が現れたのは、十月十九日だったか二十日だったか。暦のかわる時刻の仕事なので、日付の感覚がはっきりしない。宿帳をつける習慣もないが、スーツケースは間違いなく保管していた。

［メガネ一個、茶短靴一足、男物クシ一個、仁丹一箱、ちり紙一袋、新聞三種類］

新聞はいずれも十九日付夕刊「西日本新聞」「夕刊フクニチ」「毎日新聞」で、行橋市の専売公社強盗殺人事件の第一報が大きく載っている。するとやはり、十九日夜に投宿したのだろう。二十日午後一時には、長崎市に姿を現したらしい。

「そうかねぇ、二十日の夜だったような気のする」

「待ってやんしゃいよ。ライオンズの優勝がきまったのは、いつやった？」

若いほうの女中は、その客とプロ野球の話をしたという。たぶん午後十一時ころ、女連れできて泊まりの料金を払い、二階の五号室へ行った。そうしてテレビの深夜劇場が始まった時刻に、女だけ下りてくると、「果物を買ってくる」と言って出た。あとで男が帳場へきて、逃げられたようだと憤慨し、「旅館もグルなのだろう」と厭味《いやみ》を言った。朝までの約束で金を渡したのに、浴室で汗を流してくると部屋を出たという。それで憂さ晴らしに飲むと外出し、テレビの映画が終わるころ戻り、機嫌よく果物をもって帳場へ入り、雑談をしている。それがパリーグの話だった。

「たしか優勝の前じゃったよ。ぜったいに西鉄を勝たせにゃならんと、言いよらしたけんねぇ」

「それでエッちゃんと、気まずくなった」

エッちゃんと呼ばれる女中は、二十五歳で福岡県遠賀郡の出身。近鉄の矢ノ浦選手とは、小学校で同級だったことがある。だから贔屓チームは近鉄で、西鉄一色の博多の街で勇気の要ることだった。今年のパリーグは南海が首位だが、西鉄が残り四試合を全勝すれば、逆転優勝できるから、それはたいへんな騒ぎ。その四連戦が、皮肉にも対近鉄戦だったのだ。十九日（土曜）と二十日（日曜）は、ともにダブルヘッダーだった。まず土曜日は、西鉄が連勝した。果物を土産に帳場に入りこんだ客は、平和台球場で観戦した帰りだといい、「あす連勝すれば文句なしの優勝、一勝一引き分けでも、半ゲーム差で南海ホークスを抜く」と興奮気味だった。

「ちゅうことは、やっぱり十九日バイ。あいつは稲尾投手のことを、ホイホイ褒めよったけん。向かい風で投げにくいのに、ビュンビュン速い球ですごかったと言う。それが四連戦の最初のゲームやけ」

なかなかゲーム内容に詳しくて、それは捜査一課の刑事の記憶と重なる。四連戦の皮切りにエースを注ぎ込んだ西鉄は、十七対五で大勝。完投した稲尾は、二十八勝十六敗でリーグ最多勝利投手になった。その土曜日のダブルヘッダーは、午後三時の開始で、第二試合はナイターになっている。榎津が旅館で話したとおり平和台で観戦しているのなら、この日はまっすぐ行橋市から福岡市へきて、ずっとスタンドに陣取っていたことになる。

「まあ、うちだって福岡県の人間じゃもんね。西鉄が優勝して悪い気はせんバッテン、近鉄も四つのうち二つ勝てば三位に上がれたんやけ、惜しい気もする。刑事さんにゃ済まんことやけど」

さらに女中は、十月二十六日からの日本シリーズで、平和台で第一戦の対巨人戦について予想をはじめたが、刑事に話の腰を折られて、二十日朝のことを供述させられた。

「さあ、朝のことはわからんバイ。ねえさんもうちも、起きるのは昼前じゃもん。客はクツを部屋へ持って上がっておるけ、好きな時間に勝手に帰るもん」

二人の住み込み女中は、午後から部屋の掃除にとりかかる。そのとき二階の五号室に黒いスーツケースが置いてあるのに気づき、施錠していないから開けてみるとガラクタばかりで、処置に困って押し入れにしまっておいたが、こんな品物のためにわざわざハガキを寄越して、警察が引き取りにくるのはどういう事情なのか、キツネにつままれたような表情だった。

高松海上保安部による海上捜索は、二十五日午前五時から宇高連絡船の航路を中心に開始されたが、水死体は発見されず、午後には捜索を打ち切った。午後五時には行橋署の捜査本部から派遣された捜査員が到着し、高松北署と協議のうえ、偽装自殺と断定したのである。

第一の理由は、死体が発見されず、投身の現場を目撃した者もいない。

第二の理由は、遺留品のクツで、古いものだが底に土がついておらず、最近はいた形跡がなかった。それに足の甲が当たる部分が、凹んだままになっている。クツは偽装のために残したのではないかとの疑いは、捜査本部と連絡をとりあって強まった。行橋市内の足取り捜査で、十九日午前十時ころクツ一足を買ったことがわかった。三千二百円の黒色クツは、二十五センチメートルだった。福岡市の旅館に残していた茶色のクツは、このとき行橋市の店内で履き替えたもので、これも二十五センチメートル。しかし、「瀬戸丸」の遺留品は、どう測っても二十三センチメートルしかない。

四国潜入が考えられるので、立回り先に手配を強化するとともに、高松市内の旅館やタクシーを聞き込んだが、それらしい旅行者を見かけたという情報はあっても、確実性がとぼしいものばかりである。すると四国潜入と見せかけて、すぐ宇野へ引き返したのかもしれない。二十四日の高松港発の最終便は、午後九時二十五分発だから、むろんこれには間に合わない。しかし、二十五日の始発は午前零時二十七分発で、宇野一時四十六分発の列車に接続し、六時五十七分には大阪に到着する。

榎津巌は、戦後まもなく大阪で通訳養成所にいたと自称し、ここで恐喝事件をおこして二年六カ月の懲役刑を言い渡された前科もあるから、大阪近辺の立回り先も二十一カ所で、京都へ行けば伯母も住んでいる。さらに東海道線を上れば、東京や横浜にも立回り先は二十カ所以上ある。昭和三十四年に、別府で日系アメリカ人の旅館を舞台にした詐欺をはたらいたときは、東京で三カ月あまり暮らしており、共犯の女性は新宿の旅館に住み込みで働いているから、これも有力な立回り先なのだ。

ただし捜査本部では、もっとも有力な立回り先は、別府市の実家だとみている。榎津のアパートを捜索して、ゴミ箱から発見した妻宛ての手紙は、「心を入れかえて再出発するから信じてほしい。子どもを連れて行橋市にこないか」という内容だった。いちど手紙を出したのに返事がこないので、その催促のつもりだったらしいが、封をしたあとで破り捨てているのだった。宛名を義弟にして佐賀市から書留小包を送ったのも、肉親を思う気持ちからだろう。宇高連絡船に残した遺書めいたハガキはともかく、福岡市の旅館へのハガキはいかにも不自然にみえるが、これもトランジスターラジオと現金八万円を盗まれたと印象づけるための作為なら、つじつまが合うのではないか。

つまり榎津は、小包を受け取った家族が警察へ届けるとは思わず、娼婦に盗まれたことにしたかったのだ。この点について旅館では、「果物を買いに行くと言って抜け出した女は、小さなバッグしか持っていなかった」と述べている。仮に香春町で買ったトランジスターラジオのほかに、ポケット型をもう一台持っていたとしても、これだけのことをした男が、八万円もの現金といっしょに盗まれるものだろうか。とかく犯罪者は、不法に入手した金品について追及されると、たいていギャンブルで費やしたといい、もうひとつの口実は娼婦の持ち逃げなのである。

15――海

榎津加津子は、地獄で卵を売っていた。

別府観光の地獄巡りコースは、「天然自然海地獄」がバスの折返点になっている。血の池地獄―竜巻地獄―坊主地獄―竈地獄―鶴見地獄―鰐地獄などあるなかで、この海地獄は池の面積もひろく、硫酸鉄をふくんだ湯は青く澄んでいる。華氏二百度の蒸気が噴き上げて、湯の湧出量は一日千五百トンにもなる。彼女の仕事は、ここで池に漬けた卵を売ることだった。

別府張り込みの捜査員は、三十円で一個だけ買った。

「これで一日、なんぼぐらいになる?」

「さあ、その日その日ですけんねぇ。なんぼ売り上げるかは、その日でなけらにゃわからんです」

「天気の良し悪しもあるじゃろうからな」

「いいえ、たいてい団体さんですけ。バスは予約しちょるし、雨の日でも来らっしゃる。天気にゃ関係なかですよ」

日除けのすだれの下で、榎津加津子はくすっと笑った。細い眼はいくぶん斜視気味で、唇を右にめくるようにして笑うと、歯の白さが目立つ。売店の制服らしい水色の上っ張りを着ているが、止めたボタンのあたりがはちきれそうだ。四十五歳の捜査員は、卵をゆでる籠を覗きこもうとして、蒸気を受けてあわてて顔を引いた。

「なんぼ別府の湯でも一分や二分間じゃ、ゆで卵にゃならんですよ。こっちのぶん、食べなっせ」

「こりゃ、済まんね」

粉薬をくれる薬局のように、紙包みの塩もそえて、三十六歳の売り子は卵を渡した。捜査員は塗装がはげて錆びている鉄柵に卵を当て、殻をむいた。

「べつに味が、どうこういうもんでもなかですよ。家で食べるものと変わりはなか」

「バッテン、いっぺん食うてみたかった」

「男ちゅうもんは、そげなもんらしいですねぇ……。わあ、すごかよ、一口で。塩をつけにゃ、胸につかえるですよ」

榎津加津子はおかしそうに笑い、捜査員がおどけて眼を白黒させると、ふっと視線をそらす。もう笑ってはおらず、入口のほうへ顔を向けていた。

「奥さん、きょうも桟橋な？」

「さあ。行ってはいけませんでっしょか」

「そげなこつなかけんど」

「私がどげなつもりか聞きにきた。そういうことでっしょ、刑事さん」

五人ないし四人の張り込みは、十月二十日朝から続けている。行橋市から別府市まで、自動車で往復三時間。これを二班で、二十四時間交替するのである。十月二十四日の宇高連絡船の偽装自殺で、四国潜伏なら海路をとって別府入りするかもしれない。国鉄駅だけでなく別府港桟橋も張り込むことにしたら、妻も入港時にきているのに気づいた。大阪発の関西汽船は、四国経由で一日三便ある。高松経由は午前七時十分着、今治―高浜経由は午後一時十分着、高浜経由で午後九時三十分着である。このうち昼間の便を除いて、朝と夜の二回は、かならず彼女もきているのだった。

「どげなつもりかと聞かれても、ちょっと言いようのなかですけねぇ」

観光バスが連なって到着し、小学校の修学旅行だった。榎津加津子は生卵を籠に入れ、泉脈までの深さ二百メートルの池に卵を吊るす準備をはじめ、捜査員は後ろへ下った。

榎津巌の実家は、海岸通りの公園に面したところで、以前は会社の社員寮だったのを買い取り、貸間業をしている。ともに明治三十一年生まれで六十四歳の両親、三十六歳の妻、十六歳の長男、十一歳の長女と次女。この六人が暮らして、五組の間借人がいる家を、斜め前の公園の茂みから見張る。

朝五時三十分に、杖をついた父親が出てくる。まだ暗いが、教会のミサに行くのである。母親もミサを欠かさないが、もともと胃弱なのが事件のショックで寝込み、祈りを夫に託している。父親が杖をついているのは、リュウマチのせいである。行橋市の果樹園を処分して別府市へきて、もう二十年以上になる。温泉旅館の経営は順調で、リュウマチも小康状態をたもっていたのに、息子の度重なる犯罪で追いつめられ、小さな貸間業になってしまった。温泉旅館を手放したのは一年半前で、息子は小倉刑務所に服役していた。女に旅館を処分させた詐欺事件は、父親の旅館のすぐ近くが舞台だった。同業者たちから疎んじられるようになり、父親は海岸通りへ移った。ここを選んだのは、カトリック教会が三百メートルほどのところにあるからで、正門の碑に「神よわたしの汚れを洗い罪から清めて下さい」と刻まれている。

午前六時五十分くらいに、榎津加津子が玄関を出る。このとき彼女は、郵便受けを覗くために背伸びする。朝刊はミサに出る父親が取っており、彼は教会からの帰りに小学校の塀のところで社会面だけ読み、商店街のゴミ箱に捨てていく。すでに新聞はなく、この時刻まだ郵便が配達されるはずもない。なぜ覗くのかわからないが、それが癖になっているらしく、外出先から戻るときも、背が低く横に張った体つきの彼女は、かならず玄関で背伸びするのである。

土産物を商う会社の寮だったこの家で、彼女は昨年十一月末から暮らすようになった。それまでは三人の子どもと、別府駅裏のアパートで生活していた。夫が詐欺罪で懲役二年六カ月の判決を受け、福岡高裁に控訴中だった昭和三十五年八月に協議離婚し、まだ処分する前の温泉旅館を出て、ホテルの掃除婦になったのである。しかし、夫が仮出獄してから、親族会議をひらいて復縁の話になり、子どもたちと海岸通りの家に戻った。

婚姻届を出して、夫はセールスマンの仕事に精を出していたが、その生活も一カ月あまりだった。出張のたびに持ち出した衣類は、旅先で洗濯してもらっているということだったが、じつは勤め先に置いていたらしく、それをいくつもの段ボール箱に入れて持ち出した日が、会社勤めをやめた日という。それきり家へ帰ってこず、行橋市の劇場の女と同棲をはじめたと聞いたが、彼女はそのまま夫の両親のところに残っている。

ホテルの掃除婦の仕事は、再入籍したときやめた。「女は家庭を守るべきだ」と命じる夫にしたがったのだが、その夫が家に寄りつかないのでは、ふたたび働きに出るしかなく、海地獄でゆで卵を売るようになった。とはいえ早朝から、その仕事へ行くことはない。朝早く出かけるのは、別府港栈橋へ行くためだ。教会とは反対方向の国道10号線に出て、東へ約二キロメートル、自転車をこいで港へ向かう。前日午後六時に神戸港を発った観光船は、途中で高松港に寄って、この時刻に接岸する。軍艦マーチがレコード演奏され、旅館やホテルからの出迎人が並ぶほうに、観光客は歩いてくる。捜査員は港のビルの物陰から、手配写真を頼りに監視するのだが、おなじように目立たぬ場所とはいえ、榎津加津子も立っている。タラップを下りてくる被疑者に、この光景はどう映るだろう。張り込みの刑事は見落としても、自分の妻に気づかぬはずはない。口紅を塗るほかは化粧気がなく、海風で髪は乱れたままの妻を認めて、近づいてくるかどうか。むしろ彼女は、刑事の張り込みを知らせるために、このように立っているのかもしれない。なんらかの方法で連絡がついており、自分が立っているときは警戒しろという合図なのか。捜査員たちは、ほとんど被疑者を知らない。わずかに一人、金比羅座から荷物を運び出す日に、「放火する」と脅していたので、警戒に立ち寄った四十五歳の捜査員が顔を見ている。だから最初から別府張り込みに専従しているが、変装などされると自信がない。

海地獄で小学生たちを迎え、とりあえずの準備を終えた榎津加津子が、轟音《ごうおん》をあげる湯煙の池を見ている捜査員に声をかけた。

「あの人が連絡船から海に飛び込んでおらんちゅうのは、ほんなごつですか」

「九割方あれは狂言やろ」

「狂言自殺ねぇ。土左衛門様が上がらんから、警察はそう見るわけですタイ」

ふっと考えこむように、四十五歳の捜査員を正面から見ると、節が大きく爪のつけ根がささくれだっている指を、鼻に当てながら眼を伏せた。

その指を二日前に、捜査員は見ている。夜の桟橋に立っていた彼女を尾行してみると、自転車をパチンコ店の前に置いて入り、いきなり三百円ぶんの玉を買った。そのパチンコ店は、彼女の義妹が経営するところではない。空いた台で三つか四つずつはじいて、やがて気に入った台に向かうと、太くて短い指を器用に動かしはじめた。そうして閉店時間まで、わき目もふらずに没頭して、受け皿が一杯になった。それを景品交換所へ持参し、換金用のカミソリの刃をもらい、路地に入って現金を受け取り、自転車に乗って家へ帰った。どうやらパチンコには、かなり凝っているようだ。

「ちゅうことは、生きておるわけですか」

「あんたは、自殺しちょると思うかね」

「さあ。自殺しちょるか、しちょらんか」

ちょっと節をつけるように、榎津加津子は言った。からかっているのかと、刑事は呼吸を整えるためにタバコをくわえた。ときどき彼女は、こういう言い方をする。父親は捜査員はもちろん、取材の記者たちにも律儀に応対し、問われたことにはなんでも答える。その細い身体で、嫁や孫たちをかばい通し、質問がそちらに向くと、柔和な表情がにわかにこわばり、「家族だけはそっとしてやってください」と訴える。朝のミサに出かけるとき、配達された新聞を持って出て、自分だけ読んで帰りに捨てるのも、全国指名手配の強盗殺人被疑者についての記事を、家族に見せないためだろう。だから別府張り込みの捜査員たちは、妻に接触するのを避けてきたけれども、桟橋に立っているのを見たからには、その真意を聞かないわけにはいかない。

「自殺しちょるのなら、警察も手間のかからんでよかでしょうが」

「その点については……」

「やっぱり、あれですか。生かしどりせにゃ、具合の悪かですと？」

四十五歳の捜査員は、「生かしどり」に苦笑するほかない。彼女の実家は、福岡県の有明海に注ぐ筑後川沿いの村で、大分県との県境に近い。あのあたりで「生け捕り」を、そう表現するのかもしれないが、妻のことばとして聞くと意表をつかれる。大正十五年生まれで農家の長女、博多へ出てガラス店で働いているとき、榎津巌と知り合ったという。敗戦の翌年の秋、いきなり別府の実家へ伴い、「これと結婚したよ」と言われた父親は、困惑しきったと打ち明けた。そのとまどいは現在も続いているらしく、孫たちの母親という一点でつながっているかに見える。

「バッテン、キリスト教の場合は、神様が自殺を許さんそうだから、そげ簡単に死ぬわけにもいかんじゃろ」

「やっぱり仏教も、自殺は奨励せんでしょうもん」

「いや、カトリックはとくに厳しいと、お父さんから聞いておる」

「そげんこつです」

「奥さんもカトリックやろ。いつから信心を始めたとな?」

「あれと結婚してからです。教会で式をあげました」

「なるほど、別府の教会タイ」

「いいえ、太宰府の近くの教会で、二人だけでやったです。いまとなっては、珍しくもなかごたるバッテン、あのころは教会で式をあげる者はおらなんだ。なんちゅう映画じゃったか、白いベールをかぶってやるのに、うちは憧れていたもんで、コロッとあれにだまされたのかもしれん。それで別府へきて、家の者はみんなあれやけ、おまえもそうしろと言われて、洗礼ば受けたとです。最初の話では、アメリカ生まれでコロンビア大学卒とかなんとか、来てみりゃ親は二人とも日本人でしょう。なんちゅうたらええか、ずっとだまされぱなしですけ」

　さらに続けようとしたとき、修学旅行の児童たちが、ガイドの説明を受ける行列から解放されたので、迎えるために大声を出した。

「はい、卵の実験はこっちですよ。いまから千二百年前に、鶴見山の噴火でできた海地獄の湯は、神経痛、リュウマチ、皮膚病に効いて、卵はおもしろくてためになって、食べておいしい名物やけん」

　宮崎県の小学校の児童たちは、いっせいに駆け寄って卵に手を伸ばすと、小銭を渡そうとする。

「はいはい、ヤケドせんように気をつけてちょうだい。どれがだれのぶんか、おばちゃんがちゃんと覚えておるけん、安心して待っておくれ。ああ、そこのぼくちゃん、別府の地獄は恐ろしかよ、金を払わんで卵を取ったら、閻魔《えんま》大王に叱られるけんね」

　修学旅行の子どもたちが、いちばんの得意先らしく、榎津加津子はずいぶん忙しい。それを見ながら捜査員は、双生児の姉妹に重ね合わせていた。榎津が進駐軍名称詐欺の恐喝罪で服役したあと生まれ、博子と愛子と名付けられた。朝鮮戦争さなかの別府は、海軍基地としてアメリカ兵が多く、榎津は英会話の講師と称して接客婦を集め、ビアホールもひらいたりして、闇ドルの不法所持で罰金刑に処せられたことはあるが、比較的安定した時期で、父親の旅館業も手伝っていた。しかし、姉妹が一歳の誕生日を迎えたころ、こんどは福岡市における詐欺罪で、懲役五年の判決を受けた。

午前八時になると、姉妹は玄関を飛び出して、学校の方角へ駆ける。手をつないでいるときもあるし、分かれてべつべつの道を行くこともあるが、いつも二人は駆けている。その小学六年生の妹たちより三十分くらい早く、十六歳の長男が家を出る。彼は中学校を卒業すると、市内の医療品会社に就職しており、定時制高校一年生なのである。小柄ながらたくましい身体つきで、彼も玄関を出ると駆け出して、帰宅するときも小走りなのだ。学校へは事件いらい行っておらず、夜になって家のなかから怒鳴り声がするのは、癇癪《かんしゃく》をおこして妹を叱りつけるときらしい。

「はい、おおきに。出口のところで、極楽マンジュウを売っておるけん、そっちも忘れんでおくれよ」

一段落したところで榎津加津子は、笑顔で捜査員を振り向いた。

「あんたたちがやめさせたいのなら、桟橋へ行かんですよ」

「そげなことはなかタイ」

「そうそう、どげなつもりで通うのか、それを聞きにこらっしゃったんじゃもんね。そいでもねぇ、どげなつもりかと聞かれても、ちょっと言いようのなかですけ」

さっきとおなじ言いかたをして、笑うのをやめてため息をついた。

榎津巌が行橋市から、妻子を呼び寄せたいと手紙でいってきたのは、今年の九月上旬らしい。金比羅座を出て半月ばかり、家具屋の二階に間借りして、そのあとアパートを借りたのだから、手紙の住所はアパートになっているはずだ。この妻宛ての手紙は、父親も読んでいる。「どうしたものでしょうと相談を受けたので、相手にするなと言ったのです」と説明しながら、父親は嗚咽《おえつ》した。「あのとき息子の望みどおりにしておけば、こんな事件を起こさなかったのではないか」と悔やむのである。しかし、これまで榎津は、何度も妻を裏切っている。不始末をしでかして家を飛び出したとき、帰るきっかけをつかむためか、まず妻を呼び出す。両親と別れて親子五人で暮らそうといわれ、四年前には佐世保市まで行ったことがある。そこで勤め口をもって借家住まいのはずだったのに、駅に出迎えた夫は旅館へ連れて行った。それきり姿を見せないので、手紙の住所を訪ねてみると、夫が間借りした部屋には女がいた。駆け落ちのかたちで佐世保へきて、別れ話になって女がいなくなったので妻子を呼び、やって来たときに女が戻っていたわけで、榎津は一人で別府へ逃げ帰った。それでも「心を入れかえた」というので、父親の旅館でもとの生活に戻り、商売に身を入れて業界の会合にも出たりしたが、親睦会の一泊旅行へ行ったとき、すでに次の犯罪に着手していた。

「ほんなごつ、自殺でもしてくれたら、どげん清々するかと思うですよ。この気持ちに、偽りはございません」

榎津加津子は、そう言ってなんども頷いてみせる。しかし、先月は舅《しゅうと》に止められなかったら、手紙に誘われて行橋市へ行っていたかもしれない。当人にはたしかめていないが、父親の供述ではそうなっている。「自殺でもしてくれたら、どげん清々するか」

というのは、たぶん正直な気持ちだろう。だが榎津は、まちがいなく生きており、いずれ別府へ立ち回るだろうから、こうして張り込んでいるのだ。四十五歳の捜査員は、そのことをどう切り出したものかを迷っていた。おそらく被疑者は変装して船から下りてくるだろうが、自分は一回しか見ておらず、同僚は写真でしか知らない。ところが妻なら、どんな変装をしていても見抜けるはずである。いまとなっては過去のどのケースともちがうのだから、警察に引き渡してこそ、悔恨の根っこを断ち切れる。ぜひ桟橋で協力してもらいたい。

「あんたも、苦労するねぇ、奥さん」

ここで捜査員が、切り出すきっかけをつかもうとすると、榎津加津子は、白い歯を見せて言った。

「そりゃ、もう毎日、地獄ですけん」

16――幟

昭和三十八年十月二十九日夜、吉里幸子は、山陰本線を移動中だった。

捜査本部では予想される立回り先のうち、きわめて有力なのが別府の実家と、吉里幸子だとみている。ただし、「金比羅座マル秘ヌード」として、実質上の座長の彼女は、ほぼ五日きざみで移動していた。捜査員一人を派遣したのは、いちおう事情聴取しておかなければ、旅行先の警察署の協力を得られないからだ。しかし、行橋署防犯課の刑事が米子市の巡業先を訪ねた日は千秋楽で、夜になって次の鳥取市へ移る、あわただしさのさなかだったのである。

米子駅に近い映画館で、六日前から興行中だったが、吉里幸子は事件についてなにも知らず、榎津巌が全国指名手配中のことも初耳なのだ。楽屋に顔を出した刑事が手短に説明したとき、彼女はフィナーレでソロを踊るため、菱形に細かく切った銀紙を貼り付けた舞台衣装だったが、崩れ落ちるように床に膝をついた。みるみる涙があふれ出て、コンクリート床に染みをつくるのを見ながら、捜査員は「知らない」ということばを、信用することにした。楽屋といっても映画館なので、非常口とか赤ペンキで表示のある扉をへだてた、実演がないときは物置になる部分である。一行はここに貸フトンを敷いて泊まりこみ、幹部俳優の吉里幸子らは、スクリーンの裏に寝ていた。千秋楽というのでゆっくり話が聞けると思ったのに、今夜のうちの移動で、米子駅発が午後九時四十二分の列車に乗るという。翌日からは大阪のストリップ劇団の興行で、深夜の楽屋入りだから、それまでに空けておかねばならない。だから世帯道具のたぐいは、すでに整理して積み上げてあり、フィナーレの幕が下りたら、二十分以内に化粧を落として、ここを出る段取りだった。

けっきょく捜査員は、移動する一座とおなじ列車で、鳥取市へ行くことになった。正式な供述調書は、行き先の警察署の取調室を借りて作成するとして、とりあえず列車内で話を聞くことはできる。吉里幸子が承諾し、フィナーレのために舞台へ行ったので、捜査員も客席へ戻った。芸名が加茂さかえで三十六歳の彼女は、小柄で贅肉《ぜいにく》もついておらず、舞台でライトを浴びた顔は陰影がはっきりした美形で、実際の年齢より若く見える。春日八郎のレコード「長崎の女」が彼女の曲で、どこか物憂げに踊りながら、ほかの踊り子よりも早く全裸になる。そして最後に、白いハンカチをくわえて口紅をつけ、客席に放って舞台袖に消えたが、まばらな客席で拾いに行く者はいなかった。

――日ごろから新聞など読むことはなく、旅興行となるとなおさらで、世間のことは知らずに過ごしている。座員のなかにはハガキ大の画面のテレビを持つ者もいるけど、皆でいっしょに見るために買ったのではない。個室があるわけじゃないので、寝泊まりは大家族みたいであっても、互いに気をつかいあっている。一座の出入りは、旅に出て帰るまで四、五人はあるけど、現在は総勢十四人で、ご覧のように赤ん坊も混じっています。幕内の暮らしは、芝居でもストリップでも変わりはないけど、ストリップは大道具が要らず、レコードに切り換えて楽団がないぶん、少人数だから助かる。しかし、映画館のときはコンクリート床だから、貸しフトンにくるまっていても、夜になるとじわじわ冷えてくる。これから冬になると、ほんとうに困る。九州なら古ぼけていても芝居小屋で、楽屋に畳が敷いてあるのに、こちらへ来ると映画館が多いから。ともあれ、あたしは榎津さんが起こした事件のことを、いまのいままで知りませんでした。

――こんなふうに言うと一座の者に申し訳ないけど、あたしはストリップを早くからやめたかった。金比羅座の食堂をやらせてもらったのも、現役を引退して、いわゆるカタギになりたかったからです。子どもは長男十四歳、次男十二歳、長女十歳で、三人おります。いずれも県外就職に出る運命にあるから、それまで親としていっしょに生活したかった。旅から旅への渡り鳥で、ずっと姉に預けっぱなしでしたから。食堂をやらせてもらうようになったのは、昨年八月からです。ストリップ一座は、姪が率いることになり、現在のキャッシー松原です。しかし、二十二歳では座員をまとめるのがムリで、あたしが食堂で失敗して、今日このように、元のモクアミに戻りました。

――榎津さんとのことがなくても、食堂経営は失敗だったのです。恥ずかしいことですが、女でありながら炊事は苦手でした。幕内での暮らしなら、それはそれで通るんです。芸をお目にかけるのが、あたしらの仕事でしょう。それがいきなり、ウドン、焼ウドン、チャンポン、親子ドンブリといったものを、お客さんに食べていただく商売になって、おいしいものをつくれるはずがない。せめて安くしようと努めたのですが、ほんとうにむつかしいものです。酒やビールを呑んでいただく方には、それほど引け目を感じなくても済んだのですが。

――榎津さんが初めて来てくれた日のことは、クリスマスの夜だったから、よく覚えています。あの人はチャンポンを注文して、「自分は仕事中だからアルコールはやめておくが、メリークリスマスでありたい。あなたが代わって、酒でもビールでも呑んでくれないか」と言った。それで遠慮なくビールをいただいて、いろんな話題になった。扱っているのはピーアール商品で、現代はなんでもピーアールだから、会社は順調に伸びている。そろそろ支店長にどうかと誘われているが、自分の性格として、そんな椅子におさまりかえるよりは、第一線にやりがいを感じるので、わがままを通させてもらっている……。だいたいそんな話で、あたしはビール二本をいただき、その日はそれだけでした。表にはライトバンが停めてあって、仕事中だから呑まないというのは立派だなぁ、と感心したような次第です。

——それから暮れまで三度、「あなたの店に寄るのが楽しみで、北九州方面に用事をつくっている」と。あの人はいつもチャンポンで、あたしはビールでした。大学は大阪外語で、学生時代は演劇部で演出をつとめ、演技にきびしい注文をつけるから、みんなに恐れられた。そんな話がはずんで、あたしもつい、朝鮮や満州で過ごした子役時代のことなんか、しんみり打ち明けたりしたのです。「正月休みはドライブを楽しみたい、あなたの行ってみたいところはないか」と誘われたのが大晦日でした。しかし、正月興行の「金比羅座マル秘ヌード」に、どうしても友情出演しなければならないので断ると、「それじゃ大学時代の友人を関西方面に訪ねよう」と。そして休み明けに、おみやげだといって、あたしに白いトッパー、店を手伝う中学三年の姪に白いクツをくれました。

——いっしょに宮崎へ行ったのは、正月休みが明けてからです。宮崎のサボテン園は、前から行ってみたかった。ほんとうは子どもたちと行きたかったけど、もう学校がはじまっていたから。あたしが汽車で別府まで行き、あの人が出迎えてくれていて、別府から会社のクルマに乗り、このときは中型トラックだった。宮崎方面へ仕事をつくったとのことで、「ついてはお願いがある」「あらたまってなんですか」「宮崎の支店長に、女房を連れて行くと言っているからよろしく」「あら、こんな女でいいんですか」「大いに自慢したい」と。それであたしは支店長に、「主人がお世話になっています」とあいさつをしております。そのあと旅館へ行ったら、部屋は一つだけ。「困ります」と言うと、「三十女が野暮なことを言うものじゃありません」とのことで、初めて関係をもちました。その次の晩も、やはり旅館でおなじように。サボテン園ですか？　行ってません。

——宮崎から帰って、三日目のことでした。いきなり紙包みをどさりと置いて、「開けてごらん」と言われ、「食堂・金比羅座」の宣伝マッチなんです。ちゃんと店の所在地も電話番号も印刷されて、二千五百個ありました。あたしが驚いていると、「前からプレゼントするつもりで、会社でつくらせていた」と。ピーアール商品の会社というのは、こういうものを商うのだと初めて知りました。その次に、やはり名入りの袋がついた割り箸を一万本。その次は、タオル六十枚。「夏になったらウチワもいいだろうな」と。あたしは結婚できなくてもいい、相談相手になってくれるだけでもいいと思いました。それで榎津さんも、「なんでも相談してくれ、金のことだっていい」と。

——今年一月二十日ころ、電話があったときに、金を都合してほしいと頼んだ。一万円でした。すると「別府まで来れるか」「行きます」「自分も相談したいことがある」という次第で、行くと旅館に案内されました。「ぜひ聞いてもらいたい」「なんですか、水くさい」「この通りだ」。あの人が頭を下げて差し出したのが戸籍謄本で、子どもが三人、それに離婚した奥さんを再入籍している。「あなたに隠していたことを恥じる」「頭を上げてください」「卑怯な男と思うだろう」「いいえ、あなたほどの男ですもの。仮に奥さんがいないとしても、内縁の妻はおられるだろうと思っていました」「これは宗教上の理由による形式的な結婚でしかない」「いいんです、こうして打ち明けてくださっただけでも嬉しい」「許してくれますか」「許すも許さないも、あたしたちは深く結ばれているじゃありませんか」「そう、すでに離れられなくなった仲だ。ずっとあなたの側にいたい。行橋市に職をみつけるから、いっしょになってくれないか」「本気ですか」「本気だとも」「それほどまで言ってくださるのなら」。関係？　その日も、もちろんいたしております。

——翌日、さっそく榎津さんは、行橋市へきました。一万円は、そのときくれたのです。初めの二日間は、食堂の横のゴザを敷いた部屋で寝泊まりし、三日目からあたしらのアパートの部屋へ入りました。三人の子どものことは、別府に呼ばれたとき話しています。あの人が戸籍謄本を見せてくれたから、あたしも隠し事をしてはいけないと思った。すると「父親が必要な年齢だからね、勉強もみてあげよう」と。さすが外語大で、たいしたものですよ。中学二年の長男の英語の教科書をばらばらめくって、発音も日本人離れしているんですね。洋服ダンス、水屋、下駄箱、電気コタツなども購入したから、だいぶ金を持ってきたようです。それにフトン一組と衣装箱が五つ。あの人はおしゃれだから、衣装も多いんです。よくこれだけのものを持ち出せたものだと、別府の奥さんが気の毒になった。二月に入って、あたしの知り合いの行橋貨物に就職して、テレビも月賦で買ったから、なんにもなかったあたしたちの部屋が、いっぺんに賑やかになった。こう申しては相済まぬことですが、食堂のほうも客がふえてきて、一日が暮れるのがもったいないような、そんな生活でありました。

――別れ話は、あたしのほうからだった。楽しかるべき日々が、いつしか苦しみの日々となり、このままでは気が狂うと思ったからですが、あたしが至らなかったせいです。つらくなると酒を呑む。呑むとずいぶん酔っぱらう。あの人は、呑んでも銚子二本くらいで、酔うことはありません。酔うのは、いつもあたしでした。どうしてって、あたしが至らないからです。あのことも、姉が申し上げているのなら、自分の口から言ったほうがいいでしょう。言いにくいことですが、あの人は朝と夜の二回、かならず求めてきました。アパートの部屋は、十畳ぶんくらいだけど、一間だけです。それなのに、子どもが起きているのもかまわずに、ひたすら迫ってくる。せめて眠るまで待ってくれといっても、待ってくれない。それは聞き分けのない人でした。今年七月の中旬に行橋貨物をやめてから、とくに激しくなりました。あたしは食堂のほうも怠けがちになり、経済的にも苦しくなったから、精神科の先生の世話になったのです。

――なにもかも自分が至らなかった。榎津さんが悪かったとは、ちっとも思っておりません。世間には申し訳ありませんが、あの人は本気に、あたしのことを好いてくれていました。「初めてあなたのような情のある女を知った。身体を求めるのは、あなたの心を引き寄せたいからだ。子どものことより、おれのことだけを考えてくれ。浮気したらぜったい殺してやる。きちがいになるならなれ。おれが最後まで看病してやる」。あたしも、大切に思うておりました。なろうことなら、あの人の言いなりになってあげたかった。いっそきちがいになりたいとも思った。ことばどおりに、最後まで看病してくれたかどうかはわかりません。でも、自分が至らなかったばかりに……。

――義理の兄の西条銀次郎が、あいだに立って別れ話をまとめてくれました。西条は、姉の夫です。ついでだから申し上げますが、姉の水島花江こと川端京子とは、腹ちがいになります。こちらは妾の子ということで、小さいときから仲がよくありません。しかし、あたしが至らなかったばかりに、姉夫婦にも多大な迷惑をかけました。榎津さんが「別れるなら金比羅座に火をかける」と息巻くものだから、引っ越しの日は、義兄の知り合いの刑事さんに顔を出してもらった。古川さんですよ、元気にしておられますか。あの人が暴れたり、放火のそぶりをみせたら、その場で逮捕する段取りでした。そのことを当日に、あたしがこっそり教えたからか、あの人は厭味を口にしただけで、放火なんかしなかった。自衛隊のイトコさんも手伝って、荷物をトラックに積み込んだ。洋服ダンス、水屋、下駄箱、電気コタツ、フトン……。テレビは月賦が払えんようになったから、電気店が取り返しにきている。それから炊事道具いっさい。あたしらは、どうせ食堂で食べればよい。あの人は、これから自炊しなければならないので、あたしが持って行かせたのです。

――出て行くとき、「金がいるときは相談してくれ。男だけはつくらんでくれよ」と言ったので、あたしが「身体には気をつけなさい」と声をかけると、「別れるちゅうのに要らん世話を焼くな」と怒った。それきり、会うてはおりません。あたしは四日間だけ精神科に入院し、すぐ加茂さかえに戻って、旅興行に出ております。病名はノイローゼちゅうそうですが、頭がガンガンして胃がキューッとして、クスリをたくさんもらっていたけど、旅興行に出てすぐ治りました。これも世間に相済まぬことですが、あたしにはこの稼業がよほど合うておるのでしょう。

十月三十日午前零時九分、列車は鳥取駅に着く。布張りの衣装箱、ステレオアンプ、炊事道具を入れたボストンバッグ、子ども用三輪車……。座員たちは、それぞれ分担する荷物を網棚からおろしにかかる。大阪には午前七時すぎに着く普通列車の乗客たちは、たいてい眠っている。空いた席をみつけて二つの車両に散っていた座員たちは、それぞれ無言で連結部分に集まりだした。吉里幸子が受け持っている荷物は、照明器具、カツラ、スーツケース、レコード一組だった。網棚からおろすのを手伝うべきかどうか、捜査員が迷っていると、彼女は微笑してハイヒールを脱ぎ、座席シートの上に立った。網棚に手を伸ばしてワンピースの裾が上がったのに気づくと、背もたせに足をすり寄せて隠しながら、かなりの重量になる荷物を通路に置く。これから鳥取署へ行き、捜査本部へ電話を入れねばならない刑事が、「荷物を持ちますよ」と告げたら、吉里幸子は大仰に手を振って辞退し、「七分間停車なので心配ありません」と、舞台で見せたような笑顔だった。

「ああ、そうそう、榎津からのハガキだ。お姉さんから十月二十三日に任意提出を受けたが、あんた宛てなので持ってきた。いま渡しておくから、あとで返してもらいたい」

「済まんことです」

吉里幸子は、渡された封筒を覗きこんで、十月二十二日に投函した佐賀郵便局消印のハガキを、すぐに取り出して読んだ。

「前略。秋冷の季節と成りましたが、貴女様には如何お過ごしかと案じております。私は只今、死出の旅。人生航路の終着駅に到着するのは、刑の執行に依るのではなく、自分で死を選ぶ。左様奈良。苦労をかけたね。正人君、一成君、景子ちゃんに幸あれ。

人がみな刑事に見ゆるなり

追われきて駅の雑踏に佇む

東京にて　　　　　巌」

「刑事さん！」

吉里幸子が叫び、よく透る鋭い声に射すくめられたように、歩いて行きかけた捜査員は立ちどまった。眠りを妨げられた乗客たちがいっせいに起き上がって探した声の主は、注視のなかをストッキングだけの足で駆けた。

「なんであんたは、初めにこのことを言わなんだ。あの人は、自殺するち書いておる」

「いや、これは偽装だから」

「ハガキを最初に見せんのは、卑怯者のすることよ」

水色のワンピースの彼女は、刑事の腕をつかんで問い詰め、ドア近くにいたレコード担当の座員は、抱いていた赤ん坊を急いで妻に預け、後ろから羽交締めにした。そうしなければ、次は殴りかかるなり嚙みつくなり、酒乱の彼女がときどき演じる暴力沙汰になるからだ。

17——土

昭和三十八年十月三十一日、馬場大八の妻フミが、初めて事情聴取に応じた。

柴田種次郎の殺害現場近くで、トラックを停めて待っていた事実、その第一現場から自分が被害者となる第二現場まで運転して行った事実。このため犯行に加担して、集金人殺害後に主犯の榎津巖から殺されたのではないかと、憶測が生じている。雇い主の行橋通運では、とりあえず見舞金五万円を届けただけで、退職金その他については犯人逮捕を待ってからにするという。それは労働基準監督署もおなじで、労働災害保険が支給されるかどうかは、いまのところわからない。

事情聴取には、行橋市の郊外になる旧我入道村の馬場家に、捜査員のほうから出向いた。農家としては小さな建物が、鎮守の社《やしろ》の裏側にあり、庭はいたるところサルビアの花だった。柿の木も二本あり、小粒の実が鈴なりだから、遠くから見るとサルビアの朱《あか》い花とともに、死者を出した家に不似合いな明るさに映る。サルビアの花は、柴田種次郎が殺された畑の横にもたくさん咲いており、唐辛子の実も色づいていたから、飛び散った血はさほど目立たなかった。しかし、馬場大八の死体は、野の花もない斜面に転がされていたせいか、おびただしい量の血が凄惨だった。

「ちょっと待ってつかっせ。いま気持ちの整理をつけとりますけ」

応対したのは、フミの長兄だった。事情聴取については、前日すでに了解をとっており、供述調書の用紙を持参しているのに、これはどういうことなのか。

「ですからね、妹を説得しておるです。降りかかる火の粉は、払わにゃならぬ。火のないところに煙を立てられ、黙って引っこんで、どげんするつもりか、と」

額と鼻が異様に赤いのは、解剖後の死体を引き取りにきたときも目立ち、捜査員は見覚えがあった。北九州市との境の京都郡苅田町から、八幡製鐵所へ通勤している九つ上の兄は、灼熱の鉄にあぶられる日常であり、額の皺が伸びたときは、そこだけ白いことがわかる。葬式のときは、妻の実家の者が忙しくはたらいており、行橋通運の配車係も受付にすわっていたが、馬場大八の実家の者は、どこか人目をはばかる表情だった。この地域のしきたりでは、世話役がもっと出てよいはずなのに、そもそも告別式の参加者も五十人足らず。柴田家の葬儀に、事件への関心を示すように多数が参加したから、あまりにも対照的だった。

「ああ、よかごたるですね。どうぞこちらへ」

庭先で応対していた兄が、自分も後見人として立ち会うことを断りながら、屋内へ案内した。食堂兼台所の土間は、野良仕事のときテーブルにつけるようにしたもので、椅子が五つ置いてある。テーブルの上はベニヤ板なのに、椅子は背もたせが高く、立派な彫刻がほどこされており、出入り口のところに並んですわった捜査員は、二人とも座高を測るような姿勢になった。

「これはね、キャバレーで使っておったんです。筑城基地が返還になったものだから、閉店してホコリをかぶっておったのを、大八さんがもらってきた。ほれ、仕事が仕事だから、運賃がかかるわけでもなく丸儲け。フミよ、このテーブルも、キャバレーで使うておったもんじゃろ」

しかし、馬場フミは黙ったまま、湯を沸かすためにプロパンガスに点火した。後見人は首をかしげながらテーブルの下を覗き、捜査員もそれにならった。このテーブルは脚が多く、紐でくくりつけてある。よく見ると二台で、角が尖って胴がくびれた形をしている。なるほど並べても隙間が生じるから、わざわざ上にベニヤ板なのだ。それぞれ得心のいったところで、事情聴取にとりかかった。

「奥さん、あなたが心配することはありまっせん。犯人が逮捕されたら、なにもかもはっきりします。警察としては、その手がかりをつかむために、奥さんに協力を求めておるわけなんです」

「そう、そう。大八さんが共犯者なんちゅう噂は、心ない民衆が、デマに踊らされた姿だと、妹の耳が酸っぱくなるくらい、自分も言うて聞かせちょります」

「それでは奥さん、身上関係から聞かせてもらいます。馬場大八、大正八年七月十五日生まれ。これでよかですか」

「大正八年やけ、大八さん。フミ、七月十五日が誕生日やろ」

妻フミは、大正十年三月十八日生まれ。婚姻届出は、昭和二十二年九月一日。長女真奈美は、昭和二十五年七月十六日生まれ。行橋通運で調べたことを確認するだけだが、これもいちいち後見人を通じておこなわれた。当のフミが初めて口をきいたのは、捜査員に質問するためだった。

「刑事さん、主人はほんなごつ、柴田さんが殺された朝鮮寺からトンネルの先まで、自分で運転して行ったとでしょうか」

「そういう目撃者がいる、ということです」

「そいで犯人と、金の分け前のことでケンカになり、殺されたとですか」

「じゃけん、奥さん。それはお兄さんが言わっしゃったごと……」

「心ない民衆が、デマに踊らされた姿。こういうのを警察に取り締まってもらいたい。フミ、自分からお願いしておくがよか」

「バッテン、主人にゃ女がおって、駆け落ちする金が要るけん、大それたことをした。ちゃんとNHKでも、放送したじゃなかですか」

「待ってつかっせ。奥さんにゃ、心当たりがある？」

「あるもんですか、ありゃせんですよ。バッテン、NHKが放送したとなると、やっぱり気になるですよ。だいたい主人は、民放が嫌いでしたもんね。それで真奈美にも、なるべくNHKにするよう言うておりました」

「ほんなごつNHKが、そげな放送をしておりますか」

「天下のNHKが、そげなデマを飛ばしてどげなる。フミ、たしかにNHKが、放送したんじゃな」

「うちは聞いておらんバッテン、勝子さんが言いよりました」

「それなら怪しい。そもそも本家の勝子さんが、NHKじゃもんな。あのNHKが、勝手にNHKをやるよるだけタイ」

「これで馬場家の者は、行橋市じゃまともに顔ば上げて歩けんと、勝子さんが面と向かって、うちに言うとります」

「そげんこつ言うたか。なにが馬場家の顔じゃい。なんでフミ、そんとき言うてやらんかったのか。長男に分家をさせ、次男が本家におさまるげなことが、世間の物笑いのタネじゃなかか。昭和二年生まれの昭二が、大正八年生まれの大八を差し置いて本家を継いだことを、それほど自慢に思うちょるとはな」

「しょうのなかでしょ、兄さん。勝子さんは八反歩も持って、嫁にこられたとやけ」

「ああ、悪かったよ。兄ちゃんはおまえに、一坪の土地も付けて嫁入りさせんかった。そいでもフミ、この場で言うておくぞ。これでも兄ちゃんは、親代わりにおまえの面倒をみてきた。それでキレイな身体で、大八さんにもらわれた。嫁入り前にキズがつけば、それは兄ちゃんの責任ぞ。男一匹、これでも面子《メンツ》ちゅうものがある。どこかのだれかさんじゃなかバッテン、キズ者を嫁にやるお詫びのしるしにと、借金を抵当に入れてでも、七反歩くらいは持たせたろや」

「なるほど、それで七反歩ですなぁ。これは警察としてではなく、私の個人的な考えですが、男ならやっぱり、そげなものを付けてもらうよりは、白無垢に角隠しにふさわしか嫁さんを欲しかですよ。……それで結婚が、昭和二十二年九月一日。そのあとのことを、ざっとお願いしまっしょか」

＊　　＊

以下、後見人の発言をはぶいて収録し、馬場フミが署名捺印した供述調書である。

分家したのは、昭和二十三年の暮れでした。わら葺《ぶ》き屋根の家と屋敷、水田三反歩、山林二反歩だけを、分けてもらいました。なお、本家を継いだ弟の昭二さんは、水田一町三反歩、山林七反歩を所有しております。

主人は分家して、すぐ国鉄の保線区に入り、臨時の線路工夫になりましたが、これは半年間でした。その後はずっと、行橋通運で働いております。行橋通運では、作業員でした。昭和三十年二月に、いったん退職しておりますのは、私が病気をしたからです。入院したわけではありませんが、農業に支障をきたしたためで、主人が私にかわって畑仕事をしました。なお、このとき行橋通運の退職金その他で、水田一反歩を購入しております。したがって水田は四反歩になり、現在も変わりません。

私も快復しましたので、ふたたび主人は、行橋通運に入りました。昭和三十一年二月からです。ただし、このときから運転手になっております。「作業員は人足ばかりさせられてつまらん」と申し、農業をしているあいだに自動車学校に通って、免許を取ったのでした。作業員から運転手になっても、日給制度は変わりませんが、収入はだいぶ増えたと思います。当時の日給は記憶しませんが、現在は六百五十円いただいておるようです。

給料はぜんぶ、私に渡してくれております。私から毎日の小遣いを受け取って出るのですが、それもバス、タバコ代として、百円から百五十円のあいだです。一年前までは自転車で通っておりましたから、バス代は要りませんでした。なぜバスに乗るようになったかと申しますと、娘が中学校に上がって遠くなったので、自転車を譲ったからでした。それでも、一日に二百円以上を持って出たことはございません。

タバコは「新生」を二日で一箱くらい、酒は晩酌を五勺《しゃく》くらいです。結婚してずっと、この量は変わりません。申し遅れましたが、帰りにバス停留所前の関本商店で、一合だけ「角打ち」しております。一日の小遣いから、きちんと現金払いをしていると思います。関本商店や、バー・料理屋にツケがたまり、困っているというような話は、聞いておりません。だいたい、外で呑むような人ではありません。関本商店なら、「おーい」と呼べば聞こえるようなところだから安心して呑む、と申しておりました。

朝七時十五分に出て、夕方六時に帰ります。これは毎日変わりません。行橋通運では呑みごとが多いそうですが、帰宅して「自分は加わらなかった」と言うことが、月に二、三回はありました。「家でくつろぐのがいい」と、いつも言います。テレビを見ながら、私や娘の話を聞き、機嫌よく眠ります。もともと口数の多いほうではありませんから、自分の仕事について家で話すようなことはありません。したがって、主人の交友関係は存じません。しかし、柴田種次郎さんが酒好きであるとは、聞いておりました。榎津巌という名前を聞いたことはないかとのおたずねですが、ございません。

当日（十月十八日）の行動について、申し上げます。いつもと変わらず、七時十五分のバスで出かけました。持っていたのは、弁当と新聞、それに小遣いの百五十円です。弁当は白ゴハン、鯨ベーコンとキャベツの炒めもの、福神漬け、梅干しだったと思います。新聞は家で購読している「西日本新聞」です。家を出る前に、テレビ・ラジオ欄のある外側の一枚を読んで、それだけをはずして、ほかを持って行くのです。仕事の合間に読むのだと申しておりました。家を出るとき、とくに変わった様子もなく、稲刈りの準備について、少し話した程度です。

午後六時になっても帰らず、残業になるとは聞いておりませんので、「どうしたのだろう」と思っていたら、八時ころ「帰っていないか」と行橋通運から、関本商店の呼び出し電話で問い合わせがあり、驚いたような次第です。おかげさまで主人は、ずっと無事故でありましたし、会社から優良運転手として金一封をいただいたこともあり、私はほとんど心配したことはなかったのです。いくらか短気な面はありますが、結婚いらい私と口論したのは二回くらいで、手を出すようなことはありません。ケンカするとは思えませんし、ひたすら主人の無事を祈り、まんじりともせずに夜を明かしましたところ、やがて警察から、「お宅の主人かもしれないので、見分してもらえないか」と、お迎えがあったような次第です。

なお、承りますれば、このたびの強盗殺人事件の被疑者として、本籍・別府市、前科四犯の西海運輸運転手・榎津巌が、全国指名手配されたとのことでありますが、どうかこのような重罪人は、一日も早く逮捕して、真相を究明のうえ、厳重なる処分を下されるように、よろしくお願い申し上げます。

昭和三十八年十月三十一日

福岡県行橋市我入道字我入道一一七
馬場　フミ㊞

18――舌

昭和三十八年十一月三日、宇高連絡船の「瀬戸丸」で途切れていた、榎津巌の足取りがわかった。連絡船に乗る前に、宇野駅に近い質屋でクツを買い、それを「瀬戸丸」に置いて、高松港からトンボ返りで宇野へ戻り、レストランで食事をしたあと、港に近い旅館に泊まっていたのである。

四国潜入とみて、高松市を中心に聞き込みをしていた警察は、おくればせながら宇野港のある玉野市内に眼を移した。遺留品のクツを持って、質屋や古物商を回ったところ、あっさりクツを売った質屋がみつかった。榎津とみられる男がきたのは、十月二十四日午後七時すぎだった。友人が汽車の便所にクツの片方を落として困っていると言い、「黒っぽい背広を着た、痩せた三十歳くらいの男」が入ってきた。めったにないのだが、質流れのクツが一足だけあったので、三十歳の主婦が出したところ、ちょっと手に取って見ただけで、「一足しかないのならこれでいい」と言う。あまりにも無造作なので、サイズはどうかとたずねると、高松に着けば本人がなんとかするでしょうと、七百円を払った。すぐ帰ったから、人相や特徴はよく覚えていないとのことだが、質屋の主婦は、十数枚のなかに混ぜた榎津の手配写真を、ためらいなく抜き出した。

そして二十五日午前零時三十分ころ、榎津は玉野市内のレストランに立ち寄った。「茶色の帽子、茶色のダレスカバン、黒い背広の男」は、入ってくるなり「腹が減っているので、なんでもいいから食わせてほしい」と頼んだ。閉店直前で四十六歳のマスターは、店員の片づけぶりを見ながら、日本酒で晩酌していた。海老フライしかないと言うと、それで構わないと答えた客は、マスターの隣のテーブルにつき、ビール一本を注文した。そして暗い表情で、「連絡船で投身自殺があったよ」と話しかけてきた。死にましたか。さあ、それはわからんが、助からんだろう。そうでしょうね。バカなことをする者もいるよ。そうですとも。そんなやりとりがあって、ビールのつまみのない客のために、マスターは自分も食べているタコの酢の物を一鉢つくらせ、サービス品だとすすめた。客はお返しだといってタバコ一箱をくれ、ケントだった。外国タバコをカバンから出すとき、辞書のような本を二、三冊いっしょに出して、テーブルに置いた。どちらから見えましたか。広島です。ご出張ですか。ちょっと徳島まで、やっかいな用件で行く。客はむつかしい顔つきになった。広島大の精神科の者だが、あんたは鬼熊事件を知っておるか。四国のあの事件ですか。そうだ、六人も殺した男だが、逮捕してみると頭がおかしいようなので、徳島県警に呼ばれて精神鑑定をせねばならん。

十月二十日、徳島県で逮捕された四十二歳の男は、三好郡池田町の町営水道浄水池管理人一家を、手斧で殺した犯人だった。事件は十月十五日未明に発生し、水道が出なくなり電話も通じないので、町から行って山の中腹の浄水池を調べてみたら、中学三年生の娘だけが重傷で生き残っており、五人が惨殺されていた。十月初めから香川県と高知県で、連続四件の「通り魔」による殺傷事件が起きており、高知県の山村では五十歳の学校用務員が殺されていた。刑務所から出たばかりの男は、一連の犯行はすべて手斧を凶器にやったと自供し、「四国の鬼熊事件」として報道されていた。

一九二六（大正十五）年八月、千葉県久賀村で四人を殺傷した犯人の岩淵熊治郎が、山林に逃亡し、連日の山狩りのなかで、さらに警察官を殺害して、九月に自殺した「鬼熊事件」にちなみ、「四国の鬼熊事件」と騒がれた。

やっぱり精神異常者ですかと、マスターは海老フライを食べている客にたずねた。どうですかな、それを鑑定するために行くのだから、いま軽々しく申し上げるわけにはいかない。でも理由もなしに六人も殺すのは、まともな人間じゃないですよ。むろんそうだ、まともじゃない。もし精神異常者なら、どうなるのですか。問題はそこにあるんだな、法医学上からいうと、心神喪失者と心神耗弱者に分けられて、前者なら罰せられることなく、後者なら刑を軽くすることになっている。それならどっちにしても、やられた側は浮かばれませんね。だからいうだろう、きちがいに刃物だよ。そこで客は、ナイフとフォークをかざすようにして、海老フライの味をほめた。

さてこの時間、あしたの朝に岡山大学へ早立ちせねばならんのだが、駅に近い宿があると助かるんだ。とはいえ先生をお泊めするような旅館がありますかな。広島を出るとき大切な書類を忘れてね、高松からあわてて電報を打ったので、助手が岡山大に届けることになっている。色の黒い顔には、あちこち染みのようなものが浮かんでおり、ビールの酔いが回ったせいかもしれない。マスターは、背広の襟にある「大学」という文字をあしらったバッジを確かめてから、店の近くの知り合いの旅館に電話をかけた。そして海老フライ三百円、ビール百六十円、ライス三十円の合計四百九十円を五百円札で支払った客を、徒歩で五分ほどの旅館まで女店員に案内させた。

旅館では六十四歳の女将が、玄関のカギを開けて、二階の部屋に泊めることにすると、客は階段を昇りかけて止まった。天皇家の写真が玄関にかけてあるのを振り返り、「岡山市で両陛下を見かけた」と話しかけたのだ。山口国体の開会式へ行く途中に、皇籍を離脱した娘を入院先へ見舞うために立ち寄ったことは、新聞で報じられていた。しかし、天皇家の写真を飾るのは死んだ夫の趣味で、女将には関心がない。しかも深夜、それが地声らしく大声なので、ほかの客の迷惑を考えてもらわねばならぬと、かまわずに階段を上がり、廊下右側の六号室に泊めた。早立ちで朝食は要らないといって、午前八時くらいに旅館を出た客は、宿帳に記入していない。レストランの紹介で、大学教授というから信用していたのだ。朝方に客は、係女中に湯を用意させ、髭をそったあとで、素泊まり料金五百円とチップ百円を支払った。そして「鷲羽一号」に間に合うだろうかと、列車の時刻を気にしながら大股に歩いて行った。

レストランでも旅館でも、人相は手配写真にまちがいなく、いくらか実物は痩せていたようだという。係女中は髭そりの湯を運んだから、右耳の下にある赤い痣まで見ている。これで偽装自殺との判断は、一〇〇パーセント正しいとわかったが、わからないのは「瀬戸丸」で高松へ行きながら、なぜ午前零時三十分に、宇野港に近いレストランにいたかである。あるいは偽装工作を手伝った人物がおり、本人は玉野市に残っていたのではないか。しかし、国鉄の連絡船にこだわっていたから気づかなかっただけで、宇高フェリーを利用すれば可能なことが、しばらくたってわかった。高松からのフェリーは、最終便の「金比羅丸」で、午後十一時発だった。定刻どおり運航しており、これに乗れば問題はない。宇高フェリーのダイヤは、市販のものには載っていないが、セールスマンとして商事会社のクルマを運転して四国へ通っていた榎津なら、容易にわかっただろう。

すると榎津は、偽装自殺のあと宇野駅から、上り列車に乗ったのだろうか。大阪行きの準急「鷲羽一号」は、午前八時三十四分に宇野駅を出る。岡山駅には九時十一分に着き、そのまま行けば終着の大阪着は、十一時五十分ということになるが、その点については判断材料がない。だから生存が確認され、足取りがわかったといっても、十月二十五日午前八時までのことだ。

19——影

昭和三十八年十一月十一日、広島県警は、榎津巌を全国指名手配した。福岡県警による第一種手配の被疑者が、こんどは詐欺事件を起こしたからである。

広島東署へ、詐欺被害を訴える電話があったのは、十一月七日午前九時十五分だった。市内の運送業者からで、この日の午前七時三十分から三輪トラックを雇った男が、料金千二百円を踏み倒して姿を消したという。ただちに警察が出動したのは、被害は運賃にとどまらず、積み荷が贓品《ぞうひん》の可能性があったからだ。積み荷のテレビ四台を、基町の孤児収容施設から堀川町の質屋まで運び、入質した様子だった。

質屋へ急行した盗犯係の刑事は、十六インチ型テレビ四台を入質したのは電気器具商で、正規の手続きだと聞かされた。前夜八時すぎに電話があり、「手形を落とすために急に金が要る」とのことで、一台二万円で計八万円、六分の利息を一カ月ぶん引いた七万五千二百円を受け取っている。初取引カードには、市内吉島町の白石知夫・四十一歳と記入されており、身元を証明するものは米穀配給通帳である。入質されたテレビは、まだ梱包も解かない新品で、定価は五万六千円だった。なるほど手続きに不備はないが、入質者の行動は不審きわまりなく、三十歳の三輪トラック運転手の申し立てを整理すると、およそ次のようになる。

①予約があったのは十一月六日午後七時ころで、三輪トラックを指定した。
②七日午前七時三十分、言われたとおりに広島駅前の簡易旅館へ行った。
③乗りこんだ男は基町へ行くよう命じて、養護施設でテレビ四台を積んだ。
④施設で「行って参ります」と園長にあいさつし、堀川町の質屋でテレビを下ろした。
⑤そのあと吉島町へ回り、荷台は空のまま三カ所立ち寄り、質屋へ戻った。
⑥質屋を出て中国新聞社の裏で停め、「料金を払う」と一万円札を出し、「釣り銭がないのならくずしてくる」と歩いて行った。
⑦三十分ほど待っても戻らないので、営業所へ帰って報告し、出発点の簡易旅館へ行ってみると、男は宿泊費を払って出た直後だった。

質屋の説明によると、入質者が身元を証明するものを持っていないので、「ぜったいに受け付けられない」と突っぱねたら、「それなら取りに帰る」といって、品物を置いたまま出て行った。そうして米穀配給通帳を持参したので、取引は成立した。しかし、運転手によれば空車が回った三カ所は、交番―官舎―米屋であり、「自宅へ帰るのに交番で道をたずねるはずはない」という。たしかに電気器具商がたどるコースとして、あまりにも不自然である。盗犯係の刑事は、県警にテレビ盗難の有無を照会したが、「いまのところ届出はない」とのことだった。そこでとりあえず、質屋にテレビ四台の保管命令を発し、捜査にとりかかった。

入質名義人の白石知夫は、米穀通帳にある吉島町に実在するが、電気器具商ではなく、広島刑務所の看守だった。広島刑務所は、太田川河口の三角州にあり、白石は勤務先のすぐ近くの公務員住宅にいる。ところが四十一歳の看守は、一昨日から入院中だった。すなわち、十一月五日午後十一時すぎ、相生橋の近くでトラックにはねられ重傷を負い、大手町の救急病院へ運ばれた。「どがいなふうにすれば、質屋さんに行けるんですか。本人は複雑骨折で、うんうん唸りよるんですよ」と、付き添って看病している三十六歳の妻は激怒した。

とはいえ、米穀配給通帳については、思い当たることがある。七日午前八時十分ころ、市役所から通帳と印鑑を取りにきた。中学二年生の一人娘だけの自宅へ、出勤前の福祉課員が訪れ、「公務員には即座に見舞金が支給されるので、印鑑と米の通帳が要る」と言った。登校前の娘が病院へ電話をかけてきて、途中で代わった福祉課員が事情を説明し、妻は「通帳は米屋にあずけているから、よろしくお願いします」と答えた。すると「看護婦を出してくれ」といい、簡単に容態について質問したあと、「見舞金は八万円くらいだろう」と伝え、電話を切ったという。白石知夫が交通事故に遇ったことは、十一月六日付夕刊で記事になっている。テレビ四台の入質者は、前日の新聞で知り、米穀通帳の入手を思いついたのだろうか。知能犯係の応援を頼まなければならないと、盗犯係の刑事がいちおうの取り調べを終えたら、夫の看病をしている妻がたずねた。「それで見舞金はどうなるんですか。米の通帳を取られてしもうて、手続きができんじゃなあですか。警察はどがいしてつかあさるんですか？」

広島市基町で、孤児八十四人を収容している養護施設の四十四歳の園長は、訪れた刑事に驚愕の表情をみせた。「やっぱりですか？」と問いかけたのは、交通事故に結びつけたからで、テレビ四台を積んで出発した篤志家が、まだ修道院に着かないので心配していた。ところが刑事は事故の知らせではなく、四台のテレビが質屋へ運ばれたことについて、事情を聞くためにきたのだと知り、園長はことばを失った。

その篤志家は、京都市役所のケースワーカーで、住所は京都市河原町三条上ルの保坂謙一郎と名乗った。ここへきたのは前日午後三時すぎで、市内のカトリック教会神父の紹介状を持参している。神父の名刺には、「ブラジル在住の篤志家に委託され、原爆被害の広島・長崎の施設に、テレビを寄贈するためにこられた方です」と添え書きがあった。自称ケースワーカーは、「ブラジルの篤志家といっても金持ちではない。戦前に移住した十数人が持ち寄った四十七万円で、そのうちの一人が私の家内の伯父だから、おまえの亭主なら施設にくわしいだろう、京都からご苦労をかけるが、広島と長崎にかぎって寄贈してくれないかと、二週間前に為替を同封した手紙が届きました。すぐに伺うべきでしたが、宮仕えのつらさで休暇をとるのが遅れました。今月末には衛星中継で、アメリカからテレビ電波が送られてくるそうですから、ブラジルからのささやかな善意を、どうか気持ちよく受け取ってください。ただ率直なところ、なるべく安く買いたいから、値切れるだけ値切りたい。そのぶん一台でも多く寄贈できるからです。といっても大勢の子どもさんの鑑賞に堪えるには、やはり十六インチ型でなければならない。どうでしょう、値段の交渉は私がやりますから、知り合いの電気屋を、ここへ呼んでくれませんか」と、訥々とした話しぶりだった。

きちんと身なりを整えているが、よく見ると背広は「吊るし」の既製品で、袖口はちょっと短い。握りしめている手は労働者のもので、おそらく下積みのながい官吏だろう。最初から品物を値切るという実直さも、信頼できる人物にちがいない。しかし、園長はすぐには電話をかけなかった。寄付するというふれこみで現れ、施設内をくわしく見て引き揚げ、その夜に錠をこわして侵入し、手提げ金庫を盗んでいったことが、四年前にあった。しばらく雑談して観察しても、失礼にはあたらないだろう。そこで園長は、ブラジルの伯父について、いくつか質問をした。すると相手は、「コーヒー園を小規模にやっているそうですが、昭和の初めに渡って三十年ですから、向こうの古老というわけではない。いずれにしても、家内の血縁なので、私はよく知らないのです」と、控えめな説明だった。

標準語ふうなアクセントで、京都弁とはちがう。どこか九州弁の印象だが、出身地まで詮索するのはどうかと思い、園長は聞かなかった。京都からきて司教館を訪ね、神父の紹介状もある人物なのだ。中国地方は、岡山県から山口県まで、広島司教区に入る。

司教館のある広島市には、カトリック教会が四カ所あり、音楽大学をはじめ教育施設は多い。この養護施設も、カトリック教会とつながりをもっている。京都市役所に勤務するケースワーカーは、教会系の施設にテレビを寄贈するために、この日は修道院のライトバンで視察に回り、佐伯郡まで行っている。施設へきたとき、園長は市役所へ出向いて不在だったから、あらためて訪問したのである。食堂にある十四インチ型テレビは、三年前に歳末義援金で買ったものだが、そろそろ映りが悪くなったのはともかく、乳幼児から中学生までいるのに一台きりだから、チャンネル争いが絶えない。そんなことなど考えると、園長としては電気屋に電話しないわけにはいかなかった。「欲に目がくらんだということでしょうか。子どもたちがどんなに喜ぶだろうかと、もう冷静さを失ったんですね」

園長の電話で、近くの電気屋がカタログを持ってきた。三年前の十四インチ型テレビも石油ストーブも電気コタツも、この店から買っている。だいぶ安くしてもらっているから、「こんども迷惑をかけますよ」と園長が言うと、「なあに、卸値を割るような商売人はいませんよ」と京都からきた男の軽口で、三十四歳の店員を苦笑させた。「電気製品は二割引くのが常識だろうが、もう一声お願いしたいね」「そうですね、五台とおっしゃることだし、勉強させてもらいます」「勉強、勉強と抽象的にいうのではなく、ずばり四万円にならないか」「それは無茶ですよ、アンテナまでサービスするんですから」「じゃあ店に帰って相談してください。なるべく早く広島で寄付を終えて、長崎へ行かねばならないのでね」

それで店員は店へ戻り、引き返してきたときには、現品を持参していた。「社長が感激屋でしてね、そういう話ならお役に立ちたいと申しまして」「それはありがたい、私も手伝いますよ」。店員に横柄な口をきくようでいて、気さくに重い荷物を持つから、やはり下積みのながい人はちがうと、ソファーに尻を沈めていた園長は、反省しながらトラックからの荷物下ろしを手伝った。この作業のとき、それでいくらになったのかな、四万三千円にさせてもらいます、なんだ千五百円引いただけか、とんでもない定価五万六千円ですよ、だから二割引いて四万四千八百円が常識だろう、そんな常識を広島では聞いたことがないです、大阪には三割五分まで引く店がある、じゃあ大阪で買ってください、君はそういう言い方をやめなさい、たしかに言い過ぎでした、わかってくれればいいんだ、というような店員とのやりとりがあった。京都からきた男は、「こちらで視察した施設が六カ所、胸算用では五台しか買えそうにないので、どこか一カ所を落とさなければならないのがつらい」ともちかけ、「すると六台ですか」と店員は眼を輝かせた。なんだか責任を感じるなぁ、わかってくれるだろう、それでいくらならいいんですか、四万円だな、頼みますよあんまりです、君の立場もあるからな、独断ですが六台という条件で四万二千円に妥協します、すると二十五万二千円か、もう運びこんだし社長に叱られるのを承知でお引きしました、感激屋の社長が奉仕活動に協力した君を叱るのか、参った参ったお客さんにはかないません、じゃあ社長に電話を入れてもらおう。

自称ケースワーカーは、背広の内ポケットに手を差し入れ、「一台四万二千円がぎりぎりの線かどうか、社長に確認したまえ、内金を入れておく」と言った。このときが午後五時すぎで、「いけない、社長は店を出ています」と店員が口にして、「あと一台は明朝に持ってきますから、最終的な値段は明日にしましょう」となった。「じゃあ半金を受け取っておきますと言うたら、あの詐欺師はどがいしたことやら。ほんま、いまにも札束を出しそうな顔つきじゃったけ。たいがいにせぇや。……ねえ、刑事さん」

店員が施設にテレビ五台を置いて帰ると、男も「明朝にしましょう」と腰を浮かした。しかし、園長としてはそのまま帰すわけにはいかない。「せめて夕食を召し上がってください」とビールからすすめた。どちらにお泊まりですか、宿代節約のために友人の家です、広島はお詳しいようですね、いいえ二度目かな、地理不案内ではたいへんでしょう、伯父からの四十七万円をタクシー代に流用するわけにはいかない、すると長崎行きも自腹ですか、ブラジルの豊かでもない篤志家の手伝いですから、いや頭が下ります。園長は心から感じ入って、話題を変えることにした。京都は長いのですか、いいえ浜松の人間でしてね、浜松はどちらですか、牛山公園の近くです、NHKのテレビ塔がありますね、飛行場からいうと下になる、すると何町でしょう、いや実家は自慢できるような稼業じゃない、すみません立ち入ったことをうかがいまして、なにしろ兄は貸席なんていかがわしい商売をしているんです、どうぞお注ぎします、すぐ酔っぱらう体質だから遠慮します、ではゴハンにしますか、そうですね一膳だけ。二人でビール二本だったが、相手は眼を赤くしており、午後六時三十分ころ帰った。

園長はタクシーを呼び、玄関先まで客を見送り、運転手に五百円札を渡した。友人宅が駅の近くというので、それで足りると判断したのだ。三輪トラックを予約したのは、広島駅前の簡易旅館に入る前とみられる。そうして午後八時ころ、質屋に電話をかけ、テレビ四台を朝方に持ちこむ交渉をして、了解をとっている。このとき男は、「銀行の開店前に現金を用意しなければならない」と念を押した。

十一月七日朝、京都の篤志家は、基町の孤児収容施設に、トラックを乗りつけた。テレビ一台を残して、積みこんだ四台を、各施設へ届けるという。出発するとき「行って参ります」と手を振ったのは、配り終えたら戻る約束だからで、あと一台を持参する電気屋に、一括して代金を支払うはずだった。トラックを見送った園長が、事務室へ戻って電話をかけたのは、まず佐伯郡の養護施設へ行く予定だからだ。トラックの助手席に乗った男は、「すみませんが先方へ電話を入れておいてください」と頼んだ。約二十キロメートル西方だから、朝方は道路が混んでおらず、三十分もあれば到着すると思われる。園長は電話の相手に、「来年のオリンピックまで大切に扱わなければ、楽しみがなくなるよと、うちの子どもたちに注意したばかりなんですよ」と声をはずませた。ところが九時三十分ころ、佐伯郡の施設から電話があり、「まだ到着しないが、どうしたんでしょう」という問い合わせだった。十六インチ型テレビが届くというので、子どもたち全員が外で待っている。みんな大喜びだから、交通事故でもあったのではないかと、不安になって連絡してきた。それで園長は、予定を変更してほかの施設へ回ったのではないかと、あちこちに問い合わせてみたが、立ち寄った形跡はない。こうなると交通事故しか考えられず、どうか無事でいてほしいと祈るしかなかった。まさか詐欺被害に遇ったとは、思ってもみなかったのである。

広島司教館では、孤児収容施設から問い合わせがあったことで、むしろ安心していた。すでに一台を置いてスタートしているのだから、なにも心配することはないと、紹介状を書いた三十二歳の神父は答えた。じつは前日、司教館に近い教会に、テレビ九台が届けられたが、電気屋が持ち帰っている。篤志家が待ちぼうけを食わせたからで、寄付の話は気まぐれだったのかと心配したけれども、やはり実行していることがわかった。

十一月五日午後六時すぎ、京都市役所に勤めるという、保坂謙一郎なる人物が司教館を訪れた。二年前に死亡した主任司祭のお悔やみを述べ、ブラジルの篤志家うんぬんの寄付の話になった。話ぶりからカトリック教徒と察せられたので、神父は所属する教会をたしかめるでもなく、電気屋に電話をかけた。やってきた店員はテレビのカタログを持参し、ここで保坂謙一郎は値引き交渉はせずに、十六インチ型十台を、四十八万円で買う話をまとめた。六日午前九時に納品するように言い、午後七時三十分に帰った。その足で電気屋に立ち寄り、「十台といったが九台にしてほしい」とことわっている。

翌六日午前八時ころ、また店に立ち寄った男は、閉まっていたシャッターを開けさせ、「九時というのは遅いから、いますぐ教会へ届けてほしい」と言った。しかし、店には同型のテレビ九台はなく、九時に問屋から配達されることになっている。このため教会へ持参したのは、九時三十分ころだった。京都の保坂謙一郎が、荷を下ろすよう命じたので、「代金はいつ払うのですか」と店員が聞くと、「これから施設を視察するから、いまは台数がはっきりしない。あとで清算する」という。「それなら車ごと回りましょうか」と申し出たら、「すでに手配している」とにべもない。

なるほど修道院から、シスターが運転するライトバンが到着した。ふたたび男は、荷を下ろすよう命じたけれども、店員は運んできたテレビを下ろさなかった。代金引き換えでなければ渡してはならないと、店主が厳命していたからだ。「大量注文はありがたいが、どうも話が大雑把すぎる。店に立ち寄ったときの印象では、とても篤志家の顔ではない。いや篤志家かもしれないが、すぐ現金を払いそうにはない」というのである。その厳命にしたがって、店員は積み荷を下ろさなかった。すると男は「視察が終わるまで待っていてくれ」と、シスターの車で出発した。テレビ九台を積んだトラックを停めて、正午まで待機した店員は、とても帰りそうにないし電話もかからないから、「店で待機しています」と神父にことわって引き揚げた。

それもそのはずで、京都からきたという男は、修道院のライトバンで「視察」したあと、司教館に近い教会へは戻らず、基町の孤児収容施設へ行った。そして園長に紹介された電気屋と十六インチ型テレビを購入する交渉をはじめていた。最初の店はいくら待っても、連絡をもらえなかったのである。

十一月五日から二泊させた駅前の簡易旅館は、京都市役所からの出張者が、二日分の宿泊費とチップ二百円を置いて出て、十分もたたないうちに、運送屋から三人が踏みこんだので仰天した。

六十二歳の部屋係は、「あの人が詐欺師であろうはずはない。五日午後五時ころ、ソフトをかぶりカバンを下げた上品ないでたちであらわれ、外出先から帰ったとき、二晩とも酒の匂いがしていたが、変な女を連れこむでもなく、土産のミカンを買ってきてくれた」と、運送屋にも警察官にも話した。「おばさんもたいへんじゃねぇと、やさしゅうしてくれたけぇ。わしゃ、あがにええ客に、めったに会やせんがぁ。あの人が詐欺師なら、言うちゃすまんが刑事さん、あんたらの人相は人殺しでがんす」

広島東署では、その巧妙な手口から、前科のある者の犯行とみなした。さっそく県警に連絡して、指紋照会と手口照会を求め、十一月八日に電気屋と質屋に、鑑識課が保管している約三千人の顔写真を見せた。しかし、質屋の初取引カードの指紋は、押すとき巧妙にずらしたらしく三重になっており、指紋原紙に該当するものがない。手口照会も回答は思わしくなく、三千人の顔写真を一日がかりで見た二人も、首をかしげ続けるだけだった。どうやら広島県内に足のある者ではなさそうなので、県警から西日本各地に特徴照会をすることにした。

［年齢四十歳くらいの男、身長一六三〜一七〇センチメートル、鼻の右に直径五ミリメ

ートルくらいのホクロ。伯父がブラジルで成功し、福祉施設などにテレビを寄贈したいと、カトリック教会を訪れている」

十一月十一日、九州管区警察局手口係から、電話による回答があった。

「特徴照会について、資料と対照の結果、榎津巌と身体特徴および手口が一致する。なお同人は、強盗殺人の被疑者として、福岡県警から全国指名手配中である」

とりあえず指紋係は、電話で福岡県警の指紋係と、右人差指の特徴を照合してみたりすると合致しそうなので、模写電で送信してもらったら、榎津巌のものにまちがいないと判断できた。

十一月十二日、福岡県警の捜査員二人が、広島市へ出張してきた。十月二十五日に玉野市で途絶えていた足取りが、新たな犯罪で浮かんだのである。凶悪事件でないのは、せめてもの慰めだったが、かなり大胆な犯行だ。二人の刑事が、被害者側から聞き込みをはじめたところ、質屋が配達されたばかりのハガキを見せた。

十一月十三日午前八〜十二時、京都中央郵便局の消印で、差出人は「奈良県　質商矢毛弥八」となっており、「やけのやんぱち」のつもりらしく、明らかに榎津巌の筆跡だった。

「前科四犯の榎津が、福岡県で二人を殺害して逃走し、全国指名手配されているが、おまえの店に入質していることをニュースで知り、さぞ驚いたことでしょう。第一にテレビを四、五台も数量が多いことに、まず気づかねばならぬ。第二に何処の者か不明であり、動作もおかしい。こういう時は、色々と質問をかけているうちに、物品か人か、どちらかに不審な点があることに気づく。警察への連絡は一一〇番 又は紙片に書いて店の者に渡すこと。警察へ電話したとき表に張り込んでもらい、本署に同行の上で調べてもらえば、重大犯人が捕まるのです」

20――爪

昭和三十八年十一月二十一日、警察庁は榎津巌を「重要指名被疑者」に指定し、捜査第一課長から、各管区の公・保安部長、警視庁刑事部長、各道府県警本部長、各方面本部長へ通達した。

＊　　＊

昭和三十八年十月十八日、福岡県行橋市および田川郡香春町において発生した強盗殺人事件については、福岡県警において十月二十二日、榎津巌（当三十七年）を、全国に指名手配し捜査中であるが、同被疑者は逃走後に広島県下において、支払いの意思、能力がないにもかかわらず、あるもののように装い、十一月六日、広島市基町の文明舎から、「平和の薔薇園」ほか養護施設に寄付すると申し向けて、テレビ五台（時価二十二万円相当）を購入の名目で騙取し、さらに静岡県下において別記のとおり、強盗殺人事件を敢行していることが確認された。

本件は、広域的凶悪事件であり、今後も同様の犯行をさらに重ねることが予想されるので、「重要指名被疑者特別手配要綱」による特別手配に付すこととしたから、手配捜査の徹底を期せられたい。

静岡県警手配の犯罪事実

被疑者は、静岡県浜松市上横川町七二の貸席「あさの」こと浅野ハル（当四十一年）方に大学教授と称して投宿中、同女および同女の母親浅野ひさ乃（当六十一年）を殺害のうえ、金品を強取しようと企て、昭和三十八年十一月十八日正午から午後七時ころまでのあいだ、同所においてハル、ひさ乃の両名を細いひもをもって絞殺し、同女らの所有にかかる金台ひすい指輪および衣類、貴金属など合計五十三点（時価合計十四万三千四百円相当）を強取したものである。

十一月十五日午後十時五十分ころ。

篠田寛子は、浜松駅東口の乗り場から、構内タクシーで「あさの」へ行った。浜松城を左に見てまっすぐ走り、警察署を通りすぎて三つ目の信号のところで、いつも彼女は降りる。このまま進めば左側に航空自衛隊浜松基地、さらに行けば三方原古戦場だが、「あさの」は交差点を左折して五十メートルほどのところにある。警察署前あたりから上り勾配になっており、降りたところの左側はさらに急坂なので、わずか五十メートルほどでも、急いで歩けば息切れする。だからタクシーで「あさの」の看板のところまで行ったほうが楽でも、交差点をすぎるとメーターが二十円上がるから、手前で降りることにしているのだ。

六十年配の「あさの」のおかあさんは、太りすぎで高血圧とあって、この坂を上がるのはきついだろうに、駅からタクシーを利用するときは、信号のところから歩くそうだ。金を貯めようと思ったら、出ていくのを抑えるのがいちばんで、儲けることはその次に考えるべきだというのが、おかあさんの持論である。奥さんならともかく、ボートやオートに熱中するおかあさんが、金を貯めているとは思えない。しかし、考え方はまちがっていないから、見習うことにしたのだ。

通りから狭い路地を下って、篠田寛子は、ブロック塀で囲まれた「あさの」へ入った。客室はぜんぶで四つ、こぢんまりした貸席で、彼女は勝手口からいきなり台所へ入る。

「こんばんは。遅くなったじゃ」

台所から廊下へ抜けて、帳場のおかあさんに声をかけたら、階段を先生が降りてくるところだった。足音もたてずに、後ろから「わっ」と脅かすつもりだったのかしら。篠田寛子は、先生をぶつつもりで待った。先月この先生に呼ばれたとき、三方原古戦場について問われ、答えられず宿題になっていた。あそこは徳川家康が、武田信玄とぶつかったところで、浜松に住んでいながら知らなかったのもいけないけど、京都大学の教授がなぜわからなかったのだろう。

「おう、あんたか」
二、三段を残したところで立ちどまり、先生はメガネを押し上げるようにした。髪はあいかわらず七分三分に整えて、新しい丹前を着て立派だった。先生、裏を返してくれるなんて、ずいぶん優しいのね。彼女は声に出さず、先生が降りてくるのを待った。このあいだ泊まり明けに、中田島砂丘を案内してあげたら、いい眺めだと喜んだ。どんどん歩くので、ハイヒールの踵《かかと》をとられ、つい先生の腕にすがりついたら、思いがけず強くふりほどかれた。浜松名物のステッキガール、こちらの気持ちにおかまいなく、身体を触りたがる客が多いのに、珍しい人だと思った。
「なにしとっただや、ミドリさん。早くに呼んだだに」

帳場の障子が開いて、おかあさんが敷居にこすりつけるように顔を出した。ことばはきつくても、眼は笑っている。帳場の四畳半には、神棚や仏壇もあって、おかあさんの寝室でもある。篠田寛子は、廊下でコートを脱ぎながら、先生に頭を下げた。

「すみません。先生、待った？」

「いや、商売繁盛でけっこうなことだ」

先生は苦笑して、帳場を覗きこむようにした。手に持っているのは、ワイシャツ二枚である。

「洗濯物なら先生、あっちへ投げといたら、おらがちゃんとするだに」

「これはクリーニングに出してもらう。月曜日の講義に、まだ間に合いますか」

「ほいたらあしたの朝にでも、白洋舎に出しておくでね」

おかあさんは機嫌よく答え、篠田寛子も、つい声をはずませた。

「先生、二週間ぶりだやなぁ」

「こんども静大工学部で、集中講義なんだ」

「すこし痩せたみたいよ、先生」

脱いだコートは、帳場に置くことになっている。彼女は手早くたたんで、押しこみながら先生の顔を見上げた。

「こんども私を呼んで、もっと痩せるんでないの？」

「ああ、ミドリさん。あんたの客は、いま風呂に入っているだに」

「うわっ、お呼びでなかった……」

篠田寛子は、先生の腰のあたりをたたいて、おかあさんのコタツへ逃げこんだ。先月は二晩も続けて呼ばれたから、こんどもそうだときめてかかっていた。先生もちょっとバツが悪そうで、無言で階段を昇って行った。なんとはなしに足音でたしかめると、真上の二号室なのだ。

「伊那の谷は、はや雪かいやぁ」

「まだ早いんとちがう、おかあさん」

テレビはニュースで、あいかわらず選挙のことばかりやっている。篠田寛子はつまらないので、画面は見ずにコンパクトを出し、口紅を塗りなおした。

「ミドリさん、だいぶ貯めたじゃ」

「それがなかなかだに」

「おらにまで、隠さんでもええがね」

草加次郎はなぜ捕まらぬ、とニュースは爆弾犯人の話になったが、おかあさんと目を合わせるのがいやだから顔を上げず、彼女はコンパクトに集中していた。いつか身上話をしたことがあるから、飯田市の母親にあずけた赤ん坊はどうしているか、男にもういちど会ったらどうかなどと、おなじ話を持ち出される。

「それで奥さんは？」

「ハルなら、大酒くらって寝ちまっただに。胃が痛むそうだが、どうなったかやあ」

「ほいたら、このクスリをあげるじゃ」

篠田寛子は、このごろ重宝している顆粒状の胃薬を出した。帳場の隣はマージャンに貸したりする六畳間で、奥さんの居室になっている。持って行ってあげようと腰を上げると、おかあさんは笑って制した。

「ええが、ええが、ミドリさん。ハルは、二階の先生の部屋だに」

「奥さんが、そうだったのきゃ」

笑いがこみあげてきて、ハンドバッグを音をたてて閉じた。先月は二晩続いた泊まりのあと、まだ先生は滞在していたが、彼女はべつな客を割り当てられた。裏の白菊クラブの女かと思っていたら、奥さんとそうなったのか。

「先生は、また静大へ教えにきた」

「いつから？」

「きのうからじゃ。帝大の先生ともなると、忙しいもんだやなあ」

「あっちも、こっちも、忙しいもんだやなあ」

二人は、声を殺して笑った。篠田寛子にとって、大学教授を名乗る客は、後にも先にもたった一人で、ずいぶん強いものだと呆れたが、こちらに反応を強要するでもなく、自分勝手に進めるタイプだから、面倒はなかった。

「奥さんと先生なら、似合うんとちがう？」

「あの衆は、先生に着せるってこんで、丹前を縫って待ってただんべ」

「いっそ、静大の先生になればええ」

「ほいでね、おらも、先生の気持ちを……」

内証話のつもりらしく、おかあさんは顔を近づけてきたが、そのとき新館に通じる廊下から足音がして、若そうな客の声がした。

「まだ来やへんがぁ、夜が明けるだに」

十一月十六日午後五時ころ。

岡啓子は、「あさの」の勝手場にいた。ハクサイを朝鮮漬にするから、手伝ってほしいと奥さんに頼まれたのが昨日で、さっそく呼ばれたのだ。もっとも、それだけでは悪いと思ったのか、勝手場の仕事の前に、新館の二階へ行かされた。大阪へ帰るという三十歳くらいの男は、列車の時刻を気にしていたからか、五分足らずで片づいた。二千円はまるまる彼女の収入になり、これは奥さんが白菊クラブに電話したとき、「タエちゃんを漬け物の手伝いに借ります」と、会長に言ってくれたからだ。

「イカの身をそぐのは面倒だから、塩辛にしただや。いけないかねぇ」

「似たようなもんでえが、奥さん、味の素が多すぎるじゃ」

ニラとネギを刻んで、イカの塩辛と混ぜ、四つ割りにしたハクサイのあいだにはさむ。ニンニクと唐辛子をたっぷり入れ、化学調味料を控えめにするのがコツなのだ。岡啓子は、ぎこちなく動かす奥さんの手を見て、ぜんぶ私に任せ、京都さんとテレビでも見ればいいのにと思った。おかあさんはオートレースだから、二人は水入らず。さっきまで夫婦気取りで、奥さんは京都さんを膝枕にさせ、耳掻きを使っていた。

するると勝手場に京都さんが入って、流し台のコップに手を伸ばしたから、岡啓子はそっちを見ないようにした。

「ごめん先生、ハラ減っただやなあ」

「ちょっと、喉が渇いただけ」

「ビールを呑みたいって、顔に書いてあるじゃ」

なにがそんなにおかしいのか、奥さんは肩をすくめて笑う。和服姿になるとすらっとした感じなのに、セーターとスラックスのときは丸っこい。おかあさんの後ろ姿はクマみたいだと、白菊クラブでは笑うけど、奥さんも年をとると、あんなふうになるのだろうか。

「なんだ、ハクサイは、生のままなのかね」

「先生、ハクサイをゆでるの?」

「そうじゃない。一晩だけ塩水に浸して、しんなりしてから漬けこむ」

ビールの栓を抜きながら、京都さんは言った。だから嫌いなんだよ、なんだって知っているみたいに、いちいち口をはさむ。岡啓子は、顔を上げなかった。

「タエちゃん、こういうやりかたもあるんだよね」

「そうずら。世の中は、好き好きだもんね」

「そうよ先生、好き好きだに」

奥さんは笑い、京都さんは、立ったままビールを呑んだ。

「先生、私も一杯ほしいじゃ」

「よしよし、ちょっと待て」

「そのコップでええじゃ。ほら、呑ませてちょうだい」

唐辛子で赤く染まった手をかざし、奥さんは甘える。京都さんのポマードの匂いが近づき、奥さんは音をたててビールを呑んだ。

「タエちゃんにもあげてよ、先生」

「あ、要らねえ」

岡啓子は、大声でことわった。先月末ころ、京都さんが初めて「あさの」にきた夜、七千円の泊まりに呼ばれた。その次の晩も呼ばれて、嫌な思いをしたのはそのときだ。ばかにしたもんだ女を呼んで。いいじゃないかプラス三千円だ。そんなに掘りたいなら駅裏に行けばオカマがいるじゃ。つい軍隊当時の癖がね……。

「先生、もう一杯」

「そろそろ取り組みだな」

「もう佐田乃山が出る？」

奥さんの問いに答えず、京都さんは小走りに、テレビの音がする帳場へ行った。

「先生いうたら相撲きちがい。ほいでね、長崎県五島列島出身の佐田乃山の大ファン」

この漬け物も、京都さんの好物と聞いて、思いついたらしい。どう惚れようと好き好きだけど、奥さんもひょっとしたら、あんなことをさせているのだろうか。あの翌日から、睦会のミドリさんが呼ばれ、いつのまにか奥さんとこんな仲になったのだが、女を呼びながらあんな要求をするなんて、いま思い出しても腹が立つ。

「タエちゃん、三日で食べられる？」

「そうね、重しを強くしたら、あさってにはいいかもよ」

「ほいたら十八日の晩まで、ぜったいにフタを取らないだよね。先生、きっとびっくりするじゃ。あんまりおいしいだに」

十一月十六日午後七時すぎ。

吉武順一郎は、マージャンをするために「あさの」へ行った。連れは楽器部品をつくっている野田正徳と、水道工事を請け負っている外町進で、浅野ハルが加わって徹夜でやるのは、珍しいことではない。どうせ土曜は、明けがた近くまで出入りがあり、彼女は客をさばきながらマージャンを続ける。

しかし、浅野ハルは意外そうな顔をして、電話がないから中止かと思ったと言った。かまわずに上がると、いつもの部屋に男がいた。コタツの上に本や新聞が乗っているが、たぶん玄関でのやりとりを聞いて、あわてて拡げたにちがいない。新聞は英字紙で、三井三池炭鉱の大爆発と、国鉄の東海道線鶴見駅事故の写真がある。二つ重なった事故で、四百五十八人と百六十一人が死亡した。事故は十一月九日だから、古いのを読んでいやがるな。吉武順一郎が一瞥《いちべつ》して、洋服ダンスからハンガーを取り出すと、仏頂面の男はコタツの上のものをカバンにしまったので、すぐ台を裏返しにして、人形ケースから取ったマージャン牌をぶちまけた。

「先生、わるいね」

「いや、部屋へ戻ろうとしていた。月曜日から集中講義がある」

タバコの火をつけて、男は立ち上がった。浅野ハルは、カバンと背広を持って、先に廊下へ出ている。おかみと客と思えば、不自然ではないが、妾と旦那に見えなくもなく、吉武順一郎は不愉快だった。二週間ほど前、徹夜マージャンの部屋に、泊まりの客をとったステッキガールが、「退屈だから」と覗きにきて、「京都大学の教授らしい」と告げた。しかし、女をあてがう立場の浅野ハルが、妙に男と馴れ合っていたのが気になった。

「なんだいね、あの男は？」

「順さん、彼女を取られたってこんだら」

連れの二人が同時に話しかけたので、彼は肩で笑ってみせた。マージャン友だちを「あさの」へ連れてくるから、彼女とのことは知られている。だから「これだって？」と、小指を立てられる羽目になり、そんなときは否定も肯定もせず、いずれ妻の耳に入ることを覚悟する。

浅野ハルと知り合ったのは四年前で、浜松市教育課が主催する美術講座に通っているときだった。地元画家の作品を展示して、画廊喫茶というのはどうか。ふと思いついて、募集中の講座に申し込んだら、そのなかに和服の女がいた。期間中ずっと和服でとおし、有閑マダムかと思ったら、お好み焼きをやっているという。ドライブに誘って、何度目かにホテルに泊まると、「織物工場の経営者の世話になっている」と打ち明けた。しかし、別れることになったので、貸席をはじめると言った。しばらくして行ってみると、傾斜地の畑を整地しており、彼の店が画廊喫茶になるのと、「あさの」の営業開始が重なった。どちらも経営は順調で、二度ほど結婚を申し込んだが、「十四も歳がちがう」ととりあってもらえず、吉武順一郎だけ結婚したのである。

「さてこっちは、マージャン教室だやなあ」

引き返してきた浅野ハルは、残りの牌の「南」を握って、ミシンを背にすわった。コタツに入るとき、「西」の場にいる彼の太股を軽くつねったのは、どういうつもりなのか。牌を混ぜながら意味もなく室内を見回して、「わからないといえば絵が一枚もないことだな」と思った。彼の店には、奥さんに悪いという理由でこないが、なぜ美術講座などに通ったのか、考えていることがわからない。そしてなによりも、自分はこんなことでよいのだろうか。彼女のために役立ったとすれば、一年前に新館を建てるとき、保証人になったくらいなのだ。

「ほんとに京大教授かいやあ」

野崎正徳が対面から、浅野ハルをからかった。

「ほいたら、なんに見える？」

「いいとこ、日本楽器の係長だに」

「ばかにしたもんだ、帝大の先生をつかまえてよ。……あ、一筒をポン」

「さっそくチンポコの輪切りか。ハルさんも好きだやなあ」

「ほいじゃ、毛ジラミだで」

「ほう、順さんも用心するこんだら。教授の毛ジラミをうつされるでね」

「そんなら一索をチイ」

「うわっ、順さんはほんとに毛ジラミをもらったじゃ」

だが吉武順一郎は、仲間ほどには可笑《おか》しくなかった。

十一月十七日午後四時ころ。

矢部朝江は、不審な電話のことを知らせるために、「あさの」へ行った。

「浅野さん。ハルさんいるかいやあ」

「はーい」

「ずっとがんばっているね、たいしたもんだべ」

「なあに、矢部さん。用事かいやあ」

用事があるから、やって来たのではないか。玄関のたたきに立っているのに、徹夜マージャンの浅野ハルは、襖を開けようともしない。お好み焼き「春」のときも、マージャン中に声をかけたら、上の空の返事だった。ずいぶん繁盛したのに、いつのまにか貸席に改造してしまったのも、料理に手間をかけるのが面倒になったからだ。おかげで自分のバーのホステスを、ステッキガールとして斡旋するようになり、「白菊クラブ」と称している。

「ハルさんが忙しいなら、ばあちゃんでもいいよ」

「おかあさんは、決勝大会だに」

「オートかいやあ」

「ボートだに。七時くらいには帰るだら」

「ほいならハルさん、ちょっとだけ」

「はーい」

返事から二分間くらいして、玄関へ出てきた。白セーターに腰巻きみたいな長いスカートで、なんのつもりか目の前で、ラジオ体操みたいに身体を動かし、迷惑顔でこちらを見る。

「どうしただね、矢部さん。だれか逃げたのかいやあ」

「そんなんじゃない。さっき警察署から、刑事が電話をかけてきた」

「警察って、なにもしやへんがあ」

「いきなり刑事が、白菊クラブはなにをしておるのかって」

「なにって、きまっておるだよなあ」

「だもんで、社交クラブですと、おらは言っただに」

「ほいたら？」

「隣の『あさの』でなにをしておるのきゃ、選挙が終わったら、びしびし取り締まるから覚悟しておけってよ」

「うちはなにもしゃへんがあ。……はーい、すぐ戻るでね」

「警察は『あさの』を見張っておるんだって。だもんでうちのクラブは、危ない橋を渡るなちゅうこんだら」

「いたずら電話とちがう？」

「刑事のような声だったやあ。『あさの』に近づくなって、なんのこんだら」

「ほんとうにねぇ。うちに人殺しでもいるのかいやあ」

浅野ハルは、話を打ち切ってマージャン仲間のところへ戻った。それで仕方なく、矢部朝江は「あさの」を出たが、「いるいる、立派な人殺しがいる。いまは仮出獄で保護観察中だけんど、おばあさんは女だてらに強盗殺人をやらかしたもんなあ」とつぶやいた。

彼女は「あさの」を出て、ブロック塀に沿って歩きながら、「これもばあさんのせいだ」と、いまいましくなった。塀がないころは、裏からだって横からだって、勝手に出入りできたのに、和歌山の女子刑務所から戻ってくるというので新館を建て、囲いまでこしらえた。あの衆も、変な衆だやなあ。せっかく「大きな家」から出たというのに、また塀で囲うなんて。矢部朝江は、白菊クラブのあるアパートの階段を昇るとき、さりげなく周囲を見渡した。ここが窪地のいちばん低いところで、アパートが二階で下は駐車場なのは、裏の川が年に四、五回は氾濫するからだ。なんだか白菊クラブは、鳥が巣をかけたみたいな部屋で、「あさの」が塀で囲われているなんて、不公平に思える。しかし、電話で刑事は「あさの」を見張っていると言った。近づかないでいれば、こちらは安全なのかもしれない。

十一月十八日午前零時三十分ころ。

吉武順一郎は、「あさの」の庭に置いた車をスタートさせた。バックして尻を玄関脇へ持って行けば、前進で道路へ上がれる。マージャンはぶっ続けに二十四時間で、午後七時に終えた。連れの二人は帰り、彼だけ新館の二階で一休みした。茶を運んできた浅野ハルが、眠ってしまうのかとたずねたので、「ハルさん、先生に聞いたら？」と言うと、「バカねぇ、順さんたら」とフトンに入ってきた。なるほどバカなことを聞いた、彼女はいちども妻のことで、そんな言い方をしなかった。それなのに自分だけ嫉妬するのは、あまりにも理不尽だ。

反省しながら剝いでいき、すぐに重なると、「ふしぎねぇ、疲れたときの順さんは、どうしてこんなに硬いのかしら」と言われ、放ち終えて動かずにいたら、そのまま眠ってしまった。そして起こされたとき、また重なってしまったのは、どうしたことだろう。「これまでこんなことなかったなあ」「どうしたのよ、これきり別れるわけでもないでしょ」「でもこうせずにはいられない」「変な順さん」。たしなめるように言った彼女も、すぐ昂って高い声を上げた。そうして茶を入れてくれて、ようやく帰ることにしたのだが、階段を降りるときは、さすがにふらついた。それでも外へ出て、口にしてしまった。「これから先生のお相手かい？」。すると浅野ハルは、牛山公園のテレビアンテナを見上げて苦笑した。「もう満腹で、げっぷが出そう」

十一月十八日午前九時三十分ころ。

長谷川悦子は、庭先を掃きながら、浅野ひさ乃とあいさつを交わした。

「おはよう、おばあ」

「おはようでもないのう、じき十時だで」

これだから、つきあいにくい。おはようと言ったら、おはようと答えるのが、常識というものではないか。とはいえ「あさの」のおばあには、常識が通用しないようだ。ハルさんとはえらいちがいで、これで母娘かとふしぎになる。今年一月に和歌山刑務所を出たが、十四年間も入っていた。ほんとうは懲役二十年だから、だいぶ儲けたようだ。それでもハルさんは、「ずっと弟のところにいた母親を引き取ることになった」と説明したから、信じるふりをして聞いてあげた。二つ下の弟は、ときどき訪れて、姉と口論をしている。金をせびりにくるのだそうで、坊主頭で陰気な印象の独身男だ。四つちがいの妹は、まともに結婚している。お好み焼きの「春」を手伝っているとき、市役所勤めの男に見初められたという。三人の父親は早く死んで、おばあは洗い張りの仕事だったが、強盗殺人をはたらいた。天竜川沿いの村で、買い出しの若奥さんを棍棒でなぐり殺したと聞いているが、くわしいことはわからない。それでもハルさんは、健気に織物工場で働き、弟と妹の面倒をみて、専務さんの手がついて囲われた。

長谷川悦子は、路地を掃いていって、「あさの」の門まできた。おばあが掃除を、ブロック塀の中だけと考えるのは自由だけど、ゴミを外へ掃きだすのは困る。そのことで苦情を言うと、ハルさんがおばあを叱って、大立ち回りになったりするから、こちらがこらえるしかない。なにを考えているのか、おばあは大きな家から帰って、ハルさんを泣かせてばかりだ。弟はボートだけなのに、おばあはボートとオートの二刀流で、金をくれないというんで、包丁を振り回して暴れる。保護司が駆けつけたことも、一度や二度ではなかった。またなにかやらかしたら、六年間のオマケも取り消されて、和歌山へ逆戻りと説教され、参ったのはハルさんのほうで、好きなようにさせることにしたという。

ほんとうに苦労ばかりだが、ハルさんは明るい。近所づきあいもよく、人の顔を見れば遊びにこいと誘う。行けば鮨を取ってくれたり、変わった写真も見せてくれて、「なんなら客室の男女を覗かせてあげようか」と笑うから、どこかに仕掛けがあるのだろう。でもそれは、おばあが帰ってくるまでのこと。以前は「あさの」の庭が、近所の子どもの遊び場になっていたのに、みんな寄りつかなくなった。おばあが意地悪するわけじゃないけど、新館ができてブロック塀で囲ったから、行きにくくなったようだ。うちでは電話の呼び出しで、ときどき世話になるぐらいで、そのほかは門を入ることはない。

路地を掃き終えて、長谷川悦子が自分の家に入るとき、「あさの」から男が出てきた。おばあが出て二、三分しかたっておらず、サンダルをつっかけて、タバコでも買いに行くのか。痩せて怒り肩で、大股に坂を上っていくのを、後ろ姿でしか見ていないから、人相などわからない。

十一月十八日午後一時すぎ。

秋野治子は、電話で注文されたクスリを、「あさの」へ届けた。薬局から四キロメートル離れているが、「春」のころからのつきあいだから、「すぐ効く胃腸薬がほしい」といわれ、軽四輪を走らせた。家の人ではなく、客が苦しんでいるとのことで、病院へ行くのを嫌がっているのなら、鎮痛剤を併用するしかない。

「助かるよ、アキさん」

浅野ハルは礼を言い、クスリについて質問はしなかった。だいたいこんなふうで、ビタミン剤なども効いた効いたと、頭から信じこむ。高血圧のおかあさんのクスリも、病院へ行かずにこちら任せ。だから男にモテるのね、信じこむ女は可愛いのよ。そう言ったら照れていたが、おかあさんは徹底した医者嫌いで、どうやら和歌山でひどい目に遇ったらしい。

「ほいたら、五千円を取っといて」

ついでに持参したコンドームと、まむしの精を用いたドリンクの納品書を、ろくに見もしないで、「あさの」の経営者は紙幣を渡した。いくらで客に売っているかしらないが、「アキさんとこの店頭価格でいい」と、割引を求められたことはない。同姓同名みたいで親しくなったのが三年前で、ハルさん、アキさんと呼びあっているが、プライバシーに立ち入らない友人関係だ。

「おかあさんは？」

「弁天島だやなあ」

あいかわらず競艇だけど、せいぜい百円券を五枚が限度だから、たいした失敗はしない。ボートはエンジンが決め手なのに、うちの母は男前かどうかを基準にする。男前の選手は自信があるからフライングも恐れない。だからスタートがいい、と一席ぶつからおもしろいよ。浅野ハルは、そんなことを言って笑った。

「ハルさんも、男前が好きだもんね」

「母娘は似てるってこんだら」

「じゃあ、二階の男前によろしく」

「男前かどうか……。そうだやなあ、スタートがええわ」

二人で声を殺して笑い、秋野治子は玄関を出て、軽四輪をスタートさせるとき、いまの冗談が、もういちど可笑しくなった。


十一月十八日午後六時三十分ころ。

副島一は、貸席「あさの」へ車を走らせていた。三時すぎに電話で、「現ナマが至急に要ることになったので、値踏みにきてくれないか」と頼まれた。選挙の応援をしなければならないので、女房の着物や指輪などを入質したいと、落ち着いた声だった。そして六時ころ、これから来てくれと言われた。ただし、場所の教えかたが十分でなく、NHKのテレビ塔のある牛山公園を目標にしたが、「あさの」の看板が見当たらず、ぐるぐる徐行していると、声をかけられた。

「あんた、質屋さん？」

「はい、丸副です」

「じゃあ、ここから入ってもらおう」

わざわざ旦那が、通りまで出ていた。丹前を着て、ふところ手で覗きこんだが、すぐ両手を出して、細い路地へ誘導した。なんだか堂に入った手つきだな。丸副質店と車体に標示しているでもないのに、すぐ声をかけてきた勘のよさといい、配送業務をしていたのかもしれない。「あさの」の庭は、三台が駐車できそうで、ライトバンを停めて降りると、コタツのある部屋に通された。

「いよいよ大詰めですが、どなたを応援しておられますか」

「それは、ちょっと、なにですよ」

旦那は苦笑して、座布団をすすめた。しかし、遠慮して廊下際のほうにすわると、タンスの前に立って、ふところ手に戻った。

「保守ですか、革新ですか」

「ご想像に任せますが、なにしろ世話になった。おやじが材木関係の商売で、農林省とゴタゴタを起こしたとき、口をきいてもらったりした」

「ほう、大物ですな」

「女房を田舎に走らせておるから、五十万くらいはなんとかなるとしても、いますぐ

二、三十万はつくりたい」
「わかりました、拝見しましょう」

すると旦那は廊下へ出たが、勝手口からビール瓶を持ってきた。コップは二つで、手際よく注いですすめると、自分は階段を上がって行った。副島一は、ちょっと考えたあと、コップの半分だけ呑んだ。これ以上は、運転中だからとことわろう。いずれにしても、家具調度のぐあいから、たいした額になりそうにない。室内を見ると、茶ダンスの引き出しはきちんと閉まっておらず、洋服ダンスの扉から黒い布が出ている。相当あてて物色したようで、やはり質屋は品物に愛着をもっている女がやりにくい。

「どうだろう。まず、こんなところから」

旦那は二階から、ひとかかえの着物を持ってきた。なるほど、品物はなかなかよろしい。手入れもまずまずだが、このごろは流質品を買う層が薄くなり、せっかくなら呉服屋という傾向だ。

「女房には贅沢をさせている。可哀相だが、こういうときは亭主の顔を立ててくれないと困る」

「おかげで質屋は儲かります」

「そういうことだ」

コップを手にすると、旦那は立ったまま呑んだ。そうしてもう一杯を注いだので、こちらは拒もうとしていると、ブザーが鳴った。旦那は表情をこわばらせたが、それが癖なのかメガネをはずして廊下へ出た。まずいだろうなと気をきかせ、そっと障子を内側から閉めると、玄関ドアを開けた旦那は、「案内しましょう」とサンダルをつっかけて出たから、別棟に客を連れて行ったのだろう。そして一分間もたたないうちに戻った。

「アベックですか」

「そういうこと。まだ選挙権のないようなのが、当たり前のような顔でね」

苦り切った表情で、ビールを呑んだが、ちょっと口をつけただけだった。

「お茶を持っていかないと、まずいんじゃないですか」

「あんた、詳しいね」

「それぐらいのことは、知っていますよ」

「じゃあ、部屋へ行ってくるか」

そのあいだに値踏みしていると、茶を運んだらしい旦那が、「こっちへ来てくれ」と隣室へ呼んだ。

「落ち着いて話せるが、こいつは恥ずかしい」

マットレスを敷いて、床がとってあるので、旦那は舌打ちして、二つ折りにした。そうして用意しておいた羽織や帯などを、マージャン台に置いた。しかし、いくらにもならないだろう、ぜんぶで八千円というところ。ひとまず値踏みしていると、こんどは電話が鳴ったので、旦那はゆっくり廊下を歩いて行った。

「あのね、済まないけど取り込んでいるので、今夜はダメです」

子どもを諭すような語調で切ると、いきなり廊下で問いかけた。

「ずばり、いくらになるかね」

「三十四点で、三万四千円ですな」

「うーん」

大仰にうなって部屋に戻ると、メガネをはずした。どうやら、こちらの顔のほうがきつく見える。

「いいだろう、三万五千円だな」

聞いて副島一は、思わず笑った。千円とはいえ上乗せする呼吸のよさに、感心したからである。

「質札をつくらないといけないし、金を持って出直します」

「ただし、急いでほしいな」

そう言って旦那は、コップのビールを一息で呑んだ。


十一月十八日午後九時ころ。

宮沢真人が、古物店を閉めかけたとき、午前中の客が入ってきた。

「いやあ、時計がないというのは、不便なものだねぇ」

ひどく上機嫌で、午前十時すぎに来たときとは、ずいぶんちがう。あのときはノーネクタイで、頭もぼさぼさだったから、大学講師と聞かされるまで、職業の見当がつかなかった。シチズン製の女物腕時計を買ってくれというので、千八百円の値をつけた。すると「ステッキガールを呼んで金を使い果たした」というような話をして、身分証明書として米穀配給通帳を出し、静岡大学講師と告げた。

「百岩先生でしたね」

「よく覚えているもんだ。さすが古物商としてプロだよ」

「珍しいお名前ですから」

百岩智夫、広島市吉島町、大学講師、三十九歳、米穀配給通帳広島七八五三。質屋ほど厳密ではないから、指印は求めていない。

「そんなに珍しいかな。ついでに珍しいものをあげよう」

コートの内ポケットから、すかさず取り出したものを、陳列ケースの上に置き、男女が交わっている写真だった。宮沢真人は、狼狽せざるを得なかったが、相手はニヤニヤ笑っている。

「大学教師にも、茶目っ気というか、助平なやつがいるということさ。いいから、取っておきなさい」

「それじゃ、もらっときます。独身者には、目の毒ですけど」

「むしろ必要だろう。それで時計は、いくら損料を払えば買い戻せる？」

「さて……」

ネクタイを締めて、茶色の革カバンを持ち、ちぢれっ毛を七分三分にしている客を、若い古物商は斜めから見た。広島大学、九州大学をかけもちしているというが、なにを教えているかはわからない。それを聞いてみたところで、こちらには縁がない。

「わずか半日だ。一割でどうだね」

「結構です。珍しいものをもらったことだし」

「じゃあ、千九百八十円だな」

このとき金を、背広の胸ポケットから出したはずだが、コートの内ポケットかもしれない。とにかく一万円札も混じっている紙幣を、無造作につかんで二千円渡した。

「ステッキガールに懲りたことだし、おとなしく広島へ帰る」

「先生、懲りたという顔でもないですよ」

「おっ、君も言うじゃないか」

大学講師は、釣り銭の十円玉二つを、掌のなかで鳴らすようにして笑い、メガネをかけなおした。

「もう一つの浜松名物はストリップですが、先生は見ましたか」

「それならぼくは、ちょっとうるさいんだな。スポーツ新聞とか週刊誌を、気をつけて見てごらん。ストリップ評論家として、百岩智夫の名前が出ているよ」

そんなことを言い残して、大学講師は立ち去った。

十一月十九日午前十一時三十分ころ。

副島一は、「あさの」の旦那を乗せて、電話局から駅に近い「丸副」へ帰った。

昨夜八時すぎ、三十四点ぶん三万五千円の現金を届けたら、さらに指輪やネックレスなど十八点を一万三千円で入質した。目標額にほど遠いから、テレビや冷蔵庫はどうかと持ちかけるので、新品ではないから運ぶ手間がかかるだけと答えた。ただし、電話なら十万円貸せるが、印鑑証明二通が要ると伝えておいた。すると今朝方になって、印鑑証明を取ったと連絡してきたので、電話局で待ち合わせた。初めて浅野康弘と名乗ったが、本人かどうか怪しいものだ。「あさの」で日常的に生活しているとは思えず、旦那と妾というところだろうが、なにが本業かはわからない。きのうの晩に、二度目の金を届けたとき、外出の支度をして待っていたので、「送りましょうか」と言ったら、即座にことわった。どこの選挙事務所か、言いたくない事情があるらしい。終盤戦ともなると、実弾が飛び交うというし、危ない橋を渡っているのだろう。

「降り続きますかな、この雨は」

「だんだん本降りになりましたよ」

「それは弱ったね」

旦那は「丸副」で、タバコをくわえてマッチをすった。その指先は、爪がささくれだって、手に切り傷の跡がある。身だしなみは整っているが、顔にはあちこち染みがあり、だいぶ疲れているようだ。選挙カーが通りかかったのに、そっぽを向いてタバコをふかし、質権設定の書類ができるのを待っている。

さっき店に帰ったとき、中央署の刑事が立ち寄っていた。知能犯担当だが、このところ選挙違反の情報集めに歩いている。いつものように店員がコーヒーを入れ、ソファーですすっていた刑事に、店主は声をかけた。

「ご苦労さまです。選挙違反の摘発は、開票日にやるんですか」

「どうなのかなぁ」

刑事はとぼけて出て行き、「あさの」の旦那は、動じるでもなかった。譲渡証、公正証書など、幾種類もの用紙に署名捺印すると、金銭の授受である。

「それでは、九万三千四百円です」

「その内訳は？」

「利息が六分で、一カ月分を差し引きます。それに印紙代が六百円」

「なるほどね」

ていねいに紙幣を数えて、なにやら頷いている。前日から三万五千円、一万三千円、九万三千四百円だから、合計十四万千四百円だった。これで目標額に、だいぶ近づいたことになる。

「奥さんが、なんと言われますかな」

「大恩ある先生のためだから、ほんとうは女房も質に入れねばならない。どうだろう、値踏みしてもらえないか」

「それはまた結構な話です。いつでもどうぞ」

「電話とおなじように、入質中でも使用できるかな」

「とんでもない。うちに預けてもらわないと、意味がありません」

「十月十日後に、質屋さんの利息付きで、赤ん坊と帰ってくる？」

それで二人とも、大笑いをした。


十一月十九日午後六時ころ。

長谷川悦子は、「あさの」の前を行ったり来たりしている、矢部朝江に声をかけた。

小雨のなかを、傘で顔を隠すようにして、様子をうかがっている。

「なにをしておるだね、会長さんは」

「ゆんべからなんぼ電話しても、通じやせんがあ。だもんで表から声をかけても、なんにも返事がない」

「バカにしたもんだ。ハルさんまた、マージャン狂いだら」

「やっぱり、マージャンけぇ？」

「覗かなかったのかいやあ、会長さんは」

長谷川悦子は、庭先まで行って、大声をあげた。浅野さーん、浅野さーん。白菊クラブの会長さんが、心配しているだよ。しかし、「あさの」から返事はない。電灯は二階の部屋から、勝手場まで点き、さらに近づいてみると話し声がする。

「ちゃんと中にいるだら」

「ほいたら、返事をせにゃあ」

「あれはテレビの音かいやあ。いつもなら、浅野さーんと呼んだら、はーいって、勝手場の窓から顔を出すだに」

「風呂場だって、朝からモックモックと、湯気を立てているじゃ」

「風呂ならあそこは、いつもだれか入っているじゃ。会長さんとこから、きょうはだれも呼ばれておらんのかいやあ」

「う、うん」

矢部朝江は、あいまいな返事をして、後ずさりをしながら、周囲を見回した。

「中に人がいるなら、安心だで」

「ほいでも、変な衆だやなあ。さっきから呼んでいるだに、返事もしゃへんがあ」

長谷川悦子は、もういちど呼んだ。浅野さーん、浅野さーん。やはり返事はなく、首をかしげて矢部朝江のほうを向いたら、ブロック塀の角を、飛ぶように走って行った。

「バカにしたもんだ、あの衆のハラも、変なハラだやなあ、逃げたりして」


十一月十九日午後十時三十分ころ。

吉武順一郎は、「あさの」に入った。十時すぎに電話してみたら、だれも出ない。それで浅野ハルのマージャン友だちに、あちこち問い合わせたが、どこにも現れていない。急に心配になって、車を飛ばしてきたのである。

「いるけぇ、おう、ハルさんよ。いるけぇ」

道路脇の看板は点灯しており、玄関も明るく、テレビだって賑やかである。玄関から声をかけて、返事がないのでドアを引くと、あっさり開いた。上がりこんでみると、なにやら物色した気配がある。しかし、電話の受話器がはずれているのを見て、彼は笑った。浅野ハルは以前から、手のこんだいたずらをする。これから行くと電話を入れ、来てみると姿は見えず、うめき声が聞こえてくる。あわてて声のする部屋に入ると、そこで痙攣《けいれん》のふりをしており、抱き起こすと大喜びする。あの年齢で、童女のようなところがあり、それはぜったいに、妻にない要素なのだ。

「抜き足、差し足、忍び足」

声に出しながら、吉武順一郎は、ゆっくり階段を昇った。左側には、スリッパが二足そろえてあり、ゆっくり襖を開けて覗くと、浅野ひさ乃が、中央に敷いたフトンに寝ている。これはまた、手のこんだ……。それで右側の一号室へ入ったら、フトンに枕が二つ並べてある。すると押し入れか。笑いをこらえて近づき、ゆっくり開けると、予想どおり浅野ハルはいた。

「あきれたもんだ」

こちらに、むきだしの尻を向けている。軽く打ったら、折り曲がっていた身体が、バネ仕掛けのように動いて、抱き取ろうとしたら、硬い肌はすでに冷えきっていた。

21――纜

浜松市の貸席母娘殺人が、榎津巌の犯行と断定されたのは、死体発見から三十九時間後の十一月二十一日午後一時だった。

浜松中央署は十一月十九日夜、吉武順一郎の通報で急行し、ただちに全署員を非常招集した。まず現場保存の措置をとり、周辺の聞き込みから捜査に着手したのだが、駆けつけた刑事の一人は、つい二、三日前に「あさの」の名を耳にしたばかりだった。選挙違反の情報収集をしていて、資金づくりに女房の衣類から電話まで、入質した男がいるという。知能犯係の刑事が申し出て、さっそく四十三歳の質屋が、深夜に呼び出された。

「年齢は四十ないし四十五歳、身長一六五センチメートル、中肉面長、色黒、顔に染みがあって汚れた感じ、髪は濃く七・三分け、チャコールグレーの背広の男。ことばに土地の訛りがなく、サ行がはっきりせず、選挙はシェンキョ、先生はシェンシェイというふうに聞こえる」

第一発見者は、被害者との関係が深いことから、初めは容疑者だった。しかし、二十七歳の喫茶店主がいう、「怪しい京都大学教授」の人相特徴は、質屋の記憶とほぼ一致する。あとで確かめたところでは、静岡大学工学部に、この時期に京都大学教授が講義にきた事実はない。だが貸席の大雑把な水揚帳には、十一月十五日から十七日まで、「京都」なる客が宿泊したことが記入されている。

警察では、流しの犯行の可能性が強いとみて、十一月二十日午前四時から八時までのあいだ、浜松市内の旅館をいっせいに捜索しているが、不審者は発見されなかった。

司法解剖は、二十日午後三時から、浜松日赤病院でおこなわれた。執刀は静岡県警の法医理科学研究室長で、浅野ハル・ひさ乃いずれも、死因は「絞頸による窒息死」だった。死後経過は二人とも、「解剖開始時において二日ないし三日間くらい」。ハルを最後に目撃したのは、クスリを届けた三十二歳の薬剤師で、十八日午後一時二十分くらいまで、玄関で立ち話をしている。生存が確認できるのは、その時刻までであり、母親のほうは十八日午後五時五十分ころ帰宅するのを、向かい側の三十八歳の畳職人の妻が目撃している。質屋が一回目の値踏みをしたのが午後六時三十分だから、犯行は十八日午後一時二十分から六時三十分にかけて、ハル―ひさ乃の順になされたと推定された。

榎津巌の名が浮かんだのは、古物商からの聞き込みによる。二十五歳の古物商は、女物腕時計を、いったん売却して買い戻した男を、はっきり記憶していた。静岡大学工学部講師が身分証明書に用いたのは、広島市の米穀配給通帳だったから、広島県警に照会したところ、回答があった。

［照会の所在地に、百岩智夫はいないが、白石知夫は実在する。ただし白石は、十一月五日夜に交通事故で負傷して、現在も入院中である。留守中に米穀店に預けていた通帳を騙取されたもので、その後市内において詐取せるテレビ四台を、入質する際に使用している。なお、入質申込書の指印により、使用者は福岡県警が強盗殺人で指名手配中の榎津巌であることが、確認されている」

白石知夫を、百岩智夫に改竄《かいざん》するのは、容易である。質屋と古物商は、榎津の手配写真を見せられた。警察が保管している写真三百枚のなかに、榎津のものを一枚混ぜて選ばせる方法で、二人はためらいながらも、目的の一枚を取り出した。ためらったのは、「もう少し頬がこけて痩せている」「眼はもっと太かった」などの理由だが、いずれも榎津の顔写真を選び出したのだから、ほぼまちがいないと思われる。

十一月二十一日になって、現場から採取した指紋が、福岡県警から送られた指紋原紙と合致した。浅野ハルの死体があった二階の部屋のテーブルから採取した掌紋、十一月十八日付「中部日本新聞」の指紋、階下の六畳間にあったハンガーの指紋、帳場のテレビの下にあった十八日付夕刊「中部日本新聞」の指紋が、それぞれ合致したのである。

静岡県警が、強盗殺人被疑者として全国指名手配すると同時に、警察庁が「重要指名被疑者」として特別手配した。この手配は、凶悪犯が再犯のおそれがある場合で、警察庁長官が年に一回おこなう「総合手配」より重要である。

一九五六（昭和三十一）年に制定された「重要指名被疑者特別手配要綱」にもとづくもので、第一回は札幌市の「白鳥警部射殺事件」の実行犯四人だった。さらに「白昼連続通り魔事件」「芦ノ湖殺人事件」「高松露天商殺人事件」があり、榎津巌は史上五番目の指定だった。この特別手配に指定されると、次の措置がとられる。
①事件に関する通信が、あらゆる通信に優先する。
②捜査費用の大半は、国費で負担する。
③全国の警察本部に、専従捜査員を置く。
④情報について、警察庁が調整して交換する。
昭和三十八年十一月二十二日付の警察庁通達は、これらの趣旨をふまえて、全国の警察に伝えられた。
＊静岡県浜松市の貸席「あさの」における強盗殺人事件の被害者・浅野ハル（当年四十二）の死体を解剖したところ、死亡二〜三時間前に、姦淫の形跡が認められる。
＊被疑者は、駐留軍関係に勤務したことがあるので、駐留軍およびその周辺のバー、キャバレー、質屋、日本人労務者の出入りする場所などへの立回り捜査を徹底すること。
＊被疑者は、浜松市内の貸席「あさの」では、メガネをかけたりかけなかったりした。質屋で贓品を処分する際はメガネをかけておらず、古物商に立ち寄った際は黒縁のメガネをかけていた。

＊したがって、写真の利用については、メガネを用いたもの、メガネを用いていないもの（これは昭和三十八年二月撮影の自動車運転免許証に貼付）と、二通りによること。
＊福岡県下における強盗殺人事件後の被疑者の行動や、金銭の消費状況などからみて、十一月末ころから十二月の初めにかけて、次の犯行が予想されるので、この点に注意すること。

この通達がなされているころ、前日が投票日だった総選挙の開票がほぼ終わって、衆議院の新分野が確定していた。自民党二百八十三、社会党百四十四、民社党二十三、共産党五、無所属十二。これは解散前とほとんど変わらず、静岡二区の元首相の石橋湛山は、六千票差で次点になり、「まぁ、こんなものだろう。これで自由になったよ」と感想をのべていた。

テレビに選良たちの顔写真が並んでいる合間に、榎津巖の顔写真も映り、「十一月十九日昼に浜松駅に近い質屋を出てから、足取りを絶っている」と伝えられていた。このとき新居浜温泉の旅館で、三十二歳の女中が、「似ておるだねえ！」と奇声を発した。浜松市の中心から西へ十三キロメートル、浜名郡新居町の温泉旅館に、手配写真によく似た男が、二泊しているからである。

その旅館から通報を受けて、浜松中央署の「貸席母娘殺人事件捜査本部」は、ただちに捜査員を派遣した。浜名湖の南端は、遠州灘に面しており、幅六百メートルの今切口が水道である。新居浜温泉は、その今切口と東海道線の内側になる浜名湖の西岸にあたり、通報した旅館は、ここでいちばん高級だった。すでに前日、この旅館で捜査員が聞き込みをおこなっているが、十一月十五日に「あさの」に現れる前と、犯行があったと思われる十一月十八日以降の聞き込みだったから、ざっと宿帳に眼を通して帰っている。しかし、係女中が「似ておるだねえ！」と奇声を発した宿泊客は、十月二十六日から二泊しており、宿泊者名簿には、「京都市河原町三条上ル　教授　中谷譲　三十九」とある。十月二十六日は、浜名湖競艇が開催中の土曜日で、旅館はどこも混んでいた。新居浜駅から構内タクシーできた客は、「黒い背広上下、白ワイシャツ、茶色のチャック付き革カバン一個、小さなフロシキ包み」で、会社の集金人という印象だった。このとき「部屋がない」と断ると、「京都大学の物理学教授だが、重要な会議で静岡大学工学部にきたので、なんとかしてくれないか」と、旅館の主人に直談判して上がりこんだ。

銚子を二本つけた夕食のときは、給仕の係女中に、上機嫌で話しかけている。「静かでなかなか眺めがよい。対岸の弁天島温泉の灯が港に映っているのが美しい」などと言いながら、カバンから取り出したノートを、気ぜわしくめくった。「静大の会議はあしただ。ふつう教授なんて、教科書どおりにやっていると思われがちだが、日本経済の高度成長に貢献しているのは、われわれの頭脳なんだよ。ただし、どうしようもなく安月給だけど」と愚痴をこぼしたりした。

しかし、貴重品袋にはかなりの額らしい紙幣を入れて、帳場に預けている。「郷里は山口県で、両親は旅館をやっているが、浜松中央署には弟が勤務している。そろそろ警部になってもよいのに、人間が正直だから警部補で、なにかあったら相談に行ってごらん」とも言った。十月二十七日は早い朝食で、八時発の国鉄バスに乗るといって出た。もう一泊することになっており、「もし大学から電話が入ったら、十時には着くはずだと伝えてくれ」と頼んだ。そして十時前に、静岡大学から電話があり、「京大の中谷教授を呼んでくれ」とのことだったから、三十二歳の係女中が伝言を告げると、「ああ、失礼しました。ちょうどお見えになりました、先生に代わります」で、電話に出た宿泊客は、夕方五時に帰ると言った。その日は、予定どおりの時刻に帰り、係女中に果物をひとかかえプレゼントした。そうして早く就寝し、十月二十八日は「京都へ帰る」と、午前七時三十分ころ旅館を出た。

宿泊者名簿の筆跡は、福岡県警から電送された榎津巌のハガキの筆跡と酷似しており、「京都市河原町三条上ル」の住所は、京都市役所の社会福祉主事と称した広島市での詐欺事件のときと、まったく同じである。そうすると榎津は、十月二十五日の朝方に岡山県玉野市を発って、その日の夜はわからないが、二十六日に浜松市の西隣の浜名郡新居町に現れ、二十七日も宿泊して、二十八日から「あさの」の滞在客になったのではないか。貸席から十月分の水揚帳は発見されていないが、出入りしていた「白菊クラブ」「睦会」の女たちの供述から判断すれば、十月二十八日から五泊ないし六泊しているとみられる。

したがって、十一月二日か三日に「あさの」を出て、五日に広島市に現れて詐欺をはたらき、七日午前九時すぎに駅前の簡易旅館から姿を消し、十三日に京都市で、広島市の質屋をからかうハガキを投函して、十五日に「あさの」に舞い戻ったようだ。

十一月二十五日、浜松中央署で、「重要指名被疑者特別手配に関する合同捜査会議」がひらかれた。これは警察庁、福岡県警、静岡県警の三者によるもので、捜査幹部たちが、二つの強盗殺人事件の資料を検討しながら、対策について協議したのである。

その捜査資料の一つに、浜松駅のプラットホームで、乗客が駅員に手渡したメモがあった。十一月二十一日午後一時ころ、三・四番線ホームにある助役室に、「警察へ届けてくれ」と持ちこみ、名前も告げずに立ち去ったという。

「十九日の貸席母娘殺人の犯人ですが、あるいは福岡県警が手配している榎津巌ではないかと思われます。彼は広島で、出身地は浜松と言っておりました。彼は福岡県で、二人を殺した凶悪犯人です。念のため、車中にて」

手帳を破った、鉛筆の走り書きのメモを、合同捜査会議で重視したのは、榎津本人による可能性が大きいからだった。十一月二十一日午後一時に静岡県警は、「貸席母娘殺人」を榎津の犯行と断定した。ほぼ同時刻に、助役室に詰めていた三十四歳の運転士係が、乗客からメモを受け取った。まったく報道されていない時点で、一般の者が推理するにしては、事情に明るすぎる。

これまで榎津は、行橋市の捜査本部や、広島市の質屋などへハガキを送り、宇高連絡船の偽装自殺のときも、ハガキ二枚を遺留品にしている。そうするとメモも、捜査を混乱させるために、榎津が小細工をしたと思われる。メモの筆跡を鑑識にかけたら、走り書きのくずした書体ながら、新居浜温泉の旅館に残した筆跡、浜松市役所で印鑑証明を取るために代書屋に依頼した委任状の署名の筆跡、福岡県警資料のハガキの筆跡と、同一人物によるものと判定された。

ただし、プラットホームでメモを受け取った運転士係の供述によれば、発車ベルが鳴っているさなか、あわただしく渡して行った男は、人相は覚えていないが、肥満体であったという。とはいえ、十一月下旬で、このところだいぶ冷えこんでいる。九州で育った榎津に寒さはこたえるから、着膨れということも考えられる。

そこで問題になってくるのは、重要指名被疑者の足取りである。浜松駅の三・四番線ホームで発車ベルが鳴っていたのは、午後一時二分発の広島行き急行「第一宮島」と、一時一分発の東京行き準急「はまな二号」があるからで、メモの男が乗ったのは、三番ホームの急行か、四番ホームの準急か、運転士係はそこまで見届けていない。すなわち榎津は、上り列車と下り列車が、ほぼ同時に発車するタイミングを狙い、捜査を混乱させようとしたのではないか。「榎津ならやりかねない」という点では、捜査会議の意見は一致したけれども、上りに乗ったか下りに乗ったかという点では、真っ二つに意見が分かれた。警察として威信をかけて、第三の犯行を防がなければならず、あらゆる積極策を講ずることにより、検挙を急がなければならない。

十一月二十八日、警察庁は「公開捜査」に踏み切った。過去四回の特別手配では、公開捜査まではおこなっていないが、今回はさらに広域にわたる犯行が予想されるから、一般の警戒を高めて協力を得るため、ポスター二十万枚、ちらし二十万枚を印刷することにしたのである。

[警察庁捜査第一課長から、各管区公安・保安部長、警視庁刑事部長、各道府県本部長、各方面部長へ通達]

特別手配被疑者・榎津巌の公開捜査について

本年十一月二十一日付をもって特別手配した見出しの被疑者については、各都道府県警察において、鋭意その所在を捜査中であるが、いまだ検挙にいたらないので、本日これを公開捜査に付することにした。その資料として、重要凶悪犯人特別手配ポスターおよび同ちらしを配付するから、左記事項に留意し、捜査に十分活用のうえ、被疑者逮捕の実効を期せられたい。

記

一、本資料は、十一月二十九日から逐次発送し、翌三十日までに発送を終える予定であるから、現品が到着次第、すみやかに掲示または配付すること。

二、本資料は、次により活用すること。

(ア)ポスター

ポスターは、警察署、派出所、駐在所のほかに、街頭掲示板、駅待合室、公衆浴場、映画館、理髪店など、衆目の触れやすい個所に掲示すること。

(イ)ちらし

ちらしは、質屋、古物商、旅館、簡易旅館など、被疑者の立回りが予想される個所に重点配付し、被疑者の発見について協力を求めること。なお、榎津は質屋に贓品を処分する可能性がつよいので、とくに質屋にもれなく配付し、協力を依頼すること。

このころ一部の新聞は、榎津巖の家族が寄せた手記の抜粋を掲載していた。初め父親は、ラジオで放送するつもりで原稿を書いたというが、家族全員の声を収録できそうにないので、活字で訴えることにしたという。

［巌よ、おとうさんだが、わかるでしょう。おまえはどうして、早く自首してくれぬの。いつまでも逃げ回るつもりなの。やぶれかぶれでやっているのだろうが、みんなは毎日苦しんで、どんな生活をしているか、おまえもよくわかるでしょうが。あれからおかあさんは、ほとんど飲まず食わずで、寝込んでいるじゃないか。おかあさんや子どもが、かわいそうと思うなら、これ以上の事件を重ねずに、早く自首しておくれ。これが最後の願いだ、手を合わせて頼むよ］

［こんなことになったのは、決しておまえだけの責任ではありません。母はこの罪を深く神におわびする毎日です。わたしの命は、長くはありません。でも、子どもたちのいまの苦しみを見るのは、地獄の責め苦です。子どもたちのことを考えて、早く自首しておくれ。母の最後の願いをかなえておくれ」

［どんなにあなたが大罪人でも、わたしはあなたの妻です。わたしや三人の子どもたちのことを、忘れないでください。いまはこの苦しみを、耐えしのぶ力を与えてくださるよう、神に祈るばかりです」

［殺してやりたいほど、にくい男です。でもぼくのおとうさんは、あなたひとりです。おさない妹たちでさえ、オロオロしている毎日です。おとうさんに、ほんとうに肉親の愛があるのなら、一日でも早く自首してください」

22——目

警察庁による全国特別手配のポスターは、「メガネをかけたとき」「メガネをはずしたとき」の二枚の写真付きで、日本中のいたるところに張り出された。もっとも可能性が高い立回り先の別府周辺では、引き続き張り込みがおこなわれている。

重要凶悪犯人　全国特別手配
本籍地　大分県　出生地　大阪市　元住所　福岡県
自動車運転手　榎津《えのきづ》巌《いわお》　三十七歳
人相　身長一六六センチメートル位、肩幅広くやせ型、ちぢれ髪、二重まぶた
特徴　鼻の右側に小豆大のいぼ、右耳前にあざ、右乳下と手首内側に傷あと

この男は、福岡県下（十月十八日）と、静岡県下（十一月十八日）で、四人の男女を次々に殺し、現金や衣類などを奪って逃げた犯人です。お心当たりの方は、もよりの警察へお知らせください。
昭和三十八年十一月二十八日
警察庁　福岡県警察本部　静岡県警察本部

榎津加津子が、朝夕やってくる別府国際観光港の建物にも、二つの顔写真入りポスターは、数カ所に掲示されている。桟橋はU型になって、左側は関西汽船のプラットホーム、右側は宇和島運輸と瀬戸内汽船のプラットホームで、手前が無料大浴場など施設のあるターミナルビルだ。そのビルの掲示板の「長い旅おつかれさまでした。悪質な客引きにかからぬようご注意ください」と、別府署と別府市観光サービス改善協議会の呼び

かけの横にも、ポスターは貼られている。しかし、彼女はターミナルビルには入らないし、二つのプラットホームのどちらにも行かない。ウインドヤッケを着込んだ男たちが、テトラポッドがからみあっている岸壁で釣り糸を垂れているのを、じっと眺めるように立ちつくしている。なぜ寒風に吹きさらしになっているのか、建物のなかで張り込んでいる捜査員たちにはわからない。話しかければ避けるでもなく、「ごくろうさんですね」と笑顔を見せて、「なにかわかったですな?」と逆に問いかける。そして別れ際にも、「おつかれさん」とあいさつして、駐車場脇の花壇に立てかけている自転車のほうへ歩く。

標高千三百七十五メートルの鶴見岳から別府湾まで、急傾斜になった地形であり、港から見るといたるところ湯煙である。彼女は朝方は、いったん海岸通りの家へ帰り、それからバスで職場の海地獄へ行く。そういう毎日が、すでに一カ月続いている。捜査員たちには、湯煙のなかから現れ、湯煙のなかへ消えて行く榎津加津子が、なにやら別世界の住人のように思えるのだった。

しかし、別世界どころか家族の日常は、警察の張り込み、マスコミの取材、周囲の目にさらされて、父親によれば「煉獄の中」らしい。このカトリック用語は、死者が天国に入る前に、火によって罪を浄化される場所で、地獄と天国のあいだということになる。家族たちの自首を訴える手紙を掲載した新聞は、十二月に入って「心あたたまる佳話」を報じた。榎津家を訪れた三十五、六歳の上品な婦人が、名も告げずにチルチルとミチルの石像を贈り、「青い鳥はかならずいますから気を落とさないで」と、励まして行ったという。佳話はもうひとつ紹介され、昭和三十七年二月に別府市内の派出所から誘い出されて殺された三十九歳の巡査の遺児に、「がんばってください」と手紙と児童雑誌を贈り続けた自衛隊の二十一歳の陸士長が、駐屯地司令から善行褒賞された。

その巡査殺しは、「あるいは榎津の犯行ではないか」と情報をもたらしたのが、三十八歳の旅館経営者だった。少年時代から榎津とは遊び友だちで、ミッションスクールを中退した直後の彼と、おなじ窃盗事件で逮捕されたことがある。「自分は刑事さんにぶん殴られて縮み上がり、それきり悪いことはしておらんですが、イワちゃんは次々に詐欺やら恐喝を重ねて、少年刑務所送りになりましたもんね」と感心する知人が、巡査殺しをほのめかされたのは、前年の暮れだったという。

殺された巡査は、別府市から五十四キロメートル離れた、福岡県との県境に近い防空壕跡に、下着姿で捨てられていた。行方不明になった夜に、不審な乗用車が小倉方面へ向かったのを目撃した者もおり、暴力団による犯行の線が濃いとみられている。ピストルは派出所の保管庫に入れて無事だったが、制服・制帽・警察手帳を奪われており、悪用されるおそれがあると、捜査当局は焦っている。ところが榎津は、警察手帳らしきものをちらつかせて、「だれのものだったかわかるか?」と、秘密を漏らす口ぶりだった。まさかと思って、殺された巡査の名前を上げると、「おれの口から返事するわけにはいかんわな」と、紐のついた黒表紙の手帳をポケットにしまい、それきり口をつぐんだ。あとで旅館街を担当する派出所巡査に、警察手帳はどういうものか見せてもらったら、榎津がちらつかせたものとそっくりだった。

映画やテレビドラマの刑事は、背広の内ポケットから出した手帳をさっと引っこめるが、実際には紛失を避けるために、丈夫な紐をつけてベルトに結わえており、紐の長さも六十センチメートルと定められている。手帳を取り出すのは、顔写真入りの身分証明書として、一ページ目を示すことを義務づけられているからだと、そのとき榎津は解説した。しかし、旅館経営者は顔写真入りのページを見ていないため、いつものはったりだろうと思っていたが、こんどの事件が起きて、急に気になったというのである。

この情報は、巡査殺しの特別捜査本部にもたらされ、半日あまり騒然となったが、まもなく榎津の犯行である可能性は、皆無であることがわかった。彼には確実なアリバイがあり、派出所巡査が殺された当時に、詐欺罪で小倉刑務所に服役していたからだ。

「ああ、やっぱり、そげんこつでしたか」

情報提供者は、なんでもなさそうに言った。「千一」を得意がっていた少年時代から、榎津のウソには慣れている。

「ウソちゅうたら、こげなこともありましたけん。いや、並の男じゃなかですよ、あいつばかりは」

昭和十六年夏ころ、旅館街に休業中の一軒があって、そこの裏口をこじ開けて入りこみ、少年たちは「隠れ家」と名づけた。旅館経営者の息子ばかり四人、たむろしてオナニーを見せ合ったり、タバコをふかしたりした。そのうち軍資金と称して、それぞれ五円ずつ持ち寄り、合計二十円を帳場の棚に隠した。使うときは全員で協議し、一人でも反対があれば、その目的のためには使わない。申し合わせの提唱者は、最年少の榎津だった。ところが三日目に、金で釣った女中を連れこむ相談がまとまり、帳場の棚を見たらそっくり消えていた。「どういうことなんだ」といきり立ったのは榎津で、四人組はそれきり解散になった。しかし、あとで国東《くにさき》半島出身の女中が言うには、その前日に隠れ家に呼び出されて五円もらい、全裸になったとのことだった。

「当時五円を家から持ち出すために、みんな必死じゃったですもんね。そいでも金が消えてショックだったのは、その金額ちゅうよりも、固い申し合わせを破られたけんです。なんかこう、ぼくらはゾーッとして、イワちゃんの仕業とわかっても、吊るし上げる気もおこらんかったですよ」

三十八歳の旅館経営者は、思い出してもゾーッとするという表情になった。それからまもなく榎津は、父親の同業者たちをだまして、総額三百円の詐欺をはたらく。「軍のほうで戦傷者を大量に湯治させる計画があり、しかも将校が中心なので、待遇をよくしてくれという注文だ。いい儲けになると父は喜び、どう割り当てるか頭を痛めている。大陸で重要な作戦にあたってきた人たちだから、公に組合にもちかけると機密が漏れる。それで父が、おまえは子どもで目立たぬから打診してこいと、ぼくを使いに出した」ともちかけ、三十円とか五十円を「口利き料」として集めた。昭和十七年一月、十六歳になってまもない榎津は、詐欺罪で逮捕・起訴され、懲役一～三年の不定期刑で服役し、少年刑務所を出たのは敗戦後だった。

「どっちかというと、おやじさんも調子のよい人ではあるが、悪人じゃなかもんねぇ。なんでこげな人間になったんじゃろうかと、息子の尻拭いに歩いて、愚痴ばかりこぼしとらしたもん」

すでに父親は、この温泉旅館街にはいない。昭和三十四年に日系アメリカ人の旅館経営者から、女と大金を巻き上げて逃走した息子の詐欺事件で、海岸通りへ下がって、貸間業になったのだ。

「おやじさんが持っておった旅館を、見ておらるるですな?」

言われるまでもなく、捜査員は確かめている。

いまは行橋市の旧柳瀬村で、果樹園をしていた父親が、リュウマチの治療に通って、そのまま居ついたという温泉旅館は、客室二十四の三階建てである。「特効オンドル、名物地獄炊事」の看板をかけ、湯治客が長期滞在する。地獄炊事というのは、噴出する蒸気が熱源になるからで、自炊すれば宿泊代が割安だ。年が明けたら東京オリンピックで、九州横断道路も開通するから、外国人観光客もふえるだろう。この温泉街は、時宗の開祖の一遍聖人がひらいた湯治場で、元寇の役の傷病兵が治療したという立て札がある。

榎津の父親は、この湯治場から海岸通りへ下りて、ふたたびリュウマチに苦しんでいると、雑談のとき漏らしている。

「だいたい私は、若いころから、あんまり丈夫じゃなかった。漁師のせがれのくせに、なんかしらん船に乗ると、すぐに酔うてしまうですタイ」

重要凶悪犯人と特別手配ポスターにある長男について語るとき、小柄な父親は、ことばを絞り出すような表情になる。すでに十二月だから、張り込みの捜査員たちは、別府湾からの寒風が肌を刺すようで、誘われると部屋に上がりこむ。それで父親は、事件に関係のない昔話になると、にわかに元気づくのだった。

「二人きょうだいで、私は次男でした。五島列島の中通島の小学校を出たら、すぐ長崎市の教会へあずけられたです。しばらくセミナリヨで教育を受け、あとは宣教師について、あっちこっち歩きました。仏教でいうたら、お坊さんについて歩く小僧さんですよ。ただし、カトリックのばあい、聖職者は女抜きですもんね。現在では、炊事や洗濯に女をつけちょりますが、昔は私らみたいなのが、小間使いをしておったです。そげなわけで、長崎県の島という島は、たいてい歩いておるですよ。平戸口の田平教会が建ったのは、大正七年でしたろか。私はあそこの教会を建てたのを最後に、中通島へ帰ったけど、やっぱり漁師に向いておらんので、大阪へ出たようなわけです」

大阪では、綿業会社の工場で働いて、二十五歳のとき結婚した。同い年の結婚相手は、五島列島の北端の小島の出身で、やはりカトリック教徒だった。当時としては晩婚だが、翌年に長女が生まれ、次の年に長男の巌、一年おいて次女が生まれた。そして巌が三歳のとき、郷里の中通島へ帰った。

「私は船酔いするけえ、漁師はつとまらん。そいで考えて、網元になったようなわけですよ。アジ・サバ漁の揚操船で、沿岸漁業であっても、出港すれば一週間は帰ってこん。借金ばして、ムリに始めた網元バッテン、よう儲かりましたなあ。気がついたら第八大洋丸まで持っておった。すなわち、漁船八艘のオーナーですけ、羽振りがよかけん、人の出入りも多うなりました」

このあたりになると真偽のほどはわからず、どうしても捜査員は、弁舌さわやかに詐欺をはたらいてきた息子と、重ね合わせてしまう。そこで皮肉っぽく、それほど儲かる網元をやめて、福岡県で果樹園を開拓した理由をたずねた。

「それちゅうのも、ご時世ですタイ。シナ事変が始まる前から、漁船に登傭がかけられてですな。大洋丸は七十トンで、遠洋もできる船でっしょう。輸送船として狙われたけん、三十トンちゅうことにして登傭を逃れようと、代議士を動かしたり、県知事にもワイロを使うたバッテン、どげもならん。私らの島は、遣唐使のころから大陸との中継地やけ、中国との戦争が本格化すると、軍に船を召し上げられる。逆らうことはでけんから、昭和十二年にゃ、もう島を離れましたよ。柳瀬村には五島出身者が、早くから出ておったので、ちょっと様子ば見に行ったら、村でも一、二の農園が売りに出ておった。イチジク、モモ、ナシが見事なもんで、一町歩はあったでっしょや。山口県の大島からきておる六十すぎのばあさんが持ち主やけ、この年寄りがやれるのなら、丈夫でない自分でもできると思うて、パッと話をきめたですよ。一万円じゃったかなぁ、開拓したわけじゃなく、買い取りちゅうこと。リュウマチ持ちとしては、楽して儲けることを考えます。バッテン、放っておけば果物がなるちゅうもんでもなかけ、人を使わにゃならん。肥料をたっぷり入れてやり、誘蛾灯の電気代もかかります。収穫にしたところで、モモとかカキは、パッといっせいにやる必要がある。忙しゅうてたまらんで、リュウマチがひどうなったけ、別府通いが始まった。それで昭和十五年に、果樹園を処分して、別府へ移りました」

果樹園のころ、長女は長崎市の女学校、長男は福岡市の中学校へ入れた。いずれもカトリック系の学園だったが、なぜか長男は学校を嫌い、果樹園を処分したあとの別府の家へ帰った。

「巌のことやったら、あんたらのほうが、私より詳しかでしょうもん。あれが少年刑務所を出て、まともな勤め口もなかろうけん、旅館のげな商売なら、なんとか他人様に迷惑をかけずにやれるじゃろうと待っておったのに、どげんもこげんもならん。ほんなこつ、あれには泣かされっぱなしですけ」

機嫌よく話していた父親は、長男の話題になると、ことばを失う。しかし、少年時代に仲間だった旅館経営者によれば、戦後しばらく父子で闇物資を動かし、かなり儲けた時期があるらしい。大阪市で恐喝罪で懲役二年六カ月に処せられたのは、進駐軍をかたった犯罪だった。アメリカ軍と接触するきっかけは、カトリック教会が背後にあったからだ。この服役のあと別府へ帰り、やがて朝鮮戦争が始まる。通訳養成所にいたこともある榎津は、英会話教室をひらいてみたり、バーやビヤホールもやったが、半年以上は続いたことがない。昭和二十六年八月、ドル不法所持で逮捕されたのは、軍用薬品の横流しに関連してのことだが、このときは罰金だけで済んだ。しかし、昭和二十七年七月、福岡市で逮捕された詐欺事件は、アメリカ軍の二世軍曹と称して、軍服姿で熊本市のタクシー会社社長を訪ね、「アメリカ車を払い下げてもらってやる」ともちかけて福岡市へ連れ出し、ドル紙幣と交換してくると受け取った六十万円を持ち逃げした。この詐欺のころ佐世保市では、「ジープを払い下げてやる」と、十六万円をだまし取っており、六カ月も逃げ回って、博多でアメリカ軍中尉の軍服姿で遊廓にいるところを、憲兵に連行された。そして五年間、刑期いっぱい服役して、出所から一年後に、五十年ぶりにハワイから帰国した老人に「通訳を引き受けてあげる」と近づいた。

「親としてまことに恥ずかしいことですけんど、安心して暮らせるのは、あれが刑務所に入っておるときだけでしたなあ」

父親がため息をついて、声をひそめるのは、嫁に聞かれないためである。

「嫁だっちゃ、私とおなじ気持ちじゃなかですか。結婚してから、巌の女癖のために、どんだけ泣かされたかしれんん。刑務所に入っておれば、その心配はなかですもんね。巌を一日も早う捕まえてもらいたいと、だれよりも願うておるのは、あれにちがいなかでっしょや。宗旨を破らんでくれちゅうて、拝むごとして頼んだのに、どげでんこげでんがまんならんと離婚したのも、巌が女と駆け落ちしたのが、たまらんかったとですよ」

すると榎津加津子が、別府港に船が着くたびにやってくるのは、逮捕に協力するためだろうか。捜査員は安堵してみながらも、岸壁で寒風にさらされて無表情に立っている目的は、ほかにありそうな気がして、また不安がこみあげるのだった。

23——街

東京都新宿区の旅館も、都内に十三カ所ある、立回り先のひとつだった。リストの「情婦　川俣コハル　三十八歳」が女中をしており、かつて榎津巌の共犯者だった。

十月下旬に警視庁は、花園神社に近い「みちのく荘」に捜査員を派遣し、所在確認をしている。新宿ゴールデン街の裏手にある旅館は、客室十三の木造二階建てで、「モーニングサービス付き一泊六百円」の看板を出し、五十三歳の女主人と川俣コハルでまかなっている。十月下旬の関係人所在確認は、福岡県警の依頼で新宿署がおこなったが、いまは特別手配で専従捜査を命じられ、捜査第三課地方係の刑事が受け持つ。

「異常なしですよ。あいつから連絡があったら、すぐ旦那に知らせるといったでしょ。だけどほんとうに、東京へ現れるんですかね」

十二月に入り、ほとんど毎日やってくる捜査員に、太り気味の女主人は、迷惑顔で言う。しかし、玄関で立ち話もおかしいからと、帳場という階段下の部屋へ通す。

「ねえ、コハルちゃん。いまさら野郎が来るはずもないけど、もしそうなったら、あんたは金でも渡して、逃がすつもりかい。それとも手に手を取って、高飛びするつもりかい」

「おかみさん……」

この部屋は台所でもあり、川俣コハルは、インスタントコーヒーを入れている。モーニングサービスは、コーヒーにトースト二枚つきで、界隈で呑んで帰りそびれた連中に重宝されている。

「なんたってコハルちゃんは、その名も高き別府温泉の旅館で、おかみさんと呼ばれた人なんだ。それが新宿の三流旅館の女中に落ちぶれたのも、みんな野郎のせいだもの。恨みこそあれ、未練なんかあるわけない。そうだよねえ、コハルちゃん」

小柄だが、年齢相応に贅肉のついた女中は、無言でコーヒーを運んでくる。岩手県の生まれで、この旅館で働くようになったのは、女主人と同郷だからといい、昭和三十六年六月から住み込んでいる。

榎津の四犯目の前科は、別府市での詐欺、私文書偽造・同行使で、昭和三十五年二月、大分地裁で懲役二年六カ月を言い渡された。このとき川俣コハルは、懲役一年六カ月だったが、三年間の執行猶予がついた。榎津は「主犯の川俣が執行猶予の恩典に浴し、従犯の自分が実刑なのは不均衡」と控訴し、同年八月に福岡高裁で棄却された。そして小倉刑務所で服役し、出所した三十七年八月、すでに彼女は別府市におらず、もちろん顔を合わせていない。しかし、二人は入手した数百万円で、三カ月にわたり東京で豪遊している。「東京に土地鑑がある」というのはこの経験をさし、したがって川俣コハルが、立回り先なのである。

「こういっちゃなんだけど、コハルちゃんはあのときの迷いで、人間ひとりを殺している。殺すといっても、手にかけたわけじゃないよ。コハルちゃんに惚れ抜いた、ハワイの大金持ちを裏切って、寿命を縮めたことを、悩み続けている。執行猶予はついたが、懲役のつもりで働きますと、あたしんとこで陰日向なしに、身を粉にして働いているんです。懲役一年六カ月どころか、執行猶予の三年間も過ぎたから、きれいなもんですよ。こんなコハルちゃんの前に、野郎が現れてごらん、あたしが黙っちゃいませんん」

女主人の声が高くなり、川俣コハルは、自分のコーヒーは注がずに、敷居際に下がっている。スカートの裾が気になるらしく、そろえた膝のところを、しきりに引っ張っている。白い肌に化粧気はなく、髪も無造作に束ねているが、爪だけピンク色に染めているのが目立つ。

この共犯者の身上話は、くりかえし女主人から聞かされている。戦争で婚期を逸した川俣コハルは、ずっと花巻温泉の観光ホテルで女中だった。そこへハワイからの観光団が来て、日本は五十年ぶりという、熊本県出身の七十歳の農場主が、部屋係の彼女が気に入った。この日系アメリカ人は、日本一周を終えると、花巻温泉へ戻って長逗留した。やがて彼女は、老人に連れられて、二人だけの日本一周旅行をする。そうして別府温泉に滞在中に、売りに出ていた旅館を買い取り、川俣コハルがおかみになった。それが昭和三十二年暮れで、オーナーの笠寺和吉は、金貸しもはじめた。五十年ぶりで日本語が不自由なのを知り、通訳を買って出たのが、榎津巌である。この通訳は、貸し金の回収に有能とあって、旅館に入り浸った。川俣コハルが、老人に隠れて榎津に会うようになったのは、昭和三十四年に入ってからで、きっかけは旅館業組合の旅行で、雲仙温泉へ行ったときだった。有能な貸し金回収代行は、同時に貸し金も代行しており、笠寺和吉を欺いて、架空の借り主をつくっていた。

昭和三十四年七月、パスポートの期限が切れた笠寺和吉は、いったんハワイへ帰った。オアフ島には妻がいるから、川俣コハルは同行せず、休業して帰郷することになった。旅館業組合から送別会をひらいてもらい、八月初めに出発したが、そのとき笠寺和吉名義の預金すべてを引き出し、定期預金も解約している。それだけではなく、月三分から五分の利息で貸し付けた金も、あらかた回収済みだった。「笠寺さんがハワイへ持ち帰らなければならず、横浜で待っている」という口実で、帰国した直後から回収した。借りた方は素直に応じないが、五十万円のものは十二万円に、三百万円のものは百五十万円で完済になると取り立て、約三百七十万円を持ち逃げした。

ハワイから戻った笠寺和吉の訴えで、榎津巌と川俣コハルは、全国指名手配になった。まず彼女の郷里を調べると、新しい大型乗用車に乗った二人は、「これから結婚する」と派手に金を使い、一週間で姿を消した。それから先は手がかりがなく、ハワイの農場主は高血圧で倒れた。十一月に入って、川俣コハルが見舞いに訪れ、別府署に逮捕された。おなじ日に榎津が、長期滞在の大田区の旅館で逮捕されたのは、彼女が居所を明かしたからだ。

「コハルちゃんが別府へ戻ったのは、笠寺さんに詫びるためだった。ところが野郎ときたら、あれほどの大金を使い果たし、まだコハルちゃんを絞り足りないと思ったらしく、二口ほど残した貸し金を取り立てろと、九州へ帰したというから、いい気なもんですよね。もっともコハルちゃんも、まだ目が覚めておらず、野郎に捨てられたくないばかりに、別府へ行った。あきれたもんだけど、汽車のなかで読んだ新聞に、俳優の高橋貞二が、自動車事故で死んだ記事があったから、なにかしら虚《むな》しくなったという。そこがやっぱり、女心の複雑さじゃないの。それで自首する前に、笠寺さんが入院中の病院へ行き、逮捕されちゃったというわけです」

二人は詐欺の共同正犯で起訴されたが、榎津巌は、従犯だと主張した。川俣コハルのほうは、笠寺和吉から嘆願書が出て、保釈の身元引受人になったから、判決も執行猶予がつき、引き続き看病に専念した。実刑が不満で控訴した榎津は、「詐欺罪は成立しないから、横領罪を適用すべきだ」と主張したが、福岡高裁で棄却され、あきらめて小倉刑務所で服役した。妻の請求で協議離婚の用紙に署名したころ、笠寺和吉は脳溢血で死亡している。

「遺言状を開けてみたら、コハルちゃんには何も渡さないと、わざわざ書いてあったそうですよ。献身的に看病したけど、やっぱり許してもらえなかったんですねえ。それでコハルちゃんは、頭を丸めるつもりで岩手に帰り、いったん寺に預けられたんだけど、ちょうどあたしとこに人手がなくて困っていたから、こっちへ回してもらいました。でも、それがよかったんですよ。いえね、隠し事をしてはいけないから、あたしから言っておきますけど、コハルちゃんの縁談が、まとまりそうなんです。ハワイの大金持ちほどではありませんが、吉祥寺で大きな本屋をひらいている人が、一年ほど前に奥さんを亡くして、毎晩のように新宿に呑みに出て、あたしんとこへ泊まっていた。そうしているうちに、コハルちゃんが気に入ってね。まだ六十前の人だから、こんどはうまくいくと思うんです。そりゃ、野郎とのいきさつも、あたしから話しましたよ。すると、ちっとも構わないって、嬉しい返事ですから」

「おかみさん……」

「ほらね、土壇場になっても、まだコハルちゃんは、迷っているんですよ。旦那のほうからもひとこと、おめでとうと言ってやってくださいな。そのぶん一カ所だけ、旦那の手間もはぶけるでしょ」

24――雨

昭和三十八年十二月九日、浜松市における事件から二十日たって、その後の榎津巌の足取りがつかめた。予想どおり首都圏に現れ、重要凶悪犯人としてポスターを貼られたなかで、千葉地方裁判所と千葉刑務所において、二つの詐欺をはたらいていたのだ。千葉市での詐欺二件は、いずれも十二月三日に起こした。ひとつは裁判所で、長男の交通違反の罰金を払いにきた習志野市の六十一歳の母親が、会計課職員と称する男に、六千円をだまし取られた。もうひとつは、窃盗罪で起訴されて勾留中の三男の保釈金を用意した千葉市の五十歳の母親が、弁護士と称する男に、五万円を持ち去られた。二件とも被害届は、その日のうちに千葉中央署に出されたが、容疑者として榎津巌が浮かぶまで、一週間かかったのである。

六十一歳の母親が、六千円をだまし取られたのは、十二月三日午後零時五十分ころだった。役所の休憩時間は正確で、この火曜日も会計課窓口は、正午から午後一時まで閉ざされていた。しかし、彼女にとって金銭授受の時間など、さほどの関心事ではなかった。だいいち呼び出されたのは千葉地検なのに、隣接する千葉地裁に入りこんで、役人に金を受け取ってもらうことだけを考えていた。三十九歳の長男は、小型トラック一台を所有し、青果市場と商店とのあいだを往復している。運送業として登録せず、商店主が競り落とした野菜や果物を運ぶのを引き受ける。いわゆる白トラだが、どのような違反かは聞いていない。ただ息子から、一万六千円の罰金を、「六千円しか払えないと言え」と命じられた。それなら千葉市へ出たがる嫁の仕事だろうと抗弁したが、「ばあさんなら文句もつけず、内金として認めるだろう」とのことで、仕方なく引き受けた。

薄暗い建物の廊下を歩いて、会計課を探した。わからなければ聞けばよい、そのために口と耳があるだろうと、家を出るとき言われたが、黒い背広をつけた連中ばかりで、話しかけても聞いてくれそうにない。眼もついており、会計課という字が読めるのだから、自分で探せばよい。これまでだって、自分一人を頼りに生きてきた。半ば意地になって、階段を昇ったり降りたりしたが、なぜか会計課の部屋が見つからず、ふたたび玄関に戻ってしまった。駅の改札口のような囲いがあり、駅員のような服装の初老の男がいる。案内の札があるから、聞けば教えてくれるだろう。聞くは一時の恥、聞かざるは一生の恥。決心して近づこうとしたら、背後から肩をたかれた。

「おばあさん、どうしたんですか」

カバンを持った背広姿の男が、微笑している。「年齢五十歳くらい、身長五尺八寸くらい」で、人相特徴を問われても記憶が定かでない。なにしろ親切だから、ひたすら感謝した。彼女はハガキの督促状を示し、納める部屋を探していると告げた。

「それはちょうどよかった、私がその係ですよ、おばあさん。これから食事に出るところだったから、ここで会わなきゃ、しばらく待ってもらうところだった。さあ、いらっしゃいよ、こっちですから」

案内されてどんどん歩き、なるほどわからないはずだと思った。さんざん迷った建物から、いったん出て、別棟に入ったからである。後になって、そこは裁判所裏の弁護士会館だと知ったが、親切な会計係を信じきっていたので、べつに不審に思わなかった。突き当たりの部屋はロビーで、二人か三人いたようだ。このとき問題は、一万六千円の罰金を、さしあたって六千円で勘弁してもらうのを、どう切り出すかだった。室内の様子を見る余裕などなく、おそるおそる金額を口にしたら、男はどこまでも親切だった。

「いいですよ。これは要するに、払う意思があるということだからね。おばあさん、人間は誠意ですよ、なにごともね」

部屋中に聞こえる大声で言い、カバンから台帳みたいな黒表紙を出し、ページをめくって、長男の氏名を読み上げた。そして六千円を受け取って、五千円紙幣と千円紙幣を黒表紙にはさんで閉じ、ご苦労さんでしたと、ハガキを返した。不審に思ったのはこのときで、領収書をくれないのは困る。いくら内金とはいえ、払うことは払ったのだし、証明になるものをもらわなければ、家へ帰ってどんな疑いをかけられるかわからない。

「ああ、そうかい」

親切な会計係は、なんでもなさそうにハガキを受け取ると、赤枠の下に「領収済　¥

6000」とペンで記入した。これなら次にきたとき、はっきりするけど、ハンコをもらったほうが安心だろう。さらに母親が注文をつけたら、さすがに相手がムッとした表情になったので、「すみません念のために」と詫びた。

「じゃあ、念のためにね」

ポケットから出したハンコに、はーっと白い息を吹きかけてハガキに押し、朱肉は「山田」と読めた。そしてカバンを持って立ったので、その親切に母親が礼をのべたら、「いっしょに玄関まで行こう」と誘った。それから来た順序を、逆にたどったはずだが、途中で男が顎をしゃくり、「会計課」の看板があった。

「こんど来るときは、昼休みでない時間に、直接ここへいらっしゃい。金はつごうのついたときでいいからね」

会計係はどこまでも親切で、玄関を出ると片手を上げて会釈し、停まっているタクシーへ小走りに向かった。

五十歳の母親が五万円を持ち去られたのは、十二月三日午後一時三十分ころ、千葉刑務所拘置監の面会人待合室からだった。この日の午前中に、千葉地裁五号室でひらかれた二十歳になる三男の公判を傍聴したあと、面会のため刑務所にやってきた。担当の弁護士から、八月に窃盗容疑で逮捕された息子が、午後には保釈になると聞かされている。保釈金がいくらになるかわからないので、多めに十万円を持参していた。そのうち五万円を、合原栄三郎と名乗る弁護士に渡したのだ。その弁護士は実在するが、裁判所から刑務所まで同行した「身長一六五センチメートルくらい、年齢三十五、六歳くらい、茶色背広上下、面長で頭髪オールバック、右ひたいに二センチメートル角の透明絆創膏を貼った男」は、まったくの別人だったのである。

このニセ弁護士とは、息子の公判廷で顔を合わせた。この日が第二回公判で、実質審理に入って裁判長が被告人質問したとき、最前列で傍聴していた母親が私語を発し、ニセ弁護士に叱られている。刑事訴訟法に、「裁判長は、法廷の秩序を維持するため相当な処分をすることができる」とあり、傍聴人が暴言を吐いたり、騒々しくしたばあい、発言を禁じたり退廷させる法廷警察権である。傍聴席でメモを取ったり、笑い声をたてたり、足を組んだりして注意されることもあるが、このときの母親の私語は、「相当な処分」が必要というほどでもなかった。

裁判長は被告人に、「君がやったことに間違いはないか」と問い、息子が頷いてしまったから、思わず母親は、「おまえ一人でやったんじゃないだろ、二人でやったんじゃないか」と、声を発したのだ。共犯者は未成年というので、家庭裁判所へ送られた。中学校の同級生だけど、誕生日の差で成人と少年に区別されてしまい、ほんとうは向こうが主犯なのに、息子だけ刑事処分に付されるのが、母親には不満だった。その声が届いたはずなのに、息子は振り向きもせず、隣にいた保護司に訴えようとしたら、「黙っていなさい」と後ろの席から叱られた。裁判所の法廷では、訴訟指揮権をもつ裁判長が最高権威者だから、ほかのだれから注意されても、無視すればよい。しかし、母親はすっかり恐縮して黙りこみ、和服姿の保護司が会釈した。

正午ちょっと前に閉廷して、母親と保護司は廊下に出た。私選弁護人が裁判長のところへ行き、なにやら話し合っていたのは、保釈のことにちがいない。開廷前に弁護人から、「起訴事実を素直に認めて、反省の意思を示せば、午後四時くらいに出られるだろう」と聞かされていた。だから弁護士から、結果を聞くつもりでいたら、「黙っていなさい」と叱った男が、話しかけた。

「勉君は午後二時に出ますよ」

とっさに母親は、返事ができなかった。叱られて恐縮した直後なので、どう言えばいいかわからず連れの顔を見たら、助産婦でもある保護司は、バッグから名刺を出した。

「失礼ですけど、どなたでしょうか」

「弁護士の合原栄三郎です。保釈専門ですから、久保田先生に頼まれて、手続きをとったところです」

「それはそれは……。私は勉君を担当する保護司です」

「はい、先生のことはよく知っております」

合原弁護士は頷き、保護司が出した「加藤静」の名刺を、受け取らなかった。「ほら、私のを受け取ったら、自分も出さなきゃいけないでしょう。それで手を出さなかったのね」と、保護司はあとで口惜しがったが、初めに信用したのは彼女だった。

「あら、どこでお会いしましたか」

「千葉の法曹界で、先生を知らない者がいたら、そいつはモグリですよ」

「とんでもございません、未熟者ですわ」

保護司は声をたてて笑い、名刺をバッグに戻した。そのとき前の扉が開いて、久保田弁護士が一人で出てきた。母親はそちらを向いて頭を下げ、弁護士が立ちどまった。すると合原弁護士は、ちょっと手を上げて会釈し、久保田弁護士も頷いて歩いて行った。あとで本物の弁護士は、「合原君はもっと太っているよ、自分は保釈金のことで身内のだれかが付き添っているのだと思い、控室で待つことにしたのだよ」と言った。しかし、母親は一方が手を上げ一方が頷いたのだから、意思の疎通があったと思いこんだのである。

「久保田先生は、午後から民事の法廷がふたつあって忙しい。それで保釈手続きを私に任されました」

「保釈金はきまりましたか」

「いいえ、午後に最終的な判断が出ます。低い金額でおさえる努力をしているから、心配なさることはないですよ」

保釈専門の弁護士は、保護司に説明したあとで、母親にたずねた。

「おかあさん、いくら準備していますか」

「十万円です」

「結構でしょう、それだけあれば」

弁護士は微笑して、腕時計を見た。母親のほうは、保釈金がいくらで、手続きの費用がいくらか、一刻でも早く知りたい。この十万円は、海苔製造者への埋立補償なる名目で、二週間前に渡された金の一部なのである。久保田弁護士には、着手金として十万円払っているが、最終的にいくら請求されるかわからない。保釈手続きにべつな弁護士を雇うとなると、さらに金がかかるだろう。

「どうですか、その時刻まで弁護士会館で待ちませんか。私の個室には、大きなストーブもあります」

「でも先生、どこかでお食事でも」

「そうですな。先生に言われて、空腹に気づきました」

先生同士が笑うのを、母親は不安な思いで聞いた。食事の費用は、こちらでもたねばならない。保護司は弁護士とちがって報酬を求めないから、せめて食事くらいは気のきいたものにしなければと、バーテンをしている長男から言い聞かされた。一年三カ月前に、三男は恐喝で逮捕されて、こんどは二度目だった。恐喝は酔って高校生から金を脅し取った事件だったが、保護観察処分で済んで、そのときから保護司の世話になっている。それを勉ときたらうるさがって、また不始末をしでかしたから、Aランチやすき焼き定食を振る舞ってきたけど、弁護士まで加わるとどうなるだろう。

「じゃあ、地下の食堂へでも行きますかな」

「さようでございますねぇ」

保護司に同意を求められ、母親は大きく頷いた。あそこなら知っている、ランチでも二百八十円で問題ない。二人の先生を先導して地下食堂に着き、母親は食券売り場で「ランチ三人！」と言ったが、弁護士は意外にも、「ぼくは焼きそばで結構です」と告げた。すると保護司も「おなじものでいいわよ」と応じたので、母親は三人前の三百六十円を支払うだけでよかった。昼休みでたてこんでおり、奥のフェニックスの鉢植えのところに、ようやく席を取ることができた。どういうわけか焼きそばは、なかなか運ばれてこず、母親は催促に立ったほどだ。しかし、先生二人は話がはずんでおり、モンペの上にエプロンをつけた母親がウロウロしても、目もくれない。

「失礼ですが、ご出身は？」

「赤門ですよ。父が東京高裁の判事でしてね、私はジャーナリスト志望で早稲田へ行きたかったのに、東大法学部へ行かされてしまいました」

「お父様は、東京高等裁判所でしたか」

「おなじ判事にしたかったらしいが、せめてもの抵抗で、弁護士になりました。いつまでも親の言いなりになりません」

「ご立派だわ、とても」

「茅誠司先生も、賛成してくれましてね。在野精神は大いに結構だ、民衆の力になってあげてくれと、励ましてもらったんです」

「茅先生らしいわ」

「面識がおありですか」

「とんでもありません、東大総長など畏れ多くて」

「ざっくばらんな人ですよ。私なんか半年に一回ほど、縄のれんにお伴して二級酒です」

「それも茅先生らしいわ。いえね、こう申し上げるのも、あの方の『小さな親切運動』の勇気を、ひそかに尊敬しているからです」

「弁護士稼業も、小さな親切運動ですよ」

「いいえ、小さくなんかございませんでしてよ。私ども保護司が、小さな親切といったところかしら。だから茅先生が、身近に感じられます」

「こんど大河内先生に代わられて、肩の荷をおろされたことでしょう。そのうち千葉の魚でも持参して、慰労してあげようと思っているが、先生いっしょにどうですか」

「あら、どうしましょう。こんなおばあちゃんでは、茅先生がっかりなさるわ」

保護司は身をよじるようにして笑い、弁護士は胸のハンカチでメガネをふいた。「いや、メガネはかけていなかったわよ」と、保護司は警察で主張したけれども、母親の記憶では黒縁のメガネだった。

「保釈専門になったのも、被告人の人権尊重を考えたからです。法廷で勇ましく検察官と渡り合うばかりが、弁護士じゃないんです」

弁護士が保釈について、専門的な解説を加えはじめたのは、焼きそばが運ばれてからだった。皿に半分くらい食べ残したのは、ソースが多すぎてまずかったせいかもしれないが、話に熱中のあまりだったとも思われる。

「起訴されて被告人になったとはいえ、裁判の結果は無罪になるかもしれない。いわば白か黒かはっきりしない者を、長期にわたって勾留して苦痛を与えるのは、やはり重大なことですからね。刑が確定した者にくらべて、未決囚のばあいは制限がゆるやかとはいえ、しょせん檻のなかですから、だれだって外へ出たい。ところが検察官は、自分の手のうちにおけば便利がいいので、出したがらない。裁判所も公判を円滑に進めるために、閉じ込めておくにかぎるという考えです。公判に出廷しなかったり、証拠を隠滅したり、証人に圧力をかけたり、いろんな不都合を想定します。しかし、刑事訴訟法の八八条で、保釈の請求権を認めており、八九条の必要的保釈で定めているように、裁判所は原則として許可せねばならん。身柄の拘束を一時停止して、裁判を継続するということですから、裁判に支障のないかぎり認めるのは、当然のことなのです。支障とはどんなことかというと、裁判所の保釈許可決定の遵守事項を見れば、はっきりする。『出所後は、左の事項を誠実に守らねばならない。これに違反するときは、保釈を取り消し、保証金を没収することがある』となっておりましてね、六項目あるんです。『①制限された住居に住む。②月に一回裁判所の係へ出頭するか書面で状況を報告する。③逃亡したり罪証を隠滅する疑いのある行動を取らぬ。④被害者その他、事件の審判に必要な知識をもっている関係者の身体財産に対して侵害を加えない。⑤召喚を受けたときは正当な理由がないかぎり出頭する。⑥十日以上の旅行または転居には裁判所の許可を得る』で、これはむろん勉君によく説明して守ってもらわねば困る」

ときどき『小六法』をひらくほかは、暗記しているらしく、遵守事項などはすらすら口にする。いかにも保釈の専門家らしく、こんどは金額について語った。

「保釈金というのは、ひらべったく解説すると、逃げたりすると保証金を取り上げるぞと、裁判所が被告人にかける脅しですな。刑事訴訟法の九三条は金額について、『犯罪の性質及び情状、証拠の証明力並びに被告人の性格及び資産を考慮して、被告人の出頭を保証するに足りる相当な金額でなければならない』と定めている。たとえば、金持ちなら百万円や二百万円を積んで平気でも、貧乏人なら一万円や二万円でも大金だから、これは微妙なんですよ。こないだは三万円の保証金が積めない被告人がいて、私が保証書を入れて、出してやりました。もし被告人が、遵守事項に違反したばあい、弁護士が代わって納入しなければならんのですが、素直な男ですから、私を裏切ることはないでしょう。三万円はあきらめても、私の信用自体にかかわる。あいつが保釈保証人になった被告人は違反が多いとなると、裁判所は保釈許可を遅らせるし、保証金もつり上げてくる。しかし、安心してください。自慢話で恐縮ですが、私があつかった事件に関して、一件も事故はないんですよ」

「勉の値段ですけど……」

　ここで母親が質問をすると、すぐに応じた。

「十万円あれば、むろん間に合いますよ。なるべく低くしてもらいますが、仮に高くなっても、おかあさんとしては、利息のつかない貯金と思ってください。要するに、裁判が終われば還付されるからです」

「返してもらえるんですか？」

「もちろんです」

「先生、ほんとうですね」

　コップの水を飲み、母親はホッとした。還付されるとは聞いていたが、やはり念を押さずにはいられなかった。あとでニセ弁護士のことばは、まちがいないことがわかったけれども、裁判所に納めたとき還付されるのであって、彼に持ち去られた五万円は戻ってこない。

「そうだ、こうしよう。保釈の前に、勉君に面会するのです。先生からも、遵守事項に違反しないように、よく言い聞かせてもらわねばなりません」

「それでしたら、どうせ私も出迎えるし、家に帰っておかあさんといっしょに、よく言い聞かせますから」

「いいえ、鉄は熱いうちに鍛えよ。ほんとうに約束を守ってくれなきゃ、ここから出してあげないと、面会できつく言ってもらったほうが、効果的ですからね。おかあさんが金をつくるのにどれだけ苦労なさったかを、ぜひとも話しておかねばならない。だってそうでしょう、不心得で遵守事項に違反したら、大切な金は没収されるんですよ」

行きましょうと腰を上げたのは、母親だった。「考えたわね、私とあなたを引き離す作戦だったのよ」と、あとで保護司は言ったが、母親としては「鉄は熱いうちに鍛えよ」の比喩が、じつに適切だったのである。

三人は裁判所の地下食堂を出て、タクシーで刑務所へ向かった。そうして保護司だけが面会し、母親は弁護士と待合室に残った。その直後に、犯行がなされた。

「弁護士さんは、ちょっと裁判所に電話をかけると言って売店へ行き、すぐ帰ってこられました。そのとき、『あと五分くらいで金額が決定するそうだから、自分が行って納めてあげる、そしたら釈放指揮書が刑務所へ届けられ、勉君は出てくる。おかあさんはここで待っていなさい』と言われました。十万円ぜんぶを預かるとのことなので、私は初めに前掛けの財布から、五万円を出しました。待合室の鯨尺で二尺幅くらいのテーブルの上に、一万円札を一枚ずつ並べて置くのを、弁護士さんは向こう側から見ておられました。待合室にいた四、五人の面会の人たちも、こちらを見ていました。私は困ったなと思い、待合室を出ました。あとの五万円は紙袋に入れてフロシキに包み、腰にゆわえていました。それを出すには、モンペの紐をほどかなければならないので、ガラス戸ひとつへだてた売店へ行きました。売店の公衆電話は板囲いのなかにあるので、そこへ入ってモンペをずらし、金を出して待合室へ引き返したら、弁護士さんはおらず、テーブルの金もなくなっていました。私が驚いて道路のほうへ出ると、走り出したタクシーに弁護士さんも乗っており、「先生、待ってください」と私は追いかけましたが、停りませんでした。足がガタガタ震え、どうしていいかわからずにいると、加藤静先生がきて、「どうしたの?」と問われ、「おかしいと思う」と話して、久保田先生のところへ電話したら「それは詐欺だ」と教えられ、大いに驚いた次第であります」

罰金六千円をだまし取られた六十一歳の母親は、親切な係員といっしょに裁判所の玄関まで出た。そこで礼をのべて別れたのだが、「領収済　¥6000円　山田」だけでは、どうにも物足りない。一日仕事で千葉市まで来たことでもあり、納得できるまで粘るにかぎると、彼女は教えられたばかりの会計課の前で、係員の帰りを待つことにしたのだった。まもなく昼休みが終わり、会計課の窓口が開いたから、ずっと廊下から覗いていると、何か用事があるのかとたずねられ、事情を話すと「詐欺なのかなあ」と皆が首をかしげて、隣の検察庁へ連れて行かれた。そうして午後三時ころ、千葉中央警察署へ回されたら、保釈金を持ち逃げされた五十歳の母親が、事情聴取を受けていたのだった。

裁判所と刑務所を舞台にした二つの詐欺事件が、同一人物の犯行として初動捜査されていたら、もっと早く榎津巌が浮かんだことだろう。しかし、六十一歳の母親は「年齢五十歳くらい、身長五尺八寸くらい」と申し立て、五十歳の母親と五十四歳の保護司によれば、「年齢三十五、六歳、身長一六五センチメートルくらい」だから、ずいぶんずれがある。同一時間帯に犯行が重なることになり、別々の事件とみるのが自然だろうと、関連づけて考えなかったのだ。

しかし、保釈金被害者の何回目かの供述で、地下の食堂を出て刑務所へ向かうとき、しばらく玄関で待たされたことがわかった。この日は昼前から急に雨が降りだし、タクシーが拾いにくかった。犯人は「友人の弁護士の車を借りてきます」と言って、十数分ほど待たせた。けっきょく「車はダメだった」と引き返し、ちょうど裁判所の玄関で空車になったタクシーに乗ることができたもので、「犯人は七十歳くらいの老婆と廊下を歩いてきた」という。罰金六千円の被害者は、実際の年齢より外見も老けており、かなり耄碌《もうろく》もしている。その人物によるニセ弁護士の年齢と身長についての供述を無視すれば、前後の事情は一致しており、友人の弁護士の車を借りてくると玄関を離れた十数分のあいだに、ニセ会計係になって六千円をだまし取り、待たせていた二人と刑務所へ向かったことになる。

千葉中央署では、同様手口の前科者の顔写真を見せていた。被害者はいずれも首をかしげていたが、十二月九日に警察庁作成のポスターを見せると、三人とも「似ている」と答えたのである。

25――旅

昭和三十八年十二月十一日午後、東京都中央区の証券会社の部長が、「兜町で一昨日、カゴ抜け詐欺をはたらいた自称弁護士も、榎津巌ではないか」と通報してきた。朝刊に「千葉市に殺人魔?」とある記事を読むと、手口と人相が酷似しているという。

三十五歳の証券会社部長は、初めは防犯部少年課に連絡してきた。十月三十日付で、入社二年目の部下の家出人捜索願を提出しており、そのとき知り合った巡査部長に、とりあえず電話をかけたのである。「家出」したのは、二十四歳のセールスマンで、十月二十三日に葛飾区内の下宿を出ながら会社に現れず、それきり下宿に帰っていない。大学は東京の私大だが高校は北海道で、五十八歳の父親が心配して上京し、家出人捜索願は、台東区の相互銀行勤務の三十歳の兄、北海道の父親、証券会社部長の三人連署になっている。証券会社部長のいう「カゴ抜け詐欺」は、十二月九日正午ころ、会社の応接室でなされた。家出した部下の兄が訪れる前に、電話して上司に告げた。

「心配をおかけしましたが、弟は生きておりました。それだけでもありがたいと、父と喜んでおります。すぐお知らせしなければならなかったのですが、きのうは日曜日であり、弟は留置場にいるようなわけです。じつは先月に、名古屋市で証券詐欺をやって、逮捕・起訴されて、この十六日が初公判といいます。弟は勤務先を明かさず、国選弁護人に本籍地だけを教えて、わざわざ名古屋の弁護士さんが、北海道へ父を訪ねてくれ、土曜日にそのことを知りました。公判期日は迫っており、面会にも行かなきゃならないということで、父は弁護士さんといっしょに上京し、きのう夕方に東京へ来ました。連絡が遅れましたが、部長さんにお知らせします。次はお願いになるのですが、弁護士の先生が勤務先の上司から事情を聞きたいとおっしゃるので、ご都合がよろしければ、これからお邪魔させていただけませんか」

そうして兄が、証券会社へ案内してきたのは、「年齢三十八、九歳、身長一六三〜六センチメートルくらい、色黒で角張っている面長な顔、頭髪は極端に短いちぢれ毛で七・三分け、角張った感じのメガネの男」だった。応接室で名刺を交換すると、「名古屋市東区右神本町二—六　弁護士　山田圭郎」となっている。霜降地に荒い縦縞の背広上下で、おなじ生地の合オーバー、白ワイシャツに青っぽいネクタイ、背広の襟にはひまわりをデザインした弁護士バッジが光っていた。

証券会社には、民事関係で弁護士が出入りするから、バッジに見覚えがあった。名古屋の弁護士はカバンから「法廷日誌」を取り出し、さっそく質問してきた。

「本人は仕事に自信をなくし、会社に出るのがつらくなったと言っている。この点は部長さんから見て、どうですか」

「いや、そんなふうには感じませんでした。入社試験もよい成績で、生マジメで人当たりはよく、得意先とのトラブルもない。安心して仕事を任せていたのですが、証券詐欺というと、どんなことを？」

「それは公判前ですから、ちょっと申しかねます。しかし、安心してください。本人は勤務先の名を、明かしておりません」

「新聞記事にならなかったのですか」

「それはありません。金額的にも大きなものではなく、弁償するにしてもたいしたことはない。ただ私は、起訴されて付いた国選弁護人です。起訴前に接見交通があったら、被害回復の努力をして、起訴猶予になったはずだから、残念に思っています」

「お兄さんから聞きました。国選で引き受けながら、わざわざ北海道までお出かけくださったことに、感激しています」

「凝り性というんですかな。弁護士ほど利に聡い商売もないんですが、私は着手すると採算性を忘れてしまう。どうも貧乏とは、縁が切れそうにない」

「わざわざ北海道へ行かれなくても、こちらへ連絡くだされればよかった」

「だから言っているでしょう。彼の起訴状は、住居も職業も不定になっている。私にそっと、郷里で父親が雑貨商をやっていると明かしたから、地名を頼りに北海道へ行ったような次第です」

「ほんとうに先生には、なんとお礼を申し上げてよいやら」

このとき兄がことばをはさみ、「国選から私選に切り換えることになったので、さっそく保釈手続きに着手してもらえる」と説明した。すると弁護士は、「部長さんに微妙な質問があるので、ちょっとだけ席をはずしてくれないか」と、相互銀行勤務の兄を廊下へ出した。

「彼の身分ですが、まだ会社に在籍していますか」

「無断欠勤が続いているかたちで、取り扱いに困っているところです」

「なるほど……。本人は辞表を出していませんわな」

「ただし、刑事事件の被告人になったとすると、至急に措置を講ずることになります。それが直接の理由でなくとも、無断欠勤が二週間以上になると、懲戒解雇という就業規則があります」

「いずれにしても、クビですか」

「それは人事課の仕事ですから」

「とはいえ通常は、休職処分じゃないですか。公判で有罪が確定してから、就業規則に照らして処分すべきでしょう」

「つまり、それは……」

「本人が復職の意思をもっていれば、簡単にクビを切れないはずだが」

「そう言っているんですか」

「いや、仮にそうだとすれば、と。公判で会社名を出して、生マジメで人当たりがよく、得意先とのトラブルもない。当然ながら弁護人として、裁判所の心証をよくするために、そう主張することになります。信用をモットーとする証券マンが、突如として魔が差したというか、詐欺事件を起こした。しかし、会社に戻ってマジメに働きたい。私の立場で弁論すると、会社としてどうなさいますか」

「失礼ですが、ちょっと……。庶務課長を呼びましょう」

このとき部長は、弁護士の眼が卑しく光ったのを、見逃さなかった。本人に引導を渡して辞表を書かせ、会社名を出さずに済ませるから、いくらか寄越せと、言っているように聞こえたのだ。人事課長といわず、庶務課長といったのは、会社ゴロのたぐいを扱い慣れているからだ。しかし、弁護士は手を振って制した。

「きょうは、急いでいるものですから」

そう言って廊下へ出ると、ちょっと間をおいて、銀行員の兄と入ってきた。現金を受け取ったのはそのときで、兄から一万円札を四枚渡され、「領収書はあとで書こう、部長さんが立ち会っておられる」とつぶやきながら、紙幣を背広の内ポケットにしまった。そして兄に、「じゃあ頼む」と告げると、「はい」と答えて兄は部屋を出た。

「突然の話ですから、驚かれたでしょう。のちほど電話しますから、ひとつ率直なところを聞かせてください」

急に帰り支度をはじめて、「逃げ足の速さはさすがというべきか」と、証券会社の部長は感想を漏らした。引き止める暇もなく、応接室から姿を消して、それが彼を見かけた最後だった。

相互銀行勤務の兄が、部長にあいさつもせず中座したのは、委任状用紙と収入印紙を買ってくるよう、命じられたからだった。外へ出て五、六分くらいで用意し、急いで証券会社の応接室へ戻ったら、弁護士は帰ったあとだった。「おかしいな、そんなはずはないんだが」と兄が言うと、「おかしいたって、帰ったものは帰ったんだろ」と部長が不機嫌だったのは、いきなり現れた弁護士が、復職の意思を匂わせたりしたからだ。四万円は保釈手続きの費用として渡したのだが、領収書をもらわなかったのはともかく、委任状がなくて困るのは、弁護士自身のはずである。兄が首をかしげていたら、「するとニセ弁護士のカゴ抜け詐欺かな」と部長が言った。むろん冗談だったが、「とんでもありません。本物の弁護士ですよ」と兄はムキになった。「そりゃそうだろう、あのバッジは本物だよ」と部長が説明しかけると、兄は怒気をふくんだ口調になり、「いままでこそ父は雑貨屋のおやじですが、かつては名刑事と讃えられた男です。ニセ弁護士にだまされて、ノコノコ北海道からついてくるほど耄碌していません」とまくしたてた。

証券会社の部長が、部下の家族に相談することなく、警視庁へ連絡したのは、名刑事だったという父親を信頼しきっている兄に、反発されると思ったからだ。しかし、警視庁では、この情報を重視した。十二月三日の千葉市での詐欺が、ほぼ榎津巌の犯行と断定されて、警察庁から「首都圏重点捜査」の指示があった。

る。警視庁では、捜査第三課地方係が、特別手配の重要指名被疑者を扱うことになってい防犯部少年課から引き継がれて、台東区のアパートで弁護士からの連絡を待っている父親と兄から事情を聞いたところ、その日のうちに、榎津巌の新しい犯行であることがわかったのである。

北海道沙流《さる》郡門別町の洋品雑貨商の家に、なんの前ぶれもなしに名古屋の弁護士が訪れたのは、十二月七日午前十時すぎだった。ハイヤーを乗りつけた客から、いきなり名刺を渡された五十三歳の母親がいぶかっていると、白マスクをかけた客は低い声で告げた。

「次男の道宏君を、担当している者ですよ」

生きているのですね、と母親が声を震わせ、父親が寝ている部屋へ駆けこむと、弁護士はガラス障子越しに、大声で話しかけた。

「おとうさん、お加減はいかがですか。腎臓がよくないそうですね」

「いいえ、それを口実に、横着をしているだけです」

五十八歳の父親は、着ていた丹前に帯を巻きつけながら、店に通じる部屋へ出た。家出人捜索願を出して二十日間、まさに足を棒にして東京を歩き回り、疲れ切って帰って、寝込んでいたのだ。

「いま道宏君は、名古屋の中村署に留置されていますが、かいつまんで申し上げると、こういうことです」

名古屋の弁護士は、証券詐欺について説明した。東京の友人の名前をかたって、名古屋の小口投資家から金をだまし取ったと、抽象的に言っただけで、被害額もたいしたことはないのに、起訴した検察官が強硬なのは、証券不信ムードを煽ることになってはまずいからで、放っておけば実刑はまちがいない。自分は国選ながら、有為の青年がみすみす獄につながれるのを、見るに忍びない……。

「飛行機と思いましたが、なにしろ国選となると、タクシー代程度の報酬でしてね」

「おそれいります」

恐縮しきっている夫婦をいたわるように、弁護士は北海道の雄大な風景を話題にし、その饒舌は出前の天丼が届くまで、途切れることがなかった。

「まだ東大生だったころから、北海道にあこがれていましてね。なぜか襟裳岬に行きたいと思っておりました。日高本線をこのまま乗れば目的地、いや仕事でなければどんなにいいだろうと、うっかり乗り過ごすところでした。ご家族にこんなことを言ってはあれですけど、都会で仕事、仕事に追われて、それも強盗、窃盗、詐欺と悪の百花繚乱で、弁護士といえどもうんざりですから、こんな大自然につつまれ、ウソのない生活を送りたくなります。そうそう、道宏君も言っておりましたよ。ご両親が許してくれるなら、東京の生活をやめて北海道へ帰り、家業を手伝いたいそうです」

「そんなふうに、申しておりましたか」

つい父親は、不覚の涙を流してしまった。東京で次男が、下宿先に残した住所録を頼りに、心当たりを訪ね歩いたが徒労に終わり、北海道へ帰ってすぐ、警視庁の巡査部長に書いた手紙で、そのことに触れていたからだ。

「仕事に自信をなくしたからといって、それで人生に落伍したと考えるのは、まちがいではないでしょうか。田舎の雑貨屋ですが、病弱の私に代わって、家業を継いでくれるだけでも、どんなにありがたいことか。思いつめる前の息子に、せめてこの気持ちを伝えたかったのです」

この父親の手紙は、そのまま新聞記事になっている。全国紙のひとつが、「帰ってください！」というキャンペーン記事を、企画ものとして続けており、証券会社勤務の二十四歳の次男については、十二月四日付の夕刊に掲載した。

毎週水曜日の「帰ってください！」は、静岡県の農家の三十五歳の主婦と、彼に関する記事だった。「マジメ一徹だが、非常に気が弱く、証券セールスマンとして、押しの弱さに欠けていたようだから、証券不信ムードのなかで、営業成績が上がらないことを、悲観したのではないか」と、出身大学の指導教授の談話もある。おそらく榎津巌は、記事を読んでヒントを得たのだろうが、北海道にいる父親は、まだ読んでいなかった。相互銀行に勤務する兄は、切り抜きを速達で送っていたが、全逓の時間外勤務拒否闘争で、郵便事情は極端に悪化していた。十二月四日付の夕刊が、七日に沙流郡に配達されるのは、速達といえどもムリだった。

「おとうさんは、名古屋まで行けそうにないですな」

弁護士がもちかけたのは、天丼を食べ終えてすぐだから、午後零時十五分くらいだったか。日帰りすると言い始めたので、とりあえず往復旅費として一万五千円を渡し、「土曜日だから、郵便局も信用金庫も閉まった」と弁明したら、さり気なく切り出したのだ。しかし、父親は即座に承諾した。足手まといになるのではないかと遠慮していたから、渡りに舟と飛びついた。

日高本線は、準急二本のほかは普通列車で、上りは夕方の札幌行き「まりも」しかないから、普通で一時間半かけて苫小牧まで出て、十六時十二分発の函館行き「アカシヤ」に乗った。ウール肌着上下一着、靴下一足を弁護士に渡したのは、苫小牧駅で乗り換えの待ち時間のときで、正札の合計五千二百十円の品物を受け取りながら「助かります」を連発したのは、よほど寒さがこたえていたからだろう。函館着は二十時十分で、連絡船は二十二時五十分発の臨時便「第七青函丸」だったから、青森着は十二月八日午前三時である。そうして五時五分発の常磐線経由の上野行き特急「はつかり」に乗ったが、座席は三列ずれていたから、車中でことばを交わすことはなかった。

上野駅には、電報で知らされた長男が出迎えており、構内の日本食堂で一休みして、アパートへ向かった。先だっての上京で、父親が泊り込んだ台東区のアパートへは、やがて茨城県で農業をしている父親の兄も加わって、日曜日の親族会議になった。家出人の伯父は、弁護士を「先生様」と呼び、「金で済むのならできるだけのことをするつもりです」と強調した。

「山一證券の川喜多という人を、知っておられるでしょう」弁護士に問われ、だれも知らないとわかると、「名古屋の証券詐欺は、その友人の名をかたった」と明かした。名古屋へ戻ったら、さっそく会うことになるので、一万円程度の品物を持参したほうがよいとのことで、伯父が現金を渡したら、午後十時三十分ころ、東大の同期生の家に泊まる約束になっていると、アパートを出て行った。

十二月九日午前十時すぎ、弁護士は約束どおりアパートに電話をかけ、「証券会社へ行くからお兄さんだけ来なさい」と、待ち合わせの場所を指定した。とりあえず四、五万円は要るとのことなので、兄は勤務先の相互銀行で預金をおろしてから、兜町へ向かったのである。

名古屋市に山田圭郎弁護士は実在するが、警視庁の依頼を受けた愛知県警が照会したところ、「そのような人物の弁護を担当した覚えはない」との回答だった。名古屋の中村署には、該当する留置人はおらず、証券詐欺の被疑者が一人逮捕されていたが、三十四歳の主婦である。

山田圭郎の名刺は、北海道で父親に渡したものと、証券会社の部長に渡したものがある。警視庁の鑑識課で指紋検出を急いだけれども、よほど注意していたのか、受け取った当人のものしか出てこない。ただ、名刺の住所に「東区右神本町」とあるのは、「東区石神本町」の誤植と思われ、犯人が偽造したときの手落ちと推測された。

人相・特徴は、接触した人物によれば、「榎津にまちがいない」という。ここでもメガネをかけたりかけなかったり、どちらかといえば、かけたときのほうが似ている。そして右まゆの上に、小さな傷跡があったのを、父親と証券会社の部長が記憶しており、手配書では「小豆大のあざ」のはずだった。これを千葉市の保釈金詐欺の被害者は、「右ひたいに二センチメートル角の透明絆創膏」と証言しており、あざを刃物かなにかで削り取ろうと試みたのかもしれず、いずれにしても榎津の犯行の疑いが濃くなった。

しかし、決定的といえるのは指紋である。青函連絡船の乗客名簿の確認を、北海道警と青森県警に依頼したのは、そのためだった。十二月七日に函館を発ち、八日に青森に着いた「第七青函丸」の一等客の名簿に、山田圭郎のカードは確かにあり、筆跡も榎津のものに酷似していた。指紋も検出されたが、これは不完全で対照できず、確証をつかむにいたらなかった。だが、北海道沙流郡の雑貨商方に残していたピースの空き缶から検出した指紋は、榎津の右示指と類似特徴七カ所を、確認することができた。

このあと、苫小牧市の旅館に聞き込みを集中したのは、雑貨商を訪ねた弁護士が、「前夜は苫小牧の港に近い旅館に泊まった」と漏らしたからだった。ふと口にした前日の足取りは事実で、十二月六日に宿泊した旅館は、あっさり割り出すことができ、宿泊者名簿に「弁護士　山田圭郎」とあった。その客は、テレビのプロレス中継が終わりかけた午後九時前にきて、「すぐ風呂に入れるか?」と聞いて、投宿をきめた。入浴を済ませると、熱燗二本をつけた夕食中に、二十歳の係女中に給仕をさせ、午後十時すぎの就寝まで雑談をしている。ストーブで部屋が温かすぎると、しきりにタオルで汗を拭くとき、耳の前にあざがあった。「大阪で弁護士をしているが、日高の金持ちが謝礼はいくらでも払うからきてくれというので、これから行くところだ。ここへ来る前に、函館で検事をしている東大の同期生のところに寄り、人相が悪くなっているのは商売柄だぞと冷やかしてやった」というような雑談で、背広の襟のバッジについて説明したり、白い表紙の弁護士名簿をわざわざぱらぱらめくったりした。宿泊者名簿の記入を頼むと、「じつは字を知らないのだよ」と笑わせ、「弁護士の山田圭郎と書けば、全国どこでも通るのだよ」と言うものだから、女中が鉛筆で「弁護士　山田圭郎」と書いた。

十二月七日午前八時三十分ころ、山田弁護士は、宿泊費と酒代の合計千五百八十円を支払い、呼んでもらったハイヤーで、苫小牧駅へ向かっている。おそらく午前八時三十六分発の下り準急「えりも」に乗り、目的の駅で降りて、午前十時すぎに雑貨商を訪ねたものと思われる。

苫小牧署から、警察庁作成の「重要凶悪犯人」の手配書ちらしを届けたのは、山田圭郎弁護士が、この旅館を出て二時間後のことだった。北海道警察本部が、苫小牧署に割り当てたのは、ポスター二百五十枚とちらし二百五十枚で、十二月六日に到着している。即日ポスターは掲示され、ちらしは関係業者に配付することになったから、この旅館が受け持ち区域の派出所にも、六日夜には届いていた。そして七日午前十時三十分ころ、派出所巡査は旅館を訪れ、いかに重要な凶悪犯人であるかを、五十六歳の女主人に説明して、ちらしを渡している。二十歳の係女中は、ずいぶん後で手配書ちらしを見せられ、「あら、この先生よ」と叫んだけれども、大阪の弁護士が投宿する前に届けられていても、犯人逮捕につながったかどうかはわからない。旅館の女主人は、せっかくの手配書ちらしをだれにも見せず、重要書類をしまう机の引き出しに、大切に保管したからである。

26――欅

［警察庁捜査第一課長から、各管区公安・保安部長、警視庁刑事部長、各道府県本部長、各方面本部長へ通達］

重要指名被疑者・榎津巌については、各都道府県において引き続き強力な所在捜査を実施しているところであるが、今回さらに捜査の徹底をはかるため、携帯用写真を送付することにしたから、次により捜査に活用するよう、とりはかられたい。

記

一、手配写真は、捜査・鑑識係全員に配付するほか、被疑者の立ち回りが予想される地域において、勤務するパトカー乗務員または外勤係員などに対し、重点的に配付すること。

二、手配写真は、名刺大に折りたためるようにしてあるので、警察手帳などに収納して、常時携帯させること。

［警察庁刑事局長から、国鉄公安本部長あて文書］

当庁において特別手配中の重要指名被疑者・榎津巌の捜査につきましては、先般より貴職のご協力をわずらわしているところでありますが、今回当庁において携帯用手配写真を作成しましたので、手配資料として一万部を送付しますから、出先職員ならびに列車乗務員などに適宜ご配付のうえ、駅頭または列車内における被疑者の発見について、ご協力をいただきますよう、重ねてお願いいたします。

［国鉄公安本部長から、警察庁刑事局長あて文書］

昭和三十八年十二月十二日付による、ご依頼の件については、別紙要領により、下部機関に通達しましたので、この旨回答します。

別紙（写）

国鉄公安本部長から、各鉄道公安部長あて通達

昭和三十八年十二月十二日付をもって、警察庁刑事局長から、特別手配中の重要指名被疑者・榎津巌の携帯用手配写真の送付があり、重ねて捜査協力方の依頼があったので、別添の手配写真を、鉄道公安職員ならびに車掌など列車乗務員に配付のうえ、駅頭また

は列車内において被疑者を発見した場合には、至急最寄りの警察署へ通知するよう指導されたい。

［警察庁捜査第一課長から、各管区公安・保安部長、警視庁刑事部長、各道府県本部長、各本面本部長あて通達］

昭和三十八年十一月二十七日付の警察庁交通局長通達の「一級国道、二級国道および主要地方道における夜間一斉交通取り締まりの実施について」にもとづき、十二月十三日に全国で一斉に交通取り締まりが実施されることになっているが、この機会における職務質問、取り調べなどにあたっては、重要指名被疑者・榎津巌に対する手配資料の活用をはかり、被疑者の発見検挙につとめるよう配慮をわずらわしたい。本件については、交通局交通指導課とも打ち合わせ済みである。

［警察庁捜査第一課長から、各管区公安・保安部長、警視庁刑事部長、各道府県本部長、各方面部長あて通達］

重要指名被疑者・榎津巌の犯行と認められる詐欺事件（千葉県、北海道、東京都で発生）につき捜査中のところ、次の事実が判明した。

記

一、榎津巌は、北海道から東京都にかけての詐欺の際に、弁護士名簿を所持し、目につくようにカバンから出したり入れたりしているが、これは千葉地方裁判所構内の弁護士会館で盗難にあった「日本弁護士連合会会員名簿」と推定される。十二月三日午後一時二十分か三十分ころ、千葉県弁護士会館内において、受付事務室で勤務中の事務員・武居玲子（二二）に、年齢四十歳くらい、身長一六五センチメートル、やや面長、色浅黒、頭髪オールバック、メガネはかけていない、ねずみ色の暗い感じのレインコートの男があらわれて、なれなれしい口調で、「名簿を見せてくれ」と言ったので、その男の風采、語調などから東京の弁護士であろうと思い、名簿を出してやったが、その後も書類のコピー焼き付け作業などに専念していたため、夕方になってようやく名簿がないことに気づき、心当たりの弁護士に問い合わせたが、だれも持ち出していないというので、あるいは盗難にかかったのではないかと思っていたところ、盗難被害届を出すにはいたらず、警察庁からの照会で、榎津らしい男が、返済する意思がないのにあるもののように装い、昭和三十八年七月一日現在の「日本弁護士連合会会員名簿」一冊（時価二百円相当）の交付を受け、これを騙取したことが判明した。

二、北海道から東京都にかけての詐欺事件の被害関係者は、自称・山田圭郎弁護士が、背広の襟に弁護士バッジをつけていたと、いずれも申し立てているが、千葉県における詐欺事件の被害関係者は、いずれもバッジに気づかなかったと証言しており、あるいは千葉事件のあとにバッジを入手したとも考えられるが、現在のところ日本弁護士連合会事務局あてに、紛失届は提出されていない。
三、右の弁護士バッジと同様に、「山田圭郎法律事務所　弁護士　山田圭郎　名古屋市東区石神本町二―六」の名刺も、北海道から東京都にかけての詐欺事件で、初めて使用したものと推定されるが、現在のところ判明しているのは二枚で、いずれも実在する山田圭郎弁護士の事務所「東区石神本町」とは異なる「東区石神本町」であり、榎津が偽造した名刺と思料される。
四、十一月二十一日に、「浜松駅のプラットホームにおいて、榎津が同駅助役室にメモを手渡した」と通報したが、そのあと捜査の結果、これは榎津ではなく、広島市におけるテレビ詐欺事件の関係者である「平和の薔薇学園」の園長・深沢克孝（四四）が、旅行中に手渡したものと判明したので訂正する。
五、右の深沢は、十一月六日に平和の薔薇学園で、榎津とおよそ三時間面接しているが、榎津は鼻右側のいぼを取ったらしく、そこから血が出ており、右眉の上のあざをかじり取ったようになっていたと申し立てていること、その後の目撃者についても、顔のいぼおよびあざについて確たる証言はないので、あるいは顔の特徴であるいぼおよびあざを取っているとも考えられる。
六、北海道へ向かったのは、新聞の「帰ってください！」（十二月四日付夕刊）記事にヒントを得たものと認められるが、これは広島事件の際に、新聞で交通事故の記事を見て、被害者の自宅から米穀配給通帳を詐取した手口と類似する。したがって、榎津巌の行動範囲は非常に広く、足取りの予測はつけがたい状況にあるので、各都道府県警察においては、さらに手配の徹底をはかるよう、格段の配慮をわずらわしたい。

昭和三十八年の歳末警戒は、榎津巌の逮捕が最重点であるとして、警察庁はあらゆる手段を講ずることにした。広域暴力団への取り締まりを除けば、一人の犯罪者に全国の警察が、これほど集中的に捜査することは、前例がない。警察庁長官は、「九州から北海道まで、日本列島を縦断する殺人・詐欺行脚は、犯罪常識を超える」と、公式談話を発表している。「したがって自治体警察相互は、過去において緊密な連絡に欠けるという批判がなくもなかったので、これからは縄張り意識を捨て、持てる情報をすべて交換し、凶悪犯人の追及に全力をあげるとともに、公開捜査に踏み切ったことでもあり、いっそう国民各位の協力を得られるよう、とりわけ報道機関のご理解とご協力を、とくに切望する次第であります」

手配書ポスターは、十万枚を増刷したから、三十万枚が街頭に掲示されることになった。榎津の横顔を追加して、三枚の顔写真が並ぶ携帯用の手配写真は、三つ折りにたたむようになっており、四万枚を警察内部に、一万枚を国鉄に割り当てた。しかし、全逓の超勤拒否闘争は続いており、郵便物は滞貨するいっぽうなので、警察庁はこれらの資料を緊急に輸送する「特使派遣」をきめ、いわば飛脚便のように全国へ走らせた。

性がもっとも大きいとみなしている。千葉県警では、東京都に隣接する「東葛飾地区」の五つの警察署が、二人ずつの専従捜査員を置き、ひんぱんに刑事課長会議をひらいていることを、模範的な姿勢として評価した。

　東京都における捜査は、警察庁の携帯用手配写真が印刷される前に、警視庁の鑑識課で複写したネガにより二万枚を焼き付け、全警察署の自動車警邏《けいら》隊、交通機動警邏隊、パトカー要員、刑事部の捜査員に配付するなど、「榎津巌捜査」に早くから重点をおいていた。十二月十三日の夜間一斉交通取り締まりのときも、顔写真と照合しており、似ている者には職務質問を徹底した。忘年会帰りの酔客が、初乗り八十円から百円に値上げしたタクシー料金への不満をぶつけたほかは、おおむね捜査に協力的で、「重要凶悪犯人の検挙にはいたらなかったが、警戒心を高めるうえで効果があった」と、警視庁は発表した。

　たしかに関心は高くなり、十二月十四日に「榎津に似た男が紙幣をばらまいている」と通報があり、緊急配備がなされた。午前十時二十分ころ、目黒駅の近くに停まっていたクリーニング店の車に、いきなり乗りこんできた中年男が走るように命じ、港区芝白金町で停めさせ、五千円札四枚を押しつけて姿を消したからだ。クリーニング店員は高輪署に駆けこみ、「榎津に似ている」と告げた。まもなく白金町の主婦から、「妙な男が物干し台に寝そべって、五千円札を十数枚ばらまき、重要凶悪犯人に似ている」と通報があった。パトカーが急行すると、男は立ち去ったあとだったが、緊急配備で出動した渋谷署員が、恵比寿駅前をハダシで歩いている男を取り押さえ、調べてみると目黒区の精神病院を抜け出した、二十九歳の会社役員だった。

十二月十八日、豊島区の旅館から池袋署に、「榎津にそっくりの男が宿泊を希望している」と通報があり、午後一時すぎに署員三十人が旅館を包囲し、五人の刑事が踏み込んで任意同行した。顔の特徴とされるいぼ、あざはなかったが、右の乳下に傷跡があるかもしれないのでシャツを脱がせ、指紋を採取したところ人違いとわかり、秩父市から遊びにきた三十九歳の会社員は、午後七時に解放された。

十二月二十一日午後十時から二十二日午前二時まで、警視庁が独自におこなった都内の旅館、貸席、簡易宿泊所の立入検索には、麴町署ほか八十六の警察署から千四百人あまりが出動し、四千二百十七軒をあたった。山谷のドヤ街では、とくに念入りにおこなわれ、不審者は片っぱしから指紋を取られたが、榎津の指紋と合致する者はいなかった。

十二月二十三日午前十時ころ、福島県原町市の大衆食堂から、「夜おそくビールを呑んで行った客は、榎津ではないかと思われる」と通報があった。十二月五日午後十時すぎ、店を閉めようとしているところへ、「白いマスクをかけて、紳士と形容するにふさわしい男」が入り、下り列車「十和田」に乗るまで、一時間半ほど雑談したという。食堂を経営する七十歳の舅と二十四歳の嫁は、十時十五分から始まる「赤いダイヤ」を楽しみにしていた。しかし、嫁は座敷のコタツで客の応対をしたから、テレビドラマを見そびれてしまった。

「お客さんは初めのうち、壁にかけてある小さな鏡を覗くようにして、しばらく無言でありました。私がビールの栓を抜いて、「どこから来ましたか」とたずねたら、「はい、小名浜からですよ。仙台へ行くつもりで友人の車に乗ったら、故障したので汽車に乗ることにしました」と答えて、「弁護士　山田圭郎」の名刺をくれたのです。「まあ、名古屋からですか」と驚きますと、弁護士さんはビールを呑みながら、「じつは名古屋のタクシー会社の社長の息子が道楽者で、三百万円ばかり持ち出して女と駆け落ちし、金を使い果たした挙げ句に女を殺して、仙台の裁判所で懲役十五年に処せられようとしているので、親がぼくに泣きついてきたので、道楽息子はどうなってもいいが、親が哀れだから、六年くらいの懲役でくい止めてやろうと思っている」とのことでありました。弁護士さんは、黒色のボストンバッグから、表紙に「刑事事件」と記入した定価三十円くらいの大学ノートを取り出し、一ページ目はぎっしり英語で、二ページ目からは日本語で、殺人事件について詳しく記録されているようでした。そのあとさらにいろんなものを出して、折り畳み式の黒色コーモリ傘一本、スポーツ新聞一枚、英字新聞一枚、キャラメル二個、チューインガム若干であったように記憶しますが、置いて行ったのは、白ナイロン手袋一双、週刊サンケイ（12月2日号）一冊、数学概論一冊、物理学解説一冊、非行事件簿（島田一男著）一冊です。なぜ置いて行ったかというと、私の弟が来年春に大学進学の予定だと話したら、「それではよく勉強するように」と親切に言い、大学教科書以外のものは、「あなたにあげる」とのことでしたが、いずれも任意提出します」

十二月五日夜、福島県原町市の大衆食堂で、「弁護士　山田圭郎」の名刺を渡した男は、二十四歳の嫁が呼んでくれたタクシーで、常磐線の原ノ町駅へ向かった。ビール一本百五十円、電話代十円の請求に対して、二百円と七十円を支払い、機嫌よく手を振って立ち去った。タクシー運転手によれば、午後十一時四十五分ころ駅前で降りた。そのまま列車に乗ったとすれば、下り急行「十和田」は、午後十一時五十二分発で、六日午前八時四十六分に青森駅に着く。連絡船は午前九時三十分発、十二時十五分発いずれに乗っても、函館から苫小牧へ行くには、午後五時五分発の室蘭本線経由の札幌行き急行「すずらん」しかなく、午後九時四十四分に苫小牧駅に着く。すでに確認済みの苫小牧市の旅館を訪れたのは、十二月六日午後九時ころだから、原町市から苫小牧市へ、直行したものとみられる。

国鉄原ノ町駅の記録によれば、十二月五日午後九時から、翌六日午後九時までのあいだに、北海道方面行きのキップは、函館行き一枚、紋別行き三枚を発売している。なお、原ノ町駅から千六百メートル離れた大衆食堂が任意提出した遺留品のうち、「弁護士　山田圭郎」の名刺は、北海道の雑貨商と東京の証券会社部長に渡したものと同一で、採取できた指紋一個は、榎津巌の右拇指と完全に合致した。

十二月二十五日午後六時、福島県平市の弁護士が、「今月上旬に紛失した弁護士バッジを、あるいは榎津がつけているかもしれない」と申告した。

六十五歳の弁護士は、十二月五日夕方、中学校の教員と称する男から、「民事裁判について依頼したい」と常磐市の湯本温泉に案内され、旅館で酒肴をもてなされたが、係争の相手方を迎えに行くと中座した男は、そのまま旅館に帰らず、待ちぼうけをくった。背広の襟の弁護士バッジは、旅館で入浴中に盗まれた可能性があり、また自宅事務所から「法廷日誌」一冊がなくなっているのも、その男が留守中に訪れたとき持ち帰ったかもしれないという。

＊

＊

順序を追って申し上げますと、その男が初めて事務所（自宅）に来たのは、十二月五日午前九時すぎでありますが、このとき漁協から四人ほど相談に来ており、家内が待つように言ったにもかかわらず、「出直す」といって引き返したということでした。次に来たのは午後一時で、私は平駅前のデパートでおこなわれていた「人権擁護相談」のため不在でしたから、その旨を家内が告げると、「ちょっと電話を拝借」と上がりこみ、事務机の電話からデパートにかけてきたのでした。土地売買にからむ相談というので、「じゃあ、こっちへいらっしゃい」と言ったら、ほどなく特設会場へ、中学教員の佐藤文夫なる四十歳くらいの男が現れて、「先生は民事の権威だから、ぜひ力になってください」と頼みました。

具体的な話を聞こうとしたら、「じつは仙台市の母が買った時価三百万円の土地について法的な不備があり、売った側が所有権を主張しているのですが、その売り主と今夜に湯本温泉で会うことになっていて、仙台でパチンコ店をしている兄が来る。詳しくはその場で聞いてください」とのことなので、立ち会いを承知したのです。話し合いは午後七時からだが、その前に事情を説明したいと申すので、午後五時に福島地裁平支部での用件が片づくと答えたら、「迎えに参ります」とのことで、約束の時刻に、男はハイヤーを待たせておりました。

湯本温泉の旅館には、私を案内するからと予約を入れており、部屋へ入るなり酒肴を注文し、「とりあえず先生には、立ち会っていただくだけだから、どうぞくつろいでください。女中が気がきかないから、私がお酌します」とどんどんすすめて、銚子を四、五本空けたころ、「そろそろ来るからひとふろ浴びましょう」とのことで、丹前に着替えて男と大浴場へ行った次第です。

大浴場でも酒席と同様に、男は一人でしゃべり、「兄が引き継いでいるパチンコ店の利益は、父の遺言で二分の一を自分が受け取ることになっている」「九月の松川事件の無罪判決は、どういうことなのか。犯人がいないのになぜ列車が転覆したのかと、生徒の質問責めにあって困っている」「相手方には郡山市の弁護士と称するのがついており、今夜やってくるがニセモノくさい。先生が見破ってくれるのが楽しみだ」というような話でした。そうして「自分はカラスの行水だといつも人から笑われる」と言って、先に湯から上がりました。

まもなく私も上がり、二階の部屋へ戻ってみると、男は洋服に着替えているところで、「駅まで出迎える」というから、「旅館の名前も連絡していないのか」と問うと、「兄はパチンコ屋なのに礼儀にやかましいのです。そうだ、いままで呑み食いしたぶんを自分が支払っておかないと、兄になにを言われるかわからない」と、部屋の電話で清算するように命じ、「先生はお疲れのようだから、横になられてはいかがですか。ちょっと行ってきます」と部屋を出て、それきり帰ってこなかったのであります。

十二月五日午後九時すぎ、弁護士は待ちくたびれて旅館を出た。帳場で確かめてみると、平市からやってきたとき番頭に立て替えさせたハイヤー料金五百四十円をふくむ三千二百七十円を、ちゃんと支払っている。待ちぼうけを食わせるとは失礼な奴と思いながらも、酒肴でもてなされた立場でもある。男は小名浜港のほうに住んでいると言っていたから、「小名浜東郵便局区内　教員　佐藤文夫」宛てにハガキを出し、連絡をくれるように書いておいたが、「配達不能」で戻ってきた。

十二月十日ころ、弁護士バッジがなくなり、事務所の昭和三十九年版「法廷日誌」(定価四百円)もなくなっているのに気づいたが、放置しておいた。しかし、十二月二十三日から、原町市の大衆食堂への立ち回りで、「福島県内に足がある」と見た警察から照会を受け、申告することにしたという。人相特徴については、弁護士の家族、ハイヤー運転手、旅館の女中いずれも、「手配写真のメガネをかけた顔に非常に似ている」と申し立てたけれども、遺留品は一切なく、指紋採取は不可能だった。

十二月二十六日午前九時ころ、栃木市の旅館経営者が、「榎津巌らしい男が泊まって行った」と通報してきた。国鉄両毛線と東武日光線が交差する栃木駅から、徒歩十分ほどの旅館に、「福岡市の弁護士」と称する四十歳くらいの男が投宿したのは、十二月十七日夜だった。このとき勝手場で食器を洗っていた三十歳の女中が応対した。

「十七日午後十時四十分くらいに、その紳士は「こんばんは」と入ってきて、「食事は要らないが風呂を浴びたい」と言うので、「火を落としたからぬるいですよ」と答えたところ、「いやー、ありがたい」とニコニコしてクツを脱いだので、廊下の突き当たりの六号室へ案内しました。地下のお風呂へ行ったあいだ、お床をとっていると、すぐに帰ってきたので、「ぬるかったでしょう」と言ったら、「いやー、どうせカラスの行水なのでちょうどいい」とニコニコしているので、そういえば色の黒い人だなと思いました。お茶を出して、ついでに宿帳をお願いしたら、「福岡市天神町一丁目　弁護士　田口弘一郎」と書かれたので、ちょっと雑談しました。と申しますのも、力道山がヤクザに刺されて、この十五日に死んだばかりですから、「犯人は死刑でしょうね」と質問したのです。すると弁護士さんは、カバンから『小六法』を出してパラパラめくり、「いやー、懲役八年というところかな」と言われたので、「どうしてですか」とたずねたところ、「あれは八日に刺されて一週間後に死んだ。即死させたのにくらべて罪は軽いよ」と、答えてくださいました。そこで私が、「弁護士さんは悪人の味方をするから困る」と申したら、「いやー、痛いところを突くねぇ。じつは日光からの帰りに、財布の入ったカバンを盗まれたから、あした同業者から借金をしなければならん。このバッジが目に入らぬとは、あきれたドロボーだ」と笑っておられ、私は弁護士さんと信じておりましたから、あとで殺人魔の榎津巌ではないかという話になったとき、一瞬、世の中が真っ暗闇になった思いでした」

十二月十八日午前七時四十五分ころ、福岡市の弁護士と称する客は、身支度をして玄関へ出てきた。四十三歳の主人が、ロビーでテレビを見ているところだった。

「男はいつのまにか部屋へ持ち込んでいた新聞を返しながら、「ちょっと出かけてくるから、カバンをあずけておく。宿代はあとで払いますよ」と言うものだから、「いいですよ、きのうは災難だったそうですね」と、慰めたようなわけです。すると男は、黒表紙の手帳を出して、市内の三人の弁護士さんの住所氏名を抜き書きしたのを見せ、「どれが近いだろう？」と聞きました。それで私が、「武茂先生なら裁判所のすぐ横だからわかりやすいかなー」と答え、男は「じゃー、そうするか」とつぶやくように言い、私にあずけた新品の黒ビニール製ボストンバッグから、弁護士名簿という白い表紙の本と、法廷日誌という黒い表紙の本を取り出して、紫色のフロシキに包んで出て行きました。しかし、すぐ帰って宿代七百七十円を払う約束にもかかわらず、それきり帰ってこなかったのであります」

旅館を出た男は、その足でまっすぐ、旅館の主人に教えられた弁護士事務所を訪れている。宇都宮地裁栃木支部に面した事務所へ出勤した三十八歳の弁護士秘書は、通いの掃除婦から、来客を待たせていると告げられた。

「十八日午前八時ころ、おばさんが「福岡の田口先生です」と紹介した男は、ソファーで足を組んでタバコを吸っておりました。そして「武茂先生は東京だそうですねー」と言い、「困った、困った」とつぶやくのです。私はとっさに、金の無心だなと思いました。と申しますのも、武茂先生が代議士をしておられたころの経験で、そのような来客は、パッと見てすぐわかるからです。私が黙っておりますと、「じつは青森の妻の実家へ行ったついでに日光見物をしたところ、スリに財布をすられてしまいまして、ゆうべ泊まった旅館の支払いは、小銭でようやく済ませたようなわけなのです」と、切り出してきました。「それは気の毒ですねー」と適当に答えたら、「東京へ出たら東大時代の友人に借りられるのだが、ついては二、三日で返すから、五千円を用立ててもらえないか」と言うのです。返事をしないでいたら、会員名簿をばらばらめくって、「自分はこれだ」と、田口弘一郎のところを見せるのです。これは約一万人の弁護士の全国通しナンバーの会員番号、氏名、住所、電話番号が横書きに一行並んでいるだけで、顔写真があるわけでもなく、なんの証明にもなりません。しかし、いつまでも粘られては業務にさしつかえるので、「東武に乗れば浅草まで二百四十円で出られますから、千円もあればよいでしょう」と言ったところ、「いやー、助かります」と大声を出し、机の便箋を取って、「一、金千円也　福岡市天神町一丁目　田口弘一郎」と記入して、さらに三十分ばかり雑談をして行ったようなわけで、その後なんの連絡もないため、武茂先生にも報告せず、放置しておいたような次第であります」

福岡市の田口弘一郎は、栃木市の法律事務所へは、なんの連絡もしてこなかったが、栃木駅に近い旅館へは、十二月十九日消印のハガキを寄越している。

「先日は失礼いたしました。ちょうど武茂先生も上京して不在の為、事務の方に御迷惑をかけたような次第です。御貴殿にも御迷惑の限りで申し訳なく思います。昨夜東京の友人方に一泊、今朝飛行機で北海道まで行きます。帰りに立ち寄る予定ですが、青森から九州に直行するかも判りませんので、その時は御貴殿の宿泊代金と荷物の送料を一緒に送金しますから、私から連絡があるまでは、御貴殿に御保管方をよろしくお願いします。東京都にて田口弁護士」

このハガキの消印は、中野郵便局十九日午後零時から午後六時になっている。旅館では安心して保管していたのだが、連日テレビや新聞で報じられる重要凶悪犯人が、弁護士をかたっていること、十二月七日に警察から配付され、帳場の壁に貼っている手配書ちらしを確かめたら、人相特徴が似ているので、まずカバンを開けてみたのだった。

［折り畳み式の黒色コーモリ傘一本、ワイシャツ、モモヒキ、アンダーシャツ、パンツ、ネクタイなど衣類十七点。白マスク二枚、絆創膏一個、洗面具一式、小六法（昭和三十八年版有斐閣）一冊、仁丹一個、大学ノート（刑事事件と表記して全国有名大学二十校の教授三十四名の名前など記入あり）一冊、タバコマッチ二個、全国旅行地図一冊、国鉄監修列車時刻表一冊、自動車検査証（山田栄光名義）一通、自動車損害賠償責任保険証明書二枚］

実在する田口弘一郎弁護士は、この一カ月ずっと、福岡市を出ていないという。無銭宿泊と寸借の二件の詐欺被害関係者は、手配写真のメガネをかけた顔が、よく似ていたと証言した。法律事務所の秘書は、「右眉の上に十円硬貨くらいの赤黒い傷跡があった」と言うが、遺留品から指紋を検出する試みは、結果的にすべて不調だった。しかし、ノートやハガキや借用書めいたメモなどの筆跡についての鑑定は、「非常によく似ている」。

遺留品のうち、自動車に関する二種類の証明書は、横浜市中区の住所で、神奈川県警に照会したところ、タクシー会社だった。所有者は社長の孫龍八で、十二月十一日付で伊勢佐木署へ遺失届を出している。十一月下旬ころ、社長の乗用車の物入れから紛失しており、山田栄光への譲渡で名義変更があったように改竄している。

十二月二十八日午後一時、「山田圭郎法律事務所　弁護士　山田圭郎」の名刺を印刷したのは、平市役所に近い印刷所であることが割り出されたのは、福島県警が周辺の旅館、印刷所に聞き込みを集中していたからだ。四十一歳の女子事務員は、十二月初めの午前九時ころ受け付けたと記憶している。

「タクシーで来た、四十歳くらいの白マスクをかけた男の人は、「双葉さんの紹介だ、特急で頼む」と名刺の見本を出し、百枚注文しました。一時間で仕上げると引き受けると、「それでは十時にくる」と行き、受け取りにきたのは昼休みの少し前でした。私のほうでは、名刺印刷を引き受けると、近くの斉藤活版所へ回しております。ところが困ったことに、一カ所まちがいがあることを、渡すとき発見したのです。悪いと思いながら、叱られたら刷り直すことにして、気づかぬふりをしていたら、男の人はさっと見ただけでなにも言わず、割り増し料金で三百五十円を払い、名刺百枚と名刺見本を受け取り、歩いて立ち去りました。なお、まちがいの個所は、「石神本町」の石が、「右」になっていたのではないかとのおたずねでありますが、はっきりした記憶はありませんが、そのような気がいたします」

名刺の依頼者が、「双葉さんの紹介」と言ったのは、双葉旅館のことだった。捜査員が急行すると、十二月三日から二泊しており、宿泊名簿に「大阪市住吉区墨江中　弁護士　山田優」とあり、七十二歳の女主人が、細かく記憶していた。

「十二月三日夜、係女中が「十五号室は大阪の弁護士さん」と申しましたので、それならあいさつに行かねばならぬと思いました。と申しますのも、亡夫は大阪の出身で、私も戦争前はしばらく相生通りに住んでおりましたから、あちらの方がお泊まりくださると、たいていあいさつに顔を出し、大阪の様子を聞くのを楽しみにしているからです。しかし、お着きになった日は疲れているとのことで、風呂から上がるとお酒を二合ほど召し上がってお休みになり、翌朝は荷物を置いて早くから出かけられて機会がなく、四日夜は私が組合の寄り合いに出かけて留守でしたが、お客様は夕方ちゃんと帰って早寝をなさったとのことでした。そのようなわけで、私がごあいさつに伺ったのは、五日の朝食のときでした。お給仕しながら、「大阪は変わりましたでしょうね」と申しますと、「来年になったら新幹線も通じるが、大阪人はすぐ金の話をするからダメだ」というような、アイマイな話ばかりでした。変だなと思いまして、名刺をくださいとお願いすると、「ちょうど切らしている。きょうは県知事や代議士にも会わねばならぬので困っている。どこかすぐ刷ってくれるところはないか」とおっしゃるので、年賀状を印刷に出している平和印刷を教えて上げたような次第です。なお、このお客様は、三日分の千五百三十七円、四日分の千四百十六円を支払い済みで、五日夜も泊めてくれとのことでしたが、夕方カバンを取りに戻られ、「会食があるので湯本温泉へ行く」と、お出かけのままになっております」

　この旅館は、常磐線の平駅から徒歩七、八分のところにあり、榎津巌が現れたのは、十二月三日午後六時から七時のあいだで、日は暮れきっていなかった。

　この日は千葉市で、六千円と五万円の詐欺をはたらき、刑務所から弁護士会館へ舞い戻り、日本弁護士連合会の会員名簿を持ち去っている。その時刻は、弁護士会館の事務員によれば、午後一時二十分から三十分のあいだという。福島県平市に、午後六時から七時に入る下り列車は、平駅が終点の午後五時三十五分の準急「ときわ4号」しかなく、次は午後七時二十二分着の準急「ときわ5号」になる。

　だが客は、まちがいなく七時すぎに夕食をとっていた。そうすると「ときわ4号」しか考えられず、午後二時二十五分に上野発である。国鉄総武線の標準時間は、千葉―秋葉原が五十三分間だから、秋葉原で乗り換えて上野駅に着くには、ちょうど一時間かかり、午後一時二十五分に千葉駅から電車に乗っていなければならないが、弁護士会館にいた可能性のある時間帯だ。ただし、安房鴨川発の準急「外房3号」は、千葉駅発が午後一時三十三分で、秋葉原着が二時十四分だから、タクシーを飛ばせば五分で千葉駅に到着できるから、いちおう連続して結びつけられる。

　なによりも現実に、榎津巌とみてまちがいのない人物が、平市に現れており、じつに機敏に乗り継いだことになるが、計画どおりの行動かどうかはわからない。

十二月二十九日午前九時から、警視庁でひらかれた捜査会議には、警察庁幹部も出席して、最初から緊張した空気につつまれていた。この日は日曜で、すでに御用納めの儀式もおこなわれて、年末年始の休みに入っている。しかし、捜査部門はすべて休みを返上することになっていた。警察庁刑事局長が正面にすわった会議のテーブルには、「重要凶悪犯人の足取り一覧表」が配られている。

★10月18日　福岡県京都郡苅田町と田川郡香春町で二人を殺害し、約二十六万九千円強取。
10月19日　午前十一時ころ行橋市より逃走。平和台球場で野球見物。福岡市の旅館。
10月20日　午後一時三十分ころ長崎市の平和公園で知人が目撃。［恐喝罪で逮捕状］
10月21日　［強盗殺人罪に逮捕状切り換え］
10月22日　佐賀市の教会で告解。別府市の長男へ小包み。行橋署と情婦へ手紙。
10月24日　岡山県玉野市の質屋でクツを買い、宇高連絡船で偽装自殺。フェリーで引き返した宇野港近くで食事。玉野市の旅館。
10月25日　午前八時すぎに旅館を発ち、大阪行き準急「鷲羽1号」乗車（推定）。
10月26日　静岡県浜名郡の旅館に京大教授と称して二泊。
10月28日　浜松市の貸席「あさの」に十一月一日まで滞在。

11月5日　広島市の教会を京都のケースワーカーと称して訪問。駅前の簡易旅館。
11月6日　教会でテレビ詐欺に失敗。養護施設にテレビ五台を運ばせ、駅前の簡易旅館。
★11月7日　施設からテレビ四台を搬出し八万円で入質。米穀配給通帳を騙取。トラック料金千四百円を踏み倒して、簡易旅館から逃走。
11月13日　京都市から広島市の質屋へハガキを投函。
11月15日　浜松市の「あさの」に十九日まで滞在。
★11月18日　「あさの」の母娘を殺害して衣類など五十二点を入質（四万八千円）。
★11月19日　委任状などを偽造し電話加入権を入質（十万円）して逃走。
11月21日　[重要指名被疑者に指定して特別手配]
11月25日　[浜松中央署で合同捜査会議]
11月28日　[公開捜査に決定]
★12月3日　千葉市で二件の詐欺（六千円と五万円）。弁護士名簿詐取。
12月4日　平市の旅館。
★12月5日　平市の弁護士から法廷日誌、弁護士バッジ窃取。午後十時すぎ原町市の大衆食堂に立ち寄り、夜行列車に乗る（推定）。
12月6日　北海道苫小牧市の旅館。
★12月7日　沙流郡門別町の洋品雑貨商方で一万五千円騙取。被害者を伴い出発。

★12月8日　東京都台東区のアパートで一万円騙取。
★12月9日　中央区兜町の証券会社で四万円騙取して逃走。
12月13日　［全国夜間一斉交通取り締まり実施］
★12月17日　栃木市の旅館で無銭宿泊（七百七十円）。
★12月18日　栃木市の法律事務所で寸借詐欺（一千円）。
12月19日　東京都中野区から栃木市の旅館へハガキ投函。
12月20日　［東京都内の旅館など一斉立入検索を実施］
12月27日　［東京都内の旅館など一斉立入検索、自動車検問を実施］

この捜査会議の焦点は、榎津巌が、東京都内ないし首都圏に潜伏しているかどうかだった。十二月十九日付の中野郵便局消印のハガキは、重要凶悪犯人が栃木市から舞い戻ったことを意味しており、栃木市の旅館経営者が通報した二十六日午後から、中野区内の郵便局や旅館に聞き込みを集中したが、足取りをつかむことはできなかった。また、ハガキの文面には「飛行機で北海道まで行きます」とあるので、北海道便のある日本航空、全日本空輸、北日本航空の三社に手配して乗客名簿を調べたが、不審者は発見できなかった。

もっとも重要なのは、すでに榎津が新しい犯罪を実行した可能性である。一覧表ではっきりしているように、十月十八日の第一犯行（約二十七万円強取）から、次の広島市のテレビ詐欺まで十八日間かかっている。専売公社の集金人から奪った金のうち、理髪店の女主人に渡した二万円と、別府市の長男へ送った五万円を引くと二十万円で、一日平均一万一千円を消費したとみることができる。広島市のテレビ詐欺で入手したのは七万五千二百円で、十一月十八日の浜松市事件まで十一日間あり、一日平均七千円の消費。さらに浜松強盗殺人事件（約十四万円強取）から、千葉市の詐欺まで十一日間だから、一日平均一万一千円の消費である。千葉市の詐欺事件から、東京の証券会社でのカゴ抜け詐欺まで連続し、入手した額は十二万一千円になり、栃木市における無銭宿泊と寸借詐欺まで、一日平均八千五百円を消費している。

発覚していない犯行があるかもしれないが、一覧表だけで考えると、一日七千円から一万一千円のペースで消費し、手持ちの金がなくなると、次の犯罪に着手している。すると十二月十七日に栃木市に現れたときは、宿泊費さえ払えなかったようだ。七百七十円を踏み倒したのは、榎津にとって不本意で、ほんとうは法律事務所で五千円を借り、旅館代を払ってカバンを持ち出したかったはずだ。十月十九日に泊まった福岡市の旅館に残したカバンには、新聞三紙と古いクツしか入っていなかったが、こちらで残したカバンには、榎津にとって必要なものがふくまれている。

ともあれ借りたのは千円で、二百四十円で浅草行きのキップを買い、十二月十八日は都内のどこかで過ごし、翌日に中野区でハガキを投函した。これは警察への届出を、少しでも遅らせる工作であり、そうすると十八日からどこで過ごしているにせよ、新しい犯罪に着手して、すでに完了している可能性が高い。

昼の休憩もとらず、捜査会議は午後にさしかかっていた。足取りと犯行手口を徹底的に検討して、十二月三十日におこなう全国一斉捜査に、有効な指示を与えなければならない。この全国一斉捜査は、日本の警察史上はじめての試みで、三十日夜から三十一日にかけて、五万三千人の警察官を動員する。これに二千八百人の鉄道公安官も協力し、旅館の立入検索はもとより、質屋、パチンコ店、理髪店、弁護士宅など、榎津が立ち寄りそうな場所をシラミつぶしにあたる。それとともに、帰省客にまぎれて移動するかもしれないので、国鉄を中心に交通機関にも厳重な監視をする。

この警察の計画を、マスコミがキャッチしたらしいので、記者クラブを通じて事前報道の差し控えを申し入れ、了承を得られた。

「昭和三十九年は、東京オリンピックへの期待で、国民にとって輝かしい希望の年にならなければならぬ。にもかかわらず、このような凶悪犯人をして、傍若無人に警察など眼中にないように跳梁跋扈《ちょうりょうばっこ》せしめていたのでは、法治国家の威信もなにもあったもんじゃない。なにがなんでも、明日の一斉捜査で逮捕して、大晦日には一億国民に、朗報をもたらそうではないか。それができないようなら、年越しそばだのお屠蘇だのと、警察官たる者が人並みにめでたい気分を味わう資格はない。だから、私はだな……」

なにやら正面の席から、個人的な決意が披瀝されようとしたとき、入ってきた当直刑事に耳打ちされていた警視庁の捜査第一課長が、立ち上がって叫んだ。

「ただいま目白署に通報があり、豊島区内で殺しです。アパートで死体が発見され、被害者は……弁護士であります」

27――釘

昭和三十八年十二月二十九日午後一時十分、東京都豊島区の目白署へ駆けこんだのは、墨田区の保険会社所有ビルに勤務する、五十四歳のボイラーマンだった。

この日彼が、目白駅から六百メートルほどの住宅街のアパートに、一人暮らしの父親を訪ねると、変死体になっていた。死んでいたのは、一八八一（明治十四）年生まれの八十二歳ながら、現役の弁護士として、東京第二弁護士会に所属する、川島共平である。

明治三十七年に司法官試補、やがて検察官になったが、大正三年に辞職し、ただちに弁護士登録したから、五十年のキャリアをもち、弁護士会で最長老のひとりだった。中風気味ではあるが、当人の弁では「酒を活力源」に元気で働き、十二月は民事事件で多忙をきわめていたのに、六畳一間のアパートで洋服ダンスに押し込められ、腐臭を放っていた。

長男であるボイラーマンは、一一〇番通報をするのももどかしく、約四百メートルを疾走して通報したとき、ペンチを握りしめたままだった。

「きのうから、ふしぎに思っていたんです。だけど父はやかましい人で、勝手に部屋を片づけたりすると怒る。それで洋服ダンスを開けずに帰ったけど、どう考えても納得いかない。叱られたら、叱られたときのことだと思って、これを持ってきたんです」

一週間に一回の割合で、父親のアパートへ訪れる。たいてい日曜日にしているが、二十二日に来たときは不在で、電話をかけても父親の声を聞くことができなかった。きのう二十八日（土曜）は、勤務先のビルの暖房を午前中に止めたことでもあり、一日くりあげてきた。持参したのは、シーツ、枕カバー、浴衣など、糊をきかせた洗濯物だった。いつもなら部屋を清掃して、命じられた品物を近くの商店街へ買いに行き、父親が炊事をしているあいだに、共同洗濯場で下着などを洗う。そして早めの夕食になり、むろん熱燗の日本酒つきで、適当に酔いが回ったころマッサージしてやり、寝息をたてはじめたらフトンに移し、電気コタツのスイッチやガスコンロなど火元を点検して、取り替えたシーツ類を持ち帰るのである。

しかし、土曜日はドアを合いカギで開ける前から、様子がおかしかった。部屋は二階の端で、裏階段から昇った突き当たりだが、ドアの前にフロシキで包んだ特級酒の一升瓶、デパートの包装紙の箱、新聞が二十三日の夕刊から積み上げてある。いぶかりながら木製のドアを開けると、土間になっている部分に、封書や電報が放置されていた。これは後になって、管理人がドアの下の隙間から入れたものとわかったが、わからないのは室内の荒れようだった。六畳一間ながら、一間の押し入れつきで、台所流し台もあり、食器棚と物入れは作り付けだから、西向きの一間の腰窓に仏壇やラジオが置ける。そして部屋の中央に電気コタツで、廊下側の壁に、整理ダンスと洋服ダンスを並べている。

まず目についたのは、畳の上にちらばっている訴訟関係の書類だった。父親は何人かの同業者と、中央区役所近くのビルに事務所をもっている。これは貸し机のようなもので、実際はアパートが事務所をかねており、押し入れの上段が書類箱だ。段ボールに詰めたそれらの書類を、さんざん引っかき回した形跡があり、ただならぬ気配を感じさせたが、時間厳守が生活信条とかで、ぜったいに遅刻しないのが自慢だから、あわただしい外出のとき、ちらかしっぱなしになることがある。しかし、コタツの回りには、日本酒、ウイスキー、ビール瓶などが放り出され、座布団を四つきちんと置いたコタツは、スイッチが入って異様に熱く、電話を載せたデコラ張りのコタツ台には、なぜか派手なムームーが拡げてあり、めくってみると灰皿、ドーナツの食べかけ、リンゴ一個、コップ四個、割り箸が六膳、魚の煮物を入れた皿二枚があった。

かなり頻繁に、依頼人が出入りするから、当然もてなしもするけれども、真っ赤なムームーはどういうことなのか。さらに不自然なのは、押し入れの下段に納めるはずのフトンが、洋服ダンスの前に積んである。そしてふしぎなことに、洋服ダンスをすっぽり覆うように、黄色の布が掛けてあり、端を釘で止めている。その布をめくってみたら、タンスの扉の開閉部分を、黒いビニールテープで、ぴっちり目張りしている。

「父はいくらか変わり者で、保温効果があるといって、真冬に蚊帳を吊って寝るような人だから、これもなにか考えがあってのことかもしれない。そう思ってきのうは、手をつけずに帰りましたけど、一晩あれこれ想像してみても、やっぱり納得がいかない。それできょうは、釘付けにしたタンスを開けるために、ペンチを持ってきました」

五十四歳の長男は、ペンチで釘を抜いて、布地を傷めずにとりはずし、そっとテープを剝ぎにかかった。もし異常がなければ、ふたたび目張りして、父親の叱責を免れるつもりだったが、その気遣いは無用だった。物心ついてから怒鳴られっぱなしで、現在まで事情は変わらなかったのに、父親は頭部を丹前で包まれ、ネクタイで後ろ手に縛られて逆さに突っこまれ、汚物にまみれていたのである。

このアパートは、関東大震災の数年後に建てられたもので、外見はありふれたモルタル壁のようでも、骨組みは鉄材で補強されているから、あと二十年間はもつだろうという。階下に十室、階上に十室、計二十室は流し台つきの六畳間で、新規入居のばあい家賃は七千円だが、川島共平の十八号室は、四千三百円なのだ。角部屋のため出窓がついて、ほかの入居者より好条件なのに安いのは、昭和二十年五月から借りていること、加えて「生活相談」の看板もかけ、家主対店子のトラブルに助言もする弁護士に、値上げを認めさせるのは困難だからだ。

「合いカギもいつのまにか自分のものにして、息子さんに持たせているから、ガスの検針だって、留守のときはできやしない。なんのための管理人かと、集金人からぶーぶー言われるけど、頼んだって聞く耳をもたないんだもの。だからまともに顔を合わせるのも、月に一度の部屋代のときだけ。息子さんも来たからって、あたしんとこに声をかけるわけじゃなし、洗濯場でごしごしやっているのを見て、来ていたのかと思うくらいですよ」

管理人室は、アパートの玄関脇にあり、五十三歳の女性がとりしきっている。電報と書留郵便物をドアの下から入れ、一升瓶とデパートの包みを廊下に置かせたのも、彼女なのだった。

「今月の二十日から、共平先生はまるで姿を見せない。そのくせ人の出入りはあいかわらずで、部屋を覗いてみたら、留守番までいるのよ。断りもなしに留守番なんか置いてさ、それであたしが、なぜ共平先生の小使いをさせられるのか。腹が立ったから、お歳暮を持ってきた人に、夜になったら受け取るでしょうと言って、廊下に置いてもらったんですよ。だいじょうぶですかって聞くから、はばかりながら松葉荘にゃ、コソ泥一匹近づけませんよと見得を切ったけど、お歳暮は無事でも、人殺しが入っていたんじゃ、なんにもならないわよね」

目白署からは署長以下七十人、警視庁本部からは捜査第一課長以下三十人、鑑識課長以下四十人が出動して、やがて報道陣も殺到したから、火事場のような騒ぎになっており、管理人を隔離して事情を聞いた。それでも興奮しきっており、話は支離滅裂だったが、まとめると次のようになる。

川島共平を最後に見かけたのは、十二月二十日の昼すぎで、外出先から帰ってきたところだった。きちんとネクタイを締めて、背筋をピンと伸ばす、いつもの歩きかただったが、黒いカバンを下げて、もう一方の手にダイコンだった。ほとんど出前を取ることはなく、外食もしないらしい。午前中は巣鴨の拘置所、午後は霞が関の裁判所という日も、昼食のためにアパートへ帰る。二年前に七十四歳で病死した妻が、いつか管理人に話したことなのだが、独り暮らしになっても事情は変わらない。吝嗇《りんしょく》だからそうするのではなく、牛肉などは最高級のものだし、一本五百円もするマツタケを五、六本買ったりして、自炊を楽しんでいる。だからネクタイを締めてダイコンを持ち帰ったり、首から吊ったエプロン姿で、買い物に出かけたりする。

十二月二十日は、帰宅して部屋で過ごしたのか、昼食を済ませて外出したのか、管理人にはわからない。しかし、そのあと電報が一通、書留が一通きたので、二十一日と二十二日、部屋へ行ってみた。日中はほとんど不在だから、電話が通じないときは、電報を送れとでも言っているのか、少なくとも一日一通は配達され、管理人があずかることになる。書留は裁判所からで、「開廷通知」とハンコで示されていた。二十一日と二十二日は、ドアをノックしても返事がない。いずれも夕方で、カギ穴から覗いて不在とわかった。

二十三日朝、ようやく電報と書留を渡したのは、斜め向かいの二十号室で一人暮ら

し の四十歳の女性が、「いまなら先生は居るよ」と、知らせにきてくれたからで、八時四十五分くらいだった。さっそく行って、ドアのノブに手をかけたら、簡単に開いたけれども、部屋にいたのは川島共平ではなかった。コタツに入って押し入れを背にして、ドアのほうへ左横顔を見せたのは、「四十五、六歳、面長で色黒、茶色っぽいかすりに黒の兵児帯を締めた男」で、「先生なら裁判所だよ」と言った。黒く脂ぎった感じの男は、ことばに訛りはなく、落ち着いた態度だったが、こちらに顔を向けるでもなく、口のききかたも横柄だったので、「あんた、だれよ」とたずねた。すると「弁護士だよ。師走は忙しいから手伝うように言われ、留守番をしているんだけどね」と答えた。こちらを向かないのは、コタツの上にひろげた書類を読んでいるからのようで、弁護士ならいいだろう、刑事裁判の依頼人が留守番なら、あたしが黙っちゃいないけど。そう思った管理人は、三十秒もかけずに用件を終えたが、電報と書留は、土間の上がりかまちに腰かけていた男に渡した。

その男は五十五、六歳で、ネズミ色のオーバーを着ていた。十二月二十五日の夕方に、「川島先生へのお歳暮です」と、特級酒を持参する男で、手がふるえて声もうわずっていた。二十三日朝、コタツにいた留守番の男と、なにを話していたかはわからないが、やたらオドオドした態度だった。それはお歳暮のときも、同様だったように思う。

「あのとき共平先生は、もう殺されていたのかねぇ。鶴亀、鶴亀」

アパートに上がりこんで、留守番と称していた男を、川島共平の長男も目撃している。彼のばあいは、管理人より一日早く、二十二日正午ごろだった。

川島共平には三男三女があり、男はすでに二人死んで長男だけ残り、女三人はそれぞれ嫁いで健在である。嫁ぎ先は川崎市や草加市で、片道一時間もあれば来れるのに、父親の面倒をみるために通うのは、なぜか五十四歳のボイラーマンだけである。「せいぜい親孝行なさい、遺産がたっぷり入るんだから」と、長男の妻が言うのは皮肉で、預金があったとしても、十万円程度ではないか。戦前は麴町に住み、借家ながら立派な屋敷だった。それが昭和二十年三月の大空襲で焼け、仮住まいのつもりで入ったアパートから、出ることができなかった。老齢のせいもあるが、戦後の民主主義ブームに、うまく乗れなかったことも関係がある。細々と弁護士稼業を続けており、十二月十五日（日曜）に来たとき、「いっしょに暮らしましょう」と告げたら、「どうせ残り一、二年の寿命だから、好きなようにさせてくれないか」と、妙にしんみりした口調だった。それが父親と最後の会話になったが、十二月二十二日に訪れたときには、もう一度おなじことを持ちかけるつもりだったのである。

二十二日にノックしてみると、ちょっと間をおいて、「おう」というような太い声の返事があり、「四十歳くらい、身長一六〇センチメートル、やせ型、色浅黒、眼が少しくぼみ、頬はこけ、黒っぽい着物、黒っぽい兵児帯の男」が顔を出した。「家の者です」と言ったら、「私は留守番の者です。先生は一、二時間で戻られますよ」と応じた。

留守番とはちがうが、父親には三十一歳の男性が、事務補助としてついている。ただし、このごろ法律の手続きをおぼえたのをいいことに、不動産屋に出入りして、あくどいことをしているらしい。その後釜になるのかと思い、持参したシーツ、枕カバー、浴衣を取り替えて、すぐに帰ったのである。そして翌二十三日午後一時ころ電話したら、このあいだの留守番の声で、「先生は東京地裁です。なにか御用でしたら、伝言しますが」という。しかし、親子間の微妙な問題を、伝言できるはずもない。「またかけます」と電話を切り、それから毎日かけているのにだれも取らず、しだいに不安になって、一日くりあげて二十八日の土曜日に来て、二十九日の日曜日に、ペンチを持参したのだった。

28――凪

昭和三十八年十二月二十九日付夕刊は、年内で最後の発行であり、弁護士殺しの記事の見出しは、「殺人魔・榎津の犯行か」だった。

いつのまにかマスコミで、このような呼びかたになった。榎津巌による殺人なら、これが三件目で、犠牲者は五人になる。死体発見の直後から、このように推測したのは、初動捜査があまりにも大がかりで、捜査第三課地方係の刑事も顔を出し、警察庁が榎津と関連づけていることがわかったからだ。

①栃木市のあと、東京潜伏の可能性がつよい。
②全国の弁護士名簿を持ち歩いており、川島共平を知るのは容易。
③福島県平市では、本物の弁護士をだましている。
④殺害現場にとどまり電話の応対をするのは、静岡県浜松市とおなじ手口。
⑤留守番と称する男の年齢と背格好は、榎津巌に近い。

たしかに警察は、榎津の犯行という「鑑」で、初動捜査から臨んでいた。しかし、捜査が進むにつれて薄らいできて、死体発見当日の夜には、むしろ否定的な見方をするようになった。

現場から七十八個の指紋を検出したが、榎津に合致するものが出てこない。灰皿の吸殻は十三個だが、唾液から判定できたのはA型だけだった。川島はタバコを吸わず、榎津はO型である。洋服ダンスのなかに、位牌と数珠と線香と、川島家の過去帳が投げこまれていた。これは近親者がやることで、流しの犯行ではみられない。アパート管理人も、ボイラーマンの長男も、榎津の顔写真を見せられ、「留守番の男と似ていない」と供述している。

これまで二件の強盗殺人のとき、榎津は証拠を消し去ることに、それほど熱心ではなかった。詐欺の手口は、だいたい同じであるし、宇高連絡船の偽装自殺で、質屋でサイズも確かめず買ったクツを、そのまま甲板に残している。したがって、現場に手がかりを残すだろうと、鑑識活動は楽観的な見通しだった。むろん見込み捜査だけではなく、容疑者を洗い出す作業もていねいにおこなわれ、荒された訴訟記録から、弁護を依頼した人物など百数十人が浮かんだ。

まず容疑をかけられたのは、事務補助をしていた三十一歳の男だった。土地ブローカーのところに入りびたって、ほとんど寄りつかず、折り合いが悪くなっている。しかし、十二月二十日から二十五日まで、郷里の新潟県へ帰っており、アリバイもはっきりした。

四十七歳の金融業者は、貸金の取り立て訴訟を依頼して、川島共平が債務者に同情したことで、激しい口論になったというのである。とはいえ、ウェルター級のボクサーだった金融業者と、「留守番の男」とは身体つきも人相もかけ離れており、継続捜査ということになった。そうして有力容疑者に、四十二歳の詐欺常習者が浮かんだのは、アパート管理人の証言による。警視庁では、無作為に抽出した五十人ほどの前科前歴者に、榎津の顔写真を混ぜて、「留守番の男に似たのはいないか」と問う。彼女が「似ている」と選んだのは、その詐欺常習者だった。この人物は、二年前の犯罪のとき、川島共平に弁護を依頼しており、さっそく追及がなされた。だが彼は、八月下旬に新たな詐欺事件で逮捕・起訴され、東京拘置所に収監されていることがわかった。

容疑者といえば、「第一発見者を疑え」で、被害者の長男もその一人だった。彼の父親は、背広もズボンも脱いでワイシャツをつけ、毛糸の股引き、くつ下をはいて死体になっていた。これは着替えているところを襲われたもので、気を許した相手だったからではないか。さらに首に巻き付けられていたのは、中央に赤く「壽」とある白地のフロシキで、これで絞めたとみられる。発見者は「今年中に父が結婚式に出席したのは二度で、四月に友人の孫、六月に妹のとき」と供述している。二十数着ある背広のうち、日ごろ着るものは洋服ダンスに入れず、鴨居にかけておく習慣で、フロシキは埃よけにハンガーにかけるようにしていた。

ところで、五十四歳の長男のいう妹は、「三男三女」にふくまれておらず、いわゆる妾腹だった。戦前その活動がさかんで、経済的にも豊かだったころ、弁護士は妻でない女性に子どもを生ませた。この年六月に結婚したのは、その子どもであるが、生母は十年近く前に死んでいる。死体といっしょに放りこまれていた位牌は、二年前に死んだ弁護士の妻ではなく、その女性の戒名だった。彼女の存在で家庭の平穏が得られず、早くから父親と別々に住んでいた長男が、積年の憎悪を爆発させたのではないか。前日に異変に気づきながら、洋服ダンスを開けることもなく、日曜日にペンチを持ってくるのもおかしいと、極秘裏にボイラーマンの身辺捜査も進められた。

十二月三十日午前六時、北区の五十八歳の学校警備員が、アパートの部屋に電話してこなかったら、弁護士の長男は、容疑者であり続けたことだろう。それだけではなく、現場保存のひとつとして通話可能にされていた電話番号をダイヤルした学校警備員も、有力容疑者だった。

「先生は、まだお帰りじゃないですか」

電話に出た鑑識課員に、ふるえ声で問いかけたのは、川島共平が旅行へ出たものと、思いこんでいたからだ。荒川区の中学校で夜警をしており、午前七時が勤務明けという。弁護士が殺されていたことを知り、三十分後にアパートへ駆けつけた姿を見て、管理人は「この人ですよ！」と叫んだ。十二月二十三日の朝方、彼女が十八号室に電報と書留を届けたとき、上がりかまちに腰かけており、二十五日にお歳暮だといって特級酒を持参した男は、管理人に負けずに大声を発した。

「やっぱり犯人は、あの殺人魔です。みんなそう言っています。そうです、榎津にちがいない。わが家の者は、みんなそう言っています。メガネをかけた男にちがいありません」

二年半前の大病から、声だけでなく手もふるえる。物覚えも悪くなって、いつ退職勧告されるかおびえている東京都職員は、アパートで留守番と称していた男のことを、はっきり記憶しているという。

「川島先生には、息子が世話になっておりました。それで電話をかけたら、留守番の先生が、あんたのことは聞いている、とにかくいらっしゃいと、呼んでくれたんです」

旋盤工をしている二十九歳の長男が、埼玉県で詐欺をはたらいて逮捕されたのは、この年八月だった。起訴されて「弁護士はどうするつもりか」と警察から問い合わせがあり、知り合いに相談したところ、「よく働いてくれる人がいる」と川島共平弁護士を紹介してくれた。会って老齢なので驚いたが、たとえば医者がそうであるように、若ければいいというわけでもない。浦和の裁判所へ一回行っただけで、保釈の話をつけてくれたとき、しみじみそう思って感謝した。

九月中旬に保釈になり、このとき三万円を積んだ。とりあえず交通費を請求されただけで、「公判が終わって還付される保釈金で、弁護料を払ってくれ」と言われた。公判は十月と十一月に二回あって、十二月に論告求刑と最終弁論で結審し、たぶん年明けに判決だろうが、執行猶予がつくと川島弁護士は言ってくれた。しかし、十二月初めに長男が、また詐欺罪で逮捕され、こんどの舞台は群馬県である。「よく恥をかかせてくれたな」と弁護士は怒り、保釈金の三万円は没収されるという。

十二月二十三日の朝方、学校警備員が弁護士のアパートを訪ねたのは、その相談のためだった。前日の昼ころ電話をすると、「川島先生は弁護を依頼した人の招待で温泉へ行ったから、留守番を頼まれている。あんたのことは聞いている」と言った。それで勤務明けにきたら、留守番の弁護士は親切で、「群馬の事件は引き受けてあげよう」という話になった。問題は金のことだから、言いよどんでいると、「弁護料なら保釈金が還ってくるときでよいが、こんどは十万円は積まねばならないだろう」と、むつかしい顔つきになった。そこで父親は、「保釈は結構です。図に乗ってなにをするかわからないし、そんな大金はつくれそうにない」と答えた。そうか生活が苦しいんだなぁ。そうなんです、浦和の裁判所に納めた三万円が没収されたらどうなるか……。

その話になったとき、留守番の弁護士はコタツから出て、押し入れをごそごそやって、ウイスキーと桐の箱を持ってきた。「先生からあんたにあげてくれと言われていたのを忘れるところだった」「なんでしょうか」「あんたを慰めたいのだろう」「とんでもない、バチが当たります」「さっきの三万円だけど、救済の方法はあるよ」「没収されずに済むのでしょうか」「新たにいくらか積めばよい。一万円か一万五千円だろうが、むろんあとで還付されるよ」。それを聞いて学校警備員は、五千円を渡した。川島共平への弁護料の内金として、用意してきたからだ。しかし、留守番の弁護士は、新しく積む保釈金の一部として受け取った。それで気が楽になって、アパートを出たのである。「頂戴したのは、サントリーウイスキー角瓶一本と、益子焼の盃セットでした。あれだけ迷惑をかけたうえ品物までくださり、なんて立派な先生だろうと、涙がこぼれました」

だが学校警備員は、ウイスキーと焼き物を持って、まっすぐ北区の自宅へ帰らず、娘が勤める文京区の製本工場へ立ち寄った。アパートで留守番の弁護士に、「先生には娘の縁談までお願いしているんです」と言ったら、「それも聞いている」と微笑した。「すると世話してくださるんでしょうか。たいへんなものだよ、ぼくに何回もマジメな働き者を紹介しろと念を押された。もったいない、お気持ちだけで十分です。気持ちだけじゃない、ぼくは候補者をみつけている。ほんとうですか。ほんとうだとも、一生の大事に冗談はないだろう。ふたたび弁護士は微笑して、「善は急げというだろう、さっそく会ってみるか」と、乗り気なところをみせた。でも、突然の話です。いきなり見合いするわけじゃないから、気にすることはない、月下氷人たる者は、花嫁の素顔に接しておくにかぎるから、勤め先の電話番号を聞いておこうか。言われて父親は、娘の連絡先を教えて、本人がびっくりするといけませんから、これから勤め先へ行って言い聞かせますと、アパートを出たのだった。

「まちがいありません。月曜日に代理人の先生から、勤め先に電話があって、善は急げと呼び出されました」

二十六歳の製本工は、伯母が急病で入院したからと、勤め先にことわって外出した。指定されたのは、東京地裁の傍らにある弁護士会館で、「午前十一時ちょうどに、両手を胸のところで合わせ、玄関に立っていなさい」と言われた。そのポーズは思ったよりむつかしく、もっと低い位置が自然だと感じたが、目印なのでしかたなくそうしていると、気難しそうな顔つきの四十男がきて、裁判所の地下食堂へ案内した。なにを飲むかと聞かれて遠慮していたら、弁護士はミルクセーキの食券を二枚買い、席につくとさっそく縁談になった。「候補者は二人いて、大学卒のサラリーマンと、中卒のトラック運転手だが、君はどちらがよいか」と詰問調である。なんだか試されているようで、自分には大学卒は不釣り合いだと謙遜したら、「君はなかなかしっかりしている」と褒められた。自分の考えでは、男はすべて女次第で、男が花なら女は植木鉢の土、どんな花を咲かせるかは土できまる、仮に中卒の運転手でも、君次第でどんな大物になるかわからないので、正月にお宅へ連れて行くから、地図を書いてくれないか。

「話はそれだけで、どんな会社に勤めて、いくつくらいの人かも教えてくれず、変だとは思いましたが、こちらから聞くわけにもいかないでしょ。そしたらあとは、兄の件ばかりでした」

没収されるかもしれない三万円の保釈金を返してもらうには、その五割を追加しなければならない。お父さんから五千円をあずかったばかりだが、あと一万円が必要なわけで、足立区のほうに用件があるから、北区のお宅へ夕方にでも立ち寄るかな。

「私は一万円を取られるために、家への地図を書いたみたいで、もう口惜しくて……」

川島共平の代理人が、北区の学校警備員の家を訪ねたのは、十二月二十三日午後五時三十分ころだった。鮨を取り寄せ、朝もらった盃で酒を呑ませ、現金を渡したのが一時間後である。娘が郵便貯金を下ろした一万円を受け取ってすぐ、用件を思い出したとのことで、そそくさと帰り支度をして、縁談は具体的ではなかった。残業をことわって帰宅した二十六歳の製本工は、ふと特別手配の重要凶悪犯人の顔を思い浮かべ、「似ている、似ている」と父親に向かって切り出したが、不本意さをそう表現しただけであり、警察への通報など考えてもみなかったのだ。

彼女は十四枚の顔写真のなかから、メガネをかけて正面を向いた榎津をためらいなく選び出したあとで、付き添った父親に笑いかけた。

「私ねぇ、美人に生んでもらわなくてよかった。だってわかったのよ、会った瞬間にこの男は、がっかりしたような顔をした。もし私が美人だったら、一万円つくらせるより、もっとべつなことを考えたんじゃない？」

川島共平の司法解剖は、十二月三十日午前十時三十分から、東大医学部の法医学教室で、主任教授の執刀でおこなわれ、次のような所見だった。

死因＝絞頸による窒息死（扼殺が加わっていることは否定できない）。

死後経過＝一週間くらい（十二月二十三日前後の死亡と推定される）。

凶器＝幅一・五センチメートルくらいの帯状のもの。

創傷の部位、程度＝①右頸部の後方に淡紫紅色の表皮剝奪。②前頸部に全周する不明瞭な索溝様の表皮剝奪。


この解剖所見に、現場の状況から判断すると、首を絞めたのは巻きつけてあった「壽」のフロシキではなく、ちらばっていた三十本ほどのネクタイのどれかを用いたとみられる。死亡推定の十二月二十三日は、どれくらい幅をもたせるかで、微妙になってくる。生存する川島共平の最後の目撃者は、アパートの管理人で、二十日正午ころ外出先から帰って、階段を上るのを見かけた。その次は、二十二日午後一時ころ、父親を訪ねたボイラーマンが、留守番と称して部屋に上がりこんでいる男に会い、二十三日午前八時十五分から三十分にかけて、学校警備員とアパート管理人が、同一人物とみられる男と会話している。そうすると殺されたのは、①二十日正午から二十二日午後一時のあいだ、②二十三日午前八時三十分以降に旅行から帰ってからのいずれかだろう。

しかし、旅行していたというのは、十二月二十二日昼ころ、学校警備員が電話をかけたとき、「川島先生は弁護を依頼した人の招待で温泉へ行った」と、留守番の男から聞いたにすぎない。アパート管理人によれば、泊まりがけの出張のようなときでも、一声かけるようなことをしないから、温泉へ行ったのかもしれない。とはいえ長男は、「部屋のなかをことわらずに整頓しただけで怒るような父親が、泊まりがけの留守番を置いたりするだろうか」と疑問視する。死体の腐乱は進行しており、二十三日前後という死亡推定時刻に幅をもたせれば、着物で兵児帯の男が部屋に居すわる前に、凶行があったとみるべきではないか。

そうすると問題は、留守番と称していた男が何者かである。学校警備員も妻も娘も、榎津巌に酷似すると証言しており、いったん遠のいていた重要凶悪犯人が浮上し、新たにわかった詐欺被害者も、「よく似ている」と供述した。

十二月三十日夜、目白署の捜査本部に通報した三十四歳の無職の男は、川島共平の代理という「四十四、五歳、身長一六五センチメートルくらい、色浅黒く、やや角張った輪郭の顔の男」に五千円を渡したあと、どうも詐欺に遇ったようで、不安に思っていたのだった。彼は昭和三十七年二月、傷害罪で起訴されたとき、弁護を依頼している。

老弁護士殺しで、聞き込み捜査をおこなっているとき、アパート近くの住人が、「十二月二十五、六日ころ、不審な顔の男から『このへんにヨボヨボの爺さん弁護士が住んでいるはずだ』とたずねられた」と話していたのは、この無職の男のことだった。顔に三センチメートルくらいの傷跡があり、黒メガネをかけているせいで、「不審な顔」にされた男は、五千円の行方が気がかりでアパートを探し、見つからずに引き返したという。

「おれの事件ではなく、良次のタダ呑みの件で、川島先生に相談したんですよ。いま良次は巣鴨だから、おれが面倒をみてやっているんだ」

良次というのは、弟分にあたる二十三歳の元バーテンで、八月十六日に暴力行為で池袋署に逮捕された。料理屋で金を払わなかったのをとがめられ、十九歳の女店員をなぐって一一〇番通報されたのである。九月初めの起訴で、十二月十八日が第三回公判だったから、情状証人として出廷し、「五千円はツケにしといてくれと言い、良次は店を出た。自分らはムリしてでも、後で払うようにしている」と証言したばかりだった。その店には三度も足を運んで、「良次のツケを払う」と渡そうとしても、どうしても受け取ってくれない。そこで川島弁護士から、「無銭飲食でない証拠に、法務省供託にしよう」と、閉廷後に指示されたのである。

「とにかく早いほうがいいから、裁判の翌日の暗くなったころ、川島先生に電話したら、あしたの夕方六時に、三越へ持ってこいという話だった」

十二月二十日午後六時に、供託する五千円を、川島弁護士にあずけることになった。待ち合わせたのは、池袋三越デパートの正面玄関で、時間にうるさい相手だから、早めに行って待っていると、約束の五分前に弁護士は現れた。しかし、なにやら意味不明のことをつぶやいて、約束などなかったように立ち去ろうとする。「先生ほら、五千円を持ってきたんですよ」と言うと、「急な依頼人でね、おまえはあしただよ」と振り払われた。もう酔っぱらっているのかと思ったが、ふつうの顔で酒臭くなかった。それでも食い下がると、「栃木から来たのを待たせているんだよ。あした九時に巣鴨の控室にしよう」と、川島弁護士はジングルベルの鳴る店内を、せかせかと歩いて行き、それが最後に見た姿だった。

「本物のチャップリンみたいに、ちょこちょこっと歩いてさ。おれたち裏では、先生のことをチャップリンと呼んでいるんだよ」

腹が立っても、相手は弁護士なのだから、がまんするしかない。十二月二十一日午前九時ちょうど、供託する五千円を持って、巣鴨の東京拘置所へ行き、弁護士控室で神妙にしていた。ところが二時間たっても、川島共平は姿を見せない。アパートへ電話をかけても、呼び出し音がするだけだった。あきらめることにしたが、早起きしたのにもったいないから、弟分との面会手続きをして、「もうちょっとの辛抱だから」と励まして帰った。そして午後七時ころ、アパートに電話をかけた。

「先生が電話に出て、熱を出して寝ていたという。ふざけちゃ困る、なぜ朝の電話を取らなかったんだと聞いたら、ふらふらでわからなかった、と。いま思えば、野郎が先生になりすまして、芝居をしていたんだよ。声だって変だから、『先生だろ』と念を押したら、熱のせいで喉がおかしいんだってさ。そして『ちょっと待て、代理の者と話してくれ。東大卒の若手弁護士なんだ』と、電話を代わったのよ」

とりすましたような低音の弁護士は、「たぶん感冒だと思うが、川島先生には安静にしてもらい、そのあいだ代理をつとめるから、安心してほしい」と告げた。そこで三十四歳の男が、「これからアパートへ五千円を届ける」というと、「こちらの手落ちだから受け取りに行く」と強調する。悪いとは思ったが、筋のとおったことなので、自分がいる喫茶店への道順を教えた。すると川島弁護士が電話口に出て、「わしの名刺に目印をつけて持たせるから、よく確かめて金を渡しなさい」とのことだった。

三十分足らずで、指定した板橋区の喫茶店へ、弁護士がやってきた。東大卒がどんな顔なのか、身近にいないからわからなかったので、これがそうなのかと思い、目の前の東大卒の顔を見た。「そうだ先生から、これを渡すように言われた」と、弁護士は川島共平の名刺を出した。たしかに目印はついており、「共平」にペンでイを加えて、「供平」になっているから、引き換えに五千円札を渡した。ウエイトレスが注文を取りにきたら、なにもほしくないとのことで、「君も忙しいんだろ」と腰を浮かせた。それにしても、領収書がないのは気がかりで、「先生の名刺をもらえますか」と頼んだら、「すまない、先生の部屋に忘れてきた。こんど会ったときにしよう」と答え、そのまま喫茶店を出た。

十二月二十二日正午すぎ、まちがいなく川島弁護士が五千円を受け取ったか、確認する電話をかけた。ただし、彼がかけたのではなく、前夜に泊まった旅館から、女中にかけさせたのである。「井原ケイ子。三十八かな。関係？　なんていうの……内縁の妻か。まあ、そんなところだな」

三十八歳の女中も、川島共平を知っている。「内縁の夫」が拘置所にいたとき、弁護士と連絡をとったのは、彼女だからである。ダイヤルすると通じて、「ああ、受け取った五千円は、さっそく供託しておく」とのことだった。「まちがいなくチャップリンの声だったか？」「だって先生が、そう言ったんだもの」「だからチャップリンの声だったかと聞いているだろ」「しつこいわね、自分で確かめたらどうなのよ」「つべこべ言わずに、聞かれたことだけ答えろ」「なにさ、自分が出した金のことにはうるさいけど、あたしに一度でも領収書を書いたことがある？」というような会話があって、川島弁護士に渡ったと思うことにした。

法務省に供託したら、保釈許可が早くなると言われていたから、三十四歳の無職の男は、そのへんの見通しを聞くために、二十三日夕方に電話をかけた。しかし、そのときから不通で、二十四日、二十五日も同様だった。そこで二十六日夕方、うろ覚えのアパートを訪ねることにしたが、捜し当てることができなかった。

「おれがウロウロさせられたころ、川島先生は殺されていたんだねぇ。あいつが犯人にまちがいない。わかっていたら、ただではおかなかった」

そこで腕組みをして、目白署で示された五枚の顔写真のうち、メガネをかけた榎津巌に顎をしゃくって、「感じがよく似ている、口のあたりはそっくり」と断言した。

警察史上はじめてという全国一斉捜査は、十二月三十日夜から三十一日未明にかけて、五万三千人の警察官と、二千八百人の鉄道公安官を動員しておこなわれた。立入検索したのは、旅館六万三千軒、簡易宿泊所九千二百軒、それに各種風俗営業店などで、東京では第四機動隊が夕方から、上野・新宿・東京の長距離列車の始発駅をパトロールした。こうして全国いたるところで、特別手配の重要凶悪犯人と、人相特徴が共通する男が発見されたが、いずれも本人ではなかった。

十二月三十一日になって、目白署の「弁護士殺人事件特別捜査本部」に、有力な情報が入った。十二月二十一日、中央区の信託銀行に榎津らしい男が、川島共平の代理と称して訪れ、怪しまれて逃げるように立ち去ったという。

「まさか重大犯人とは気づかなかったので、被害がなかったことでもあり、届け出なかったのです。申し訳ございません」

しきりに恐縮するのは、貸付課の三十一歳の係長代理だった。

捜査本部では、川島共平の被害額を確認するため、利用していた金融機関を調べて、霞が関の裁判所に近い銀行に、口座があることがわかった。残高十九万二千五百九十二円の普通預金通帳は、銀行の窓口があずかっており、十二月二十日昼すぎ、本人が一万円を引き出している。川島共平は、一週間に二、三回は訪れるから、窓口係とは顔なじみで、この日も現金だけを受け取り、通帳はいつものようにあずけている。このため銀行の預金は無事だったが、アパートの部屋のくず籠には、信託銀行からの通知書が捨てられていたのである。

「当行と川島様の取引は、それほどではございません」

昭和三十七年二月、川島共平は、額面十万円の貸付信託受益証券を買った。しかし、その年十二月に、「証券を売却したい」と窓口に来たので、「せっかくだから処分せずに、これを担保に借りる方法をとってはいかがですか」と説明し、八万円を貸し付けた。だが貸し出した八万円は返済されておらず、郵便で問い合わせても返答がなく、担保物件の貸付信託受益証券は処分された。くず籠の通知書は、「貸し付けた八万円と、その利息を差し引いて、一万三千七十九円を支払うから、受け取りに来てもらいたい」という、昭和三十八年十一月二十六日付のものだった。

十二月二十一日午前十時ころ、中央区の信託銀行貸付課に、川島共平の代理人が、受け取りにやってきた。「三十五から四十歳のあいだ、身長一六五センチメートルくらい、黒ロイドメガネ、やせ型、顔は角張って顎の骨が広く、色は赤黒、三センチメートルくらいに刈り込んだ頭髪、グレーの背広上下、薄茶色のコート、弁護士バッジをつけた男」は、三十一歳の係長代理に、いきなり二枚の名刺を渡した。

一枚は川島共平のもので、「ご迷惑をかけました。わたしの代理人の隅谷君に一切を任せたので、宜しく願います」と、ペン字の添え書きがある。もう一枚は、港区新橋に事務所をもつ弁護士・隅谷洋太郎の名刺だった。カバンから通知書の封筒を取り出した男は、「担保品預り証」を渡して、裏書きを求められると、名義人の住所氏名を記入して印鑑も押した。

「一万三千円余りの現金を、すぐ支払ってもよかったのですが、ちょっと引っかかりましてね。と申しますのも、およそ弁護士らしくない。色は黒いし、指は太くて節くれだって、どう見ても現場労働者ですから。とはいえ、本人に確かめるのも失礼だから、ちょっとお待ちくださいといって私の席に戻り、お名刺の川島様の番号に、電話をかけたんです」

しかし、文京区のアパートは応答がない。中央区役所近くの事務所にかけると、「こちらにはいませんよ」と、面倒くさそうに切られた。貸付課の係長代理は、男のところへ戻り、時間稼ぎにしばらく雑談をすると、よくしゃべった。「初めは名古屋で検事をつとめたが、十年前から弁護士になった。松川事件もあんな決着だから、検事というのは損な役目です」と言いながら、カバンから法廷関係のような書類を出し、弁護士名簿をめくったりする。「お忙しいようですね」「そうだ、土曜日だから早めに地裁へいかなきゃならない」。促されて係長代理は、もういちど席へ戻って、川島弁護士の自宅へ電話したが、やはり応答がない。

「しかたない、あまり待たせるのも妙だから、支払おうかと思いましたが、やはり引っかかるので、同僚に意見を求めたんです」

求めた意見は、支払うべきかどうかではなく、「あの代理人が、弁護士に見えるかどうか」だった。そうねぇ、と三十四歳の女子行員は、コンタクトレンズをはめた目で、さり気なくロビーを見た。どちらかといえば刑事タイプかしら。要するに労働者の感じだろ。そういえばそうね、上品とはいえないもの……。

そこで係長代理は、隅谷洋太郎の名刺にある法律事務所へ電話することにして、いらっしゃいますかと問うと、大井警察署へ出かけて不在という。そのため事情を告げて、隅谷弁護士の人相特徴をたずねたら、身長や顔かたちは似ているが、隅谷弁護士はオールバックで、かなりの長髪という。「やっぱり、と思いましてね。先生、ちょっと電話に出てくれませんかと、お願いしたんですよ」

川島弁護士の代理人は、カウンターまで持ってきた電話機に向かい、「君はだれだ」と叱りつけるように言い、突如として英語でしゃべりだした。英会話はほとんどダメだから、なにを話しているのかわからなかったが、代理人は「ガッデム!」と受話器をたたきつけると、「もういい、帰る」と言い放った。

「正直申しまして、英語にはちょっとびっくりしましてね。なぜ英語になったかわからなくても、やはり意表を突かれます。そのあと支払いを求められたら、渡したかもしれませんが、すっかり怒って、モノも言わず出て行ったのです」

係長代理は、「現金書留で送りましょうか」と伝えたけれども、しばらく気にしていた。もし本物の弁護士なら、「窓口の扱いが不当だ」とねじこんでくる可能性があるからだが、十二月二十三日（月曜）に出勤して、慎重に取り扱ってよかったと思った。

十二月二十一日（土曜）に退社したあと、午後六時三十分くらいに川島弁護士から電話があり、「通知書と印鑑を紛失したから取りに行けない。すまないが至急に自宅へ、現金書留で郵送してほしい」との伝言だった。そのつもりでいた係長代理は、さっそく手続きをとり、午前十一時ころ電話をかけたら通じなかった。

「なにがなんだか、わからなくなりましてね。いちおう川島様と連絡がつくまでと、保留にしておきました。そのあとも電話しましたが、なにしろ年末のことですから、窓口業務があわただしく、そのままになっておりました。もちろん請求いただいたら、ただちにご遺族に支払いできると存じます」

しかし、捜査本部は署名のある「担保品預り証」を、詐欺未遂事件の証拠品として、任意提出を求めて押収したから、現金の支払いは遅れそうである。この預り証の署名と、偽造したと思われる川島共平の名刺裏の添え書きの筆跡を、警視庁科学捜査研究所の物理科で鑑定した。これを榎津巌の筆跡資料と、共通する文字の十一字を特徴照会したところ、八五パーセントが同一だった。また、信託銀行貸付課の係長代理は、十一枚の顔写真から榎津を選び出して、「メガネをかけて正面を向いた顔は、非常によく似ている」と証言したのである。

年内逮捕の目標は、とうとう達成できずに、豊島区の弁護士殺しも、榎津巌の犯行と断定できないまま、昭和三十九年に入ることになった。

顔写真による人相の確認は、とかく予断をもって接するから、まちがいが生じやすく、筆跡鑑定にしたところで、浜松駅のプラットホームで渡された広島市の養護施設園長のメモを、榎津のものと判定したケースもある。このため捜査本部は、きわめて慎重になっている。

ただし、弁護士殺しの犯行時間の推定は、かなり狭まってきて、十二月二十日午後六時すぎから、二十一日午前十時までとみることができる。すなわち、池袋三越デパートで無職の男が、供託金の五千円を渡そうとしたとき、川島共平は「急な依頼人でね、おまえはあしただよ」と振り払い、「栃木から来たのを待たせているんだよ。あした九時に巣鴨の控室にしよう」と立ち去った。

十二月十九日午後零時〜六時の中野郵便局消印のハガキを、榎津は栃木市の旅館へ送っている。そうすると十九日か二十日の日中に、川島共平へ連絡をとり、二十日午後六時すぎ、「急な依頼人」としてどこかで会い、目白のアパートに入りこんだのかもしれない。犯人は殺害後にアパートの室内を物色し、信託銀行からの通知書に気づき、二十一日午前十時に貸付課の窓口に現れたとみられる。

二十一日午後七時ころ、無職の男の電話に出た川島弁護士は、犯人のつくり声だったのだろう。なぜなら、二十二日正午すぎ、旅館の三十八歳の女中が電話をかけたとき、川島弁護士と称して応答はあったが、すぐあとに長男である五十四歳のボイラーマンが訪れたとき、父親の姿はなく、留守番の男がいただけだった。

ところで犯人は、川島共平を襲って、どれだけの金品を奪ったのだろうか。

長男によれば、常に四、五万円の現金を身につけていた。すると二十日に銀行から引き出した一万円は、その補充だったかもしれない。合計金額は不明ながらも、これらの現金と、五十八歳の学校警備員と家族からの一万五千円、三十四歳の無職の男からの五千円がある。

さらに弁護士の六畳間から、十着前後の衣服を持ち去ったようだ。五年前の喜寿の記念品として、八万七千円のスイス製ラドー腕時計を買っていたが、アパートに残されていない。なお、弁護士バッジは、夏物の背広の襟に付いたまま、洋服ダンスのなかで鈍く光っていた。犯人が榎津だとしても、すでに平市で入手しているから、触手を伸ばすまでもなかったのか。

犯人はアパートに、いつまで居すわっていたのだろう。アパートの居室の新聞は、二十三日の夕刊から溜まっており、この日の午後までいた可能性がある。しかし、二十一日午後六時三十分ころ、信託銀行へ川島共平を装って電話したのは、現金封筒が届くのを待つつもりだったのかもしれない。

一斉立入検索が実施された十二月二十日夜、アパートで犯行に及んだとみられるが、旅館などにくらべて安全で、次々に詐欺の素材が生じる格好の場所として、二十三日以降も潜伏した可能性はある。

29——鎖

昭和三十九年一月三日、吉里幸子は、埼玉県川口市で興行中だった。正月とあって、初日からくり上げ開演で、午後一時から第一回で、普通より早く回して、十時三十分に終演である。このくり上げは、大晦日から四日目で、「やはり早起きはつらい」と、幕内ではみんなこぼしている。しかし、芸名が加茂さかえの吉里幸子は、ほかの踊り子ほどには疲労していない。

昔風に数えれば三十八、ムリしなさんなと心配してくれる者もいて、二十二歳の姪まで口やかましくなった。べつにムリしてはいないが、酒量がふえたのは事実で、「呆れたバイ、一升酒じゃもんねぇ」と言われて確かめたら、一日に一本を空けている。この寒さで裸一貫、だれでも出番を前にやることだが、それにしてもちょっと多すぎるようだ。

川口市での初日も、起きがけに一杯コップで呑んだ。正午近い朝食は、出前の天丼だったが、楽屋のフトンにくるまったまま、海老をつまんだだけだった。「ねぇちゃん、それじゃ身体がもつまいもん」と、ゴハンが残ったドンブリを見て、姪がたしなめた。「なんば言うちょるね、酒がなんでできちょるか、おまえ知らんはずはなかろ、お米のエキスやけん、これさえ呑んどきゃ上等よ」。やりかえしながら、ああ、父親の得意のセリフだったな、と彼女は思った。座長のキャッシー松原にとっておじいちゃんで、堀部安兵衛や平手造酒など、大酒呑みを演じたとき、見得を切って客席をわかせた。いや、それだけじゃなく楽屋でも、そう言って食べ物は、ほとんど口に入れなかった。おかげで耄碌するほどの年齢じゃないのに、いまでは言っていることが、まるでわからない。日常会話と舞台のセリフの区別が、つかなくなったらしい。いいじゃないか、栄耀栄華をきわめた旅役者だもの、男盛りにやりたいことをやったのだ。自分が生活保護を受けていることを、知らないだけでも幸せじゃないか。でもほんとうの話、あたしゃこんなことでいいのかしら。舞台で帯を解きながら、吉里幸子はちらっと思った。こんなことをしていて、人の道に背くんじゃないのか。

つまり囮《おとり》ということですな、と川本興行社の社長は言った。そうではない、立ち回る可能性があるというだけのことだから、と警視庁の刑事は答えた。要するに、ふつうどおりにやってもらえればよい。ふつうどおりちゅうたら？　と吉里幸子は問うた。どげすりゃよかとね。だからいつものとおりですよ。はあ、いつものとおりですねぇ。警視庁に呼び出されたのは、東京都江東区の劇場にいたときだから、十二月半ばだった。それいらい行き先には、必ず刑事が張り込んで、劇場の周辺だけではなく、客席にも二人ほど居る。警視庁にはそれなりの考えがある、あんたなりの考えで協力すればよい、と川本社長は慰め顔で言った。それはおかしい、協力するということは、警視庁の考えに従うだけのことで、あたしの考えなんか、どこにもありゃしない。問題は協力するかどうかなんだけど、あたしがこうして踊っていることが、つまり協力していることになる。

吉里幸子は、着物と帯を舞台の袖に放った。二人ほど拍手するのがいて、彼女はそちらへ微笑を送った、あんたらを憶えておくけんね。この劇場が広いのは、映画館をストリップ専門に改造したからだ。二階席を板でふさいで壁にして、客席に突き出た部分が回転する。趣向は新しいけど、広すぎるから寒くてかなわない。拍手したのは七十歳くらいの大島を着たのと、二十歳くらいのメガネをかけたジャンパー姿で、右と左の最前列だ。ここの客は、まだ十字架を拝んでいないから、たちまち評判になるよう頼むよ。川本社長は、東京・三田の慶応大学前の劇場から、こちらまで一行を送り、一級酒二本は加茂さかえさん用ですよと、しきりに十字架を話題にした。

たちまち評判かどうかは知らないけど、やりはじめたのはクリスマスイブからで、それからずっと続けて、興行主は客足がふえたと喜んでいる。あたしは正直なところ、興行主を喜ばせるために、これをやりはじめたんじゃない。すでに二回やられた「ワイセツ物陳列罪」で、逮捕されたいと思ったからだ。どう考えたって、あたしは囮だろ。あの人が引っかかるかどうかは別にして、あたしが踊り続けるってことは、立回り先があるということなんだから。あたしは最初から、立回り先になっていて、米子市まで刑事が追ってきた。金比羅座マル秘ヌードの行き先どこでも、土地の警察が様子をさぐっていたが、こんなに露骨に客席にまで張り込むようになったのは、江東区の劇場からだった。

九月に行橋市を出発して、山陰を巡業して広島市へ抜け、四国を三カ所ほど回って、浜松市で終わって九州へ帰った。みんな家族を残しているから、そりゃ帰りたい。あたしは久しぶりに、子ども三人とおなじ部屋に寝たが、さっそく行橋署から呼び出された。あの人とのいきさつなら、鳥取市の警察署で、洗いざらい話している。いまさらなにをと思ったけど、行かないわけにはいかぬ。合同捜査本部と看板にある部屋に入ると、まるで犯人扱いで、調書というのを取られた。あんたの行き先にゃ、たいてい榎津センセイが現れちょる、これはどういうことなのか、なにか連絡があったのとちがうか。そんなこと、いくら聞かれたって、答えはきまっている。正直な気持ちを告げるとして、もし連絡があったらどうするかは、そのときにならねばわかりませんけど、いまのところ連絡はありまっしぇん、とでも言うだろう。とはいえ警察は、そこまで正直に向かわなければならないほど、正直な相手ではない。厭味ばかり聞かされた捜査本部を出てから、やっぱり東京巡業へ行こうと思った。もう旅をやめて、子どもたちと暮らさねばと迷っていたが、こんなふうでは行橋で暮らしても、毎日が警察の眼、世間の眼だろう。しかし、あたしが旅に出てさえいれば、家族に張り込みはない。

東京巡業は川本興行社への「売り」だから、こちらは客の入りを気にしなくてもよい。荒川放水路と隅田川にはさまれた江東区の劇場、慶応大学前の港区の劇場、そして川崎市の劇場。この三カ所を、十二月七日からぐるぐる回って、一月初めに九州へ帰る。あの人らしいのが江東区の劇場に立ち寄り、「金比羅座マル秘ヌードはいつ来るのか」と、もぎりの子にたずねたのは、十一月二十一日か二十二日だったらしい。警視庁が知ったのは、立回り先になる劇場で手配写真を見せたら、「この男なら、このあいだ来た」という話になった。それが十二月十五日ころだが、ほんとうにあの人だったか、あたしにはわからないけど、もしそうだとしたら、どういうつもりなのだろう。

警視庁の刑事は、この張り込みはあなたの身辺警護でもある、なんて恩着せがましい言いかたをしたが、危害を加えられるいわれはない。あの男はあんたに、本気で惚れておったようだね。川本社長は感心して、そうでなきゃ危険を承知で近づくものか、と何回も口にした。警視庁の刑事は、新聞記者のようなのが嗅ぎつけてきても、張り込みのことはぜったいに漏らさないでくれと釘を刺した。東京には何カ所も立回り先があるのに、警察はあんたを本命と見ているようだと、川本社長は推測している。あの人がほんとうに、あたしに惚れてくれていても、いまさら近づいて、どうなるものでもない。せいぜい客席で、あたしを見るだけじゃないか。こんな商売をしていて、妙な言いかただけど、見るだけじゃ、どうってことないもんね。だからあたしは、近づいてくれないことを、ずっと祈っている。祈るなんてことより、舞台に出るのをやめさえすればいいのだろうが、あたしゃ金比羅座の身内で、まとめ役として頼りにされているのだし、川本興行社に義理を欠いては、今後にさしさわりがある。

吉里幸子は、腰巻もはずして、襦袢だけになった。もう、ほかになにも付けていない。そのことをわからせると、こんどはかなりの拍手だった。この日の第一回目、客席には三十人ほどで、まずまずの入りだろう。十字架を見たら、たちまちの評判かどうか。しかし、いくら評判になっても、あの人の耳に届きゃしないのだ。仰向けに横たわり、腰を浮かすようにすると、もう何人かは気づいたようだ、金色に光る鎖をわずかに垂らしている。埼玉県警の刑事が二人、ずっと後ろのほうと、最前列に分かれて、張り込んでいるが、兄さんあんたら初めてやろ、拝ませてあげるタイ。「ねえちゃん、うちは知らんよ、お座敷でやるのとはちがうんやけ、あんまり派手なことを、相談もなしにやると、とうちゃんに叱られるんじゃなかね」と、キャッシー松原は、クリスマスイブの思いつきを、もて余したようだった。ほかでもまだ、そこまではやりよらんやろ。やりよろうが、やりよるまいが、おまえが心配することやない、みんなに真似しろち言いよらん、うちが勝手にやって、それで「ワイ陳」で挙げられても、おばちゃん一人やけ、お前は要らん口を出すな。

巡業の踊り子は八人、せいぜい覆いをはずすだけなのに、加茂さかえだけが両脚をひろげる。わかった、そこにあるのはチャックの紐やな。うまいヤジを飛ばすのは、たいてい関西弁で、全国どこへ行ってもそうなのだ。うん、待っちょりい、じきに開けて、あんたにお年玉ば出してあげるけね。鎖の端をつかんで、すこしずつ引っ張ると、刑事も身を乗り出した。手入れ？　そんなものはぜったいにないよ、あんたをパクッたら、身も蓋もない、あいつが逮捕されるまで、警察としては舞台に出てもらいたいんだ。川本社長に言われて、そういう見方があることに気づいた。でも、あたし自身が逮捕されたかった。そうすれば楽になるような気がして、クリスマスからこっち、ずっと続けてきた。鎖はまだ伸びるよ、二重になって膝まで届けば、ほらロザリオ、まさかこげなものが蔵《しも》うてあるとは、思わんかったやろ？　吉里幸子は、ゆっくり上体を起こして、ロザリオの鎖を首にかける。初めて会った日、あの人が自分のものをはずして、あたしの首にかけてくれたんよ。両手で両足首をつかみ、下半身をVの字にする。回転する台で静止したら、後方にいる刑事のところへ、外から連絡役が来ているのに気づいた。そして最前列にいた刑事も、背中をつつかれて席を立ち、そそくさと出て行った。なにがあったのだろう、どうしようというのか。その動きを目で追いながら、三十六歳の踊り子は、静止の姿勢を保っていた。

30――官

［警察庁捜査第一課長から、各管区公安・保安部長、警視庁刑事部長、各道府県本部長、各方面本部長あて通達］

昭和三十八年十一月二十一日付で、特別手配した重要指名被疑者・榎津巌は、左記のとおり、熊本県警察が逮捕したので、手配を解除する。
なお、本件捜査に関して、各都道府県警察のご協力に対し、衷心より深謝する。

記

一、逮捕日時＝昭和三十九年一月三日午後一時
二、逮捕警察＝熊本県玉名警察署
三、逮捕状況＝玉名市の旅館に、榎津らしい男が投宿しているとの民間人の申告により、玉名警察署員が、同人を本署に同行のうえ取り調べたところ、指紋が一致し、榎津巌であることを確認して逮捕した。

［警察庁刑事部長から、国鉄公安本部あて文書］

さきに協力をお願いしました、重要指名被疑者・榎津巌の捜査につきましては、絶大なご協力をいただいておりましたが、昨三日、熊本県玉名警察署において、逮捕いたしました。
貴本部のご協力に対し、衷心よりお礼を申し上げます。

31——朝

国鉄玉名駅は、鹿児島本線の起点の門司港駅から、一六九・五キロメートル下ったところにある。有明海に面した玉名市は、人口四万八千あまり、年間六億円ほどの海苔の産地で、急行停車駅なのは、温泉場だからだ。玉名駅から東へ二キロメートルの立願寺《りゅうがんじ》温泉には、旅館が二十八軒ある。しかし、観光地というより湯治場のたたずまいで、正月には熊本市あたりからの家族連れがほとんどで、榎津巌は、旅館街のはずれの一軒に投宿したのだった。

昭和三十九年一月一日午後一時すぎ、玄関に立った「霜降地のオーバー、黒背広、身長一六二、三センチメートル、四十歳くらいの男」は、三十三歳の女中にいきなり五百円札を握らせ、頭を下げながら言った。

「東京の弁護士の灘尾という者だが、けさ着いたところだ。とりあえず一晩だけ、なんとかしてくれないか」

「よかですよ」

すぐ女中が承知したのは、やや異例のチップの効果というより、ちょうどキャンセルで、二階の一室が空いたからだった。玄関で弁護士と名乗った男は、階段を昇りながら、「四、五軒回ったがどこも満員でことわられた、フトン部屋でもいいから泊めてもらうつもりでここへ来たのだよ」などと話しかけた。

「正月はやっぱり、予約のお客さんばっかりで、フトン部屋も空きやせんですよ」

「そうだろうな。ぼくとしては、旅館に泊まることになろうとは思わずに来たものだから。そこの吉村さんをたずねて東京から来たんだが、なんと留守なんだ。泊まりがけで一家全員が、出かけたらしい」

「吉村さんちゅうたら?」

「ほら、教誨師の吉村さんだよ。あの人の死刑囚の減刑運動に共感して手伝ってあげようと思い、正月休みを返上してきた」

「その人も、弁護士みたいな仕事ですか」

「教誨師というのは、お坊さんだよ。知らないかな、福岡刑務所の死刑囚を救う運動をしている吉村寛淳さんを」

「ああ、金龍館のお婿さん……」

女中は、ようやく合点した。岩風呂の金龍館は、戦争未亡人が経営していたが、お坊さんと結婚してから、他人に貸していると聞いた。お婿さんは、ちょっと変わった人で、お坊さんのくせに寺に住んでいるでもなく、金龍館の別館だったところで生活し、お経もあげず法事も引き受けないらしい。このごろ托鉢僧の姿でよく歩いて、なかなかの男前なので、もう十年以上も前のことなのに、金龍館の奥さんとの大恋愛を、みんなが憶えているのもムリないと思った。

「死刑囚が、どげんかしたとですか」

「うん。教誨師というのは、死刑囚に因果をふくめて、迷わずあの世へ行けるように、死刑執行のときも立ち会い、お経をあげる。吉村さんは、その教誨師なんだが、強盗殺人の死刑囚二人が、どうやら無実のようなので、救わにゃならんと言いだした。そもそも死刑囚を、安心させてあの世へ送ってやる教誨師が、どうやら無実と言いだしたら、刑務所としては困るわな。そういうことはやめてくれと注意しても、無実の者を殺すわけにはいかんとがんばっておる」

「変わり者のごたるですもんねえ」

「しかし、無実だとしたら、これは大変なことだよ」

「そげんこつ、なかでっしょもん」

「ところが、どうやら、あるんだなあ。すでに最高裁で死刑は確定しているけど、どうもおかしい。やっぱり問題がある」

「ウソでっしょや。自分の命が助かりたい一心で、あとになってそげんこつ言いだしたんじゃなかですか」

「まあ、そういうわけで、ぼくとしては真相究明に乗り込んだのさ。はい、ご苦労さん」

女中としては、向こうから切り出した話題だから、もう少し付き合ってくれてもよさそうなものだと思ったが、部屋に入るとすぐ、濃紺のカバンから出した書類をコタツの上にひろげて、気ぜわしくめくりはじめた。

夕方、食事前の入浴をすすめに行くと、コタツで書きものをしていた弁護士は、ハガキ三枚を投函するよう頼んだ。福岡刑務所宛のものを二通、東京の灘尾法律事務所宛のものを一通だった。三十三歳の女中は、ペン習字の通信教育を受けているから、ハガキの達筆ぶりに注意を向けた。東京へのハガキは、家族宛のものだろう、「熊本県玉名市立願寺温泉にて　恵一」となっていた。その差出人のところの立願寺温泉の「願」の字のくずしかたがきれいで、彼女は何度も指で宙に向かってなぞった。裏返して文面を見たい誘惑にかられたが、それは思いとどまって、郵便ポストへ向かって歩きながら、くりかえし「願」を指書きした。福岡刑務所宛のものは、二通とも個人名だったが、それが二人の死刑囚だったかどうかは、あとで警察でくりかえし問われたけれども、思い出せなかった。とにかく「願」の字のくずしかたがきれいなので、それを真似ることに熱心だった。

弁護士は、食事に銚子一本をつけるように言って、食べ終えてからも書きものに忙しい様子だった。夜十時にフトンを敷きに行くと、コタツの上だけでは間に合わなくなったのか、畳のほうにも書類がひろげてあった。このとき弁護士が、「湯に入ってくる」と部屋を出たので、そのあたりに放り出してある「日本弁護士連合会会員証」を、悪いと思いながら手に取った。ビニール製の定期入れのようになっている黒い枠のなかに、運転免許証みたいに顔写真が貼ってあり、いくぶん上向き加減のメガネをかけた顔は、むろん本人のものだった。女中はちょっと眺めたあと、コタツの上に無造作に置かれた金色の腕時計に目を奪われた。見るからに値段の張りそうなカレンダー付きで、用心してどこかへ隠して部屋を出そうなものを、無頓着なのは育ちのせいだろうと思っているところへ、帰ってきた弁護士は「いい湯だねえ」と上機嫌だった。

一月二日午前八時三十分ころ、弁護士は起きて湯に入った。朝食のときしきりに「寝坊してしまった」と言うので、「正月じゃなかですか、ゆっくりしなっせ」と女中が笑ったら、「そうだ、正月だったなあ」と大声を出した。その表情は、ほんとうに正月だったことを忘れていたようで、仕事熱心な人はちがうものだと感心した。

「すまないが、吉村さんが帰っているかどうか、電話してくれないか」

「よかですよ」

「もう帰っているんじゃないかな」

「そうならよかですバッテン」

女中は食膳を片づけながら、いまの「バッテン」が皮肉に聞こえたのではないかと、ちょっと気にした。「フリの客が、金龍館のお婿さんを訪ねてきたのに、留守で困っているようだ」と話したら、五十二歳の主人は即座に、「夜逃げでもしたっちゃろや、あん人たちは借金取りに責められとるもんな」と真顔で言った。客室が十七、八ある岩風呂の金龍館の持ち主が、なぜ夜逃げするのかといぶかったら、「なんちかんち、あのお坊さんに惚れたのが、奥さんの大きなまちがいタイ」と、溜め息をついただけで説明はなかった。弁護士が話した死刑囚に関する運動について、主人も新聞で読んだことがあるそうで、「そげな者にかかわるけん、旅館もなにもかもほったらかしよ。自分とこの火事も消しきらんで、なんで坊主がつとまろうか。ばからしか話よのう」と、しきりに奥さんを気の毒がった。どうやら貸した旅館の経営者とトラブルが生じて、持ち主であるお坊さん一家が、経済的に困っている。だから元日の不在を夜逃げと見るのだが、その話をわざわざ東京からきた客に聞かせるわけにもいかず、電話してもムダだろうと、女中は思ったのである。

しかし、吉村家に電話は通じた。およそのことを伝えると、お坊さんはひどく喜んだ声で、「家内を迎えにやりますから」と、ていねいに礼を言った。弁護士の部屋へ行って報告したら、こちらもひどく喜んで、「今夜からあちらへ泊まる、世話になったね」と整頓にかかり、おびただしい量の書類は、やたらチャックのついたカバンに収まった。やがて金龍館の奥さんが迎えにきて、料金二千九百十六円を払った客は出て行った。

「老けこんだねぇ、あん人も」

帳場のガラス越しに様子を見ていた主人は、玄関へ出て顔を振った。

「熊本の大きな肥料会社のお嬢さんでねぇ、金龍館は旅館ちゅうより、別荘のつもりで爺さんの代に建てたっタイ。戦争で没落して、別荘に旅館の看板をかけ、あん人がおかみになった。バッテン、お嬢さん育ちじゃもん、商売になりゃせん。ベッピンさんじゃし、その道の者を選べば、再婚ちゅうても婿はなんぼでもおったやろに、選りに選って」

だが主人は、そこで口ごもって、ジャンパーのポケットに手を入れ、タバコをさぐるふりをして、帳場へ逃げ込んだ。当のお坊さんが、やってきたからだ。

「吉村ですが、うちの客は？」

「それでしたら、たったいま……」

セーターに下駄ばきで、白い息を吐いている吉村に見つめられ、女中は狼狽した。たしか奥さんより年下で、四十になるかならないかのはずだが、剃りあとの青々した頭のせいか、自分とあまり変わらない年齢のような気がした。

「そうですか、大事なお客さんだから、私も出迎えにきたのだけど」

「たったいまですけん」

ロビーの時計は九時五十分くらいで、それを確かめて玄関に視線を戻したら、もうお坊さんの姿はなく、アスファルトをたたく下駄の音が響いた。


教誨師は、三百メートルほどの道を、小走りに家へ戻った。旅館街のはずれから、中心へ引き返した格好になり、「岩風呂・金龍館」の看板の裏手から階段を昇る。佐世保市からきた夫婦者に貸している旅館と、長い渡り廊下でつながっている五部屋の二階建てに、一家八人が住んでいる。ちょっとした丘の上に、笹とモミジの木に囲まれた家は位置し、これを建てた妻の祖父は、「立願寺温泉の主になった気分がする」と、無邪気に喜んだらしい。すぐ西側にある菊鶴ホテルはずば抜けて大きく、冷暖房完備の四階建ての新館が完成したばかりだが、それよりも一家が住む建物のほうが高い。しかし、モミジの枝を刈らずにいるから、下から見ると屋根しか目に入らないはずで、菊鶴ホテルでは客に、「あそこは寺です」と説明しているらしい。

教誨師が石段を昇りきったとき、玄関を飛び出した娘が、ものも言わずに駆け降りた。

「ちか子！」

呼んだら、数段残したところで立ちどまったが、小学五年生の娘は、顔をこわばらせて父親を見上げ、そのまま道路に飛びおりて走った。八代市の先の不知火海に面した日《ひ》奈《な》久《ぐ》温泉で、二泊する予定だったのに、一泊で切り上げたのが不服らしい。大晦日さえ切り抜けたら、もう借金取りは松の内にはこないだろうと、教誨師は旅館代が惜しくなり、元旦の夕方にしぶる家族をせきたて、玉名へ帰ってきたのだった。昨夜のうちに機嫌をなおした子どもたちを見ていじらしくなり、せっかくだからあと一晩泊まればよかったと後悔したが、けさ急な来客で救援運動に手を貸してくれる弁護士だという。「虫の知らせだったんだな、もう一晩泊まっていたら、待ちくたびれて帰ったかもしれないよ」と家族に言い、妻を迎えにやったものの気になり、自分も迎えに出かけた。

教誨師は、家に入って妻に問うた。

「お客さんは？」

「書斎に通しましたよ」

「昼には、酒をつけてほしいね」

「わかっています」

「ちか子は、どうしたんだね」

「さあ」

「ふくれっ面で飛び出して行ったぞ」

「先生を書斎へ、案内させたんですよ」

「お年玉でもあてにしていたのが、はずれたからかな」

「そんな卑しい子に、育ててはおりまっせん」

思いがけず、きつい返事だったから、茶を入れていた徳田晴子が、ぎくりとしたように動きをとめた。かつての満州国で生まれ、二十一歳になる彼女は、戦病死した最初の夫との長女である。日奈久温泉を一泊で切り上げると言いだした教誨師に、最初に賛成したのは彼女で、とりなすように母親をなだめた。借金取りから逃れるために思いついた温泉行きの費用は、戦病死した彼女の父親がもたらした遺族年金だった。

「お父さん、やっぱりちか子は変なのよ」

「晴子もそう思うだろ」

「私に駐在所へ行ってくると、耳打ちして出たの」

「駐在所？　年賀状のことで、警察に届け出るつもりらしい」

教誨師は苦笑した。きのう帰って郵便受けを見たら、配達されているはずの年賀状が一通もなかった。級友から届く約束でもあるのか、十歳の娘はひどく落胆した様子で、盗まれたのではないかと言いだした。

「それだったら、郵便屋さんがきたら聞いてみると、ちか子に言ったんだけど。ねぇ、お母さん」

「そうよ、駐在所へ勝手に、盗難を届けたりするわけないでしょう」

「なんだろう、おかしな子だな、まったく。ああ、ぼくが持って行くよ」

教誨師は、湯呑みを乗せた盆を受け取り、書斎にしている二階の奥の部屋へ上がった。


吉村ちか子は、郵便局の向かいにある、駐在所の掲示板を見上げていた。通学路を歩いていて、重要凶悪犯人のポスターを、注意して見るようになったのは、いつごろだったか。すでに四人も殺した男だとは、新聞報道で知っていた。家ではだれにも聞いていないけれども、こういう犯人のばあいは、捕まればまちがいなく死刑になるのだろう。死刑執行に立ち会うこともある父親の仕事について、二年ほど前に聞いたものだった。「お父さん、こわくないん?」「お父さんもこわい、死んでゆく人もこわい。だからね、こわがらずにすむように、二人でお経をあげる」「悪い人もお経をあげるの」「もうその人は悪くない。すっかり反省して、きれいな気持ちになって死んでゆく」「きれいな気持ちになっているのに、殺されてしまうのね」「それがその人の運命なんだよ」。

父親が教誨師になったのは、彼女が生まれる前の昭和二十七年だった。佐賀市の真言宗の寺に長男として生まれ、高野山大学を出た父親は、宗派を超えた宗教活動をするといって住職を継がずに、個人雑誌「たんぽぽ」を発行していた。部数二千ほどの宗教雑誌を持って、福岡・佐賀・熊本県を回っており、玉名市にも支持者をふやし、金龍館を経営していた戦争未亡人の母親と結ばれたのも、「たんぽぽ」がきっかけである。月刊で六十四ページの雑誌は、印刷技術がそれほど見劣りせず、経費は市価の二分の一くらいで、福岡刑務所で印刷していた。そしてあるとき、作業場の懲役囚が、刷り上がった「たんぽぽ」を房に持ち帰って摘発された。これは規則違反だが、事情を聞いてみると、じっくり読んでみたかったという。そのいきさつを知った刑務所長が、篤志面接委員になってもらいたいと、発行人に連絡してきた。さっそく承知して出かけ、面接を重ねているうちに、教誨師を委嘱された。ふつうは所属する宗派の総本山が推薦し、宗教教誨師連盟が承認して、法務省に協力することになるが、異端の宗教家が教誨師になったのは、そのようないきさつがあったからだ。

月に一、二回くらい、受刑者たちを集めて講演する総集教誨よりも、むしろ死刑囚の教誨に比重をかけるようになり、こちらは週に一回、定期的に通わなければならない。死刑囚は、刑務所の支所としての拘置所に入れられている。無期懲役をふくむ有期刑の受刑者とちがい、死刑囚は「未決」の扱いで、拘置所の独房ですごす。すなわち受刑は、絞首刑の執行だから、その瞬間がくるまでは、規制がゆるやかな未決囚の処遇なのである。囚人服を着せられることもなく、面会もかなり自由で、日常的に死の恐怖におびえる者を、教誨師が不安をやわらげ、罪を反省する心を導き出す、ということになっている。

昭和三十六年、教誨師になって十年目の父親が「たんぽぽ」を休刊したのは、托鉢僧になって全国を歩くと言いだしたからで、それが二人の死刑確定者の再審運動のはじまりだったのである。この二人は、「戦後死刑囚第一号」と呼ばれる、元海軍少佐と元陸軍工兵軍曹だった。昭和二十三年二月、福岡地裁で強盗殺人罪により死刑を言い渡され、控訴したが二十六年十一月に棄却され、さらに上告したが、三十一年四月、最高裁が棄却して死刑が確定している。

事件が起きたのは、昭和二十二年五月だった。福岡市内で、福岡華僑総会の会長と、日本人の繊維ブローカーが殺された。ピストルで撃たれたうえ刃物で刺され、八万円を奪われたという。華僑総会の会長といえば、当時はたいへんな実力者だから、戦勝国民の殺害事件に、占領軍も無関心のはずはなく、警察は大がかりな捜査で、一週間後にヤミ屋一味の犯行として、七人を逮捕したのだった。そして裁判所は、運送業者の元少佐（当時三十一歳）と、占領軍関係のブローカーの元軍曹（当時三十歳）を主犯として、死刑を言い渡した。一人は無罪、ほかの四人は、懲役十五年から三年六カ月の刑だった。しかし、元少佐は殺害現場に居合わせず、謀議の事実もないと主張した。元軍曹のほうは、二人をピストルで撃ったことは認めたが、向こうがピストルを出しそうになったので引き金を引いたもので、強盗などはたらいていないとの主張である。

一審で死刑を宣告されると、控訴、上告中であっても、死刑囚としてあつかわれることになる。「戦後死刑囚第一号」の二人は、拘置所にやってくる教誨師に、無実と誤殺を訴えたが、だれも取り合ってくれなかった。昭和二十七年から、教誨へ行くたびに聞かされた父親は、十年目にようやく二人を信じて、再審運動にとりかかった。「おまえたちには申し訳ないが、二人の命を救うためには、お父さんが身体を張って、取り組まなければならない。旅館の家賃でなんとか生活できるはずだから、わがままを許しておくれ」と、父親は家族に訴えた。そうして奔走をはじめたのだが、あいにく他人に任せた金龍館から、約束の五万円がまったく入らなくなり、借金だらけの生活になった。

吉村ちか子が、掲示板の前に立っていると、駐在所のドアが開いて、晴れ着の姉妹が出てきた。中学二年と一年生で、これから羽根つきをはじめるらしい。この駐在所は、人員不足とあって駐在巡査は配置されず、玉名署の鑑識課員が、官舎がわりに住み込んでいる。むろん小学五年の彼女は、駐在所が活動していても、来客が榎津巌にそっくりだと、通報しなかっただろう。ここへ来たのは、ポスターの顔を確認するためだった。すぐに羽根つきがはじまり、羽根が掲示板の金網にひっかからなければ、まだ立っていたかもしれない。教誨師の長女は、ちょっと迷ってから羽根を取ってやり、晴れ着の姉妹のほうへ投げてから、ズック靴の足で駆けた。

笹とモミジのあいだの二十八ある石段を駆け上がると、彼女はエプロンをつけて台所にいる異父姉に、背伸びしてささやいたのだった。

「あの弁護士の先生は、ほんとうは榎津巌よ。ぜったい、まちがいない。駐在所の写真を見たら、そっくりやったけん」

一月二日昼すぎ、徳田晴子は、書斎で給仕をつとめた。大晦日の日奈久温泉行きをきめて、おせち料理のたぐいは準備していなかったが、買い置きのものに、池で獲ったコイの料理で、けっこう賑やかな膳になったのである。

「五百円？　教誨師の一年間の手当てが、たったそれだけですか」

「そうです。博多までの汽車賃と、市電に乗る一回で、それだけかかります」

「それが毎週でしょう」

「週に一回、欠かさず通います。法務省というところは、民間の篤志家になんでも押しつけて、平気なんですねぇ」

「そいつはひどい。われわれが官選弁護人になったとき、タクシー代に毛が生えたようなものですが、いくらなんでも教誨師の手当てが、年額五百円とは、まるでお伽話のようなものだ」

料理を運んだときから、そんな話題だった。コタツで向かい合って、いくぶん猫背気味の客は、彼女を一瞥もせずに、窓の外へ目をむけている。

「晴子は、お母さんに聞いたね。この灘尾先生が、強力な援軍になってくださる。東京の角野先生の友人の桑原先生から、再審運動の窮状を聞いて、駆けつけてくださったんだ。二十日間くらい、こちらに滞在いただけるようだから、こんなありがたい話はない。……先生、お役に立つかどうかわかりませんが、この娘を秘書がわりに、なんでも申しつけてください」

「どうかよろしくお願いします」

あらためて挨拶したら、客ははじめてこちらを向いたが、左の横顔を見せて、軽くうなずいただけだった。

妹がおびえているのも、この冷たい表情に接したからかもしれない。書斎へ案内するとき、カバンを持ちましょうかと手を出したら、強い力で払いのけられたという。三月生まれだから、五年生といってもまだ十歳、カバンを持たせる大人はいないだろう。そう言って母親と笑ったら、「手配写真にそっくりだから、家へ来たのも皆殺しにして、金を奪うつもりなのだろう」と、妹は泣き顔である。四十七人のクラスで、成績は五番目くらい、音楽の時間以外はちっともおもしろくないとかで、このあいだはどういうつもりか、ゲーテの「ファウスト」を夢中で読んでいた。たぶん自分もマルガレーテのような恋をするだろうと、赤子殺しで処刑される少女の運命に、興味を示しているようだった。母親は「心配しなくても、奪われるような金は家にはなかけん」と笑い、挨拶のために書斎へ行き、階下へ戻ってから「嬉しかねぇ、世の中には金銭抜きで人助けをする人が、ほかにもおられる。東大出のバリバリの弁護士さんよ」と息をはずませていた。

死刑囚の再審運動をはじめて、この家を訪れる顔ぶれは、がらりと入れ替わった。文学談議も好きな僧侶との会話を楽しんでいた町の知名人たちが、署名を求められて尻込みして姿を見せなくなった代わりに、新聞記者や弁護士や活動家が出入りするようになった。しかし、新聞記者や弁護士は初めのうちだけで、引き続きやってくる活動家と称する連中にしたところで、寝泊まりして飲み食いする割りには身体を動かさず、「ツケは全部こっちに回ってくる」と、母親がなげくことになる。だから東京の弁護士を迎えに行くとき、さっそく金の心配をしていたのに、書斎にいる弁護士は「手弁当でやります」と言ってくれたと、にわかに表情が明るくなったのだ。

「事件から十七年目、上告棄却から八年たちました。いつ執行されるかと、気が気ではありません。外にいる私がこうですから、獄中の二人はどんな思いでいるでしょう」

「そういうことですな。死刑囚というのは、看守の足音にいつもおびえている。迎えにくるのは月曜日の朝が多く、その足音が四、五人だったら、さーっと血の気を失うと、そんな話を聞いたことがあるなぁ」

「幸い法務大臣が、二人の執行命令の署名をためらっています」

「あれは確定から、六カ月以内にやらねばならん」

「はい。こちらとしては、再審請求をくりかえして、引き延ばしをはかるだけでは、かえって心証を害するから、新証拠の発見に、全力を注ぐつもりです」

「そういうことだね。さしあたって私は、書類の山に取り組まなければならん」

「それに関係者にも、会っていただきませんと」

「だいじょうぶ、二十日間は一切、東京の仕事を忘れ、君の運動に協力する」

「とりあえず、きょうはくつろいでください。晴子、灘尾先生におすすめしなさい」

徳田晴子は、コタツの二人に酌をした。弁護士は左手で盃を持ち、父親は盃を差し上げるように、乾杯のしぐさをした。しかし、二人の眼が合った瞬間に、弁護士の手はふるえて、ちょっと酒がこぼれた。

「失敬、じつはアル中気味で、禁酒をしているところでね」

それでも残ったぶんは呑み、彼女がさらに注ごうとしたら、すぐ盃を伏せた。地味なカフスボタンの袖口で、厚みのある腕時計が光った。その色とおなじバッジが背広の襟について、弁護士は前かがみになったまま、右へねじった顔を上げ、窓際の本棚をみつめた。「幸徳秋水全集」のあたりに、しばらく目を止めており、なにやら小さくうなずいている表情だった。どんな仕事ぶりの弁護士かはわからないが、アル中気味とはおもしろい。彼女は、外から差し込んでくる陽が、輪郭をはっきりさせる客の横顔を、さりげなく見ていた。妹をおびえさせた冷たさは、この人の孤独感のあらわれかもしれない。訪れるとすぐ家族に愛想をふりまく客には、それなりに余裕があるのだろうが、彼らには余裕のある日常こそ大切なのであって、せいぜい死刑囚を哀れむだけのこと。しかし、弁護士の妖気すらただよう横顔は、なにごとかに己を集中することで、救済をはかるタイプの人のものではないか。

「どうぞ、お雑煮を」

「そうだ、晴子さんといったね」

弁護士は、こぶしを鼻に当てるようにして、徳田晴子を見た。メガネのなかで二重瞼の眼が、まばたきをせずに宙をさぐるように動いた。口臭の強い人が、それを気にするとき、さり気なく鼻をさわったりしてものを言うが、彼女はポマードの匂いと、石鹼の香料とを感じただけだった。

「君はいま、忙しいのかい」

「いいえ、そうでもありません」

彼女は、再審運動の資料を入れた柳行李に手を伸ばしている父親の顔を見た。

「どうです、吉村さん。例の契約書を取りに、熊本まで行ってもらったら？」

「それでしたら、おばあちゃんが帰ってくるときで。家内の母親が、そっちへ行っており、二、三日うちに戻ってきます」

「しかし、早いほうがいいですわな」

「お父さん、私だったら平気ですけど」

「金龍館のことで相談したら、灘尾先生がなんとかしてやろうとおっしゃって、契約書を見たいということなんだよ」

「伯父さんのところでしょう。行ってきます」

四年前に賃貸契約をした旅館から、約束の家賃が入らなくなって二年半になる。民事訴訟で処理しなければならないようなので、熊本市で公務員の母親の兄に、適当な弁護士を紹介してほしいと、契約書をあずけている。

「灘尾先生、こんなことまで厄介かけてよろしいのですか」

「私は民事にも興味をもっている。こういっちゃなんですが、万事のんびりムードの地方都市とちがい、東京あたりでこの種のトラブルは、ぴしっと法的に決着をつけることが常識化しつつある。滞在期間中に、メドをつけてあげられるでしょう」

「じゃあ晴子。これから急げば、夕食どきに帰れるかな」

「ごくろうさま」

弁護士は初めて笑顔を見せ、さっそく出かけることにした徳田晴子に、温かみのある声をかけた。

「せっかくのお正月だから、伯父さんのところへ行って、すぐ帰るのも悪いんじゃないかな。あすの午前中でも構わないから、どうぞ泊まっていらっしゃい」

一月三日午前零時十五分ころ、吉村圭以子は、二十一歳の長女と駐在所へ走った。来客は書斎横の夫婦の寝室に泊めている。午後十一時すぎに電灯を消したので、寝入るまで待つつもりで気配をうかがい、裏口から笹の斜面をすべるように外へ出た。

東京の弁護士・灘尾恵一は、十歳の次女がいうように、特別手配ポスターの重要凶悪犯人に酷似している。それを確かめたのは長女で、熊本市の伯父の家まで行き、近くの交番の掲示板を見て、似ていることに気づいた。「泊まっていらっしゃい」との弁護士の親切は、あるいは犯行の下準備かもしれないと不安になり、祖母と十八歳の妹がいる伯父の家から、書類を持ってすぐ引き返した。玉名市の家には、小学五年と二年生の妹、三歳の弟がおり、残る大人は両親だけだ。彼女が帰った午後七時すぎ、両親も来客を警戒しはじめていた。会話をしていて、どうも弁護士らしくない。訪ねてきたのは、二人の死刑確定者の再審運動に協力するためなのに、事件についてほとんど予備知識がなく、これから調査すると言うばかりだ。そんな人物が手弁当で、わざわざ東京からくるものだろうか。無罪になった被告人に支払われる刑事補償の額が引き上げられたのも知らず、「自由法曹団」を「自由法曹院」というのだった。

「たぶん榎津巌だろうと思います。ひょっとして人違いだとしても、ニセ弁護士であることはまちがいなかです」

ようやく扉が開いた駐在所で、母娘はかいつまんで事情を話した。応対したのは、鑑識課巡査の三十六歳の妻で、夫は当直で警察署にいる。たまたま官舎がわりに住んでいるだけなのに、駐在巡査と思いこんでいる地元では、なにかにつけて厄介な話を持ちこむ。しかもこの通報者は、警察のでっちあげ云々と、死刑が決まった者を無実と騒ぎ立てる、坊さんの家族ではないか。寝入りばなを起こされた巡査の妻は、当然のことながら不機嫌だったが、いちおう当直の夫のところへ電話をかけた。

「榎津が弁護士に化けて来ておると、言わっしゃるとよ」

玉名署の鑑識課巡査は、しばらく待たせて、壁のポスターをはがしてきたらしい。そうして特徴を読み上げ、妻が黒板に書きつけた。

「身長一六六センチメートル、胸はば広し。やせ型で、頭は天然パーマ。よかタイ、おなじことやろ。はいはい、ちぢれ髪。あざ？　いぼ？　どっちね、はっきりしておくれ、うちは寝間着のままふるえちょるんバイ」

この電話のあいだに母娘は、表からポスターをはずしてきた。こちらにもあるのに、おなじ内容をわざわざ電話で知らせてくるのが、いかにもじれったかったからだ。

「右乳下？　男でもそげん言うとね。はいはい、傷あと……。ああ、ポスターばちぎって来とらす。うちの表のよ。替わるけんね、うちはもうよかろ？」

「もしもし、すみまっせん。似ちょるんです。来てもろたらわかるバッテン、そっくりですけ」

吉村圭以子は、ポスターにある人相特徴に、ほぼ合致することを強調しながら、まったくの勘ちがいで、灘尾弁護士を怒らせる結果になったら、どうしようかと心配もしていた。来客は東京高裁へ電話を入れたり、福岡市の知り合いの弁護士宅へ連絡して、いかにも堂に入った話しぶりだった。そして大阪にいる元軍曹の母親に電報を打ち、こちらへ電話をかけさせたりした。再審運動の弁護団として、名前を連ねるのは承知しても、実際に身体を動かしてくれる弁護士はおらず、二十日間も専従してくれると聞いて、七十二歳になる母親は電話で声をあげて泣いていた。背広の襟には弁護士バッジで、身分証明書の写真も本人のものだから、灘尾恵一その人が粗忽者《そこつもの》と考えたならば、榎津巌とは他人の空似といえるのではないか。

「奥さん、落ち着きなっせよ。この事件の犯人については、デマの多うしてですねえ。全国あっちこっち、同時に現れるげなことばっかしです」

電話の向こうでは、当惑したような声がしている。確かに元旦の新聞には、盛岡市に大晦日の夕刻、榎津らしい男が現れたと書いてあった。盛り場の旅館では、満室だったので断り、その直後に手配写真を思い出した。通報した五十一歳の旅館経営者は、元刑事だから確度の高い情報として、岩手県警は緊急配備したという。夫もそれは知っており、榎津かどうかは自信がもてないという。

「それでも、ニセ弁護士であることは、確かだろうと思います」

「それでなにか、被害に遇われたですか」

「はあ……」

いまのところ、ニセ弁護士がなにをたくらんでいるのか、まったくわからない。ただ、夫の推測では、元日に配達された年賀状を盗んだ可能性がある。来客は再審運動に協力している弁護士や学者の名前をあげて、それぞれ懇意であるという。名刺に添え書きした弁護士を、夫は知らないけれども、「以前から陰で協力している」と言う。新聞報道されたとき、名前の出ていない人物までふくまれており、ニセ弁護士が知るとしたら、年賀状が格好の手がかりではないか。二日に配達員がきたときたずねたら、紐で束ねた百五十枚ないし二百枚を、ちゃんと郵便受けに入れたとのことだった。お年玉抽選をあてにして、子どもが盗んだりすることはあるが、丘の上の吉村家までそんなことをしに来るかどうか。

「年賀状の窃盗なあ」

「とにかく主人は、命がけで子どもを守っておるとですよ！」

吉村圭以子は、とうとう電話口で叫んだ。家族はこの夜、階下の居間で全員いっしょに寝ることにしている。駐在所へ妻と娘を走らせたあと、夫は一人で内鍵をつける工夫をしているのだ。

「そのお客さんは、勘づかれたと思うたのか、旅館に帰ると言うたです。もし榎津なら、この次もなにをするかわからんでっしょ。それで主人は、犠牲を覚悟で引き止めておるとですよ」

「そうそう、湯呑みとか食器とか、指紋の付いておるげなものを、持ってきてもろたら、よかですなあ」

「もう洗うてしもたですよ」

「朝になったら、気をつけてつかっせ」

「警察は朝まで、知らん顔をするとですか！」

とうとう彼女は、電話を切った。夫は住職の父親から、子どものころから護身術を教えられたとかで、簡単には殺されないと言っているが、三人の子がいるのだ。

「晴子、帰ろう」

巡査の妻は、すでに二階に上がっている。吉村圭以子は、娘をせかせて駐在所を出ると、はいだポスターを手にして、ふたたび闇の中を走った。

一月三日午前一時ころ、玉名署の刑事課長は、電話で起こされた。当直主任が、鑑識課員の報告を受けて、判断を求めてきたからである。このとき課長は、元日に泊まった旅館を聞き込むよう指示した。

午前一時すぎ、三十三歳の女中が、深夜劇場の映画をテレビで見ていたら、当直巡査が二人きた。ポスターの顔写真と、そういえば似ているようだが、宿泊客はもっと上品だったような気がする。宿泊名簿に署名を求めておらず、手がかりになりそうなのは、投函したハガキ三枚の文字に注意していた点で、捜査資料として玉名署にも回ってきた榎津の筆跡を見て、「願」の字がそっくりだと証言した。彼女は実際に書いて見せて、「願」の字のくずしかたが、そっくりだった。

午前一時三十分ころ、吉村寛淳のメモが、旅館に届けられた。もういちど念を押すよう指示された母娘が、笹の斜面をすべって駐在所へ行ったら、いくら表から呼んでも開けてくれない。ガソリンスタンドの電話を借りて警察へかけたら、巡査が旅館へ行っているという。そちらへ届けたメモには、二つの住所が記されていた。ひとつは灘尾恵一、もうひとつは紹介者の桑原守である。ここへ確かめれば、とりあえずニセ者かどうかわかるが、自宅の電話は使えないから、警察でやってくれとある。

午前三時三十分、熊本県警の照会に、警視庁から回答があった。

［灘尾恵一は実在するが、七十七歳で病弱、ほとんど外出せず、現在は自宅で就寝中であると、家人より回答を得た］

午前五時二十五分、同様に回答があった。

［桑原守は、品川区に実在するが、同人によれば、灘尾恵一なる弁護士とは一面識もなく、熊本県の吉村寛淳なる僧侶の名前を聞いたこともなく、したがって紹介した事実はないと、回答を得た］

一月三日午前六時五十分、吉村家の来客は起床した。張り込みの捜査員と、吉村寛淳のメモのやりとりで、起きたら金龍館の岩風呂へ、案内する手筈になっている。顔のいぼ、あざの特徴がはっきりしないため、乳の下にあるという傷跡をたしかめることにしたのだ。しかし、客は「新聞を貸してくれ」と言って二階へ上がった。一月三日付の朝刊に、東京の弁護士殺しは報じられているが、一段のべた記事だった。
［殺人魔と断定できず］
午前七時三十分、客は吉村圭以子の案内で、露天岩風呂へ行った。捜査員二人が、入浴して待機しており、近づいたもののタオルで胸を隠すようにしているので、傷跡は確認できない。客は二、三分ほど湯に浸かって、すぐに上がった。

午前九時すぎ、帰り支度をはじめた。朝食もとらずに、急に福岡市へ行くというのである。再審運動については独自に調査をすすめて、あらためて連絡するとか。どうやら入浴のとき、近づいた捜査員を不審に思ったらしい。

午前九時二十五分、客は吉村家を出た。家族全員が見送り、教誨師だけ「バス停で見送る」と、いっしょに石段を下った。九時五十二分発、門司港行き準急「くまがわ」に乗るような口ぶりである。

「失礼ですが、職務質問します」

通りに出たところを、刑事課長ら四人がとりまいた。

「ぼくに？」

客は笑って、教誨師のほうを向いたが、その目ははるか遠くを見ているようだ。

「任意同行を願えますか」

「弁護士の灘尾恵一だが、行かねばならんかね」

「ぜひ、お聞きしたいことがあります」

「いいだろう」

素直に承知して、待機していた警察の乗用車に乗った。後部座席で両側からはさみつけられ、スタートしかけたとき、窓を開けるように頼んで、教誨師に声をかけた。

「言い忘れていたが、福岡市へ行ったら、例の二人に面会するつもりだよ。なにか彼らに、伝言はないかね？」

32——歌

昭和三十九年一月三日午前九時三十分、任意で玉名署へ連行され、逮捕は午後一時であった。榎津巌かどうかを確認するまで時間がかかったのは、「弁護士の灘尾だ、死刑囚の救援活動を妨害するため、警察は嫌がらせをするのか」と言い張り、指紋の採取に応じなかったからだ。

弁護士バッジをつけて身分証明書も持ち、訴訟書類をカバンから出して見せる。灘尾恵一は、東京の自宅にいると確認されていても、それだけでは逮捕できない。吉村寛淳に渡した名刺の紹介状の添え書きを筆跡鑑定したら、榎津のものと酷似したが、決め手というほどでもない。やはり指紋が欲しいので、茶を出したところ、金の指輪をはめた手を、湯呑みに近づけようともせず、カバンをしっかりとかかえて、「急ぎの用事がある」と立ち上がろうとする。刑事課の部屋で、熊本県警本部からきた捜査員をふくむ二十人近くに取り囲まれているから、そのたびに押し戻され、「これはどういうことなんだね」と、落ち着きを取り戻したように苦笑してみせる。

福岡県警からは、榎津を取り調べたことのある刑事が急行しているというが、到着は午後になりそうだ。その到着を待って逮捕するのでは、特別手配の重要凶悪犯人検挙の手柄が半減する。そこで玉名署は、正午前に窃盗容疑で逮捕した。吉村家に元旦に配達された年賀状を盗んだ疑いによるもので、教誨師が推測したとおりカバンの中にあり、手錠をかけたまま指紋採取がおこなわれた。

このとき榎津は、最後の抵抗をした。指紋を取らせまいと暴れて、椅子を倒して捜査員を蹴ったが、すぐに押さえつけられてしまった。黒いインクを指先に塗られるとき、目を閉じていたけれども、それが終わると「もう暴れない」と言って身体を起こし、石鹸を要求した。ちり紙で拭けばよいと拒絶されると、「手が汚れるのがいちばん嫌いなんだよ」と執拗に言い続け、湯を張った洗面器を運ばせ、ていねいに洗った。そのあいだに十指の指紋は鑑識にかけられた。左八七七七七、右七七八九八が、保管された榎津巌の指紋番号で、それが完全に合致したから、前年十月二十一日付で行橋署が請求していた逮捕状が、午後一時に執行されたのである。

ただちに所持品が押収され、弁護士バッジも背広の襟からはずした。福島県平市の弁護士の申告では、紛失したバッジ（時価八百円相当）に刻印してある番号は五〇九だった。これは全国通し番号で、日本弁護士連合会会員名簿と同じはずだった。当然そうだろうと捜査員が裏返すと、「再一九二一」とあった。玉名署にある弁護士名簿は、熊本県弁護士会のもので、会員番号もついていない。県警本部を通じて、警察庁へ照会することになったが、日本弁護士連合会会員名簿は、榎津の所持品でもある。

さっそく活用して、都道府県別に整理されている五十音順の川島共平のところを見ると、「一九二」だった。警視庁目白署では、弁護士殺しの現場にバッジが残されているのを確認している。背広の襟についたままで、榎津の犯行としても、二個は要らないから手をつけなかったのだろうと、番号を確かめることまではしなかったが、これが「五〇九」だった。弁護士殺しの現場に、指紋はもとよりタバコの吸殻も残していなかったが、平市で盗んだバッジを残していたのであり、東京の強盗殺人事件は榎津の犯行であると、初めて断定された。

「ほう、弁護士バッジねえ」

玉名署の刑事課の部屋で、榎津は茶をすすりながら首をかしげた。

「それで、どんな背広についていた？」

そういえば「五〇九」のバッジは、薄茶色の夏物の背広についていた。真冬に夏物の背広にバッジがついているのを、不審に思わなかったのを嘲笑する口ぶりである。わざわざ付け替えたのは、半年前に紛失して再交付を受けた「再一九二」のほうが新しかったからだと、後になって供述した。

クリーム色の革財布は、川島共平のもので、背広の内ポケットに入れており、現金は五千二百六十九円だった。これが所持金のすべてで、ほかの押収品は次のものだった。

[茶色革製カバン　スイス製カレンダー付腕時計　メガネ　ヤシカ自動露出カメラ　東芝トランジスターラジオ　金指輪　大学ノート　日本弁護士連合会会員名簿　同会員証　年賀状一束　名刺九枚（科学技術庁政務次官ほか）　拾得物預り証（品川駅前交番発行）

洗面具　ラクダ股引き等衣類十七点　小荷物キップ甲片（桜木町駅発行）　印鑑（山田）　訴訟関係書類十二点（三鷹署長宛告訴状ほか）　弁護士バッジ　領収書用紙　万年筆　印肉壺」

一月三日午後四時二十分、即日身柄引き渡しで、福岡県警が引き取った。このとき榎津は「列車で護送するのなら、舌を嚙み切って死ぬ」と言ったが、最初から乗用車で運ぶことになっていた。国道２０８号線を北へ、先導のパトカーは、荒尾市と大牟田市の境界線で熊本県警から福岡県警へ入れ替わり、およそ二時間で福岡市に着いた。

博多の街では、「逃走七十八日間　悪運尽きた殺人魔」という号外が、すでに撒かれていた。この日まで夕刊が休みの新聞社は、競って号外を発行したから、県庁裏の警察本部前には、早くから見物の市民が集まっていた。正門は報道関係の車でごったがえし、中継車を出しているテレビ局もある。福岡県警本部では、簡単な取り調べをして行橋署へ移すつもりでいたが、この騒ぎのなか車から降ろすと、いっそう混乱するばかりと判断した。両手錠に腰縄の榎津は、テレビのライトやカメラのフラッシュに興奮し、ここでも「舌を嚙み切って死ぬ」と言っていた。

福岡市から行橋市までは、国道２０１号線で結ばれて約百キロメートル、粕屋郡から九十九折《つづらお》れの八木山峠を越えると筑豊で、飯塚・田川市をへて、瀬戸内海の周防灘に面した行橋市へ抜ける。福岡県を横断するドライブは、八木山峠にさしかかったころ雪になった。東京は一月三日、この冬初めての雪になったが、北部九州では何度も降っている。

「留置場は、よう冷えとるじゃろうねえ」

ヘッドライトに舞う雪を見ながら、榎津はつぶやいた。玉名署での東京弁ふうから、しだいに九州弁に戻り、福岡を発って饒舌を取り戻していた。両側に行橋署から迎えにきた刑事がいたが、この二人を無視して、もっぱら刑事調査官の問いに答えた。検死が専門であり、殺人事件の発生率が全国一で、炭鉱での事故死も多い福岡県において、千八百もの死体を扱った警視は、昭和二十七年十二月、アメリカ軍の制服を着用して逮捕された詐欺事件のとき、榎津を取り調べたことがある。そのときのことを憶えている榎津は、むしろ懐かしそうだった。

護送中のやりとりは、行橋署に到着したあと、刑事調査官が記者会見で公表した。

――よく逃げのびたね。

「新聞報道が、非常にありがたかった。捜査の状況がくわしく書いてあるので、どこへ行っても、かならず新聞を手に入れた。そのウラをかけばよいのだから、じつに助かる。十二月三十日夜の全国一斉捜査だって、ちゃんと事前にわかっていた」

――全国いたるところを、立ち回ったようだが。

「そうだ。しかし、長崎市の平和公園にいたとか、日光へ行ったとかいう記事はちがう。

てもらった」

まあ、そのうち被害の全容がはっきりするだろう。北海道や山陰でも、けっこう稼がせ

――博多駅前の公衆電話から県警本部長の公舎へ、「逃げるのにも疲れたから迎えに来てくれ」という電話をかけなかったか。

「あのときは東京にいたからねえ。(笑いながら)電話代がもったいないじゃないか」

――次々に事件を起こしながら、なにを考えていたのか。

「最終的には『死』しかない。そう考えたら、何をしても恐ろしくないと思った。だから自殺したり、自首することなど、まったく考えなかった。逃げられるだけ、逃げてみようと思っていた」

――どうして九州へ戻る気になったのか。

「関東地方を重点捜査していたからね。灯台下暗しで、こっちが安全と思ったんだが」

――吉村家でなにをするつもりだったのか。

「次の目的地へ行くために、詐欺をやりたかった。あんたの世話になったあと、福岡刑務所で雑役囚だったからね。拘置支所の死刑囚監房で、ずっと働いていた。そういうわけで、教誨にやってくる吉村さんと、しょっちゅう顔を合わせていた。問題の戦後死刑囚第一号の二人とも、長いつきあいだったから、ドジを踏むとは思わなかったんだが。……十歳の女の子に見破られたと聞いて、童話の『裸の王様』を思い出したよ」

――次の目的地というと、どこだね。

「沖縄だよ。あそこは進駐軍の島だから、おれにはもってこいの場所だと思った。無事に着いたら、通訳かなにかでマジメに働くつもりでいたのに、野暮な教誨師さんもいたもんだな」

——鼻のイボがないじゃないか。

「暮れに名古屋の旅館で、焼け火箸で消した。こうあっさり捕まるのなら、熱い思いをすることもなかった」

——途中で捕まりそうになったことはないか。

「東京周辺で二、三回、職務質問を受けた。しかし、弁護士バッジを見せたら、すぐ信用したよ。十二月三十日の一斉捜査のときは、名古屋にいた。タクシーに乗っていたら、えらく警官が目につく。『天皇陛下のお通りかい』と聞いたら、運転手が『殺人魔ですよ』と笑ったので、うっかり『おれだよ』と言いそうになった」

——旅館に泊まったんだろう。

「そうだ。しかし、玄関先で形式的に質問をするだけだからね。おれはチップをはずんでいるから、女中が適当にやってくれた」

——逃走中に、どんなことが印象的だったか。

「女連れで歩いていて、現金が入っているハンドバッグを拾った。どうも交番から拾うところを見られていたような気がするので、しかたなく届け出たら、褒めてくれて受け取りを書いたから、ありがたいと思ったね。だから、どこの交番かは言わないよ。その警官がクビになったら気の毒だからな」

——家族の気持ちを考えたことはないのか。

「その話はやめてくれ……。ただ、街に貼ってあるポスターは用済みだから、一刻も早くはいでほしい。自分で途中、二百枚ぐらいはいだかな。別府だけでもいい、早く片づけてもらいたい」


車列が田川市を過ぎると、馬場大八の死体が発見された香春町にさしかかる。家族の話になって緊張した榎津だから、余計な刺激を与えないために、五十五歳の刑事調査官は、被害者についてふれなかった。峠のトンネルに向かうころ、かなりの降りだった雪が消えて雨になり、先導のパトカーから追いすがる報道陣など、二十数台の車の列は、スピードを落とさずに坂を上がった。そうして行橋通運のトラックが乗り捨てられ、シートのなかで運転手が、胎児のように血だらけの身体を丸めていた旧道の入口にさしかかったとき、車内の刑事たちは気づいた。両手錠に腰縄つきの重要指名被疑者は、低い声でなにやら歌っているのだった。

「榎津！」

ずっと無言だった三十八歳の巡査部長が、たまりかねて左側から叫んだ。

「鼻唄なんぞ歌うて、おまえは、それでも人間か」

しかし、小突かれながらも榎津は、歌うのをやめなかった。唇をわずかに動かして、目を閉じた彼が口ずさんでいるのは、民謡にしてはテンポが早く、歌謡曲にしては音程が低すぎる。その歌をようやくやめたのは、トンネルのなかである。いきりたつ巡査部長を目で制して、刑事調査官がおだやかに聞いた。

「おまえが歌を好いちょるとは、知らんかったバイ。いまのは、なんちゅう歌か」

八木山峠あたりから、会話を楽しむように、うそぶく調子で答えていた榎津は、この質問にはしばらく無言だった。しかし、トンネルを抜けて、目の下に行橋市の灯が見えはじめたころ、思い出したように答えた。

「ほら、よう言うでっしょうが。曳かれ者の小唄ですタイ」

一月三日午後九時すぎ、行橋署に到着した。氷雨のなかを、ここにもかなりの人数が集まっており、北九州市からきた報道陣も、待ちかまえていた。行橋署は駅前通りの裏手にあって、古びた木造二階建てが、狭い道路に面している。福岡県警本部では、混乱を避けて降ろさなかったが、ここは逮捕状にある「引致すべき場所」だから、被疑者はすぐ建物に連れ込まれた。

行橋署の総員七十二人は非常招集され、玄関前では人垣をつくり、頭からオーバーをかぶった榎津を、かかえるようにして入れた。このとき暗がりから、ガラス瓶が一本投げられ、護送してきた巡査部長の右肩に当たり、玄関のコンクリート床で砕けた。白い液体が飛び散り、榎津のズボンにもかかったから、二階の刑事部屋に入るなり、「拭け、拭かんか」と催促した。農薬かなにか、劇毒物の可能性もあるから、記者の侵入を警戒して入口をかためていた制服巡査が、雑巾を手に足元にうずくまった。しかし、玄関で破片になったガラスは牛乳瓶で、白い液体はビタミン添加牛乳だとわかった。

捜査本部では、この日の取り調べをやめることにした。だから刑事部屋では、形式的な手続きにとどめた。

「弁録？　そげなことより、外を静かにさせてくれんかい」

弁解録取書を前にして、榎津は首を振った。

この手続きは、刑事訴訟法二〇三条にもとづくもので、司法警察員は、逮捕状により被疑者を逮捕したとき、又は逮捕状により逮捕された被疑者を受け取ったときは、ただちに犯罪事実の要旨、および弁護人を選任することができる旨を告げたうえ、弁解の機会を与え、留置の必要がないと思料するときはただちに釈放し、留置の必要があると思料するときは、被疑者が身体を拘束されたときから四十八時間以内に、書類および証拠物とともに、検察官に送致する手続きをしなければならないとある。だが榎津は、写真撮影のチャンスを逸した報道陣の抗議の声や、あっけなく犯人が建物のなかへ消えたことが不満な見物人たちの罵声を、ひどく気にしていたから、弁解録取書に「黙秘」とのみ記入された。

玉名市の教誨師宅で、朝食をとらなかった榎津は、逮捕状の執行後に与えられたパンと牛乳にも手をつけていない。護送の途中で放尿を一回しかしなかったのは、飲み物を口に入れていなかったからで、博多でようやくジュース一本を飲んだ。留置場では、出前のチャンポンが冷えかけている。ここの留置場には、窃盗罪と横領罪の二人が越年して、正月の逮捕者はない。越年した二人は、夕方に隣の豊前署に預けておいたから、六つ房がある留置場には、榎津一人だけ収容する。

この留置場は、二階建て本館の裏側にある。二十坪ほどのモルタル壁の建物と本館は、廊下でつながっているが、構造上いったん玄関へ出なければならない。それを知っているから、見物人たちはまだ散らずにおり、報道陣も被疑者の顔をさらすよう要求している。しかし、榎津は「写真を撮らせたら、翌日から完全黙秘する」と言い続けた。護送の車のなかで、刑事調査官の質問に答えたのも、玉名署を出発してまもなく、その約束をとりつけたからだった。

もとより、警察が約束を守ったからといって、取り調べで素直に供述するとはかぎらない。とはいえ、顔をさらしたくない気持ちを無視したら、態度を硬化させることははっきりしている。前科四犯のこれまでも、取り調べではずいぶん手こずらせており、恫喝も通じない相手だから、むしろ機嫌をとりながら供述させた。この日だけでも、本人の意向を汲んでやらなければ厄介なことになるから、到着のときと同様に、警察官の人垣でかこんで、留置場へ連れて行くことにした。

午後九時四十分ころ、その人垣は階段を降りた。そして便所などがある廊下へ回ったとき、表から飛びこんだ男が突進し、榎津に殴りかかろうとした。酒臭い息を吐いている三十年配の男が振り回すこぶしは、さっきの牛乳瓶とおなじように、囲んだ警察官に当たっただけで、羽交い締めにされて叫んだ。

「親の仇、親の仇！」

専売公社の集金人だった柴田種次郎の長男で、市役所の福祉課に勤務している。後で当人は否認したが、牛乳瓶を投げつけたのも、どうやら彼だった。取り押さえられながら、見物人に向かって「殺せ、殺せ！」と叫んだが、見物人は動かなかった。その代わりに報道陣が殺到して、榎津が頭からかぶっていたオーバーが、はぎとられてしまった。

この混乱は一、二分で収まったが、写真撮影には十分な時間だった。深追いせずに退いた報道陣に、こんどは警察官が罵声を浴びせながら、ようやく廊下の奥へ進んだ。突き当たりが鉄格子で、その手前の木の扉を開けると、そこからは看守の領域である。ここでも形式的に、住所や氏名を質問して、身体の特徴などを記入する。目・耳・鼻の形が五種類くらい図にしてあり、より近いものに○印をつけていく。質問に答えない被疑者の顔を覗きこんで、鉛筆を動かしていた看守は、思わず手を耳たぶに添えた。恐怖にひきつったような顔の被疑者は、目を閉じて唇をふるわせているが、よく聞くと低い歌声だったのである。

33──檻

昭和三十九年一月四日から、取り調べが開始された。殺人事件が三件（死者五人）、詐欺その他になると北海道から熊本県にまたがる広域犯罪だから、事件の処理については、警察庁と最高検が協議してきめる。そこで第一事件の「専売公社タバコ集金人強盗殺人事件」から、追及をはじめたのである。

行橋署刑事課の三十八歳の巡査部長は、出勤すると署長に呼ばれ、取り調べの補助官を命じられた。取り調べにあたるのは、福岡県警本部捜査一課の警部と警部補である。補助官を命じられた巡査部長は、部下である三十一歳の巡査と取調室に入れるとわかったとき、明け方からの疼痛を忘れることができた。ゆうべ暗闇から飛んできた牛乳瓶が当たった肩が腫れて、ひどく痛んでいる。重要指名被疑者を収容して、皆が興奮しているから、玄関で割れた牛乳瓶のことは憶えていても、だれに命中したかを気づかう余裕はない。家を出るとき妻は、「あいつの頭に当たればよかったんよ」と昂った声で言った。「デカ長」の巡査部長になってから、捜査より取り調べが主な仕事になってくる。しかし、こんどの事件が起きてからは、ずっと別府に張り込んでいた。特別手配になって大分県警が引き継いだので、その後は足取り捜査に専従して、ほかの事件は手がけていない。おなじ一九二五（大正十四）年生まれで、こちらは二男一女ながら、やはり三人の子の父親。別府張り込みのときから、榎津巌のことを思うと、憎悪の念がたぎった。とはいえ朝方、妻をたしなめた。

「ばか。あげなことで、楽に死なせてたまるか。世の中には法律ちゅうものがある。どうせ死刑じゃろう。あいつにゃ、その恐ろしさを、じっくり味わわせて、じわっじわっと死んでもらおう」

もう一人の補助官である巡査の仕事は、雑用と記録だった。大きな事件でないと、補助官はつけない。茶を汲んで、便所へ連れて行き、三部複写の調書用紙にカーボン紙をはさみ、幹部からの指示メモを、取り調べの警部に渡す。そんな雑用とともに、取り調べ状況を記録する仕事があるのだ。行橋署の取調室は二つで、広い一号室が三畳間くらい。これから榎津は、日中をここで過ごすことになる。刑事部屋とは廊下をはさんだ向かい側で、被疑者は窓を背にして座る。机をへだてて取り調べ主任の警部、「コ」の字の一方に警部補だが、これは入れ替わることがある。二人の補助官は、入口近くの小さな机について、雑用をしたり雑談に加わったりしながら記録する。

この記録係が、巡査部長の仕事だった。取り調べを進める参考にするだけで、たまに検事に見せることはあるが、法廷に提出することはない。まれに被告人が、法廷で調書の内容をくつがえしたりすると、取調官が喚問されたりする。こんなときは、供述の任意性を裏付けるものとして、取調室の記録にもとづいて証言する。わら半紙に鉛筆書きで、雑談の内容とか被疑者の表情とか、調書にない部分を埋める。
三十八歳の巡査部長は、このメモを整理して、報道など外部の動きもふくむ、私家版をつくった。

［一月四日＝午前十時二十分開始］
昨夜は寒くて、よく眠れなかったと言う。取調室に入る前にカメラのフラッシュを浴びたせいか、当初は興奮して暴言を吐くのみ。「自分はどうせ後わずかな生命だから、好きにさせてもらう」「おれの犯罪はなにもかも知っておろうが。適当にあんたのほうで処理してくれ」「警察史上、珍しく騒がせたんだ。ついでにゴネてやるよ」「黙っておけば、それだけ長生きできるんだ」「しかし、ぶら下げられるのは好かんから、だれかに道連れになってもらうか」「吉展ちゃん誘拐殺人は、なかなかおもしろいな」。しかし、夕方になると雑談的に犯行動機を語っても、調書の作成は拒否する。
＊当時、情交関係のあった「麻里」のマダム畑千代子と、駆け落ち費用を捻出するために二人で犯行を計画して、千代子から千枚通しを渡された。また、同じく情交関係のあった理髪店「うるわし」の北原コイトから、金の借用を申し込まれたので、これを作ってやることにした。
＊十月十五日にタバコ臨店配給に出た車を尾行したが、友だちに借りたバイクの調子が悪かったので、途中であきらめた。それで次は、自転車で尾行した。この自転

車は、金比羅座の前にあったのを、前の晩にアパートへ乗って帰った。
＊午後三時ころ、榎津の父親が行橋署に来る。別府署にも寄ってきたとのことで、逮捕を感謝する旨を述べる。面会と差し入れを希望するも、不許可。泣きくずれて、しばらく立ち去らず。

［一月五日］
日曜日だから休ませろと、留置場でがんばる。一人きりで淋しいから留置人を入れろとも言う。特別朝食（百円）。
午前十時から、福岡地検の検事による取り調べ。引き続いて、福岡地裁の勾留尋問（いずれも当署へ出張）。この合間に雑談的に語った。
＊熊本で押収した金を返せ。タバコくらい吸わせろ。規則、規則でおれを縛るのなら、こちらも法律で与えられた当然の権利で、黙秘権を行使する。
＊警察は、刑務所の同房者、知人、親戚のところを立ち回り捜査したようだが、そんなところへは行かんよ。おれはバカじゃないからな。
＊共犯の畑千代子を、なんで引っ張らんのだ。こいつは罪をのがれるために、殴られたとか十万円恐喝されたとか、別件手配に協力したんだ。
午後六時、勾留状が執行される。父親がふたたび訪れて、本人宛ての手紙を託す。「せめて素直に供述して罪ほろぼしをしてくれ」との内容なので、検事の許可も出て、

本人に渡す。

午後七時、畑千代子が出頭して、全面的に否認。「私が情婦になるのを拒否したから、嫌がらせをしているのでしょう」と述べる。なお、事件後に「麻里」をやめ、夫と折り合いが悪くなり、小倉で住み込みの仲居をしている由。

押収品の「桜木町駅発行の小荷物キップ甲片」に関して、神奈川県警および大阪府警より回答があった。

神奈川県警の回答。

「被疑者が所持していた甲片と、国鉄根岸線桜木町駅の小荷物掛保管の乙片は複写式で、昭和三十八年十二月二十二日午後四時から四時三十分のあいだに受諾されていることが判明。掛員は荷物の形態および寄託者について記憶なきも、横浜駅午後七時四十四分発の荷物専用列車に搭載し、二十三日午前五時四十二分に大阪駅に到着見込みの由」

大阪府警の回答。

「この小荷物は、大阪駅小荷物掛に保管中で、紺地木綿の唐草模様のフロシキ包一個で重量八キログラム。鉄道荷札によれば本人出しで、大阪市北区若松町八―二角野守宛てになっており、大阪中央郵便局に回したところ、『受取人が宛てどころに尋ねあたらない』の付箋つきで返送されたもの。なお、内容品は川島のネーム入り背広上下ほか八点で、川島共平の家族をして被害品か否かを確認せしむべく、警視庁に連絡した」

［一月六日＝午前十時二十分開始］

留置場でクシとカミソリの使用を要求し、認められなかったので、「気が狂いそうだ」と言う。そのためクシのみ貸与すると、窓の外を見ながら、約十三分間の整髪。

「まあ、あわてなさんな」と笑いながら、断片的に供述するが、いずれも調書にさせない。

＊いちばん印象に残っているのは「あさの」のおかみで、ぜんぜん抵抗しようとせず、死ぬまでおれの顔を「先生、冗談でしょ」というように見つめていたなあ。

＊柴田種次郎は力が強かった。凶器を取り上げられて下敷きにされたが、畑千代子がくれた千枚通しで下から突いてとどめをさした。あれがなければ、こっちがやられていたよ。

＊馬場大八も力が強かったなあ。口に刺さった包丁を、自分で抜いて突きかかってきたので、少しやられた。手首の傷はそのときのものだが、すぐ治ったから、手配書を見ておかしかった。

＊栃木市でたった七百七十円の旅館代を払えんときは、情けなかった。詐欺というのは骨折り損のくたびれ儲けということ。殺しはたいした手間もかからず、確実に金になるからね。

接見禁止ながらも、この日も訪れた父親が差し入れた回転焼きを食べ、「これが好きでねえ」としんみりするので、「全面自供で安心させてあげなさい」と説得すると、「もう要らない、差し入れても拒否する」と、突如として憤慨する。しかし、父親の差し入れと手紙で、態度軟化のきざしあり。当分こちらの車で、父親の別府送迎を継続する方針。

連日報道陣が殺到して、本署の周辺は喧騒をきわめる。小職の自宅にも夜討ち朝駆けがあるが、箝口令を守る。警視庁より、押収品の「品川駅前交番拾得物預り証」に関して回答あり。

「昭和三十八年十一月二十一日午後九時二十五分、品川区大井山中町の教員・山田良雄（三十九歳）より、駅前の横断歩道で拾ったばかりだとフロシキ包みの届出があり受付。S巡査が預り証を作成し、ハンドバッグ一、現金五百八十一円入り女物財布一、手帳一、男物クシ一、手鏡一、ハンカチ一、チューインガム一、男物カフスボタン一、女物黒手袋一、タバコみどり一の計九点を預る。同巡査によれば、教員というので『中学校ですか』と問うたところ、『東大教授だ』と怒ったような声を出したといい、この拾得物に該当する遺失物届出は、現在のところない模様である」

［一月七日＝午前九時開始］

取調室に入るなり、「きょうも調書はダメだ。調書づくりを焦って、公判になって被告人と弁護人が、証拠として同意せなんだら、困るのは警察だろうが。そげんこつより、どこかで、これも榎津じゃという死体は出てこんかね」とうそぶく。

＊品川駅前交番に届け出たのは、浜松の「あさの」から持ち出したガラクタだ。ワニ皮のハンドバッグやマージャン牌は金になりそうだが、もう広島の米穀配給通帳は使えんから、身分証明書がわりに交番の預り証を用いることを思いついた。それと、おれの顔がどれぐらい売れたかを試すつもりじゃった。十一月二十一日ちゅうと、特別手配になった日だから、交番巡査の間抜けヅラがおもしろかった。
＊ついでにもう一件、教えてやろう。横浜では、警察を舞台に詐欺をやった。十二月初めに、売春の客待ちで連行された飲み屋のママさんを、伊勢佐木署でもらい下げてやり、翌日に「もみ消してやる」と金を持ってこさせ、いっしょに警察へ行ってドロンした。このときも刑事と何度も顔を合わせたが、だれも気づかないので自信を持ったよ。ウソだと思うなら、伊勢佐木町の「おけい」という飲み屋で聞いてみるといい。

この手柄話で機嫌がよくなったのか、十月十八日にタバコ集配車を尾行した自転車を捨てた場所について供述（苅田町の派出所前に、供述どおりの自転車あり）。押収されている訴訟関係書類については、「東京の弁護士会館で盗んだ、川島共平なんて知らんなあ」と。小荷物切符について追及すると、「汽車の中で拾った」と言うのみ。「新聞を読ませろ」と、くりかえし要求する。

警察庁と最高検の協議で、すべての事件を福岡地検で一括処理の方針がきまる。ただし、強盗殺人事件については、警視庁と静岡県警が、福岡県へ出張して取り調べ、東京地検と静岡地検へ事件送致し、両地検より福岡地検へ移送する。
先に異例の感謝電を受けた、玉名市の吉村一家は、東京に招待されて、警察庁長官から表彰を受ける由(夕刊報道)。

［一月八日＝午前九時十五分開始］
小職の顔を見るなり、「雑煮を食べたい」と言う。「ブリでだしをとり、シイタケをたくさん入れたのが好き」とか。「そんな贅沢を言える立場か、被害者の家族の身になってみろ」と説得する。馬場大八運転手は、勤務時間中の事故とみなされず、労災保険が適用されていない事情を告げると、「そんなバカな話はない、奥さんが気の毒だ」と怒りはじめる。
＊柴田種次郎を殺してから、着替えと包丁を買い、変電所裏で待っている馬場大八のところへ行った。「もうすぐ戻ってくる」と言うと、「五時になるのにおかしい」と疑いはじめたので、「そうだ、おれが殺したぞ」と包丁で突きかかった。運転席にいる馬場の頸動脈を狙ったが、はずれて頬に当たって、左から右へ突き抜けた。手前へ引くと、柄だけ抜けた。すると馬場は、自分で突き刺さった刃を引き抜き、両手で構えて突きかかってきた。
＊こちらはもう一本用意していたので、それで突き合いになったが、馬場は刃物を捨てて、「生命だけは助けてくれ、頼む、一人娘のためだ、あんたのことはだれにも

話さん」と、手を合わせて拝むようにした。包丁の刃をつかんだ掌が切れ、拝みながらポタポタ血を垂らしている。「よし、病院へ連れて行ってやる」と、タオルで両手を縛り、自分が運転席に座って、馬場を床に転がした。

＊スタートさせて、前面ガラスに血が飛び散っているのに気づいて、手袋で拭いた。走っているあいだ、病院へ連れて行ってもらえると思っていたのか、馬場はおとなしくしていた。しかし、生かしておけば自分の犯行とわかる。完全犯罪にするためには、殺すしかなかった。

以上、殺害の方法などを話して、「これでいいだろう」と、立ち上がって窓の外を見る。しかし、調書にしなければ証拠にならないと言い聞かせたら、「しかたない、署名する」と初めて認めた。調書化して読み聞かせると、「わかっておる、読まんでもいい」と叫ぶが、中断することなく読む。このとき被疑者は、顔を伏せて動かず。ふつう殺害を自供するときは、脂汗と涙と鼻汁で、顔面はぐじゃぐじゃになるが、榎津は表情を硬くしているだけ。しかも、驚くべきは、鼻唄を口ずさんでいる。小職が愚考するに、被害者の家族を救済したと、英雄気取りではないのか（殺したのはだれだ！）。

警察庁の捜査第一課長が、夕刻に本署に到着する。供述調書に本人が署名したとあって、取調班に特級酒の差し入れ。

前日の横浜市における詐欺自供について、神奈川県警に照会したところ、およそ次のような回答があった。

横浜市中区宮川町に飲食店「おけい」は実在し、経営者の矢野圭子（当五十年）は、被害を左記のとおり認めた。

昭和三十八年十二月一日午後十時すぎ、東大助教授の山田と名乗る三十八、九歳の男があらわれ、矢野の長女・葛西早苗（当二十八年）を相手に飲酒していた。十時三十分ころ、私服で巡回中の防犯課保安係員が、表にいた矢野を、売春防止法違反容疑（第五条・客待ち行為）で、伊勢佐木署へ任意同行した。そのとき山田と名乗る男は、「あとで警察へ行ってあげるから、正直に供述しなさいよ」と声をかけた。

十二月二日午前二時ころ、「山田」は葛西早苗の夫である勉（当二十二年）を伴い、伊勢佐木署を訪れた。同署の二階で取り調べを受けている矢野圭子のところへ行き、「ぜんぶ話したかね」と問い、葛西勉といっしょに、長椅子に腰かけて待機した。午前二時三十分ころ、矢野が帰宅を許されたので、三人で「おけい」へ戻り、「山田」は謝礼の意味で出されたビール一本を飲み、「東京へ帰れなくなった」と言うので、午前三時すぎに宮川町の旅館「山楽」へ案内した。

二人は「山楽」の二階洋間に落ち着き、矢野が「こんどは罰金五万円ぐらいを取られるだろう」と心配していると、「伊勢佐木署には知人がいるから、なんとかしてあげよう。しかし、手ぶらでは行けんなあ」と持ちかけたので、矢野は金策のために旅館を出た。

午前十時ころ、矢野が「山楽」へ一万円を持参すると、「山田」は旅館からもらった封筒に入れ、「伊勢佐木署　阿藤警部補殿」と表書きして、「これから行こう」と矢野を伴い、旅館を出た。伊勢佐木署に着くと、一人で建物のなかへ入り、五分ほどして玄関に戻った。待たされていた矢野は、「二階の防犯課の阿藤警部補のところへ行きなさい」と言われて赴いた。ところが、阿藤警部補は実在しないという。玄関へ引き返したら、すでに「山田」の姿はなく、逃走していることがわかった。

一月八日、矢野圭子、葛西勉・早苗の三人は、伊勢佐木署では、「東大助教授の山田と名乗った男は、榎津巌に酷似している」と申し立てた。伊勢佐木署では、十二月一日夜、矢野を取り調べた事実がある。任意同行したのはI巡査で、取り調べたのはK巡査だが、両人とも「男が榎津とは、ぜんぜん気づかなかった」と言っている。なお、「山田」は十一月二十日午後十時ころにも、「おけい」を訪れており、銚子二、三本を飲んでいることが判明した。

［一月九日＝午前九時二十分開始］

問いかけをはぐらかすように、「おれが殺したのは、行橋二人、浜松二人、東京一人、岐阜一人、北海道一人、山口一人の計八人だけどなあ」と言う。「東京の弁護士は知らんよ。やったのはタクシー運転手で、荒川に投げ捨てた」「岐阜のときは、バラバラ殺人だったから、発覚しておらんのかな」。それならそれで調書にしようともちかけると、「馬場大八だけ例外的にとらせてやったんだ」と拒む。そこで柴田種次郎の家族について聞かせたら、「おれは殺人魔だ、いちいち知るか」と激昂して、夕方までいっさい無言。

夕食は検事の同意があり、食べたがっていた雑煮を給与する。すると食後に、「雑煮がうまかったから」と、一気に柴田種次郎殺害について供述し、調書に署名する。ただし、凶器は明かさず。

福岡県警本部にて連絡会議（警察庁、警視庁、福岡県警、静岡県警の各首脳が出席）。遠隔の都県にまたがる事件のため、身柄の護送にともなう支障を考慮して、引き続き福岡県に勾留することを確認した。余罪の事件については、関東以北を警視庁、それ以外を福岡県警が担当する方針。

本日の夕食に給与した雑煮は、小職が家内を説得して作らせしめたもの。榎津は取調室を出るとき、「肩はまだ痛いですか」とささやくように問う。冷えこみで痛むも、「痛まぬ」と答える。投げつけられた牛乳瓶が、小職の肩に当たったことを知っていたのか。

［一月十日＝午前九時三十分開始］

留置場でカミソリを要求するも、電池式しか貸してもらえなかったことで、終日機嫌が悪く、調書はとらせなかったが、断片的に供述する。

＊十月十九日にナイター観戦で福岡市に泊まり、翌二十日は唐津市へ行き、競艇で七万円勝った。競艇場に近い旅館に泊まり、二十一日も十二万円勝って泊まり。

二十二日朝に佐賀市へ出た。長崎市の平和公園で目撃した者がいるそうだが、あんなところへは行かぬ。カトリック教会の告解については、言う必要なし。

＊佐賀市の文具店で、佐賀大学のバッジを買って胸につけた。岡山市で女学生が、「先生どうぞ」と電車の席を譲ってくれた。宇高連絡船の偽装自殺は、成功すると思ったんだがなあ。

警視庁より、「拾得物預り証」を利用した入質に関する回答あり。

「品川駅周辺の聞き込みで、マージャン牌、ハンドバッグなどを、入質しようとした男がいたとの情報あり。反復捜査したところ、田園都市線の下明神駅前の質店に、榎津が入質したことが判明。昭和三十八年十一月二十二日午前十時すぎ、マージャン牌、ワニ皮ハンドバッグ、男物背広上下の三点を、二千五百円で入質していたものである」

別府市より、父親が毎日やって来る。昨年九月、行橋市から妻に手紙があり、「出直したいからこちらで暮らそう」という内容だったが、父親は「バカ息子の気まぐれ」と反対して実現せず。「あのとき嫁を行かせていたら……」と号泣す。

［一月十一日＝午前八時四十五分開始］

柴田種次郎殺害の凶器は、住んでいたアパートの補修中の部屋に、工具類の箱があったので、そこからハンマーを持ち出したと供述。

＊マッカリが呑めると、張り切って先を歩く柴田さんを、背後からハンマーで一撃

すると、「こらあ、なんと心得るか」と振り向かれ、その顔面を滅多打ちにしたが、ゴムの柄が抜けて取り上げられて、組み敷かれてしまった。そこで下から千枚通しで突くと、力尽きたように倒れた。

素直に調書の作成に応ずるも、読み聞かせるとき、立ち上がって窓の外を向き、例の鼻唄。この心理は、まったく理解できず。しかし、刺激せぬ方針なので放置して、署名・指印させる。昨年九月の妻への手紙のこと、父親が後悔している旨を伝えると、「すべて運命。このバカ息子がすることだもんねえ、しょうのなかよ」とつぶやく。

佐賀県警より、唐津市における足取りについて回答あり。

「唐津市栄町の旅館『みつば荘』の宿泊名簿に、福岡市天神町・桑原正雄・三十九歳なる記名あり。十月二十、二十一の両日投宿した者が、榎津巌と思われる。二十日午後七時に訪れ、貴重品袋に黒色の財布を入れて預け、かなり多額の紙幣と見受けられた。二十一日午後十二時近く、バーの女給二人に送られて帰り、前夜と同じ二階四畳半に宿泊。二十二日は午前八時すぎ出発。したがって、その足で佐賀市のカトリック教会へ回ったものと思料される」

捜査本部に、凶器発見に用いる金属探知機が到着す。

［一月十二日＝午前十時二十五分開始］

本日は機嫌よく、唐津から佐賀へ出て、急行列車で岡山へ向かい、二十四日夜の連絡船偽装自殺までの足取りについて、調書作成に応ず。

［一月十三日＝午前九時四十分開始］

畑千代子と千枚通しの関係について供述。「殴ったことはあるが、十万円の恐喝はウソだ」「肉体関係が生じてから、女が積極的になり、逃げようと持ちかけ、その資金のために計画した」「千枚通しは、女が持ってきた」「井野一なんか知らん。共犯を持ちかけたことはない」とくりかえす。また、馬場大八殺害に、手錠は使わぬと強調す。

警視庁より、新たに判明した詐欺について連絡あり。

「昭和三十八年十二月二十日午後三時三十分ころ、中野区東中野三―六無職・川上シノブ（当四十八年）が、恐喝未遂で淀橋署に勾留中だった同人の三男・陽三（当二十一年）の内妻・大郷章子（当二十三年）を伴い、千代田区霞ヶ関一―一東京地方裁判所において、受付係に質問しているのを見て、「私は保釈専門だから」と、弁護士・三戸部顕治なる名刺を渡し、「顔がきくから簡単だ、二万八千円用意しなさい」と申し向け、同女をして誤信せしめ、同所で現金一万円を交付させ、さらに二十三日午後二時三十分ころ、保釈手続きの名目で現金一万八千円を交付させ、合計二万八千円を騙取したのは、榎津巌と断定される。断定できるのは、実在する三戸部顕治は、そのような手続きの依頼を受けておらず、同月十九日午後、中野区中野一―三の事務所に、栃木市のタクシー会社経営者なる人物が、民事依頼として訪れた際に、三戸部が名刺を交付している事実、東京地裁の実況見分による関係者の証言、二度にわたる川上シノブへの受領紙片を鑑定したところ、筆跡が一致したためである」

［一月十四日＝検事調べ］

［一月十五日＝午前九時四十分開始］

玉野市から静岡県へ向かい、広島市に至るまでの足取りについて供述す。調書の作成に応じ、雑談的に「広島駅前の旅館に泊まったとき二百円くらいしかなく、朝出るとき請求されたらどうしようかと、ドキドキしてなかなか眠れなかった」と語る。

警視庁より連絡のあった詐欺事件については、大筋において認める。「川上シノブから一万円だけ受け取って、残額は十二月二十一日午前九時に持参させる約束だったが、ちょっと都合がつかず行けなかった。こちらから連絡しようにも、住所を聞くのを忘れていたので、淀橋署へ電話して担当刑事を呼び出したら、『先生、早く出してやってください』と、おふくろの電話番号を教えてくれた。その番号にかけたら、『事務所へ電話をかけたら、三戸部先生は熱海へ出張と言われました』と不審に思っているようなので、『そうだ、熱海からかけている』と、二十三日午後二時半に待ち合わせた。ひょっとしたらバレたんじゃないかと不安だったが、思い切って残りの金を取りに行った」

［一月十六日＝検事調べ］

吉村家の四人が、日航機で昨日上京。本日、警察庁長官表彰で、ちか子ちゃんに日本人形、寛淳氏に新設の警察協力章を、国家公安委員長より授与さる（夕刊報道）。

殺人魔榎津巌を、松竹にて映画化決定。シナリオライター四人が、全国各地へ分散して派遣された（夕刊報道）。

［一月十七日＝午後三時開始］

午前中は検事調べにつき、午後からになった。非常に機嫌が悪く、「押収品がぜんぶ被害品とは限らん。なぜ、還付請求を認めんのか」と憤慨している。

＊いままで話した行橋事件は、ぜんぶ正確ではない。だいたい、こんな大きな事件なのに、ありふれた殺しと同じように考えて取り組むのは甘いぞ。しかし、せっかくの調書を作りかえるのも面倒だろうから、このままにしておいて、法廷で引っくり返すのが楽しみだな。

［一月十八日＝午前九時十分開始］

発見領置中の証拠品の確認をおこなわせたところ、自転車（尾行用のもの）、背広とクツ（偽装自殺の遺留品）、ボストンバッグ（福岡市の旅館遺留品）について、いずれもまちがいないと認める。

＊長崎市の平和公園で会ったという男は、岩国と福岡で同房だったから知っているが、なんでおれが行きもしないところへ行ったと、デマを飛ばすのか。おれは唐津にいたのだから、大ウソつき野郎め。対決させてみろ、とっちめてやるから。

行橋事件の取り調べが終わり次第、北九州市の八幡署へ身柄を移監する決定。福岡地検小倉支部に近いから便利がよいとの理由だが、行橋署では取り調べに連れ出すたびに、報道陣との接触が避けられず。ために八幡署では、地下保護房を取調室に改造中の由。行橋労働基準監督署が、「馬場大八運転手も勤務中の災害とみなす」と、保険適用を認めた（朝刊報道）。

［一月十九日＝午前十時開始］

逃走後の足取りについて、再度の取り調べ。静岡事件、東京事件の取り調べを待たねば詳細は確認できぬが、およそ次のように浮かんだ。

福岡市――唐津市――佐賀市――岡山市――玉野市――高松市――浜名郡――浜松市――岡崎市――蒲郡市――広島市（テレビ詐欺）――徳山市――岩国市――京都市――沼津市――浜松市（貸席強盗殺人）――静岡市――浜松市（電話入質に引き返す）――横浜市――東京――土浦市――横浜市（かご抜け詐欺）――船橋市――千葉市（罰金・保釈金詐欺、弁護士名簿窃取）――平市（弁護士バッジ窃取）――原町市――苫小牧市――沙流郡（旅費詐欺）――東京（見舞金・保釈金詐欺、弁護料詐欺）――宇都宮市――湯河原町――宇都宮市――前橋市――栃木市（宿泊費踏み倒し、寸借詐欺）――東京（弁護士強盗殺人、保釈金詐欺二件、供託金詐欺）――横浜市――大阪市――豊橋市――玉名市（年賀ハガキ窃取）。

＊女には不自由せなんだな。初めのうち金で買ったが、浜松で浅野ハルが「先生、今夜からムダ使いやめたら？」とナゾをかけてきてからは、買わずにすむばあいは買わず、タダで使わせてもらうことにした。ということは、余計な犯罪を起こさずにすんだ面もあるわけだ。しかし、女がいるから犯罪を起こしたわけでもあり、どうもわかりにくいな、女は魔物だよ。そこで一句浮かんだぞ。「犯罪の 前後左右に 女あり」。

＊北海道の日高線だったかな、向かいの席にいる上品な若奥さんが、むずかる四歳の坊やを叱りつけたときには驚いた。「そんなわからない子は、殺人魔にあげちゃいます」「いやだ、榎津のおじちゃんは怖いよ」。ぴたりとおとなしくなったから、「坊や、お利口ちゃんだね」と、チョコレートをあげようとしたけど、どういうわけか受け取らんのだな。複雑な気持ちだったよ。

＊湯河原温泉へ行ったのは、宇都宮の旅館の女を連れ出したからだ。二十歳くらいの素直な娘じゃったなあ。送って行くと言うても、「帰りとうない、どこか遠くへ連れて行ってぇ」と、離れんのだ。よっぽど「遠くへ連れて行ってやろうか」と思うたが、「あんたの人生はこれからじゃないか」と励まして帰した。別れる晩は、

こっちも涙が出たなあ。何発やったか？　そげな下品な話は好かんよ。そっちで想像してくれ。

警視庁照会の十二月七日に東京湾で死体が発見されたタクシー運転手殺し（十一月二十七日から行方不明）について、被疑者は自分の犯行と匂わせていた。しかし、十一月二十五日から三十日までは、茨城県土浦市の旅館に、論文執筆の弁護士として滞在し、夜間はまったく外出しなかったことが確認されたので、無関係と判明。同人のハッタリと思料される。

愛知県警および大阪府警照会のバラバラ事件についても、被疑者は自分の犯行と匂わせていたが、十一月十八日午後七時三十分、名古屋駅の新幹線工事現場の近くで発見されたノコギリ切断の右足、翌十九日午前一時二十分ころ、大阪市生野区の路上で発見された同一人物とみられる左足の状況をくわしく知らず、そのころ浜松市の貸席に滞在中でもあり、無関係と断定した。

［一月二十日＝午前九時十五分開始］

補足的な取り調べのみ。本日をもって行橋事件の取り調べを終了し、二十三日付で起訴（強盗殺人および殺人罪）の予定を察知してか、「まだまだ、調べ足りんぞ」と言う。

＊おれをどこへ移すのか。静岡でも東京でも、移せるものなら移せ、途中で鎖を引きちぎって逃走してやるぞ。それとも静岡や東京から出張してくるのか。来てもか

まわんが、覚悟するように伝えてくれ。行橋事件だけでも、これだけ手間を取らせたんだ。静岡県警や警視庁の連中に、すんなり供述したのでは、あんたらに申し訳ないからな。心配せんでくれ、さんざんな目にあわせてやる。おれも九州男児だ。

この日検事が、以前より被疑者が希望していた手記の執筆を、許可する旨を伝えた。

［一月二十一日＝取り調べなし］

手記を執筆させるために、留置場から取調室へ。すでに前夜、おおかたの構想を練ったといい、一気にボールペンを走らす。昼食のとき、雑談的に言う。

「検事のハラはわかっている。手記を書かせて、起訴状の参考にしようというんだろう。しかし、そんなことはどうでもいい。おれの人生の三十八年間をふりかえってみて、こんどの逃走七十八日間が、いちばん充実していたと思っておる。だからそれを、正確に記録する。これだけ世間を騒がせた事件だから、後世に語り伝えられるだろうし、小説に書く奴がいるかもしれんが、三文小説家にデタラメを書かれても迷惑だからな、自分で書いておく。あんたには世話になった、玄関で痛い目にあわせたし、雑煮の味は忘れられん。手記が完成したら、あんたに上げよう。どこか週刊誌に言えば、喜んで買うんじゃないか。一儲けしてくれ」

被疑者の逮捕時に所持せし十字架は、領置されていたが、手記執筆に際して身につけておきたいと、強く希望する。首飾りになっているので鎖をはずし、十字架は飲み下すなどの事故があれば危険なので、ノートの表紙に木綿糸で縫い付けることになった。

　小職に読み聞かせし和歌四首。

　　老いたる父の文　吾に告ぐ
　　　償いは死ではなし　生ける者の神への義務と
　　差し入れを許可されぬ　身を案じし父
　　　許可あれば急ぎ知らせよと　今日も文にて
　　罰くだり　たとえ死刑でも悔いはなし
　　　いまはただ家族の幸せを　マリアに願うなり
　　永遠の生命を天国へ　正しき裁きに導かれ
　　　処刑の日は遠からん　冷たき壁に手記残すなり

「福岡刑務所拘置支所で雑役だったころ、死刑囚の世話をしていたからね。あそこには絞首台もあって、雑役は刑場の掃除もせねばならん。だから絞首台がどんな仕掛けになっておるか、おれはもう知っているんだ。十三階段を昇って縄をかけてバターンということになっておるが、実際はそうじゃない。ふつうに歩いて行って、床がすぽっと落ちる。ぶら下げられる場面は見ることができんかったが死体の片づけは何度もやらされたよ」

「死刑囚はたいてい、解剖して研究に役立ててくださいと申し出ておるから、九大病院へ運ぶんだ。おれはトラックに積み込むまでやったが、重いねえ死体というのは。怖いなあと思うのは、いつ来るかいつ来るかと、執行を待つ気持ちを考えるときだね。ふつうの受刑者は、物音に敏感だよ。廊下の鉄扉を開ける音、足音などでいろんなことがわかる。課長巡視だとか、懲罰房行きの迎えとか。しかし、死刑囚はそんなんじゃない。廊下のカギの開けかたで、どの看守か見当がつくし、足音になると百発百中らしい。だから、ある日そうでない物音、いつもとはちがう足取りとわかると、おやっと思うらしい。看守も人間だからね、連中だけ前もって知らされて、ポーカーフェースで通しても、カギを開ける手つき、廊下の歩きかたで、つい気持ちの変化を出す」

「だれだ、だれに迎えがくるのだなんて、死刑囚は雑役にまでしつこく聞くよ。そして気にしていたとおり、ある朝に迎えがくる。だいたい月曜日が多いね、午前八時か八時半ころ五、六人の足音が混じって近づく。死刑が確定すると、法務大臣は六カ月以内に執行命令を出し、刑務所は命令から五日以内にぶら下げにゃならん。しかし、たいてい六カ月以上ばかりだからね。古いほうから順送りとは限らんので、全員に可能性がある。ピーンと空気が張りつめて、さあ、どの房の前で足音がやむか。そして『○○君、まことに残念ながら君を送らねばならん』と所長が声をかける」

被疑者が小職に、「正直いうて、やっぱり、いまから恐ろしいもんなあ。そのことを考えたら、どげでもなれ、取り調べもくそもあるかと、気持ちが乱れるタイ。わかってくれるじゃろ?」と問う。そこで「榎津君、その気持ちはわかるが、まだ死刑ときまったわけじゃない。裁判があるじゃないか」と小職が答えたら、突然テーブルを押し倒して喚《わめ》く。「野郎、言うたな！　気持ちがわかるとはなんだ。わかってなんかおらん。おまえら気休めを言うて、なだめすかして、調書をとることしか考えておらんじゃないか。ええか、よう聞け。おれは殺人魔と言われた榎津巌じゃ。この大悪党が死刑にならんで、だれが死刑になる？」

［一月二十二日］

本日午前十時、被疑者は北九州市八幡区へ身柄移監。八時五分、小職が早めに出勤すると、留置場看守より、「朝から榎津が会いたがっている」との連絡あり。上司の許可を得て行く。一号房の被疑者、わずかな備品をすでに整理し、「電気カミソリながら髭もあたってさっぱりした」と笑顔で迎える。

以下、五分足らずの会話を記す。

被疑者　きのうはすまなかった。あんたに当たり散らすことはなかったと反省しとる。

小職　それで呼んだのか。

被疑者　そうだ。別れる前に、ひとこと詫びておきたかった。

小職　そのことならいい、気にしないでくれ給え。

被疑者　ありがとう。シイタケの雑煮はうまかった。肩はまだ痛むか。

小職　もう、なんでもない。君も、達者でな。

被疑者　死ぬまで達者でやるよ。
小職　達者はいいが、あまり取調官を困らせないでくれよ。
被疑者　（笑って）承っておく。
小職　じゃあ、仕事があるから。あとで見送るよ。
被疑者　それで、あんた、逮捕の日のことだが、博多まで迎えに来たよな。
小職　そうだよ。
被疑者　トンネルの前で一発かまされたな。「それでも人間か」と。憶えとるじゃろ？
小職　鼻唄なんか歌うけんタイ。
被疑者　鼻唄か……。
小職　ちがうのか。
被疑者　いや（と笑う）。
小職　あれはなんの歌やろか。あとで皆で話したが、わからんかった。
被疑者　聞かそうか、別れに。
小職　やってみてくれ。
被疑者　いや、やめとこう。
小職　それがよか、もう歌うなよ、あげなときに。
被疑者　わからんバイ。ぶら下がるとき、あれをやりながら行くじゃろうな。

小職　ほかに話のなかなら、ぼくは仕事があるから。
被疑者　はい。
小職　くどいようだが、素直にな。
被疑者　わかりました。

以上。

34――春

昭和三十九年一月二十三日、榎津巌は、福岡地方検察庁から、福岡地方裁判所へ、強盗殺人、殺人罪で起訴された。

一、被告人
本籍　大分県別府市南町三八三番地
住居　不定
職業　元自動車運転手
強盗殺人、殺人（勾留中）榎　津　巌
大正十四年十二月十四日生（当三十八年）

二、公訴事実

被告人は、福岡県行橋市で自動車運転手として稼働していたが、婦女の歓心をかうため、多額の預貯金をしているとか、実家は別府で旅館を経営して裕福であるとか申し向け、そのため融資の相談を受けるなどしていたが、実情は生活費、遊興費に窮しており、この金策のために、前に勤務していた行橋通運のころ、専売公社タバコ臨店配給にトラックを運転し、集金人が常に数十万円を携行することを知っており、これを殺害して公金を奪うことを企図し、昭和三十八年十月十八日午前九時ころ、専売公社行橋出張所へ職員の柴田種次郎の家族と名乗って電話をかけ、同人が京都郡苅田町方面へ出たことを確かめ、千枚通しとハンマーを携行し、苅田町内に停車していた行橋通運のトラック(馬場大八運転)に言葉巧みに便乗して柴田種次郎に近づき、「パチンコをしよう、知り合いのところで呑もう」と誘い、

[第一] 午後三時ころ、同人を苅田町竜王寺裏台地において、ハンマーで頭部を乱打し、さらに千枚通しで胸部を突き刺すなどして殺害し、タバコ売り上げ代金のうちから、二十六万八千八百九十円くらいを強奪した。

[第二] さらに被告人は、証拠隠滅をはかるため、自動車運転手の馬場大八を殺害する目的で、午後三時二十分ころ、苅田町内で包丁二本と背広上下と軍手一足などを買い求め、「柴田は呑みすぎている」と架空の事実を申し向け、午後五時三十分ころ、包丁をもって同人の顔面を刺してトラックを奪い、京都郡の仲哀トンネル内で午後六時三十分ころ、手鉤で顔面に打ちかけタオルで両手首を縛って殺害したうえ、午後七時ころ、死

体を田川郡香春町へ運び、稲田に遺棄したものである。

一月二十四日午前九時、被疑者から被告人になった榎津巌は、起訴状謄本を八幡警察署で受け取った。検察官は勾留できる二十日間で起訴したのであり、柴田種次郎を被害者とする強盗殺人、馬場大八を被害者とする殺人が、罪名であった。

裁判所から書留で郵送された封書は、八幡署の受付が代理人として預かり、監房の被告人は差入品受領カードに鉄柵越しに拇印を押して、看守から受け取った。行橋署のときと同じように、看守の席から正面の一号室にいる榎津巌は、弁護人の選任についての書類を受け取った。起訴状の封筒を房の奥へ投げ捨てたあと、彼はあぐらをかいたまま、その用紙を見つめていた。四畳半ほどの房に独居で、扉の名札に「強殺等　榎津巌三十八」とあり、午前八時の点呼のとき、留置人は正座して「はい」と答えることになっているが、あぐらをかいたままだ。

「弁護人の選任は、早いうちに出したがよかろうごたる」

看守が房内の様子をうかがいながら、榎津に声をかけた。この監房係巡査は、一号房の留置人との接触に専念すればよいことになっている。

「心当たりでもあるか」

「おれが弁護士なのに、他人に依頼するのも、おかしな話じゃな」

「ああ、そうやった」

急いで笑ったのは、ときどき飛ばす冗談が、ようやくわかりかけてきたからだ。監房係は二十四時間交替だから、偶数日勤務の彼は、これで二日目の接触になる。いまの発言も書くべきだろうか、榎津の言動は記録することになっている。

――六時起床、七時朝食、八時点呼。いちいちサイレンを鳴らす留置場も珍しかと思うたら、製鉄所のサイレンじゃったのか。地下におってもこげんうるさいのに、八幡の人間はよう黙っておるもんじゃ。

――考えてみると、おれの犯行も悔いが残る。行橋事件はともかく、あとは抵抗する力もない女や爺さんを殺した。なんで警官を狙わんかったのか。その反省に立って、ぶら下げられるまで、かならず警官を一人殺す覚悟でおる。

――次は静岡県警から取調官が来るんだろうが、まず身分証明書を出させて、目の前でビリビリに破ってやる。

監房係巡査の「榎津巌の言動」には、細大漏らさず記入するよう命じられている。静岡県警本部と浜松中央署から出張した四人の刑事は、午後からの取り調べに備えて会議中で、ノートはその席に提出されている。

「書くものを貸してくれ」

「あ、はいはい」

看守は制服の胸ポケットから、ノック式のボールペンを抜き、掌に乗せて注意深く差し出した。用便のとき、ちり紙の渡しかたが気に入らないと、十数分も喚かれたりする

ないからのようだ。

一号房の留置人が手を振ったのは、この時刻にわずかに射しこむ日光を、遮られたくないからである。

「おおきに。もう行ってよかぞ」

洞海湾に面した三階建て煉瓦造りの警察署は、裏から見ると四階建てで、留置場は半地下になっている。ノーネクタイの背広姿で、肩にオーバーをかけている榎津は、渡された紙片にまだ見入っている。それが看守には、新しい犯罪を準備するように見えなくもない。どこかの房から、「担当さん、担当さん」と、用便でも訴えるのか遠慮がちな声がしているが、榎津係の看守は構わずに、炊事場などがある保護房のほうへ歩いた。きょうから始まる静岡県警の取り調べは、ここでおこなわれる。もともと保護房は、少年を収容するためにある。一般の留置人と隔離するための房だから、正面は素通しの鉄格子ではなく壁と鉄扉で、取調室として機能するはずである。

「担当、担当！」

すでに机も運びこまれた保護房を、扉の覗き窓から見ていた看守は、その声は自分を呼ぶものだとわかった。

「あ、はいはい」

どうしてこんな答えかたになるのか、なんとかしなければならない。そう思いながらも、小走りになった看守に、一号房の留置人は、紙片とボールペンを渡した。「弁護人選任に関する回答」とある用紙には、三つの答えが用意されており、〇印を付すことになっている。
一、私の方で弁護人を選任します。
二、弁護人の必要がありません。
三、貧困のため弁護人の選任ができないから、裁判所のほうで選任してください。
しかし、榎津巌は、用紙に署名をしているけれども、三つの回答いずれも抹消していた。

「どげん意味かね、これは？」

「あんたにゃ、関係なかろうが。それよりも、まだ差し入れを認めんのは、どういうわけか。こげな人権無視はなかぞ」

「うーん。どげなっちょるんかねぇ」

とりあえず看守は、調子を合わせておくことにした。行橋から移監のとき、行橋署長の差入品も送られているが、まだ本人に交付していない。『愛は神なり』という本で、そういえば今朝方に速達で届いた小包も本のようだった。

「なに、本が来ちょる？」

「内容はわからんバッテン」

「だれが送ったとか」

「玉名市の坊さんのごたる」

「吉村寛淳か？」

「たぶん……。わしは確かめておらん」

このとき看守は、口をすべらせたのではないかと、取り消す方便をあれこれ思案しなけれぱならなかったが、榎津巌は黙りこんで、鉄格子の外の日射しに、ぼんやり視線を向けていた。

熊本県玉名市の教誨師一家にとって、この年の最初に迎えた客は、とても大きな土産をくれたことになる。

ちょうど二十四時間の滞在だったが、詐欺の舞台にふさわしくないと気づいて立ち去りかけた榎津巌が残した品物は、清酒二級〇・三リットル瓶一本だけだった。夕食のとき出された銚子を、一口だけ呑んで固辞していながら、やはり寝酒が必要だったのだろうか、駅の売店で売っている瓶の半分を呑んでいたが、この遺留品は任意提出してそれきりだから、吉村家には関係ない。

しかし、犯罪史上まれにみる凶悪犯人の逮捕に協力したことで、警察庁長官の金一封（五万円）をはじめ、数多くの賞章にあずかり、一家の経済的窮乏は、にわかに好転した。

そしてなによりも、一連の報道によって、福岡刑務所にいる二人の死刑囚の救援運動が、クローズアップされたからである。

最初の殺人事件から七十八日間、特別手配になって四十三日間、さらに犯行を重ねながら逃走した榎津巌を捕らえるきっかけをつくったのが十歳の少女とあって、吉村ちか子は、正月休みが終わってからも取材の大人たちにつきあわされた。

逮捕直後に報道陣が殺到したとき、もっぱら彼女がカメラの前に立たされたし、昭和三十九年一月五日、熊本県警本部長の表彰を受けるために熊本市へ行ったときも、セーラー服もズック靴も買ってもらい、彼女が主役だった。一月十五日、両親と弟と四人で福岡空港から東京へ向かったのだが、この官費旅行のあいだ、どこへ行っても大人たちに取り囲まれた。

一月十六日の表彰式は、霞ヶ関の人事院ビルの国家公安委員長の部屋でおこなわれ、警察庁長官から大きなオルゴール付時計、全国防犯協議会連合会からフランス人形など、吉村ちか子は多くの記念品をもらった。昼食のあとは東京見物で、東京タワーや明治神宮を回ったが、楽しみにしていた「はとバス」ではなく、黒塗りの乗用車が用意されていた。その三日後は歌舞伎座招待で、楽屋へ行ったら楠木正成役の市川団十郎が、一家と並んでポーズをとった。歌舞伎座のオーナーもやってきて、なにかとサービスにつとめ、彼女には舞扇、弟には武者人形を贈った。しきりに「絵になる、このままでもいける」を連発したのは、彼が所有する映画会社が着手している重要凶悪犯人をモデルにした映画のクライマックスシーンのイメージだったのである。

父親は東京に滞在中に、国会へも出向いた。このときは表彰ではなく、参議院法務委員会へ参考人として招聘《しょうへい》されたからだ。つい数日前に、「警察協力章」なる勲章をくれた顔ぶれも混じる席で、およそ次のような発言をした。

「私は今回の警察の措置に、大きな憤りをおぼえるのであります。二十四時間にわたる犯人との生命を賭した対決のあいだ、警察はなんら有効な手段を講じなかっただけでなく、逮捕後にみずからの失態を糊塗《こと》すべく、許しがたい策動をおこないました。具体的に申しましょう。任意同行で榎津巌が取り調べを受けはじめたとき、私は参考人として出頭を求められました。よろしい、逮捕の手順にお役にたつのなら、喜んで供述しましょうと、一睡もせずに恐怖と闘って疲労その極に達した身体を運んだのでありますが、あてがわれた部屋は火の気のない取調室でありました。

そこでパンと牛乳の朝食を与えられはしたものの、実に三時間以上も、調書をとられたのであります。尋問の内容たるや、連行された犯人逮捕の決め手をつかむための真摯なものならともかく、私の一身上の事柄におよぶもので、この尋問が私を拘束する目的であることに、ようやく途中で気づきました。なぜ警察は、逮捕協力者にこのようなかたちで報いたのか。強く抗議して、取調室から解放されてわかったのでありますが、このとき県警本部長の談話は終わっており、いかに警察が榎津巌の逮捕に万全を期したか、得々と語られていたのでした。

この本部長談話たるや、私どもから通報のあった直後、すみやかに緊急配備して、張り込みは内に二人、外に数人といった、およそ事実と遠くかけ離れた内容だったのであります。帰宅してみると、妻も事情聴取と称して、書斎に軟禁状態でありました。押しかけた報道関係者に応対しているのは、十歳のちか子ただ一人でした。吉村一家が必死に凶悪なる犯人と闘っているあいだ、漫然と手をこまねいていた警察は、逮捕の手柄をフレームアップせんがため、通報の直後から刑事二人を家のなかに張り込ませ、犯人の逃亡をふせぐとともに、家族の安全を守ったと、世を欺いたのであります。私どもが抗議するや、「隠密裏に内張りをおこなった」と強弁し、なおも砂上に楼閣を築こうとする。これはなぜなのか。これは警察の威信なるものを誇示せんがためで、同時に私自身への警察の作為のゆえであります。

榎津巌逮捕の報道を、記憶しておられる向きは、その場所が「元教誨師宅」とあることを、思い出していただけるはずです。しかし、私は決して「元」でも「前」でもなく、なお現在も、福岡刑務所の教誨師であります。にもかかわらず、なぜこのように伝えられたかを申し上げれば、逮捕直後に警察が、そのような肩書を、故意につけたからであります。昭和二十七年に委嘱されてから、私は微力ながら宗教教誨師として、ひたすら務めて参りました。そうして二人の死刑囚と、運命的な出会いをしたのであります。この死刑囚こそ、「福岡事件」と呼ばれる、戦後まもない混乱期に、強盗殺人の汚名を着せられて、誤れる裁判の犠牲になり、獄につながれること十七年間、いまも裁判のやり直しを訴え続けている二人であります。

私は彼らの叫びが真実であることに気づき、その救援に立ち上がりました。ところが当局は、真実を求めて正義を具現すべく救援をはじめた私を忌避し、教誨師として刑務所に出入りすることを妨害しました。それが真相であり、再度申し上げますが、私は「元」でも「前」でもなく、現在も教誨師なのであります。さて、しからば「福岡事件」とはなにか、その救援活動とはどのようなものか。このたび奇《く》しくも、警察庁特別手配の重要指名被疑者が立ち回ったのも、それ故でありますから、ここで明かして参考に供したいのであります」

参議院法務委員会は、刑事警察の脆弱《ぜいじゃく》さを追及するために、吉村寛淳を参考人として、野党側が招いた。その供述は、昭和二十二年五月、占領下のずさんな捜査で、冤罪を生んだとする「福岡事件」をアピールすることが主眼になり、教誨師は目的を達した。ある大手出版社は、死刑囚と教誨師のかかわりを、一冊の本にする企画を立て、吉村寛淳は執筆を承諾した。

東京から帰っても、吉村一家は多忙だった。父親は五月上梓が目標の出版社にせきたてられ、五百枚を書き下ろす作業に集中しなければならないのに、週刊誌や婦人雑誌などの取材が相次いだ。このため十歳の娘が、父親に代わって引き受けた。映画会社の企画は、北海道から熊本まで、モデルの犯罪者の足跡を忠実にたどる趣向で、シナリオは完成した。オールロケーションとあって、玉名市立願寺で吉村家をそのまま撮影場所にする話し合いもついた。

このような多忙のさなか、捕らえられた被疑者が、行橋市から北九州市へ移された記事が目に入り、教誨師はかつての定期刊行物「たんぽぽ」のバックナンバーを郵送することを、思いついたのであった。

映画『一億人の眼』のシナリオは、昭和三十九年二月初め、決定稿ができた。四人の脚本家が共同執筆したもので、印刷されたシナリオの冒頭に、制作意図が述べられている。

＊この世から犯罪をなくすることは不可能であろうか。私たちは、この犯罪をテーマとした映画の中で、人間が人間をみつめる一ときを、自分が自分の人生をふりかえる一ときを作り出したい。その一ときが、この世から犯罪をなくすための一助となるように……。

シナリオ執筆者でもある三十二歳の監督は、この映画が第一回作品となる。熊本県の温泉で重要凶悪犯人が逮捕されたことは知っていたが、特に興味を示すこともなく、正月休み明けに出社したら、いきなり社長から「君のデビュー作がきまったぞ」と言い渡された。助監督として入社したのが七年前で、同期生のなかには二十代で監督デビューし、「日本のヌーベルバーグ」として話題を集めた者もいるが、彼のばあいは巨匠と呼ばれる監督の下で働くことが多く、その助監督としての仕事よりも、脚本家として評価されていた。中国大陸を舞台にしたベストセラー小説の脚色が代表作とされており、この反戦映画は大当たりだった。彼は志望どおり、監督としてデビューするためにいくつも企画を出していたが、興行成績が期待できないという理由で葬られ続けて、思いがけず監督昇格のチャンスが訪れたのだった。

社長自身が自ら企画した映画は、最初から題名もきまっていた。天網恢々疎《てんもうかいかい》にして漏らさず……。社長は『一億人の眼』という題名も気に入っているようで、話題性が熱いうちにと四月第一週の公開予定なのである。この会社は三十数年前に、現実の心中事件を映画化して、大成功をおさめたことがあった。現実の殺人事件を映画化するのは初めての試みだったが、あるいは戦前の心中物のように大当たりするかもしれないと、社長はきわめて熱心なのだった。

三十二歳の監督は、訪れたチャンスに気持ちは昂っていたが、与えられたテーマについては当惑していた。三週間のうちに取材し、決定稿にこぎつける作業は、この業界ではとりたてて珍しいわけではない。彼よりも年齢の若いライター三人との共同執筆で、立願寺温泉の吉村家から始まり、吉村家で終わる百八十二場面のシナリオは、それなりにまとまったけれども、現実の事件をなぞるだけの作業に、なにほどの意味があるのだろうかと、迷い続けていたのである。彼はその迷いを吹っ切るために、協力者たちにくりかえし言った。

「キワモノにはちがいないが、撮っているうちに、きっとなにか掘りあてるさ」

キャスティングの腹案もほぼまとまりかけたころ、三十二歳の監督は社長に呼ばれた。社長室の机には、彼の監督デビュー作になるはずのシナリオが置かれていたが、用件は社長宛の手紙についてだった。

「映画化を中止しろというんだ。榎津巌のおやじさんからだよ」

「ほう、抗議文ですか」

「嘆願書というんだな。抗議文なら放っておけるが、ちょっと弱るよ」

社長宛の速達を読んでみると、なるほど最初に「嘆願書」とある。映画化と聞いて定時制高校一年生の孫が、非常にショックを受けている。逃走中の報道や手配ポスターは、逮捕するために当然だとしても、すでに獄につながれて裁きを待つ父親には、これから社会的制裁が加えられるのだから、家族まで罰するのは許してほしいという内容だった。

「映画が家族まで罰するのですか」

「要するに、そっとしてほしいということだろう」

「そんな映画じゃないですよ」

「そうだとも。だからさっきも、新聞社からの電話に答えたんだ。あくまでもフィクションであって、事実そのままじゃない。制作意図も、国民生活に害をおよぼした者は、かならず罰せられることを教えるところにあり、犯人の家族が冷たい眼でみられる風潮は、むしろ批判するつもりである、と」

重要凶悪犯人の父親の訴えは、映画会社の社長へ手紙を書くだけでなく、公的機関へも持ちこまれていた。新聞社からの電話は、大分地方法務局と大分県人権擁護委員協議会連合会が調査にのりだし、人権事件として正式にとりあげる動きであることを知らせて、映画会社の見解を求めたものだった。それによると、大分県人権擁護委員協議会連合会が父親から事情を聴取し、「法務省を通じて映画のシナリオを入手して検討し、家族の人権を傷つける内容のばあいは、人権擁護の観点から制作中止の行政勧告をすることになるだろう」と言っており、人権擁護委員の代表は、「榎津巌の罪は本人だけの問題であり、映画化は家族の人権を侵害する。強行すれば映倫に持ちこんで規制してもらうしかない」との態度だという。

「行政勧告とか映倫規制とか、表現の自由にかかわる大問題です。なんだって高飛車に出てくるのか、ふざけているじゃありませんか」

「人権擁護のためだとさ」

「しかし、表現の自由も基本的人権ですよ。それに家族は、映画に出てくるわけじゃない。映画化されるのが、精神的な苦痛というだけのことです」

「そんなところだろうな」

「法務省なんてところが、早く反応しましたね。吉村家の死刑囚に対する再審運動に比重がかかっているシナリオだから、連中にとっては愉快な作品じゃないでしょう。だけどぼくとしては、そのような次元の批判に、十分に耐え得る作品だと思います」

「それはいい。ただ問題は、当たるかどうかだよ。君どうなの、自信あるかい？」

昭和三十九年二月十五日、別府市の榎津巌の実家に、映画化中止のニュースがもたらされた。映画会社が「商業主義のために、人権侵害もあえてすると思われては心外」という理由で制作を断念したと、さっそく知らせたのは女性週刊誌の記者である。「この家族の人権を守ろう」というキャンペーン記事の取材中だといい、前夜に肉親がどれだけ傷つけられるかのコメントをとったばかりだった。映画化だけでなく、テレビ会社もドラマ化の企画があると教えられ、六十四歳の父親は記者に訴えた。

「巌は五人も殺したのです。その悪を罰するために映画は作られるのでしょうから、家族としては口が裂けても、中止を訴えるようなことはできません。映画でもテレビでも、息子の悪行を国民に見せつけるがいいと仰られると、身をそがれる思いでも親は耐えるしかありません。しかし、孫たちのことを考えると、甘えた言いかたになるのを承知で、お願いせずにはいられないのです。できることなら、ご同情をいただいて中止していただきたい。どうしても映画にすると仰るのなら、孫たちの将来を十分ふくんだ内容にしていただけないでしょうか」

逃走中の父親から、血染めの紙幣と、トランジスターラジオを小包で送られた長男は、昼の勤めと夜の学校へ、勇気をふりしぼって通った。しかし、逮捕後に映画化の話が伝わって、急にショックを受け、会社と学校へ行くのをやめた。これだけでも、いかに映画化がむごい仕打ちか……。女性週刊誌の記事では、この点が強調されるはずだった。

おなじころ、少女雑誌の記者も、別府市の家族を訪ねていた。この雑誌の企画は、定時制高校一年生の長男を登場させるところにあったが、嫁と孫は取材対象にさせないという老夫婦の防御で、なかなか実現がむずかしそうだった。しかし、日曜日の朝モルタル造りの二階家にやってきた記者は、少年と話すことができた。一家そろってカトリック教会へ行く習慣に変化が生じて、彼だけ残るようになっていたからだ。少年は中学校のころ陸上競技部の選手で、四百メートルで六十二秒くらいの力をもっていると聞いたばかりの記者は、そんな話題から入った。

「ぼくは勉強が好きなほうじゃないから、高校受験に失敗して、ようやく定時制高校に入ったんです。どうぞ、よかですよ。なんでも聞いてください」

かなり能弁な少年は、問わず語りに、父親についてのエピソードを披露した。小さいころから父親は家におらず、「放送局で働いて忙しいから、帰ってくる時間がない」と母親から聞かされた。写真もないので、どんな顔かとたずねたら、「メガネをかけた人」とだけ教えられた。小学四年生のとき、初めて目の前に現れた父親はメガネをかけておらず、土産はバドミントン一式だったこと、父の日の授業参観には来なかったが、運動会にはやって来て、先頭を駆ける息子を、立ち上がって声援したことなどである。

決意を語る榎津君。

「父のために亡くなられた方、その遺族の方。子どもとして、ほんとうに申し訳ないと思いますし、世の中を騒がせたことにも、責任を感じます。ぼくたち家族は、これからいろいろと苦しい思いをせねばならないでしょう。ことに二人の妹は、女だから余計に、つらい哀しい目にあうかもしれない。でも、ぼくは長男だから、二人の妹のためにも、しっかりしなければならないと、自分に言い聞かせております。ぼくにとって大切なのは、父の罪をどうつぐなうかということですが、それはしっかり勉強して、立派な社会人になることだと思うのです。こんど全日制を受験してやり直すのもそのためです。どうか皆さん、見ていてください」

三月上旬に発売された雑誌では、少年のコメントが、このように掲載されていた。少女雑誌は、父親逮捕のきっかけになった玉名市の教誨師一家との交流に重点をおき、「父・榎津巌の罪を償うためにぼくは生きる――長男勝くん(仮名)と、発見者ちか子ちゃんの心暖まる愛の書簡」を、表紙に刷り込んでいる。

「お元気ですか。私はいま、カゼをひいています。ところで私は、まだ別府市へ行ったことがないので、いろいろ聞きたいことがあります。私が住んでいる町のことも教えます。だからこれから、どんどん手紙を書きます。私の趣味は、歌うこと、本を読むことです。あなたの趣味を、教えてください。お返事を楽しみにしています。私たちはいつまでも、仲良くしましょうね」

「暖かい冬でありましたが、至るところでカゼが流行しているとか。ちか子ちゃんも、お大事になさって下さい。別府にまだ来られた事がないとか！　是非一度ぼくの家にお寄りになって、見物においで下さい。最近有名になった猿の高崎山や鶴見岳のロープウエイ、地獄巡りなど名所は沢山あります。おみやげ品では、竹細工やザボン漬けなどが多いようです。今ぼくは沢山の人たちから励ましの手紙を貰い、身に余る喜びを感じ、一生懸命に頑張ろうとファイトを燃やしています。お父さんやお母さんにも、よろしくお伝え下さい。今日はこの辺でペンを置きます。さようなら」

35——髭

榎津巌に対する起訴は、次の順におこなわれた。

①昭和三十九年一月二十三日（福岡地検小倉支部）福岡県京都郡苅田町における強盗殺人と、田川郡香春町における殺人事件。死亡するに至らしめた者二名、強取せる現金約二十七万円。

②四月三十日（静岡地検浜松支部）静岡県浜松市における強盗殺人事件。死亡するに至らしめた者二名、強取せる現金など約二十三万七千円相当。

③六月二十日（東京地検）東京都豊島区における強盗殺人事件。死亡するに至らしめた者一名、強取せる現金など約十四万円相当、ならびに弁護士バッジ一個、訴訟書類五十六点。

④九月八日（千葉地検、東京地検）千葉市における詐欺事件は刑務所待合室で五万円騙取。東京都における詐欺事件は証券会社応接室で四万円騙取。

その他、警察が事件送致しながら起訴に至らなかったのは、次の犯罪である。
(1)行橋市の割烹における傷害、恐喝。
(2)広島市の福祉施設におけるテレビ四台(時価十七万六千円相当)騙取。
(3)横浜市の警察署における贈賄金一万円騙取。
(4)千葉市の裁判所における交通違反罰金六千円騙取。
(5)千葉市の弁護士会館における日本弁護士連合会会員名簿(二百円相当)騙取。
(6)平市の弁護士宅における法廷日誌(四百円相当)窃取。
(7)常磐市の旅館における弁護士バッジ(八百円相当)窃取。
(8)北海道沙流郡の雑貨商宅における旅費一万五千円およびウール肌着など(五千二百十円相当)騙取。
(9)東京都の銀行員宅における見舞金一万円騙取。
(10)栃木市の旅館における宿泊費(七百七十円)未払いによる財産上不法の利益。
(11)栃木市の法律事務所における旅費一千円騙取。
(12)東京都の裁判所における保釈金二万八千円騙取。
(13)東京都の喫茶店における供託金五千円騙取。
(14)東京都の学校警備員宅における保釈金一万五千円騙取。
(15)玉名市の教誨師宅における年賀状窃取。
昭和三十九年三月六日、被告人の身柄は、八幡警察署から小倉拘置所へ移監され、初めて差入禁止処分が解けた。未知の人物が郵送してきたものをふくめて、所有物は二十数点になっていたが、すべて宗教書だった。解禁とあって、どれでも房内に持ち込んでよいと聞かされたが、彼は『小六法』を差し入れてくれと肉親に要求しただけで、宗教書には手をつけなかった。もっとも、検察官の裁量で取り調べに有益とみなされる差し入れ品は、必要に応じて渡されていた。

たとえば『聖書』がそうだったが、八幡警察署に出張した警視庁の取り調べのさなか、ある朝のこと房内を見ると、丹念にページをほぐして、一面に敷きつめてあり、「ちっとは寒さが防げると思うたが、こげなもんなんの役にも立たん」と笑った。しかし、ページ数においては『聖書』とほぼ同量の『小六法』は破られることもなく、終日それを読んで過ごす日が続いた。だから刑事訴訟法第六条「土地管轄を異にする数個の事件が関連するときは、一個の事件につき管轄権を有する裁判所は、併せて他の事件を管轄することができる」により、福岡県以外の事件も、すべて福岡地裁にまとめて起訴できることを納得していた。したがって、第一二条「裁判所は、事実発見のため必要があるときは、管轄区域外で職務を行うことができる」により、検証や証人尋問などで、浜松や東京で出張裁判するのも予期していた。

ただし、余罪事件をどれだけ起訴されるかの予想はつかないらしく、接見にやってくる弁護士の意見を求めた。被告人から弁護人選任に関する回答を得られなかった裁判所は、刑事訴訟法第二八九条「死刑又は無期若しくは長期三年を超える懲役若しくは禁錮にあたる事件を審理する場合には、弁護人がなければ開廷することはできない」にもとづいて、福岡弁護士会小倉支部に所属する二人の弁護士を選任した。

弁護人の考えでは、五人を殺害した三つの事件だけで十分のはずだが、検察側が犯行の特異性を強調するために、余罪の詐欺をわざわざ起訴するかもしれないと判断していた。すると被告人は、「ぼくはどういうわけか裁判は好かんもんな。あのもったいぶったやりかたよりは、ツバを吐いたりどやされたりしながら、ガンガンやられる取り調べのほうが、性に合うとる」と、短期間に終えたい口ぶりだった。

刑事訴訟法第二四七条「公訴は、検察官がこれを行う」で、国家の機関である検察官のみが処罰の請求権を独占することを明記しており、第二四八条「犯人の性格、年齢及び境遇、犯罪の軽重及び情状並びに犯罪後の情況により訴追を必要としないときは、公訴を提起しないことができる」の起訴便宜主義により、検察官の判断で起訴しないばあいがあって、裁判所は不告不理の原則で、起訴されていない事件まで審理することはない。

もし検察庁が、事件送致された犯罪をすべて起訴すれば、裁判は長引くだけである。年内判決をめざす検察側としては、中心になる三つの強盗殺人事件だけでよいと判断していたのだが、被告人が迅速な審理に協力的であることがわかって、二件の詐欺事件を、最初の起訴から七カ月半後に提起したのだった。

［第一回公判＝昭和三十九年三月十一日］

チャコールグレーの背広上下にゴム草履で出廷し、満員の傍聴席には、背をむけたままだった。裁判長の人定質問にはっきりした語調で答えて、検察官による起訴状朗読のあと、意見陳述の機会を与えられたが、「なにも言うことはありません」と述べる。検察官が提出した書証、物証については、すべて同意する。

［行橋事件の実地検証＝三月十八日］

取材のヘリコプターと、台地に集まった見物人を気にして、しばらく動かなかった。深い菅笠を与えられ、ようやく歩きはじめる。

［第二回公判＝五月十五日］

グレーの背広上下にゴム草履で出廷し、二度ほど傍聴席を振り向く。浜松事件の起訴状朗読のあと、「なにも言うことはありません」と答えて閉廷する。

［浜松事件の実地検証と出張尋問＝五月二十九日］

五月二十五日午後六時十九分、門司駅発の寝台特急「はやぶさ」で護送され、二十六日午前七時三十八分に静岡駅着、静岡刑務所の拘置監に仮収容される。五月二十九日朝、マイクロバスで浜松へ向かい、午前十時三十五分から実地検証。貸席「あさの」は、被害者・浅野ハルの実弟が相続し「あさひ」と改称している。立ち会いの弟が雑談のとき、「物珍しさのせいか、断りきれないくらい客がくる」と漏らしたら、被告人が「まったく世の中はまともじゃないよ」と発言してそっぽを向き、約一時間で終了した。午後一時から静岡地裁浜松支部で、証拠物の取り調べと証人尋問。被告人は入質した和服を示され、「これに見覚えはあるか」と問われ、「奪ったものをいちいち憶えておらん」と大声で答え、あとは黙秘する。証人として、喫茶店経営者の吉武順一郎、薬剤師の秋野治子、質屋店主の副島一、畳店主婦の長谷川悦子らが出廷した。

［第三回公判＝六月二十九日］

東京事件の起訴状朗読のあいだ、姿勢をくずさず目を閉じたまま。意見陳述の有無を問われても無言で、すべての証拠に同意して閉廷。

［東京事件の実地検証と出張尋問］

七月五日午前十時四十分、小倉空港発の全日空機で護送され、大阪乗り換えで午後二時五分東京着。飛行機を利用しての護送は、九州で初めてだった。巣鴨の東京拘置所に仮収容され、七月七日に豊島区目白のアパートで、警視庁第五機動隊員約百人が警備にあたるなか、一時間二十分で終了。八日と九日は東京地裁で、非公開の証拠調べと証人尋問がおこなわれ、ボイラーマン、学校警備員、アパート管理人、無職の男ら十人が出廷した。このとき被告人は、昭和三十八年十二月二十二日、横浜市で入質した品物について質問し、次の手続きをへて、被害者の遺族に還付されたことがわかった。

＊　　＊

質取顚末書

横浜市中区花咲町二―三七　加瀬質店　加瀬信二　六十八歳

私は肩書地において質屋業を致しておりますが、今回左記物品を質取引を致しておりましたところ、御署が不正品のため証拠物として必要との事ですから、別紙の任意提出書のとおり、提出致します。

一、質取年月日＝昭和三十八年十二月二十二日　質物＝背広上下（三越製シングルグレー）背広上下（ポーラ背抜き）ズボン（トロピカ）ズボン（ギャバ）ズボン（茶）ズボン（ねずみ）質取金額＝計六点二千円也

二、入質者の氏名＝山田圭郎　三十八歳

三、確認の方法＝自動車車体検査証　A二〇二二〇七号

四、質取引の顚末＝前記年月日の日没少し前だったと思いますが、以前に質取引のあった山田圭郎が、前記品物六点を三越デパートの紙袋に入れて持参し、質入れしてくれとの事でした。型も古いので「つきあえませんよ」と一応断ったのですが、あまりにも本人が粘りますので、金二千円で質取りしました。ところが本日、御署の刑事さんが来

店され、山田は殺人犯として指名手配された榎津巌と知らされ、大いに驚いた次第です。
右事実に相違ありませんから、顚末書をもって申し上げます。
昭和三十九年一月二十九日　　加瀬　信二
警視庁目白警察署長殿

＊

＊

協議返還書

(甲)　東京都墨田区業平三―九　川島富夫
(乙)　横浜市中区花咲町二―三七　加瀬信二
一、私(甲)は、昭和三十八年十二月二十日ころ、父・川島共平宅において背広一着他五点(時価合計三千九百円相当)を被害にかかった者です。
二、私(乙)は、昭和三十八年十二月二十日ころ、質商として山田圭郎名義で背広五点を質取りした者です。
三、甲乙協議の上、甲は乙に対して質取金額の半分である一千円を支払い、乙は被害品の背広上下他五点を甲に返還することに両者協議の上、円満に解決致しました。なお、このことについては今後異議の申し立ては致しませんから、連署の上、協議返還書をもって申し上げます。
川島　富夫

警視庁目白警察署長殿

加瀬　信二

［第四回公判＝九月十七日］

八月二十四日に予定されていた公判は、検察側のつごうで期日変更になり、これは追起訴の手続きがおくれたからである。千葉と東京の二つの詐欺事件について、起訴状朗読のあと被告人が、「本件に関してのみ、多少手持ちの金もあるので、弁護人は自分で選ぶつもりだったが、やはり従来どおりにする」と発言した。これは獄中手記を、新聞社が発行する週刊誌が掲載し、その原稿料が入ったためである。手記は第一回公判の直後に弁護人の一人に渡され、一時それを借り出すことに成功した記者がコピーをとって返却し、本人の承諾を得て掲載した。逃走した七十八日間を、克明に書いた六万字におよぶ手記の公表は、まだ起訴もされていない事件にまでおよんで、裁判官に予断を与えて保釈の申請にも支障が生じると、手記の公表に関与しないもう一人の弁護人が辞任の動きをみせるトラブルになった。しかし、国選弁護人で継続するという被告人の発言で、弁護人が「私選のつもりでいたから準備していなかった、次回にしてもらいたい」と要請する。

［第五回公判＝十月二日］

冒頭に弁護人から発言があり、「外形的には警察官、検察官への供述調書のとおりだが、起訴状には疑義が生じる」と、証人調べを請求する。そのうえで東京都の銀行員、千葉市の保護司、主婦ら三人の召喚を決定した。

［第六回公判＝十一月二日］

初めに銀行員が証言し、弟の保釈金として四万円を騙し取られた状況について述べたあと、次の問答があった。

裁判長　弟さんの行方はわかりましたか。

証人　はい。

裁判長　どこにいたのですか。

証人　ひょっこり私のアパートを訪れ、なにも申しませんでした。

裁判長　それはいつごろですか。

証人　今年の九月でした。

裁判長　だまされて腹が立ちましたか。

証人　はい。しかし、当時の心境としては、被害金額にこだわるよりも、弟が無事というのがデタラメだったことに、がっかりしたのです。

次に証言した保護司は、ニセ弁護士とは気づかず終始好意をもって接触したこと、裁判所から刑務所へ同行するまでの事情を、落ち着いて証言した。そして最後は、海苔がつくれなくなった埋立補償金で、長男が始めたバーを現住所にしている主婦が証言台に立ったが、彼女は「良心に従って、本当のことを申し上げます。知っていることをかくしたり、ないことを申し上げたりなど、決して致しません。右のとおり誓います」との宣誓書を前に、なかなか声が出なかった。ふりがなつきだから読めないというのではなく、法廷の雰囲気に緊張しているのだったが、用意されている水差しの水を飲んで、いきなり大声になった。

裁判長　息子さんはどうなりましたか。

証人　今年一月に執行猶予をもらいました。

裁判長　あなたの後ろにいる男に、見覚えがありますか。

証人　あります。榎津巌さんです。

裁判長　どこで会いましたか。

証人　千葉の裁判所です。弁護士さんで、選挙違反の後始末で忙しいと言っておられました。

裁判長　それからどこかへ行きましたか。

証人　はい、刑務所です。榎津巌さんが、「一刻も早く倅の顔を見たいだろう」と。

裁判長　面会しましたか。

証人　いいえ。保護司さんだけで、榎津巌さんは「あんたは、やっぱりやめろ」と言いました。

裁判長　そのとき何か変わったことがありましたか。

証人　雨が降っていました。

裁判長　お天気のことではなく、あなたにとって変わったことです。お金を持っていたでしょう。

証人　はい、十万円です。榎津巌さんが持って行きました。

裁判長　渡したのですか。

証人　はい。

裁判長　どんなふうに渡しましたか。

証人　待合室で初めに五万円を出して、モンペの金を出すのに、あれだから、売店のところへ行って帰ったら、榎津巌さんがおりません。私はびっくりしました。

弁護人　お金はどうなりましたか。

証人　いっしょになくなっていました。

弁護人　どこに置いていたのですか。詳しく話してください。

証人　一万円をテーブルに、一枚ずつ出して並べたのです。鯨尺で二尺くらいのテーブルでした。

弁護人　手渡したのではないんですね。

証人　はい。

弁護人　待合室から売店へ行ったのは、どのくらいの時間でしたか。
証人　二分か三分くらいでした。モンペの紐をほどいて、結びました。
弁護人　そして戻ったら、いなかったのですね。
証人　はい。私は戻って、急いで追いかけました。
弁護人　だまされたと思ったのですか。
証人　思ったような、思わないような……。

三人の証人は閉廷後に、事務室で旅費などの請求書に署名した。それぞれに支払われた金額は、日当一日分一千円、千葉—小倉間の運賃三千九百六十円、特急料金千六百円、宿泊費一泊千二百円で、合計七千七百六十円であった。
この証人尋問のあと、弁護側より精神鑑定の請求がなされ、「被告人のように知能犯と凶悪犯が同一人であることは、犯罪史上において稀であり、精神医学上も特異な状態にあったと思われる」と述べ、裁判長の許可を得て、本人質問をおこなった。
弁護人　君は精神科医の治療を受けたことがあるか。
被告人　あります。
弁護人　いつごろ、どこで治療を受けたか。
被告人　中学三年のころ、別府市の大和田精神病院に入院しました。
弁護人　病名は？

被告人　憶えていません。
弁護人　どれくらい入っていたのか。
被告人　二カ月間です。
弁護人　なぜ病院へ行ったのか。
被告人　教会の神父さんの紹介でした。ケイ神父という人です。
弁護人　君の親兄弟のなかに、精神科医の治療を受けた者がいるか。
被告人　そんな者は、いない。
弁護人　過去において受刑中に、病舎や医療刑務所に入らなかったか。
被告人　そのようなことはありません。
弁護人　少年のころ入院した状態について話しなさい。
被告人　私としては、なにもわからない。なにも聞かされずに連れて行かれて、いきなり注射を打たれて、意識を取り戻したら病室でした。

この質問のあと裁判長が、「精神鑑定の請求については、陪席裁判官と協議のうえ、次回で決定する」と述べた。

［第七回公判＝十一月十六日］

初めに検察官から、「訴因変更請求書」が十一月十三日付で提出されていることが、明らかにされた。九月八日付の起訴状にある、千葉刑務所における保釈金詐欺を、詐欺未遂および窃盗に変更するものだった。弁護人から請求のあった精神鑑定については、裁判長による被告人質問のあとで決定する。

裁判長　前科調書によれば、昭和三十七年八月十四日に仮出獄したのが最後だが、まちがいないか。

被告人　はい。

裁判長　この刑期は、その年十二月十五日に満了したか。

被告人　はい。

裁判長　君の財産はどうか。

被告人　ぜんぜんないです。

裁判長　行橋市の西海運輸のとき、給料はいくらだったか。

被告人　本給三万円、歩合給一万円ほどです。

裁判長　その前も、勤めていたんだね。

被告人　行橋貨物に半年いました。もうひとつ前は、別府市のＰＲ会社です。

裁判長　別府から行橋へ行くとき、妻はどうしたか。

被告人　妻は別府です。

裁判長　置いたままか。

被告人　そうです。

裁判長　なぜ別居したのか。

被告人　とにかく、無断で家を出たのです。
裁判長　生活費はどうしたか。
被告人　べつに送りません。
裁判長　なにか気に入らないことでもあったのか。
被告人　いいえ、ありません。吉里幸子と同棲したのです。
裁判長　自責の念はなかったのか。
被告人　なんとも感じませんでした。
裁判長　同棲は長かったのか。
被告人　ほぼ六カ月でした。
裁判長　吉里幸子と同居のあいだに、腰を痛めたことがあるか。
被告人　あります。打撲ではなく、車を運転中に、どうした拍子か腰の筋肉が一瞬ピクッとして、それから痛みはじめたのです。
裁判長　それから彼女との仲が、しっくりいかなくなったのか。
被告人　そういうことです。
裁判長　吉里幸子のほうから、別れ話があったのか。
被告人　ありません。
裁判長　生活のほうはどうだったか。
被告人　所帯道具を買ったりして金はかかりましたが、それほど困ってはいません。

裁判長　けっきょく別れているが、「別れるなら殺す」と言ったか。
被告人　そんなこと、言った覚えはありません。
裁判長　では、別れた理由はなにか。
被告人　敢えて言いたくありません。
裁判長　畑千代子との交際は、行橋市へ来てからか。
被告人　そうです。
裁判長　どんなことからか。
被告人　畑はバーのマダムだったから、出入りしてそうなったのです。
裁判長　同棲しようとしたのか。
被告人　その点は黙秘します。
裁判長　理容「うるわし」へは、どのようなことで出入りするようになったのか。
被告人　西海運輸の出店みたいに、運転手が出入りしていたからです。
裁判長　北原コイトと交際するようになっていたのではないか。
被告人　そんなことはない。
裁判長　二人の見習いの受験費用の相談を受けたことがあるか。
被告人　はい。
裁判長　いくら引き受けたのか。
被告人　二万円です。

裁判長　女の子二人に、義理があったのか。
被告人　べつに義理はないが、だいぶ前に引き受けていたのです。
裁判長　融通する見込みはあったのか。
被告人　当時はありました。
裁判長　第一犯行後に、北原に金を貸したのか。
被告人　貸しました。
裁判長　見習いの二人を福岡市へ連れて行って、どうするつもりだったのか。
被告人　（沈黙して答えず）
裁判長　君は北原の娘か弟子のどちらかに、関心があったのだろう。
被告人　ありません。
裁判長　下心はなかったのか。
被告人　ありません。相手は二人だし、私は平和台の野球を見るつもりでした。
裁判長　君は北原の娘に、時計を買ってやったのではないか。
被告人　そういうことはないです。
裁判長　専売公社の自動車を襲って二人を殺したのは、試験費用の二万円のためか。
被告人　はい。
裁判長　それくらいの金は、なんとかならなかったのか。
被告人　（沈黙して答えず）

裁判長　「できない」とあっさり言えば、すむことではないか。
被告人　（沈黙して答えず）
裁判長　ふつうは犯行後は現場を離れるのに、なぜ危険をおかしてまで、北原コイトのところへ行ったのか。
被告人　（沈黙して答えず）
裁判長　娘二人を連れて行き、姿を隠すつもりではなかったのか。
被告人　いいえ。借金は北原コイトに頼まれたのです。
裁判長　すぐ犯行が発覚するとは考えなかったのか。
被告人　考えませんでした。
裁判長　そのあと佐賀市から手紙を出したことがあるか。
被告人　どこから出したかは憶えていないが、出したのは事実です。
裁判長　手紙で所在を知らせることになるのでは？
被告人　当時はそんなことを考えない。
裁判長　宇高連絡船の偽装自殺の心境は？
被告人　新聞に連日の報道で追い詰められた気持ちだったので、どの程度の捜査をするのか、模様を見るためでもありました。
裁判長　次に浜松だが、娘を殺したあと、母親の帰りを待ってまで殺した理由はなにか。

被告人　人の出入りは少ないし、ほかとちがって安全と思ったのです。
裁判長　いくらか物を取るのなら娘だけ殺せばよいのに、母親まで殺したのは大量に奪うためだったのか。
被告人　それもありますが、その日その日、寝場所の必要もありました。
裁判長　殺したあと悠々と質屋を呼び、翌日は電話まで入質しているが、長滞在の不安はなかったのか。
被告人　不安というよりは、逮捕されてもよいような、長旅の疲れ果てた気持ちもありました。
裁判長　母娘を殺した夜も「あさの」に泊まったのか。
被告人　その晩は静岡市へ出ました。
裁判長　それから引き返したのか。
被告人　事件の記事が新聞に出ていないので、浜松へ引き返しました。
裁判長　そのあと千葉や東京では、弁護士会館にも出入りしているようだが、逮捕されてもいいと思っていたのか。
被告人　浜松のあと二、三日たって、変わった気持ちになっておりました。東京では交番に顔を出しても怪しまれないし、自信がついたような気持ちでした。
裁判長　君は民事・刑事、とくに保釈にくわしいようだが？
被告人　それほどでもない。ただ、過去の自分の手続きがヒントです。

裁判長　次に東京の弁護士殺しだが、八十二歳の人を殺して、後悔はなかったか。
被告人　べつにありません。逃げるためでしたから。
裁判長　死体はどうしたか。
被告人　洋服ダンスに入れ、釘づけして、目張りをしました。
裁判長　その部屋に寝たのか。
被告人　そうです。一晩はトルコ風呂の女を、下宿先だといって連れて行きました。
裁判長　死体のある部屋で、うなされるようなことはなかったか。
被告人　そんなこと、べつに、ないです。
裁判長　それでは、現在の考えを述べなさい。
被告人　残酷なことをやったと思います。それ以上は、あまり言いたくありません。
（このあと弁護人が、裁判長に本人質問の許可を求めて継続する）
弁護人　君は浜松では、初めから母娘を殺すつもりはなかっただろう。
被告人　いいえ。初めから殺すつもりでした。
弁護人　ハルさんだけ殺して、母親の帰らぬうちに逃げるつもりだったのだろう。
被告人　そうじゃありません。
弁護人　母親は競艇と知っていたのか。
被告人　はい、知っていました。
弁護人　何時ころ戻ると思っていたか。

被告人　前例から五時か六時だろうと思っていました。
弁護人　母親が帰るまで、時間があれば逃げようとは考えなかったのか。
被告人　考えません。
弁護人　それでは殺すために、待っていたというのか。
被告人　はい。

これで被告人質問が終わり、休憩を宣した裁判長は、別室で陪席裁判官と協議したあと、精神鑑定の請求を却下した。

［第八回公判＝十二月九日］

この日に検察側が論告求刑、弁護側が最終弁論をおこない、審理は終結する。被告人はきちんと整髪し、口髭をたくわえて出廷した。まず立ち上がった検察官は、前夜に地検支部長と協議して、かなり手直しをした一万二千字におよぶ論告文を、一気に読み上げた。

＊　　＊

裁判所による精神鑑定の却下は、きわめて妥当にして、かつ正当なる決定であります。本件のように、凶暴な犯行と巧妙な詐欺事犯を同時に敢行したケースは、たしかにまれでありましょう。しかし、あるときは優れた頭脳を駆使した詐欺事犯をなし、あるときは一時の激情にかられて理由もなく人を惨殺したというのならともかく、本件強盗殺人は記録によって明らかなように、一時の激情にかられて意思の統御ができず、爆発的な犯行をなしたという事犯ではなく、優れた知能によって計画された、きわめて巧妙なる犯行であって、いわば知能犯的凶暴犯であります。

公訴を提起している詐欺事犯ならびに、一件記録にあらわれている数多くの詐欺事件は、強盗殺人の際に使った巧妙な知能のごく一部のあらわれであり、それ故にこそ被告人の危険性を、いっそう高めているものであります。もっとも、被告人は公判廷において、「中学生のころ二カ月間くらい精神病院に入院したことがある」と述べているが、これは精神に異常があっての入院とは考えられず、前後四回の刑務所に服役中に異常があって医療刑務所に入れられた事実もなく、家系中に精神異常者もいないのであります。したがって、被告人の各犯行時ならびに現在の精神状態について、異常を疑わしめるごとき事実はまったく見当たらず、完全な責任能力を認めるべきこと、当然であります。

敗戦後の社会は、幾多の犯罪を生みました。善良なるべき学生が強盗をはたらき、温厚なる父親が息子を絞殺し、うら若き女性が男どもの頭《かしら》になって暴力の指揮棒を振るという道義の低下は悪の定紋を描き、われわれ国民全体が、犯罪と同棲しているかの感さえありました。しかしながら、すでに戦後にあらず。悪を憎む人間本来の思考は、徐々に世の中の姿勢を正しくしてきました。これは周辺の邪悪・社会悪と戦いながら、一人一人が努力を続けてきたからにほかなりません。

ところがこの二十年間、被告人はいかにあったのか。青年時代から四十歳近くの壮年時代まで、そのほとんどを刑務所のなかで送り、数多くの受刑者とともに過ごしてきて、今日、戦前戦後を通じて凶悪犯罪史上においてまれに見る、残忍きわまりない犯罪を犯すにいたったのであります。その犯した数々の犯罪について、被告人としては言い分もあることではあろうけれども、今日ここに凶悪犯人として法廷に立つにいたった犯罪性向、奸智にたけた犯罪手段は、受刑中につちかわれたものと思われるのであります。

昭和二十一年に結婚し、やがて一男二女をもうけ、三十五年に離婚、その後に同女と再婚しながら、まもなく行橋市にきて吉里幸子と同棲し、あるいは畑千代子と情交関係に入るというように、一家をもち子どもをもうけながらも身持ちがおさまらず、第一の犯行に突き進んだのであります。いかに道義の低下した社会環境でも、あるいは刑務所内ですごしたとはいえ、人はなお自律的に行動し、生活を自覚的に形成し、自らの運命を正しく開拓していこうとすべきではないのか。そして人の子の父となり、一女性の夫となっての後こそ立ち直って、より良き生活を営むべきであったし、被告人の知能と身体をもってしてよくこれを成し得たはずであると考えられるにもかかわらず、いったい何事をなしたのであろうか。ひたすら物欲の満足と、本能のままに動いただけであります。

いかに悪質な犯罪でも、突発的・偶発的な犯行であるならば、酌量すべき事情を探しだすことができるのであります。しかるに被告人の犯罪は、すべて悪賢く計画し、犯行の隠蔽をあらかじめ緻密に計算するというように、冷たく渇ききった行動によって充たされております。なんの罪もない善良なる市民を、二人の女性をふくめて五人も殺し去り、あるいは子どもに心を悩ましている人々を、まことしやかにだましては金を取っているのであります。被害者の肉親あるいは妻、子どもたちが無残な死に対して悲嘆にくれ、また全国の捜査機関が犯人の発見に苦慮焦燥しているのを尻目に、全国を股にかけて逃げ回り、一個の強盗殺人によって何日間かの旅費・宿泊の資金を得て、大学教授や弁護士と称して、女と遊び、あるいはボートレースに興ずるための資金を稼ぎ、宇高連絡船では偽装自殺するなど、被告人の逃避行はきわめて大胆不敵な特質をそなえているのであります。

殺された被害者のなかで、とくに哀れをとどめるのは、行橋通運の運転手・馬場大八であります。馬場といい柴田種次郎といい、決して裕福ではない。むしろ真面目に働く、貧しい家庭でさえあります。馬場は病弱な妻をかかえ、当時十四歳の娘にとって、よき父だったのであります。被告人から出刃包丁で頰を下から貫かれ、鮮血にまみれながらも一人娘のことを思い、「小さな子どもがいるから助けてくれ」と哀願しているのに、容赦なく顔に手鉤を打ち込まれております。いや、そればかりではない、さらに首にロープを二重に巻きつけているのであります。よく見れば両手は、手拭いで縛られているではありませんか。そして裂けてしまった口元は、なお命乞いをしているかのように見えるのであります。

同時に発見された柴田種次郎のばあいは、被告人を友人として気を許していたところを、いきなりハンマーで滅多打ちにされ、それでも現金入りのカバンを押さえて逃げ、倒れながらも渡すまいとするのを、強取されたのであります。柴田は妻のために、あるいは三男四女の七人の子どもたちのために、なかんずく十四歳の三男坊のために命乞いを求めるいとまもなく、殴り殺されてしまったのであります。まことに昭和三十八年秋十月十八日、悲雨惨禍の跡を思わしめるではありませんか。

浜松市において、老婆とその娘の二人を殺した被告人は、何をしたか。その家の主人になりすまし、質屋を犯行現場に呼び寄せて衣類を質入れして、あげくの果てには電話の加入権まで金に換えてしまったのであります。

本職は以上をもって、本件の論告を終えたいと、実は考えたのであります。しかしながら、被告人の飽くなき反社会性のゆえに、さらにもう一件の強盗殺人と詐欺などについて、その悪質さを論じていかねばなりません。

幾度かの前科を重ねた被告人として、弁護人というものが犯罪人のために、いかにその身を思い味方になってくれるかを、知らぬはずはありません。ところが被告人は、弁護士がいかに信頼される職業であるかを知り尽くして、その信頼を悪賢く利用して人をだまし、金を奪い取ったのであります。弁護士から盗み取ったバッジを胸にして、東京地裁の弁護士控室で悠々と碁を打つにいたっては、悪鬼といえども三舎を避くるの不敵さであります。保釈金名義で金を取り、あげくの果てに独り暮らしの老弁護士を探して惨殺し、金品を奪取しているのであります。その死体のある部屋にかかってきた電話に出て、被害者である川島弁護士の声色を真似て応対したり、同弁護士の代理と称して事件依頼者に面会するなど、これ以上を語る要なきほどに、「悪の申し子」とでもいうべきものでありましょうか。それらはすべて、すでに述べたとおり、事の善悪を判断し、その判断にしたがって行動することができる、通常な人間としての被告人の行動なのであります。

その計画性が、場所を選ばぬ犯行となってあらわれていることも、本件の特色であると言えます。金ありと思えば、山野山林において、また、実行せんと思い立てば、人の来訪の危険のある貸席において、法律の正しき実現の場所たる裁判所構内においてすら犯行におよぶというように、いまだ逮捕にいたらなかったならば、どのような場所を犯罪現場として選んだことでありましょうか。

人々が身の安全を決して危ぶまない、正しいことのみ、美しいことのみがおこなわれると信じきっている場所でさえも、この被告人によって犯罪の場所に選ばれるならば、無残な可哀相な被害者が発生し、あるいはむごたらしい死体の横たわる修羅と化してしまうがごときが、ままあってよいのでしょうか。

まことに被告人の犯罪は、長いあいだ人々が安心して過ごしてきたいかなる場所も、決して安全でないという観念を植えつけ、その生涯を人々のために尽くし、決して他人に迷惑をかけることなく過ごしてきても、たまたま金員を所持していたなれば、殺害の危険にさらされるのだという、深刻な不安を引き起こしたのであります。しかもこのような社会不安のなかにあって、被告人はひとり凶悪犯罪の戦場をトップを切って走っているがごとく、人々をいらだたしい被害感情に蹴り落とし、ひとり黒い金メダルを胸にして、暗黒のファンファーレを鳴り響かせ、史上最高の凶悪犯罪者として君臨したというべきであります。

被告人は犯行のほとんどを、すべて自白しておりますが、右のように考えると、その自白は悔恨のことばではなく、単なる「凶悪犯罪苦心談の一席」ではないでしょうか。犯罪者の常として、その罪を包み隠すのが、人情の自然であります。罪を悔い改めて懺悔する意思の表現としての自白は、一面よき情状の一端を示すものと言いうることは事実であります。

しかしながら被告人の告白は、そのような懺悔と考えることができないと申し上げたら、あまりにも邪推にすぎるでしょうか。だがわれわれは、被告人の自白は、追い詰められて捕らえられ、逃げ場を失った末のやむを得ざる、絶対の立場に立つ者のただ単なる過去の経験談であるか、心の奥底からいまだ罪悪感をおぼえない者のことばにしかすぎないと思うのであります。人間としての良心の呵責《かしやく》を、寸毫《すんごう》も受けておらず、そこには動物的な冷酷さ以外なにも見られないと評しても、決して過言とは思いません。

とはいえ被告人も、さすがに自己の犯した罪に対して、科せられるべき刑罰がいかなるものかを自覚し、それを自ら供述しております。その自覚が単に法律を読んで得られた観念的な知識ではなく、被害者の冥福を祈る心理であることを、心から願わずにはいられません。被告人も人の子の父親であります。その子としては、たとえ長期間の刑罰であっても、「父親は生きてこの世に在り」と思いつつ、日常を送りたいでありましょう。ささやかながらも、それも一つの幸福感かもしれません。被告人もまた、生きて子の成長を見守りたいでありましょう。それらの心情に思いをいたすことは、本件の量刑考察の過程において、しかるべき配慮であるとも思えます。

しかし、このことは同時に、被告人による凶悪無残な犯罪によって、最愛の夫を奪われた妻、心から慕い寄り添うべき父親を一瞬にして殺されてしまった子どもたちという、被害者の肉親縁者の愛情と被害感情を無視することができないことを、教えるものであります。まことに、あまりにもひどい仕打ちでありました。いまこそ、「強盗人ヲ死ニ致シタルトキハ死刑」という条文の文言が、その必要性を実感をもって迫ってくるのであります。死刑はもとより憲法違反ではありませんが、相成るべくは、この刑罰の適用を避けるべきかとも思いつつも、本件のごとく神も許さず、人もまた許すことなき凶悪犯罪の数々をあえてした被告人に対しては、世の死刑廃止を論ずる人々といえども、よもやこれに反論することはできぬでありましょう。

以上、長時間論じたところを勘案され、被告人に対しては、相当法条を適用のうえ、死刑の判決あってしかるべきものと思料する次第であります。

この論告・求刑のあと、引き続き最終弁論をおこなった二人の国選弁護人は、およそ次のように述べた。

＊　＊

検察官は、本件が綿密周到な計画のもとに、優れた頭脳を駆使したものだから、精神鑑定は不必要というけれども、われわれは、だからこそ必要だと考えるのであります。過去に被告人は、精神成長期に入院したことがありますし、また弁護士殺しのあと狭い一室で、数日間も死体と同居したこと、各犯行における殺害の方法などを考えると、はたしてこれが人間の行動であるといえるでしょうか。通常の状態にある人間ならば、とうていなし得ないことであります。供述調書その他、書類にあらわれた署名を見ると、その時々において字体はいちじるしく変化しており、被告人の精神状態はそのときそのときに応じて、分裂していることを示していませんか。このような被告人については、精神医学上の観察鑑定を必要とするのに、その請求を裁判所が却下されたことを、きわめて遺憾に思うものであります。

中心の事件三件を、一括して観察するのは、妥当性を欠くと思われます。凶器を見ても、最初はハンマーと千枚通しですが、あとの二件は腰紐とネクタイであり、明らかに区別されるべきでありましょう。金欲しさという点では同様でも、あとの事件は逃走中に報道機関に大きくとりあげられるし、追い詰められた気持ちから、自暴自棄になっての犯行なのです。遊興費欲しさにやったのではない。逃走資金作りのため、一夜の隠れ家を求めるためなのでありました。

もともと被告人は、連続殺人を犯すような、凶悪な性格の持ち主ではないのです。もし第一事件を起こさず社会にあれば、通常人と異ならぬ生活を営んだでありましょう。それをあたかも、本能のおもむくままに突っ走る野獣のように責めるのは、あまりにも酷であります。もし指名手配にならなかったら、もし被害者が十分に注意していたならば、第二、第三の凶行は避けられたであろうことに、思いをいたさねばならないのではないでしょうか。

被告人の犯行は、計画的ではあっても、用意周到で綿密なものとはいえません。たとえばタバコ集金人が、百万円以上の現金を持たされない仕組みさえ知らず、証拠を残さぬ努力もほとんどしていません。さらに第二、第三の事件においては、被害者にも考えねばならぬ余地があったのです。人は自己の財産生命を、自ら守る必要があります。この意味で本件裁判が、一般社会への警告になるならば、幸いと考えるものであります。

裁判の過程において被告人は、まったく本筋において争ったことはなく、終始その態度は率直、素直でありました。これが改悛の情でなく、なんでありましょうか。妻子や両親に対しても、人間らしい配慮を忘れてはおりません。被告人も人間であり、本件はその人間としての弱さから発生したのであります。

その発端が、行きつけの散髪屋の店員に、受験費用を約束した善意であったことを、見落としてはならないのではないでしょうか。検察官は、死刑が相当だという。死刑廃止、死刑違憲論をいうつもりはありませんが、人が人を裁くうえで、過去において死刑が幾多の問題を残していることを、考えてほしいのであります。どうか事件の外形や、結果の重大性のみから判断せず、被告人の犯行にいたる過程および、被告人の現在の心境について考察くださり、有利な情状を一つでも二つでも見出して、適切なる判決をお願いするものであります。

最後に裁判長から、「なにか言うことはないか」と問われ、被告人は立った。傍聴席を振り向き、肩で大きく息をついて、低いがよくとおる声で発言した。

「死刑の求刑は、当然だと思っております。不平も不満もありません。率直に受けます。これまでの鄭重《ていちょう》な裁きで、浜松・東京の検証では多くの費用と手間をかけました。国選弁護人をつけていただくなど、人間的なあつかいを嬉しく思っております。弁明することは、なにもありません。私の手で殺された人たちは一周忌であるというのに、なお私が生きていることが、ふしぎに思えるのであります。逮捕いらい本日が訪れるのを覚悟しながら、しかし、一日でも長生きしたい、そしてわが子の成長を見守りたいという卑怯な心もありました。そのため警察官や検察官に要らぬ手間をかけ、申し訳なく思い、浅ましい人間だと反省しています。ただ、私は行橋事件のあと、すぐに逃走したのではない。私としては、行橋のは完全犯罪だと思い、その日は自宅で寝て、翌日は福岡市の平和台で、野球見物をしています。なにくわぬ顔で行橋へ帰るつもりで、バスを待つあいだ新聞を見て、指名手配されたことを知り、逃走を決意したのでした。逃げながら、新聞ほどありがたいものはないと思いました。逃走七十八日間は、新聞のおかげであります。あのとき新聞を見なければ、行橋で逮捕されたかもしれないのです。しかし、今はただ申し訳ないことをしたと思っています。ですから最後は、人間らしい気持ちで刑場へ上がりたい。どうかその姿を想像して、笑ってください。長いこと世間をさわがせて、申しわけありませんでした。ありがとうございました」

［第九回公判＝十二月二十三日］

午後一時三十分、裁判長が開廷を宣した。この日も被告人は、身だしなみをととのえ、エンジ色のネクタイを着用し、黒色のクツをはいていた。死刑判決のばあい、主文を後回しにすることが多いが、いきなり主文から入った。

「主文。被告人を死刑に処する。押収してある千枚通し一本および包丁一本は、いずれもこれを没収する」

それから判決理由を、被告席に戻って聞きながら、軽く目を閉じていた。しかし、後ろに控えている看守は、かすかに鼻唄のような声を出しているのを、耳にしている。

36——瘤

昭和四十年六月二十二日、畑千代子は、福岡高等裁判所から、書留郵便物を受け取った。開封しなくても、内容はわかっている。一審の死刑判決が不服で、榎津巌の弁護人が、一月五日付で控訴手続きを取り、その第一回公判（六月十七日）において、彼女を証人として喚問することを決めたからだ。

［弁護側は、控訴の理由を三つあげた。①犯罪史上まれな凶悪事件を起こしたのは、異常性格のしわざであり、一審で精神鑑定の請求をしりぞけたのは、訴訟手続き上不当である。②死刑は国家の名による殺人で、憲法違反の疑いもあり、慎重でなければならないのに、犯行当時に心神耗弱状態で責任能力のない被告人に、この判決は重すぎる。③連続殺人の起点となった行橋事件の犯行動機について、一審は考察が十分でなく、被告人に不利な点のみが採用されている。これについて裁判長は、精神鑑定請求の件は保留し、③の証人として榎津と最後に交際のあった行橋市魚屋町の割烹マダムの畑千代子さん（二八）を呼ぶことを決定し、約五十分間で閉廷した。なお、次回は七月十日」

こういう記事のある夕刊を、急いで焼き捨てたけれども、家で購読しているものとは別な新聞二紙を、夫は駅の売店で買ってきた。「最後に交際のあった畑千代子さん、聞かせてもらいたかですねえ、どげなふうな交際だったとですな?」「あんたもひちこい人じゃねえ、日本中をだまして歩いた大悪党と、自分の女房のどっちを信用するとね。うちが戻ってきたのは、二度と野暮な邪推をせんという約束だったけんよ」「ああ、わしはおまえを信用する。信用でけんでも、繁雄のために信用することにしたバッテン、裁判所に呼び出されたら、どげんことになるか。わざわざ名指しで証人にするからにゃ、それなりに根拠があるけんタイ。満天下に大恥ばさらして、わしを笑いものにしてくれるがよか」「情けない人じゃねえ、あんたという男は。うちはなんちやましかことのなかけん、裁判所じゃろうが、国会議事堂じゃろうが、どこでん堂々と出かけて、自分の潔白ば証明するつもりでおるとよ。なんね、そのみっともなか態度は」と、彼女は夫の手から一升瓶を取り上げ、かわりに自分が一気に冷酒をあおったのである。

召喚状が配達されてすぐ、畑千代子は外出の支度をした。夜の勤めをやめてからは、アメリカ資本の食器販売のセールス員になった。夫を送り出して自分も出勤し、夫が帰宅するころには、家で待つようにしている。しかし、二日前に訪ねてきた行橋署の刑事から召喚状のことを聞かされて、セールスの仕事は休んでいる。若い刑事は、「所在確認にきただけです」と言った。福岡高裁からの電話照会で、「行橋市行橋駅前　割烹麻里のママさん　畑千代子殿」で送達したら、配達不能で返送されたので、これから現住所を回答するという。「裁判所も呑気なもんじゃねえ、おたくが早く店をやめたことも、知らんのですよ」と刑事が笑うから、彼女は高い声を上げた。「呑気なのはどっちですか。あんときの約束では、警察でも検察でも、ぜったいに裁判所に呼び出すげなことはせんから、ぜひ協力してくれと頼まれた。とうとうこげんことになって、死ぬ思いでおるとですよ」「そのことなら相談に乗ると、上のほうで言いよります。召喚状がきたら連絡してくれちゅうことです」

福岡高裁からの「行橋市新港町文化住宅二十二号室　畑千代子様」と宛名のある封筒を二つ折りにしてバッグに入れ、彼女は表へ出た。二つあったセメント工場の古いほうが操業をやめ、その社宅を一括購入した業者が、貸家にしているのだ。二軒長屋が並んでいる路地を通りへ出ながら、「少なくとも三人から見られた」と、いつものように他人の眼を意識した。逃走中にわざわざ行橋署へハガキを書き、「駆け落ちの金をつくるためだった」と知らせ、逮捕後は「凶器の千枚通しは店で氷割りに用いているのを彼女が持ってきた」と一貫して供述している榎津だから、警察でくりかえし追及されたし、検事も執拗に問いただした。

「ところで店にはウイスキーを呑む客もいるのかな」「そりゃやっぱり、おらっしゃるですよ」「ロック、水割りのどっちが多いんだろう」「それが検事さん、行橋は田舎です。水割りを知らん客が多かですけん、たいていオンザロックです」「ぼくも田舎者なのかな、ロックがいい。それもロックスじゃなく、大きな塊を一個だけ入れるんだ」と雑談のようだから、つい追従笑いをしたが、それは伏線だったのだ。「じゃあ、氷はその日その日に仕入れるんだね」「そうです。お冷やをあげるとき、氷が浮かんでおったら、やっぱり喜んでもらえます」「すると氷を割って……。なんで割るの？」「道具があるでしょう。どこにでもある氷割りでやっておりました」「たとえばこんなものかな」と検事は、自分の机の筆立てにある、鉛筆よりいくらか短い朱塗りの千枚通しを見せたから、ただの雑談でないことがわかった。「さあ、いちいち憶えておらんですが、そげなもんを使って氷を割るですよ」「しかし、これは紙に綴り紐の穴を開ける道具で、一時の役には立っても、アイスピックにはどうかな」「はあ、どげなもんでしょう」「やっぱり、これぐらいしっかりしていなければねぇ」と、検事が引き出しからさり気なく取り出したのが、茶色の柄の千枚通しだった。鉛筆よりだいぶ長く、柄の部分は枇杷《びわ》の実ほどの太さで、荷札のような紙片に書かれた数字は、証拠品の番号なのだろう。「これを店で、あんたが使っていたんじゃないの」「急に言われても……。どげしたとですか」「柴田種次郎を、これで刺したんだよ」「なんでそれが、うちと関係あるとでっしょか」「そう、それを話してもらいたいと思ってね。どうですか、店で使っていましたね」「そやけ、急に言われても、わからんですよ」「どうぞ、ゆっくり思い出してくれれば結構ですよ。見た目にはわからなくても、手にとってみれば握り具合で、思い出すんじゃないですか」「バッテン、うちはあまり氷割りは……」「すると旦那さんかな。板前をしていたんだよね」「いいえ、主人よりもマーちゃんの仕事でした」「大久保雅子がもっぱら用いていた？」「そうですね」「うん。彼女もそう供述している。これはまちがいなく

『麻里』にあったものだそうだ」「そうですか。マーちゃんが言いよるのなら、確かな話でしょう」「しかし、それがなぜ、榎津巖の手に渡ったのかな」「はい、どげんしたとでっしょ。マーちゃんは知っておる様子でしたか」「どうかな。あんたに正直に話してもらったほうがいいようだが」「さあ、ちょっと思い出せんですよ」「榎津巖は、あんたがアパートに持ってきたと自供している」「またそげなこつ。あの人は、どこまで私を苦しめたら気がすむとでしょうか。デタラメですよ、そげな自白は！」

畑千代子は、検察官の部屋で声を殺して泣いたが、相手は一呼吸おいて続けた。「こういうふうにも考えてみたんだ。榎津が店から、勝手に持ち出したんじゃないかとね。その可能性は大いにあるから、大久保雅子にもくわしく聞いたよ」「はい。うちもさっきから、そげ思うておったです」「榎津があんたを殴打したのは、昭和三十八年十月四日ということになっているが」「はい、店の二階でした」「それきり店のほうへは姿を現していないのだったね。そうすると、こいつを盗むとしたら、十月四日もしくはそれ以前と考えられる。四日以降にわざわざ千枚通しを盗むために、店に忍びこむ可能性を除けばね」「はい」「あんたが『麻里』を閉めたのは十月二十日。まもなく大久保雅子も現在の店へ移った。これははっきりしている」「そうです」「ところで彼女の記憶では、店を閉める二、三日前まで、こいつはあったと言うんだよ。急になくなったから、出刃包丁で氷を割ったが、せいぜい二、三日のことだったらしい。ママに新しいのを買ってもいいかと聞こうとしているうちに、あんなことになったというんだな。すると店からなくなったのは、十月十七日か十八日の可能性が高い。あんたが最後に榎津のアパートへ行ったのが十七日の昼というから、そのとき渡したのが自然だと思うけど、どうです、ちがいますか？」

国道10号線へ出てバス停に立っていると、小倉のほうから走ってきた乗用車がスピードを落とし、二十歳ちょっとくらいのカラーシャツにネクタイの男が、乗せてやろうかというように笑いかけたけれども、畑千代子は背中を向けて海のほうを見た。梅雨空で海の色も暗く、貨物船が喫水線よりだいぶ高く錆びた胴体をさらして南へ向かっている。ふと榎津の部屋の窓から、これとおなじ風景を見たような気がして、彼女は眼を閉じた。「関西は暮らしやすかとこだもんね。おれは神戸あたりがよかごたる気がするけんど、あんたにゃ京都が似合うかもしれんね」と、男が寝床でタバコをふかしながら言うのを、毛布を素肌に巻きつけて窓際で聞いたのだ。「とにかく別府まで行けば、五十万や百万の金はどげでも都合がつく。関西汽船の特等室を占領して、ゆたっとした気分で、あっちへ行ってからのことを考えようや」「そげんこつ言うても、どうせすぐ後悔するにきまっとるよ」「バカ、おれがこげん惚れておる女を、捨てるわけがあるか」「うんにゃ、うちの気持ちのこと。なんもかんもうっちゃって、行橋を飛び出したら、どげんすかーっとするやろかと思うバッテン、行けば行ったで、たまらんごとになるにきまっておる」「忘れさせてやるよ、亭主のことも子どものことも。ほれ、来てみい」。毛布の裾を引っぱられて転ぶと、たったいま離れたばかりなのに、もう回復しており、男はそれを確かめさせながら、一方の手を後頭部にあてがわせた。「ほれ、また張り切っておる。おれがどんだけ惚れ抜いておるかの証拠タイ。こいつがふくれとるときは、なにもかもわからんごとなる。目の前のものを、どげでんこげでん、自分のものにしとうなるっちゃ」。後頭部の中央あたり、耳の高さのところに、その瘤はある。大豆くらいのちょっとした突起物なのだが、これがいきなりウズラの卵くらいの大きさに膨張したとき、自分を制御できなくなるという。「人間は昔は、ちんぽもおめこも、頭についておったちゅうじゃろ。恥ずかしかけん、神様にお願いして、今の場所へ移したちゅうけど、おれのはまだこっちにも残っておる」「そげ言うたら、そげんごたるね」「バッテン、瘤よりこっちのほうが、やっぱり可愛いやろ」。別れ話を切り出したのは、固く膨れていた瘤が、ちょっとした突起物に戻ったのを、指で確かめてからだった。「それが十月十七日というんだね?」「はい」「時刻は?」「お昼前から午後二時から三時までです」「電話で呼び出された?」「そうです、前の晩です」「なんだって?」「とにかく話がある、来なんだら殺すちゅうて。主人は怪しんでおりましたから、十七日は会社を休んで、うちを見張るごとしとりましたが、集金に行かにゃならんと言うて出ました」「それから店に寄って、こいつをハンドバッグに入れたんだね」。検事は証拠物の千枚通しの先端を指先で撫でながら引き出しに入れ、こんどは調書を取り出した。「榎津の供述と、あんたの話は、だいたい合っている。『女は、きょうは集金に行かにゃならんと言うて出たから、長うはおられんよと、落ち着かん様子でした。亭主はアパートまで探しにきたこともあるくらいなので、私はわかった、わかったと早く帰すことに同意したのです。そしていつものように関係したあと、女がハンドバッグから凶器の千枚通しを出して、これなら物音もせんし、ぷすっと深く刺せる。しかし、心臓を狙わにゃ効き目はなかよと申して渡してくれました』ということなんだが」「それがデタラメちゅうとですよ」「どうデタラメなのかね。あの男の署名と拇印もある。よく読んでみなさいよ」。だが彼女は、突きつけられた罫紙の綴りには手を出さず、まっすぐ検事の眼をみつめた。「たしかに千枚通しは、店のおしぼりで包んで、アパートへ持って行きました。バッテン、信じてつかっせ。うちは強盗の計画なんか、知りはせんです。ぜんぜん別のことを考えて、千枚通しを持って行ったとですけ」

行橋駅入口でバスを降りて、畑千代子は、タバコ屋でハイライト十個を買い、進物用化粧箱に詰めてもらった。そして警察署の建物に入ると、受付を通さずに二階の刑事部屋へ行き、一昨日やってきた若い刑事に声をかけ、「このあいだ茶も出さなかったお詫び」と言ってタバコを渡した。

「こげん気を使うてはいけんよ。せっかくやけ、皆で吸わせてもらうけんど」

若い刑事は、さっそく取調室へ彼女を案内して、やがて顔見知りの刑事と、その上司らしい開襟シャツの人物が入ってきた。

「ご迷惑をかけます」

「いや、災難続きですなあ」

開襟シャツのほうが正面にすわり、顔見知りのほうに扇風機と茶を持ってくるよう命じたから、二人きりになった。そこで裁判所からの書留郵便物を出したら、相手は手を振って笑った。

「それは見せてもらわんほうが、よかごたるですな。私らが余計な口をはさむ事柄とはちがうけん」

「そいでも……」

「じゃけん、言いよるでしょうが。災難続きですなあ、と。あんたには同情しておる。そこで今回は、警察と証人ちゅう立場じゃなく、あんたの知り合いとして、相談に乗ろうというわけです」

「もう、心配でならんのです。高等裁判所で、どげなふうに取り調べを受けるのやら」

「ママさん、そげ心配することはなか。控訴ちゅうと、一審に問題があったごと聞こえるかもしれんが、統計によると二〇パーセント近くは、控訴審に持ち込まれるとですよ。死刑判決が出たばあいは、ほとんど控訴、上告して最高裁まで行く。これは本人が判決を受け入れると言うても、弁護人が説得して、上級審になる。やっぱり死刑というのは、重大な決定やけん、そげなことになるんです。昭和三十八年に発生した殺人事件は二千二百八十三件で、検挙率が九七・三パーセント。複数犯もあって、検挙人員は二千四百五十二人。なかには榎津巌みたいに、一人で五人も殺したのもおる。このうち死刑判決がどれくらいかというと、まだ昭和三十八年のぶんはわからんが、ママさん、だいたいどれくらいと思いますか」

「わからんですよ。わからんバッテン、榎津のげな男が死刑にならんようでは、日本はまちごうておるんじゃなかですか」

「その日本で死刑が確定するのは、毎年十五人から三十人くらいのもんです。昭和三十六年が二十二人、三十七年が十四人と、だんだん減ってきておるが、榎津が死刑より軽うなるとは、どげな日本になっても考えられん。それで私が言おうとしておるのは、死刑判決が出たら、たいてい控訴するちゅうこと。なんも珍しいことでもなかけん、心配せんでもええですよ」

「そんじゃ、なんば取り調べるために、うちを呼ぶとですか」

「証人は被疑者じゃなかけん、取り調べとはちがいますよ、ママさん」

「すみまっせん、水商売はやめとるです」

「こりゃ失礼、奥さんと言わにゃいけん。それで奥さん、あなたが心配しておるのは、たとえ強要されたとしても、榎津とああいう関係にあったことが、公になることでっしょ。裁判所で弁護側が、それを突いてくるのは、目に見えておる。その後は、旦那さんとどうですか」

「疑うてはおるけど、実際のことは知らんです」

「そうそう、それでよか。なんもわざわざ知らせて、苦しめることはなか」

「そいでも刑事さん、恥ずかしか話ですが、主人は浮気したとですよ。ああ、やっぱり疑うておる、うちを許しておらんのじゃなと思い、どげん苦しんだことか。そいで何回も、死ぬ決心をしたとです」

「いけん、いけん、奥さん。あんたは病気の子どもさんのために、がんばらにゃ」

このとき扇風機を持った刑事が入ってきて、ハンカチで目頭を押さえていた畑千代子は、被疑者として榎津が取り調べを受けたのはこの部屋で、この椅子にすわっていたのではないかと思った。しかし、二人の刑事は、自分たちだけで話した。

「こんども国選というが、仕方なしに引き受けたんじゃろ」

「はい、福岡市の弁護士です」

「榎津の身柄を、小倉から移したのは？」

「六月十日でした」

「控訴審の初公判が六月十七日。あんまり打ち合わせもしておらんやろ」

「土手町の拘置支所で、死刑囚監房に入れられちょります。榎津巌も、いい加減にあきらめればよかものを」

「いやいや、そこがあきらめられんタイ。いまも奥さんに、そのことを話しよった。控訴・上告に持ちこめば、それが時間稼ぎになる。その引き延ばしやから、深刻に考えることはなかと、言うておった」

「そこそこ、ママさん」

顔見知りの刑事がうなずき、そういえば検察庁へは、この人に連れられて行ったのだと、畑千代子は思い出した。廊下で待っていたのだから、あのときの自分の供述内容は、知らないはずである。約束どおり検事が胸ひとつに収めて、警察に明かさなかったのではないか。「さあ、事務官もいない。安心して話してごらん。千枚通しはなんのためだった?」「はい、あいつを刺すつもりだったです」「あんたが、榎津を?」「別れ話がこじれたら、それで話ばつけようと思うたです。これはほんなごつです、信じてつかっせ」「しかし、その日も……」「はい、二回関係したです。それが最後と思うて、終わってから駆け落ちを断ったら、あいつが『殺しちゃる』と言いだしたです。そいでうちは、こげんこともあろうと思うて用意したものを、ちり紙を出すふりをしてハンドバッグから出したですけ」「千枚通しだな」「はい。『殺される前に殺してやる』と突きつけたです」「どこへ?」「下腹部です」「榎津はどうしたね」「動ききらんかったです、縮みあがって」「ほう、あの男がねえ」「ほんなごつです。本気だったですよ。あいつのきんたまを、すぐ刺せるごとして言うたですけ」「なるほど、そうか」「縮みあがったですよ、実際に。そいで本気とわかったらしく、『そげまで言うなら別れる』と言うです」「それから?」「うちは急いで洋服つけて、飛ぶごとして帰ったです」「あいつは?」「黙って見ておったです。なんもせんかったですけ、その後は」「千枚通しは?」「そんときアパートの部屋に置いたままでした。まさか、あげなふうに使われるとは思わんですけ。検事さん、これはぜんぶ正直な自白です。もし、この自白まで疑われるなら、うちはもう、なんも言うことはなかです。どげでん勝手に、処分してもろうてよか

いいだろう、あのとき思い切って話したように、いざとなれば高等裁判所でも、ありのままをぶちまければよい。それでどんな恥ずかしい思いをしても、共犯者の疑いをかけられるよりマシなのだ。畑千代子は、目の前の二人の刑事をぼんやり見ながら腰を上げた。

「帰らしてもらいます」

「待ちなっせ、奥さん」

「いいえ、どうせ警察にしてみれば、解決したことでっしょ。うちがどげん苦しもうと、関係のなかことです」

「ちがうっちゃ、ママさん」

顔見知りの刑事が、このとき身体ごと、畑千代子を押しとどめた。

「あんた、あのあとすぐ、胸を患うたでしょうが。たしか佐伯病院へ通うた」

「たいしたことなかったです。ちょっとレントゲンに曇りがあっただけですけ」

「そうそう、それそれ。身体は大切にせんといけんよ、奥さん」

「な、こげして警察でも、ママさんの心配をしちょる」

——十日午後一時から、福岡高裁刑事一部でひらかれた第二回公判は、弁護側から申請のあった精神鑑定について審理した。これは先月十七日の第一回公判で保留になっていたものだが、裁判長から榎津巌に質問をおこなったあと、合議の上「供述態度および内容から判断して、犯行当時に心神耗弱でなかったのは明らかである」と却下になった。なお、この日出廷の予定だった証人の主婦H子さん（二八）は、肺結核で療養中のため出られなかった。判決は八月二十八日。（昭和四十年七月十一日の新聞）

——二十八日午前十時から福岡高裁の第一号法廷でひらかれた判決公判は、予想どおり第一審判決を支持して、控訴棄却になった。日ごろはガランとしている一号法廷だが、この日は六十あまりの傍聴席は埋めつくされ、足りずに通路にハミ出すほどだった。午前十時、看守六人に囲まれて入廷した榎津巌は、グレーの背広にノーネクタイ、短い頭髪もさっぱりしていた。判決は、控訴審で唯一の争点だった精神鑑定について、「原審が採用しなかったのは相当である」と述べ、「榎津は欲望のあらわしかたなどに若干の異常がみられ、情操の欠如はみとめられるが、刑法上責任能力を減少するほどのものではなく、犯罪のやりかたは残忍凶悪で、被告人に有利な証拠一切を考慮に入れても、死刑は相当である」と言い渡した。榎津は被告席で着席のまま軽く一礼し、閉廷して連れ去られる後ろ姿へ、一人の婦人が「死刑死刑、榎津は死刑！」と叫び声を浴びせかけたが、平然と歩いて行った。（昭和四十年八月二十八日の新聞）

37——告

昭和四十年九月十日、榎津巌は、上告申立書に署名した。これは控訴のときと同様に、判決の十四日後だから、上訴期間ぎりぎりだった。理由は「死刑は憲法違反」とするもので、中立書は福岡高裁に提出された。

最高裁は、違憲立法審査権をもつ終審裁判所として、憲法違反を理由とする上告の申し立てを、すべてに優先して審理しなければならない。したがって、強盗殺人、殺人、詐欺・同未遂、窃盗と五つの罪名をもつ被告人の上告は、ただちに受理された。刑事訴訟法四〇九条「上告審においては、公判期日に被告人を召喚することを要しない」により、身柄は福岡刑務所拘置支所におかれたまま、「死刑未確定者」として、一般の被告人と区別され、どちらかといえば死刑確定者のようにあつかわれる。

榎津巌は、上告審においても、「貧困により私選弁護人はつけられない」と回答した。このため最高裁は、東京第一弁護士会から選任し、この国選弁護人は、十二月十一日付で本人が提出した「上告趣意書」を読んだ。

［昭和三十八年十月十八日の行橋事件において、故意に事実を伏せてきた部分がありますので、新しく提出したいと思います。つまり三人いる共犯者が、なんの処罰も受けて

いないのは、法の下にははなはだ不平等と考えるからで、その一カ月か二カ月前に、行橋駅前の割烹「麻里」において、まず鮮魚商を襲う計画を練ったのであります。そのころ私は、行橋市場と小倉市場を往復する鮮魚トラックを運転しており、同乗する鮮魚商の星野某は、多額の金銭を所持するので、これを奪ったのです。暴力団井尾組の幹部・佐藤某が、小倉と行橋の中間点で待ち、スピード違反でトラックを停める。そしてピストルで、星野某と私を脅し、カバンの現金を奪い去り、行橋通運のトラックで先回りしていた馬場大八が、佐藤某をひろって、フルスピードで「麻里」へ逃げ帰る。これは成功して、私は小倉署へ届けて事情聴取されましたが、なんら怪しまれることもなく、事件は未解決のままです。ところが奪ったのは二十万円で、意外に少なかった。それで馬場が、専売公社の現金を奪う話をもちかけ、佐藤某と畑千代子もくわわり、再度の犯行を企てたのでした。又もや成功したのですが、奪った金について馬場が、「こげんはずはなか、榎津さん汚いバイ」と、私がネコババしたように罵《ののし》ったので口論になり、ついに殺害するにいたりました。私は逮捕されて、このことを供述しましたが、福岡県警の岸警部が、「馬場は共犯の疑いをかけられ、退職金も労災保険金も貰えんでおる。死んだ者はこらえてやらんか」と、しつこく言うものですから、私もその気になり、故意に事実を伏せた調書に協力したのでありました」

これを受けて弁護人も、さっそく上告趣意書を作成した。昭和四十年十二月十五日付で最高裁に提出した書面は、次の内容である。

「原判決は絞首刑で、これは憲法第十三条（個人の尊重と公共の福祉）および第三十六条（拷問および残虐な刑罰の禁止）に違反する。死刑は残虐であり、無期懲役で十分であると思料する。およそ弁護人で、この主張をしない者はいない。また、犯行の原因と結果は、通常人では理解できない。原審における精神鑑定の却下は、きわめて遺憾である。さらに被告人は、自白の変更をしている。馬場大八、畑千代子、佐藤某、榎津巌による魚市場運搬人強盗事件（迷宮入り）にヒントを得たものだといっており、共犯者とする畑は病気を理由に控訴審に出廷していない」

最高裁が指定した公判期日は、昭和四十一年六月二十四日だった。だがこの日、国選弁護人には予定があった。東京都の都民相談室から頼まれている「暮らしのなかの法律」の担当者として、区役所に詰めていなければならないので、午前十時三十分からの最高裁に出かけられない。そのことを証明する東京都広報室長の文書を添付し、公判期日の変更を求めた。それは認められ、八月二十六日午前十時三十分から、弁護人が意見陳述をすることにきまった。

しかし、上告審の国選弁護人は、けっきょく一回も出廷することなく、日当はゼロ、上告趣意書の文書報酬として、八千五百円が国庫から支払われた。八月十七日午後、被告人が郵送した「上告取下書」が最高裁に到着し、その日付の昭和四十一年八月十五日、死刑が確定したからだ。

「先般提出した上告申立書は、感ずるところがあり、取り下げることに致しました。なにとぞ宜しくお取り計らいください。なお、上告趣意書に記載した「鮮魚商強盗事件」は架空であり、本件においては共犯者も存在しませんので、謹んでお詫びし、訂正致します」

38――島

「八月十五日というのは、私にとって、大いに意味のある日でした。それはこの日をもって、極刑囚として扱われることになり、死刑確定者だけが収容されるところへ移されたからです。しかし、貴女に伝えたいのは、そんな味気ないことではない。八月十五日の意味なのです。終戦記念日？　いや、私は戦争を経験していないから、とくに関係はない。お盆？　九州は旧盆だから、八月十五日に意味があり、私としては五人の犠牲者の方へ、お詫びのつもりでもある。でも正直にいうとね、日本のキリスト教徒にとって、たいへんにめでたい日なのです。聖フランシスコ・ザビエルが、伝道のために渡来したのが、一五四九年八月十五日、もっと大きな意味をもつアッソムションが、八月十五日。すなわち、聖母マリア様が亡くなられ、天の御国へ還られた日だから、この被昇天祭は、カトリックにとってクリスマスに並ぶ、大きなお祝い日にあたります。貴女は悲しんでくれるが、私はそういうわけで、この日を喜んでいます。だからもう心配してくれなくてもよい。「死刑の執行は法務大臣の命令による。命令は判決確定の日から六カ月以内にこれを執行しなければならない」という法律の条文どおりなら、私の生命もあとわずかだが、もうここまで生きたのだから、いつでも来いという気持ちです。殺人魔にしてはあっさりしすぎて、悪党らしくないと、世間はがっかりするかもしれないが、ホントの気持ちです。だから、もういちど書きます。あなたも一緒に喜んでくれるべきで、決して悲しんだりしないように。＝昭和四十一年十月八日付の手紙」

染谷勢以子は、上甲板のベンチに腰かけて、近づいてくる島影を、頬杖をついて眺めていた。佐世保港を出て二時間あまり、あと三十分ほどで最初の港に入る。一日一便の連絡船は中通島に着くと、リアス式海岸の港から港をたどり、平戸島に寄って佐世保へ引き返す。だから降りなくてもよく、このまま「鯨波丸」で、島の姿を眺めるだけで帰ろうかと思ったりしながら、サングラスにかかる波しぶきを、拭くでもなしにいる。

「おもしろいでしょう。島のかたちが十字になっている。キリシタン哀史ちゅうか、そげん弾圧はきびしゅうはなかったけど、この島にもやっぱり、いろんな物語が残っておる」

島の中学校で理科を教えているという青年が、彼女が手にしている地図を覗いて言った。市営桟橋の売店で買い求め、ばら売りの乗り物酔いのクスリを口に入れていたら、「観光ですか」と話しかけてきた。二十七、八歳だろうか、痩せてはいるが筋肉質で、色黒の顔にとくに特徴はなく、鰓《えら》が張ったような頬骨を、「そっくりだな」と凝視した。「おや、どこかで会いましたか」「そうじゃないんですが、ちょっと知っている人に、よく似ていらっしゃる」「これから島へ帰るんですよ。よかったら観光ガイドをつとめましょうか」。妙になれなれしいのも、そういえばおなじだ。「どうかね、東京でも行ってみようか。ぼくも勤め先でつまらんことがあって、むしゃくしゃしておるんだ。ぱーっと気晴らしでもやるか」「ぱーっと?」「おう、ぱーっと遊ぶタイ」。九州訛りが出て、横浜市の会社員というふれこみの榎津巌は、長崎県の五島列島で育ったと話した。そのとき彼女は、中通島についてなにも知らず、捕鯨の話をおもしろいと思った。

「クジラ漁ですか。だいぶ昔のことでしょう。いまでもイルカの大群を見ることはありますけどね」

キリシタンについて話していた青年は、ちょっと意外だったらしい。はるか栃木県からキリシタン秘跡を訪ねた観光客というので、知っているエピソードを語っていたから、捕鯨で話の腰を折られたのかもしれない。

「小鳥を飼いはじめた。死刑囚のくせに、これはまた呑気なと思うかもしれないが、私たちは懲役囚ではないから、請願作業でもしないかぎり、なにもすることがない。ある朝いきなり「お迎え」がきて、バターンとぶら下がるのが刑の執行だから、それまで暇つぶしをするんだよ。小鳥は十姉妹で、雀みたいに野暮ったいけど、房へきて八日目に卵を生みはじめて、小指の先くらいのが六個。そのなかの四個がかえって、一カ月もたたぬうちに六羽の世帯になった。窓際の植木鉢にはゼラニウムで、これも次々に花房をつける。あなたはこの花を知っていますか。葉はかなり匂いが強いが、花房はつぶつぶのようなのが芽を出して、そのうち茎がどんどん伸びて、葉の茂みから頭をのぞかせ、つぶつぶだった蕾がひとつずつ花になる。花は桜に似たかたちで、直径は二センチメートルくらい。一本の花茎に十数個ついて、これが実にうまくひろがり、ちょうど大輪のバラのようだから、さっき視察口から覗いた看守部長がほめていた。「視察口」というのは、房の鉄扉についた覗き穴のこと。タテ二寸、ヨコ五寸ほどの穴が、私たちの社会の窓かな。もう一つの窓には、ブラインドのようにブロックがはめこまれ、花にも小鳥にも貴重な日光をもたらしてくれるが、踏み台に乗って外を見ようとしても、空しか見えない仕組みです。この一坪半ほどの独房で、四十一歳の男のすることといえば、今のところこんなものです。＝昭和四十二年六月十三日付の手紙」

中通島には、ほとんど砂浜がない。最初に着いた港は、その昔の捕鯨基地で、いまは定置網で回遊するブリを獲る。

「どこで降りますか。ぼくは、どこで降りてもいいですよ」

クジラもこんな波をたてるのかと、四百二十七トンの「鯨波丸」の航跡を見ている染谷勢以子に、二等キップを指にはさんだ教師がたずねた。郵便マークの旗を立てた船尾で初老の男が、野球ボールほどの玉をつけたロープを勢いよく回し、それを受け取るおなじ作業服の男は、甲板にいる客たちに訛りの強い方言で冗談をとばしている。その冗談に、隣に立っている教師が噴き出して、解説をするつもりか酒の臭いのする口を近づけたが、彼女は自転車を停めて立っている制服巡査に目を向けていた。「五島列島へ行きたい？」と、あのとき驚いたような顔をしたのは、三歳から十二歳までを過ごした島にも、立回り先の手配がなされていたからだろう。「どうしてまた、そんなことを言い出すんだね」。銚子三本に付き合って、こちらも酔っていたかもしれないが、コタツごと抱かれたとき、抗いもせずにねだった。「長崎がダメなら、ほかのところでもええんよ。どこか遠くへ連れて行ってほしい」「そうか東京では近すぎるか。よしよし、あんたの気晴らしになるようなところ、どこがいいかなあ」と、年齢の割りには飢えた感じで、荒々しくかぶさってきたから好きなようにさせたけれども、あとで気づいたら客室の内カギを掛けるのを忘れていた。「それで昭和三十八年十二月十一日、示し合わせて宇都宮駅発か。いまごろの娘はおそろしいねぇ。フリの客にいきなりついて行って、相手がどういう男かも知らない。旅館の女中というのは、だれとでもこうなるのかな。あんたとこは名の通った宿だろ」と、事情聴取の刑事がくどくど言ったのは、彼女が十九歳だから、補導するつもりだったのかもしれない。「東京・横浜・湯河原・宇都宮と、三泊四日をいっしょに過ごして、その男が日本中を騒がせている殺人魔だと、ぜんぜん気づかんかったとはな。浜松の貸席では、女二人を殺したんだぞ」

「わたし、ここで降ります」

「それなら、ぼくも降りる」

週末を諫早《いさはや》市の実家で過ごして、中通島へ戻ってきた教師は、染谷勢以子のスーツケースを持ち、先ほどからこちらを見ている若者に声をかけた。

「ノボルは車だろう。お客さんだから頼むぞ、観光ガイドをつとめてくれや」


「植物は冬になると休むのに、動物のいとなみは何故ひっきりなしなのだろうか。いつか書いた十姉妹は、二カ月に一度のペースで産卵したから、ネズミ算のようだった。三十四羽まで数えたが、こうなると鳥籠に入りきれるものではない。いや、実際のところ、私自身が籠の鳥なのに、小鳥を飼うのが滑稽なことに気づき、あとは放し飼いにした。窓を開けて、いつでも飛び立てるようにしてやったのに、籠の中で生まれた鳥は、しょせん檻の中でしか生活できないのか、逃げることを知らない。一坪半のこの空間だけを、自分の生活場所と信じているのか、けっこう楽しそうに羽ばたき、私にも慣れきって、手に乗ってエサを食べる奴もいた。貴女も知っているだろう、小鳥はやたら糞をするから、せっせと拭き掃除で、私は床を這いずりまわった。それはよい運動でもあったのだが、私は自分の立場を忘れていた。それが不潔という理由で、看守部長から「籠に戻すか、飼うのをやめろ」と迫られ、けっきょく私は、一羽ずつ絞め殺して、ぶら下げてやった。十姉妹よ許せ、いずれ私も後を追う。四日間の鎮静房入りは、十姉妹殺しの罰だったから、私は十分に反省した。なんとありがたい、刑務所側の教育だろう。「可能なかぎり、死刑に直面する人間の苦悩と恐怖を取りのぞき、本人が贖罪の観念に徹し、安心立命の境地に立って、死刑の執行を受け得るよう」配慮してもらっている。盲人のために点字を打ちはじめたのも、つい最近のことだが、私はこれで凝り性だから、忙しくなりそうです。＝昭和四十三年一月十八日付の手紙」

ニキビが首筋一面にある若者が運転する軽四輪で、染谷勢以子は、中通島の道を走った。四月下旬の東シナ海の島は、もう暖かいと思っていたのに、窓から入る風は冷たい。教師の男は、車が揺れるたびに肘を脇腹に、さりげなく当ててくるが、教え子の運転する車だから遠慮しているのか、それとも臆病なのか。旅館をやめてからは、身体をさわらせて飲み物をねだる店で働いている彼女には、ちょっと可笑しかった。

「この島は、仏教徒とカトリック教徒が、ちょうど半々なんですよ。だから学校でも、なんとなく二分されているんですね。ぼくは外の人間だから、ちょっととまどいましたよ。こんなことを言うとまずいけど、カトリックは陰気なところがある。どっちかというと、貧しい家庭が多いけど、もともと余所者だから、仕方がないともいえる。ただ困るのは、カトリック系の生徒にとって、教会の神父さんが絶対的だから、ぼくらの言うことなんか聞きゃせんですよ。なんか教会で、信仰に関するテストがあるらしく、授業中にそっちの暗記ばっかりして、夏休みに父親と旅行したちゅうので、どこへ行ったのか聞いてみると、バチカンでローマ法王に拝謁《はいえつ》してきた、なんてびっくりさせられる。それと恋愛ですね、異教徒同士となると、やっぱり大問題のごたるです。昭和四十年代の日本で、信じられんのとちがいますか」

「隠れキリシタンは？」

「表面上の仏教徒のことですよ。それだったら、ちょうどよかです。ノボル、傑作な話があったら、聞かせてあげんか」

中卒で捕鯨船の乗組員になり、いまは関節炎で療養中という若者は、運転席で白い歯を見せただけで、なにも言おうとしない。

「こげんして、自動車が行きますね。右でもよし、左でもよし、よく注意してみると、ポツンポツンと一軒家がある。それが隠れキリシタンの家です。つまり、カトリック教会に復帰するきっかけがないまま、今日にいたっておる。ノボルの家がそうです、そうじゃろうが、ノボルよ」

「そうかもしれんです」

「とぼけるな、ちゃんとわかっておる。わかるでしょう、今でも隠します」

なぜかはしゃいでいる教師に、染谷勢以子は微笑して、海に目を向けた。小さな入り江があらわれては消え、またあらわれる。五、六戸の集落と、一戸だけの家とが、区別できるようにも見える。しかし、彼女はこのとき、宇都宮市の旅館で聞いた歌を、思い浮かべていた。湯河原温泉で一泊したときは気づかなかったが、送ると言って宇都宮まで来て、けっきょく別れられずに泊まった旅館で、「わーっ」と叫んだ隣の声に驚かされた。怖い夢でも見たらしく、彼女が気づかないふりをして寝返りを打ったら、小さな歌声が聞こえてきた。どれくらい続いたのかは、ふたたび寝入ったからわからず、朝になって聞いてみた。「夜中の歌はなあに?」「ああ、聞いておったんかい」「島の歌なのかしら」「そうだよ」「もういっぺん聞かせて」。だが答えはなく、強く抱きすくめられて、信じられないくらい長い性交になり、それが最後だった。部屋に運ばれた朝食のとき、お互いにちょっと箸をつけただけで、別々に旅館を出たのだった。

［五年前のきょう、私は怖かった。湯河原から上野駅に戻り、そこで別れた直後に、貴女が交番に駆けこんで非常線が張られたら、逃れることはできない。それを恐れて、けっきょくいっしょに宇都宮へ行った。あのとき私は、貴女が殺人魔と気づきながら、恐怖のあまり黙っているのだと思いこんでいた。知らぬふりをしているのだとしても、そのあと私をかばってくれる保障はない。宇都宮の旅館で、私は逮捕される夢を見た。目覚めて無事であることに気づいたが、自分が手にかけた人の顔が浮かんで、眠ることができなかった。そのとき私は、歌を口ずさんだのです。するとふしぎに、気持ちが落ち着く。いや、正直にいうと、恐怖から逃れられる。それが「島の歌」です。だれにも明かしていないが、貴女だから初めていう。その歌は、曾祖母に教えられた。私が三歳か

ら七歳のときまで、とても可愛がってくれた人だった。八十七歳で死んだひいおばあちゃんが、なにかにつけて口ずさんだ歌を唱えながら、私は絞首台に上るでしょう。とても熱心な教誨師の神父さんには申し訳ないが、これを唱えるときだけ、私は恐怖を忘れることができる。もったいぶるほどのことではないから書きますが、それは「歌オラショ」なのです。＝昭和四十四年十二月十四日付の手紙」

「ほう、歌オラショのことを、知っておるですか」

島の中央部を過ぎて、十字架のかたちで突き出た上のところへ来ると、右に五島灘、左に東シナ海が見える。そして天主堂が見え隠れして、夕陽に妖しい光を映しているのは、ガイドブックにあるステンドグラスのようだ。

「あの教会へ、ちょっと寄ってみたいんだけど」

「ノボル、教会へ頼むぞ。しかし、教会で歌オラショは聞けないでしょう。あれはキリシタン禁令で、宣教師を失った信徒が、七代にわたって口誦《こうしょう》しているうちに、変形してしもうとるです。お葬式を出すと、仏教のお坊さんがきて読経する。それを必死に、次の部屋で歌オラショを唱えて消したちゅう。おい、ノボルがやってくれんか。遠方からのお客さんやけん」

ハンドルを握っていた若者は、しきりに照れながらも、漁港を見下ろすアスファルト道路に軽四輪を停めると、節をつけて歌いはじめた。そうして唱える文句はわからず、口ずさむ本人にも意味のとれないことばなのだろうが、童顔の若者は、さらに声を張り上げるのだった。

「どうです、本場の歌オラショです。ときどきテレビなんかでやるのは、観光化されてつまらんですもんね」

「ほんと、素晴らしい」

染谷勢以子は調子を合わせたが、五年前の深夜に聞いたものとは、まるで別な歌のように聞こえた。

「同封する押し花は、東京の大学生がくれたものです。この男子学生は全盲で、マッサージ師になるそうだが、哲学を勉強しています。私は頼まれて、ドイツの哲学者マルティーン・ハイデッガー著『存在と時間』上下二巻を点訳したのです。英詩からはじめて、これが二十冊目の本になる。いや、この哲学書にはほんとうに苦労したが、なんとか間に合って、学生さんは卒業論文が書ける。そのお礼に送ってくれた押し花を、貴女に差し上げます。どうか私の形見と思ってください。私はそろそろ、行かねばならない気がするのです。いつ迎えが来てもいいように、父から白むくの和服を送ってきた。妻とは四年前に協議離婚し、彼女は再婚したそうです。子ども三人は、改姓のため再婚相手と養子縁組しています。昨年一月に母が病死して、今となっては父だけが身内です。貴女は、まったく「親に先立つ不幸」ということばの意味の重さを、ひしひしと感じます。貴女は、親孝行だけは忘れないでください。

白むくに白足袋添えて送り来て　喜ぶべきか死刑囚吾れ＝昭和四十五年八月十七日付の手紙」

39——夜

昭和四十五年十二月十一日午前八時すぎ、神父が到着して、拘置支所の門前で待っていた四十七歳のパチンコ店経営者は、駆け寄って白い息を吐いた。

「お世話になります」

「おはよう。眠れましたか」

「やっぱり、ダメだったです」

門衛の看守が鉄扉を開けて、乗用車を運転してきた神父は、構内に乗り入れた。毎週土曜日の午前十時ころ、神父は教誨にやってくるが、いつも詰襟とはかぎらない。福岡市のカトリック系高校の教師でもある四十三歳の神父は、背広姿で教壇に立つようにしているからである。

「執行の前夜は、だれでも眠れない。ここの所長さんだって、大臣の命令が来た日から、不眠症になるそうです」

「神父様もやっぱり？」

「それは同じですよ」

オーバーの襟を立ててふるえているパチンコ店経営者をいたわるように、その背中を手で押しながら、建物のなかへ入った。

「ひょっとしたら、いちばんよく眠ったのは、榎津君かもしれない」

「はあ……」

二人は廊下を歩きながら、顔を見合わせて微笑した。死体の引取人として、執行に立ち会うために、父親の代理として、榎津巌の妹の夫が別府市から来た。昨夜の夕食は、この義弟と神父が、ここで死刑囚に相伴したのだ。

「とうとう電話もなかった。なんといっても、いちばん苦しい夜だから、いっしょに居てくれと頼む者もいるから、私はいつでも出かけられるように、準備していたんですがね」

「そのことですが、なんで前日から、本人に知らせるような目に遇わせるとです？」

「いや、本人が希望していたからです。榎津君は、文通の相手も多い。だから、走り書きの遺書にならぬよう、前日にきちんと書きたい、と」

教育課長の部屋に着いたら、朝食を差し入れるために、課長が房まで行ったという。

それで二人は、前日の夕食のときのように、ソファーに並んですわった。

「やっぱり、イワちゃんだけあって、度胸がすわっておるとでしょうね。おやじさんも、土壇場になって取り乱さにゃええがと、それを心配しちょるです」

「だいじょうぶでしょう。あとで教育課長から、あなたに説明するでしょうが、最後のお祈りをしてから、刑場へ行きます。このときは宗教の別を問わず、十六人の死刑囚全員が、教誨堂に集まります。お祈りをして、御体のパンを授けたら、みんなとお別れの握手をして、そのまま行きます」

「自分はどうすれば？」

「そうですね。手錠をかける前がいいから、やはり教誨堂で、握手してください」

ドアが開いたが、入ってきたのは課長ではなく、立ち会いにやってきた検事だった。

しかし、「所長室へ行きます」と、すぐに検事は部屋を出た。

「榎津君にとって、たった一つだけ心残りは、角田君の洗礼でしょう。角田というのは、二人ほど殺した男ですが、二年前に確定して、ここに入っています。ぜんぜん信仰心がなかったのを、榎津君が引っ張ってきました」

「ほんなごつ、イワちゃんが？」

「半年くらい前から、角田君も欠かさず、教誨に出てくるようになりました。それで榎津君は、自分が生きておるうちに、ぜひ洗礼をと望んで、クリスマスの予定だった。ところが今月に入り、『なんとか繰り上げてもらえないか』と、榎津君が言いだした。『どうも今年のクリスマスには、この世におらんような気がするので、その前に洗礼に立ち会いたい』と。それで私は、十二月十三日の土曜日のつもりで、榎津君には立ち会って自分もらいたかったんですよ」

「バッテン神父様、よか話じゃありませんか。おやじさんも、どげん喜ぶことか。自分はイワちゃんとはイトコ同士、こまいときから知っちょりますが、神父様になってもらうのが、おやじさんの夢でしたけん」

「たまに私が、教誨に出られない日があると、榎津君は立派に、神父の代理をつとめてくれました。『大学教授や弁護士になってみたが、ニセ神父がいちばん難しい』なんて、冗談を言いよりましたが、なかなか堂に入った神父ぶりでね。これは初めて明かすことですが、私は中学校で、榎津君の一年後輩なんです」

「福岡市のミッションで？」

「はい。記憶力も勘もいい彼が、気づかないはずはないんですが、向こうからなにも言わないから、私も黙っておりました」

「それは、また、なんちゅうたらええか」

パチンコ店経営者が、溜め息をついて天井を見上げたとき、ドアが開いて教育課長が戻った。しかし、もう雑談をする余裕がないらしく、机の横の保管庫から、あわただしくピストルを取り出して、二人をうながした。

「じゃあ、そろそろ始めますので」

40——刑

死亡報告の件

福岡刑務所土手町拘置支所長㊞

福岡市長殿

本籍　大分県別府市南町三八三番地

住居　福岡県行橋市大字塔野三八二二番地

榎津　巌

大正十四年十二月十四日生

死刑執行日時　昭和四十五年十二月十一日午前十時五分

死刑執行場所　福岡市百道二―一六―一〇　福岡刑務所土手町拘置支所

右執行に付、戸籍法第九十条に依り報告致します。

あとがき

この作品は、一九七五（昭和五十）年十一月、講談社から書き下ろしのノンフィクション・ノベルとして、上下巻で刊行したものです。七六年一月、第七十四回（昭和五十年下期）の直木賞に選ばれ、二月に授賞式が行われました。当時三十八歳のわたしにとって、記念すべき出来事で、文筆生活のありようも一変しております。ひとことで言えば、突如として多忙になり、自分を見失うような日々でした。そのさなかに作中の事実誤認に気づきながら、「そのうち訂正しよう」と先送りし、七八年十二月に講談社文庫化したとき、本格的な手入れもしておりません。まったく弁解の余地もなく、恥ずかしい限りですが、いったん世に出した以上は、仕方のないことだと思っておりました。

しかし、歳月を重ねるにつれて、このままではいけないと、改訂新版を出すことにしました。そうしてパソコンに向かい、四百字詰め原稿用紙で八百枚の作品を、最初から書き直したのです。むろん単行本、講談社文庫版が底本であり、ストーリーは逸脱しておりませんが、最初に事件が起きた場所を「筑橋市」としていたのを、本来の地名の「行橋市」に戻すなどしました。モデルが存在する事件なので、それなりに関係者に配慮したものを、今となっては不自然に思えて、このようなかたちにしたのです。

わたし自身の文体も、昔と今では変わっています。そうであれば、やはりいじりたくなります。それは許されるだろうと考えて、わかりやすい表現にするなど、あれこれ推敲しました。この点についても、ご批判はあるでしょうが、我が儘をとおしました。過去の作品をすべて改訂することはできませんが、この『復讐するは我にあり』への愛着がそうさせたのだと、自分では理解しています。

一九六四（昭和三十九）年七月、八幡製鐵（現在は新日本製鐵）を二十七歳で退職してから、職業作家として生きてきました。四十数年の作家生活をつづけ、気がついてみたら四月に七十歳です。杜甫の詩に「人生七十古来稀なり」とあるから「古稀」だそうですが、我ながら長生きしたものです。このごろは「人生九十年」ともいわれ、そこまで欲張るつもりはなくとも、生きている限りは書きつづけるつもりでいます。しかし、こうして改訂新版にこぎつけて、「もはや思い残すことはない」というのも、偽らざる心境です。

この改訂新版を出すにあたり、講談社のご了解をいただき、弦書房のお世話になりました。三原浩良社長に、心から感謝しております。

二〇〇七年二月十四日

佐木　隆三

文庫版のためのあとがき

一九七五年十一月、この作品を講談社から上・下巻で刊行したとき「あとがき」は書いておらず、秋山駿さんとの対談（十二ページ）を付録として挟み、「まず第一に、調べるっていうのが大変なんじゃないですか」と問われ、わたしは次のように答えている。

「彼の犯罪が三十七から八にかけて、私の取材も三十七から八にかけてだったんです。それからまあ、やってきたところに似たようなところもあるみたいな、たまたま私は刑罰を受けなかっただけじゃないかと……。しかしどうしても、私にはのぞくことができないんですね、彼の内部が。それで、じゃあ彼を見た人間、彼にだまされたり殺されたりした側から描写するしかないんじゃないかと思い決めたんです。自分のやり方としては、調べることに徹底したんです」

それで具体的に、「非情にも老いて寝たきりの父親にも会いましたし、被害者、前科のときの共犯者、殺人現場近くの人たち、幼年時代からの友だち、警察関係者、弁護士、逮捕された玉名市ではお坊さん一家、教誨師の神父……ノート三十冊分会いました」と説明している。しかし、この程度で「調べることに徹底した」なんて、よく臆面もなく言えたものだと、後になって思い知らされるのである。

このノンフィクションノベルは、今村昌平監督によって映画化された（一九七九年、松竹株式会社・今村プロダクション提携作品）。今村さんは「調査魔」として知られ、プロデューサーの井上和男さんと、事件の舞台になった場所を訪ね歩くのだが、なにしろ半端ではなかった。わたしは密かに、警察資料第87号『いわゆる西口事件の捜査と反省』（警察庁刑事局捜査第一課）を入手したが、その表紙に「部外秘」とあるから、資料に用いたことを明かしていない。ところが今村さんは、同じものを見つけて原作と照らし合わせながら、「この部分はフィクションだったのかぁ」と、呆れたり怒ったりしたらしい。数々のドキュメンタリー作品を手がけたあと、約十年ぶりの劇映画ということで、こういう仕儀になったようだが、原作者の知らない事実が次々に浮かび上がる。

あるとき映画監督としても著名な井上プロデューサーから電話があり、興奮した口ぶりだった。

「いま我々は、どこにいると思います？」

「………」

「青森県の八戸市です」

わたしは咄嗟に、なんのことか飲み込めなかった。文春文庫の目次裏に付している「列島を縦断した榎津巌の足取り」を見ていただければおわかりのように、青森県は空白になっているからだ。

「なんで八戸市なんですか」

いう。


「吉里幸子を、ようやく見つけ出したんですよ」

　この作中人物は、「16——幟」と「29——鎖」に、榎津巌の最後の同棲相手として登場し、別れた後にストリッパーに戻り、西日本から東日本へ旅興行に出る。わたしは裁判記録で供述調書を読んで周辺取材をしたけれども、本人には会っていない。しかし、監督とプロデューサーは、当人の肉声に接したいと思って、探し求めていたという。

「それで彼女は、八戸市でなにをしているんでしょう」

「いまも現役で、特出しをやっています」

　聞いて驚いたのは、事件当時に三十六歳だったから、およそ十五年たって、実年齢は五十過ぎのはずだ。

「会って話を聞くことができましたか」

「いや、若いヒモが付いてガードが固く、まったく取材拒否です」

「じゃあ、今村さんは？」

「仕方なしに入場料を払って、現在かぶりつきで観ていますよ」

　このとき絶句して、頭を過ったのは「事実は小説より奇なり」で、まさに小説家として情けない。映画では白川和子さんが演じて、短い出番ながらも、実に魅力的である。

　そんな事情もあったから、映画『復讐するは我にあり』の封切りを前にした講談社文庫版（一九七八年十二月刊）にも、わたしは「あとがき」を書いていない。

二〇〇七年四月、弦書房から全一冊で改訂新版を刊行したとき「あとがき」を付したのは、三十年余をへて手を加えた理由を、説明しておく必要があったからだ。そこで書いているように、パソコンで四百字詰め原稿用紙八百枚分を書き直したが、その合間に長崎県南松浦郡、大分県別府市、熊本県玉名市、福岡県行橋市などを歩いた。

雑誌の「舞台再訪」なる企画で、カメラマンと同行取材したことはある。しかし、再取材は独りで感傷にひたる趣もくわわり、古希を迎える老人には、決して悪い旅ではなかった。

三十五歳のとき、二年間の沖縄生活を切り上げて、首都圏に舞い戻った。一九七二年一月、わたしは復帰する直前の沖縄で、凶器準備結集・公務執行妨害・現住建造物放火の容疑により、琉球警察に逮捕された。祖国復帰協議会が主催する「核兵器付き返還反対」の全島ゼネストで、デモ隊と機動隊が衝突して火炎瓶を投げつけられた機動隊員が死亡し、その首謀者とみなされたのである。まったくの誤認逮捕で、十二日間の留置場暮らしから解放されたが、機動隊員殺しの容疑をかけられた小説家に、それまでのように原稿の依頼はない。そのとき講談社文芸局の渡辺勝夫さんから、「トルーマン・カポーティの『冷血』のような書き下ろし長編を書いたら？」と声をかけられ、「西口彰連続五人殺害事件」に取り組んだのだ。

書き下ろし作品とは、雑誌や新聞に掲載するのではなく、いきなり単行本にすることである。当然ながら本の印税は、出来上がるまでは支払われない。しかし、便法として出版社は「前払い」をしてくれる。モデルの西口彰は、七十八日間かけて日本列島を縦断しているから、その足跡をたどる際の取材費は講談社の丸抱えということになる。埼玉県のはずれの無抽選の公団アパートに入り、前借りした取材費の一部を生活費として家族に渡し、各地を飛び歩いた。そんなケチケチ旅行で五島列島の中通島をバスで移動したことなどが思い出され、当時の取材で刑事が漏らした、「今どきの若い者はマイカーで聞き込みに行くため、われわれのように靴底をすり減らすのとは違い、大切な情報をポロポロ落としてくる」との言葉が蘇ったりした。

作中の榎津巌が全国指名手配のさなか、家族は「22——目」のように、世間の好奇の目にさらされる。逮捕後は映画化の話が持ち上がり、父親は映画会社の社長に中止を求める「嘆願書」を送るなどした。それから十年ほどたち、わたしが取材で回ったころ、父親は追跡を振り切るように転籍をくりかえして、別府市内のアパートで独り暮らしだった。一九七四年十月に訪れたときは、たまたま不在だった。六畳一間の木造アパートの前で待っていたら、買い物籠を手にした老人が、トボトボと坂道を下ってくる。その姿を見た瞬間に、わたしは「人の道にはずれている」と、怖くなって引き返した。

一九七五年三月に第一稿の校正刷りも出て、せっせと手を入れたが、ぽっかり空白が生じている。一九三九年春、福岡市のカトリック系の全寮制中学に入りながら、榎津巌の非行が始まった。なぜそうなったのかは、どの記録にも出ていない。福岡地裁小倉支部における連続殺人事件の公判でも、その点は本人が黙秘している。こうなればやはり、父親に聞くしかない。ふたたび別府市のアパートを訪ねたのが、七五年四月二十七日だった。リウマチが悪化して寝たきりで、当然ながら取材拒否された。しかし、今度ばかりは引き下がれない。玄関を入った三和土《たたき》に立ち尽くしていると、しばらくして襖越しに声をかけられた。

「埼玉県から来た？」

「はい、そうです」

「高い汽車賃を払うて、何も聞けんのでは困るやろ」

そうしてベッドのある部屋に招じ入れられ、身体を起こした老人が、こちらの質問に応じてくれた。映画『復讐するは我にあり』で、網元の父親が漁船の徴用に応じないため、海軍の士官が衆人環視のなかで罵倒して、その軍人に巌少年が棒切れで殴りかかるシーンがある。それが非行の始まりと、今村監督は積極的に解釈しており、わたしは消極的ながら異論はない。いずれにしても、あのとき父親が取材に応じてくれなかったら、浮上しなかった話なのではないか。

二〇〇七年一月十五日、小倉駅から日豊本線で別府市へ向かった。一九九九年八月に東京都杉並区民から、三十二年ぶりに北九州市民に戻り、門司港に近いマンションで暮らしていた。それで交通の便もよいから、「舞台再訪」をくりかえしたのである。このときの別府行きは、「15——海」に「父親は旅館を売って海岸通りへ移った。ここを選んだのは、カトリック教会が三百メートルほどのところにあるからなのだ」と書きながら、かつての取材では教会へ行っていないことに気づいたからだった。そうして改訂新版で、「ここを選んだのは、カトリック教会が三百メートルほどのところにあり、正面の碑に『神よわたしの汚れを洗い罪から清めて下さい』と刻まれている」と書き改めた。

この碑文を見たとき、毎朝五時三十分に家を出て、杖をついてミサに通った父親の心境が、なんとなくわかったような気がした。作中で行橋警察署の巡査部長が、取り調べの補助官が取ったメモを基に、作成した私家版というのは実在する。

［別府市より、父親が毎日やって来る。昨年九月、行橋市から妻に手紙があり、「出直したいからこちらで暮らそう」という内容だったが、父親は「バカ息子の気まぐれ」と反対して実現せず。「あのとき嫁を行かせていたら……」と号泣す］

わたしの取材に応じたとき、そういう意味のことを父親は言っていた。とはいえ、連続殺人事件の以前にも似たようなことがあり、長崎県佐世保市へ行った妻は、無駄足に終わらされている。そのことは取材済みであり、巡査部長の私家版も校正刷りにふくまれていたから、アパートのベッドで身体を起こした父親の言葉を、わたしは聞き流した。しかし、その父親（事件当時六十四歳、取材当時七十五歳）と同じ年頃になった者として、

「神よわたしの汚れを洗い罪から清めて下さい」との文言には、身につまされる思いがする。前述したように「舞台再訪」は、独りで感傷にひたる趣もくわわり、決して悪い旅ではなかった。

今回こうして「文庫版のためのあとがき」を書きながら、改めて思うのは、このテーマに出逢えた幸運である。高卒の十八歳で八幡製鐵（現在の新日本製鐵八幡製鐵所）に就職し、二十歳で同人雑誌を始めて、職場小説や私小説を書くようになり、労働者作家とも呼ばれた。しかし、二十七歳のとき会社を辞め、三十歳で東京へ出てまもなく埴谷雄高さんの謦咳《けいがい》に接して、「文学とは人間という不可思議な生き物の正体にどこまで迫れるかだ」と聞かされ、現実の犯罪に興味をもつようになった。

秋山駿さんからは、初めにふれた対談で、「犯行者とそれを取り巻く人間との間にある裂け目が浮き彫りにされ、そこの裂け目の中で犯罪というものが成立するもんだな、深い穴にかける一本の綱をわたるようにできるものだと思って、そこがおもしろかった」と励まされた。それ以来ずっと秋山さんを頼りにしており、この文春文庫の解説も書いていただいた。まだ読んでいないけれども、秋山さんの本音としては、「この小説だけで沢山だぜ」というところかもしれない。仮にそうであっても、わたしは望むところで、弦書房版の「あとがき」に書いたように、改訂新版にこぎつけて「もはや思い残すことはない」というのも、偽らざる心境である。

なお、文春文庫に入れていただくに際しては、文藝春秋出版局の佐藤洋一郎さんに、一方ならぬお世話になりました。記して感謝いたします。

二〇〇九年八月二十四日

佐木　隆三

解説

秋山駿

犯罪は、恋愛と並んで、文学のもう一つの源泉である。

ところが、われわれは長い間、ドストエフスキーの『罪と罰』のように、あるいは、ラスコーリニコフの犯行のように、犯罪を主題とする文学（小説）を持ってはいなかった。日本近代文学七不思議の第一である、と言ってよろしい。

三十年ほど前、ミシェル・フーコーが来日して文学歓談の場が設けられたとき、哲学者の中村雄二郎さんから、日本の文学と犯罪、というテーマで話をせよと勧められて、その七不思議の紹介をした。

「われわれの文学は、文学が描くあらゆる人間的光景の中から、犯罪という一ページを欠落させています。人間の心における犯罪の領域とか、犯行という行為の意味するものが、文学の考察の対象となったことは、ほとんどまったくない、と言っていいほど見当りません。これは実に奇妙なことです。（ちょっと付け加えれば、日本の近代文学は明治十八年（一八八五年）に始まりますが、それから太平洋戦争の終り（一九四五年）までの六十年間には、犯罪というものが、人間の生存の、内面的な基本にかかわるものとして、文学的注意の対象とされたことは、なかった、ということです。むろん、それ以前の文学も、人間の内面というものを、明晰な意識の対象とはしなかったために、犯罪が秘密めいた謎の言葉で人間に告げているものを、新しく考察する、といった内容はありません。》」(「日本の文学と犯罪、そして、一人の犯行者について」)

どうしてだろう? 犯罪のなかでも殺人は、人間のもっとも怖ろしい行為であり、戦争が歴史を描こうとする力の発火点であるように、殺人は一人の人間にとって、人間とは何か、生とは何か、と問うときの深淵である。だから、文学の源泉なのだ。

また、たとえば復讐は、恋愛の情念より、よほど深い、人間の根底的な情念であり、これは悲劇を呼ぶ。ギリシア悲劇や、日本なら主君の仇を晴らすために赤穂浪士が決起した「忠臣蔵」などが、その好い見本だが、この情念は、人間性の根源ともいうべき深処から発している。その根は、暗く、余人がそこに近付いてはならぬ秘密に包まれている。小林秀雄は、「忠臣蔵」を考察した文章の中で、「ハムレット」を引き合いに出しながら、復讐というものについて、こんな言い方をしている。

「いずれにしても、復讐心の根は定かならず、深く延びて、誰にもこれを辿る事が出来ない。その根は社会の成立とともに古いからだ。復讐という言葉の発明は、正義という言葉の発明と同時であった。」(「忠臣蔵Ⅱ」)

人間の真実を見極め、この世の中の在り様を描き出そうとする文学にとって、犯罪は、だから大きな源泉のはずだが、どういう訳か、日本近代文学では、その創始期から敗戦前の昭和期前半に至るまで、文学の主題として犯罪が描かれることはなかった。怠惰なわたしの読書だからあまり当てにはならぬが、正宗白鳥の『人を殺したが…』が見当たるくらいではないか、と思う。

なぜ、どうして、一国の文学がそうなのか？　はなはだ面白い疑問であるが、わたしに答える力はない。日本人としての独得の心性がそういう光景を創り出していたのだ、と言うほかはない。

ただし、戦後は、犯罪あるいは犯行者が、文学の光景として登場するようになった。——戦争が、日本人的な心性の一部を開放したのだ、と言っていいのではないか。

本書、佐木隆三『復讐するは我にあり』が、日本の近代文学の歴史の中で、どんなに新しい創造物であるか、また、その創作の意味するものが、今日から明日へと、文学の輝やかしい未来を切り拓くための道を指している、ということを分かっていただくために、わたしはなんだか、カルチャースクールの文学教室での解説みたいなことをしてみた。

遠回りの話になって恐縮だが、こんどは、近代小説と作家、あるいは読者（つまり、われわれ）との関係、その深化の歴史について見ておきたい。近代小説は、それ以前の物語世界と、どこが、どう違うのか、何が新しいのか。

第一は、主人公の発見、である。何でもない男、普通の人間の誰もが主人公である、ということ。物語の世界では、英雄、貴族、有名人、並外れて強欲な者とか、特別な人間ばかりが主人公であった。

だから同時に、自分が主人公になれる、自分が主人公である、ということ。これはつまり、自己の内面世界の発見、ということであった。

それは同時に、自分が自己自身の主人公である（誰からも命令されない）ということ。これはつまり、もっとも単純だが根本的な、自由の発見、でもあった。

このとき、小説の描く主人公は、スタンダール『赤と黒』のジュリアン・ソレルのように、独立自尊、誇り高い人間の姿であった。

以上のような新しい要求を、日本の近代文学も、「恋愛」という情念のドラマを創作することで、好く果した。

ところが、文学の世界は厳しいもので、文学の新しい波は、必ず、前にある文学の世界を否定するところから、出発する。

第二は、平凡の発見、である。日常性の発見、と言ってもよろしい。もっと人間を直視せよ、素足で現実の上を歩け。そうすれば分かるだろう。人間が主人公などと言える立派な生き物ではない、ということが。実際の人間の典型はサラリーマンの姿である、と。

実は、日本の近代文学は、この平凡の発見のところで、全盛になり、成熟に達した。われわれ読者が実際に生きている平凡な生活と平凡な日常、それと等身大の小説世界。この文学の波は、今日に到るまで続いている。

「純文学」と呼ばれるものの中央を貫いて走った、日本的自然主義と「私小説」の流れ。平凡な人間の平凡な生活を凝視して、そこで、人間の真実を探求し、人生の真相を描こうとするのだから、作家達は、おそろしく努力し、工夫しなければならなかった。

さらに、新聞記事的な事件もなく、拵《こしら》えもののドラマを追放した小説世界を出現させるのは、たいへん苦労であった。

そのためには、描写の視点や方法を研究し、近代的散文の言葉を整備し、個性ある文体を確立しなければならなかった。折から西欧にも、平凡な人間や生活を描くフローベール、モーパッサンの文学があって、ヒントをもらうこともあった。

私小説という文学のかたちが現わす、こういう徹底性が、日本人的心性の独得さであろう。

(日本の近代文学は、たとえばボヴァリー夫人、たとえばラスコーリニコフというように、作家の創作した人物が、生きた人間のように一人歩きする、そんな「主人公」を産み出さなかった。お笑い種で言ってみるのだが、戦後は、眠狂四郎だけ、というのは寂しい。)

だが、いまは、次の新しい波が登場しつつあるところだ。やっと「犯罪」のところへやってきた。

第三は、悪の世界の発見、である。地下室の発見、と言ってもよろしい。この場所では、平凡な人間の平凡な生活が、生きる人生すべての項目の意味と価値が、転倒される。常識が、ひっくりかえされる。

たとえば、愛と憎しみ、といった二項対立的なものが、表と裏、といった関係ではなく、メビウスの輪のような、意想外な連続体になる。

だから、ものの考え方も、二二が四の直線的なものではなく、二二が五の曲線的なものになってくる。

人間の姿が変わる。どうか、ボードレールの詩集『悪の華』や、ドストエフスキーの小説『地下室の手記』を、参照していただきたい。

太陽の光りを浴びてぶんぶん飛び回っている一匹の甲虫、自分はその虫ほどにも幸福ではないのではないか、という意識の世界が口を開く。もしかすると、自分は、一匹の虫よりも劣った存在ではないのか？　「地下室」の意識の始まりである。

独立自尊の人間＝主人公という位置と比べると、人間の位置がひどく下落したものだ。だから、もうこの場所では、主人公などというものはない。この地下室の住人には、ふつうに小説で言う主人公とは、「はなはだ正反対のあらゆる性格のもの」を、意識して、よせ集めて描いている、と、ドストエフスキーがわざわざ作中でお断わりをしている。

そして、悪の魅力の世界が開く。どうも、この急所が、そのままでは社会の前に持ち出しにくい。しかし、弱者の輝く世界がある。現実の生活のためには何の役にも立たないが、ただ弱者の優しい触手が永遠とか無限といったものと交感し合っているような、美しい世界が出現する。

傷が、自分が存在することの証しであるが、傷の苦痛がやがて、自分こそ、人間という生の全体にとっての、一つの傷の存在ではないのか、という、答えのない懐疑の穴が口を開く。穴から、「神」に呼びかける声が発せられる。その声は単に空しく消えてゆくのか、それとも意味ある行為か？

この悪の世界の、現実上の生きた主役が「犯罪」である。

文学の源泉だから、日本の文学ももっと早く、悪の世界の探求に創作のエネルギーを集中させればいいのに、と思っていたが、なかなかそうはならなかった。

——と、そこへ、この人を視よ、ではないが、この作品を視よ、と決定的な姿で出現したのが、佐木隆三『復讐するは我にあり』であった。

犯罪と文学、というテーマに興味を抱いていたわたしは、早速に読み、日本にもとうとうこんな文学が誕生した、と喜ぶとともに、犯罪について考えるためのいろいろのヒントを与えられた。

作品は、昭和五十年（一九七五）、書きおろし長篇の上下巻本として刊行され、翌五十一年、第七十四回の直木賞を受賞した。

わたしは、それから三年後（昭和五十三年）の文庫版に「解説」を書いたりした。

佐木さんは、受賞したとき、賞金の一半で、編集者とわたしを、沖縄と石垣島へと連れて行ってくれた。そのとき、わたしは、そうか、「小説の作家」とはこういう人種なのか、と深く感じた。

要するに、ただ遊んだ訳だが、その遊びの楽しい部分はすべて、佐木隆三の行動とその周りから、オーラのように発散されるものであった。

人の渦、輪の中にすっと這入って行く。同じく、相手の心の中にすっと這入って行く。そして、その交流の場面に張りとリズム感を与え、生き生きとした感じのものにする。

わたしは思ったものだ。そうか、こんなふうに犯罪の現場と交流し、取材する相手の内にすっと這入りこんで行ったのか、と。

――だが、そのとき佐木さんは、犯罪の一番奥に隠れている、何か妖精みたいなものに触れてしまったに違いない。その感触は、作品を完成しても消えず、そのまま胸の内に残ってしまった。

感触は、それから三十年経っても生き続けている。で、今回、その感触を祀るために、「四百字詰め原稿用紙で八百枚の作品を、最初から書き直したのです」（あとがき）という。それが、本書である。

今回、改めて、一ページずつ熟読し、思いも寄らぬ発見をした、という心理になった。三十年前に読んだときは、なんといっても実在する犯行者・榎津巌の内面がどうなっているのか、心の動きがどうであったか、ということが気になったが、今回は、そんなことを考えもしなかった。

一人の犯行者が、犯罪の主役ではなかった。

そうではなく、犯罪は――犯行者の内面・身体を動かしている生の微粒子と、被害者、あるいはこの二者の周囲に不思議な縁のように寄り添ってくる日常的な人々、といった現実の微粒子、さらには、事件の場面に存在した物や事といった社会的微粒子、それらの無数の微粒子が寄り集い絡み合って生きた川のように流れて行く。そんな正体のものであると感覚された。

小説ではふつう、主人公、一人の人間が生きた顔をして起ち上がり歩き出す、その後をわれわれの眼が追って行く訳だが、この小説では、冒頭、六十二歳の主婦が、おかずにするダイコンを抜くために自分の畑に行く（第一の死体発見者になる）、そこから、犯罪そのものが、生きた人間の顔をして起ち上がってくる、と、そんな感触に打たれる。

そこから発して、生きた川の流れのような犯罪の場面が、次々に明かされる訳だが――しだいに不思議な印象が生ずる。ここでは、現実そのものが小説のかたちをしている、あるいは、小説そのものが現実の仮の姿である、というような。

それは、この小説の作者が、生きた川の流れのような犯罪の全体と一体化しているからであろう。

わたしは、犯行者の榎津巌が、自分をしきりに、大学教授として人前に押し出すことに興味を持った。それはたぶん、彼の、変身への願望であろう。

その願望は、どこから来るのか。わたしは、その願望の底に、彼の内部に秘められた、何者かへの「復讐」の思いがあるのではないか、と想像してみるのだ。何者か、とは、彼の声を聴かなかった神ではあるまいか。

ちょっと我田引水の話になるが、わたしは、殺人というような犯罪の深淵を、もっとも深く考察したのは、小林秀雄ではないかと思う。

小林は、『「白痴」について』といったドストエフスキー論で、ラスコーリニコフを「最新式の殺人者」と呼び、イエスのことを「一人の異様な死刑囚」と呼び、小林のエッセーでは、最新式の殺人者の背後から、この異様な死刑囚の声が聴こえてくる、といった仕組みになっている。

榎津巌の死刑囚としての拘置所での姿は、なにかそんな文学の光景や言葉を連想させるものだ。

（文芸評論家）

単行本　二〇〇七年四月　弦書房刊

文春文庫

復讐《ふくしゅう》するは我《われ》にあり
改訂新版《かいていしんぱん》

定価はカバーに
表示してあります

2009年11月10日　第１刷
2021年３月10日　第８刷

著　者　佐《さ》木《き》隆《りゅう》三《ぞう》
発行者　花田朋子
発行所　株式会社　文藝春秋

東京都千代田区紀尾井町 3-23　〒102-8008
ＴＥＬ　03・3265・1211㈹
文藝春秋ホームページ　http://www.bunshun.co.jp

落丁、乱丁本は、お手数ですが小社製作部宛お送り下さい。送料小社負担でお取替致します。

印刷・大日本印刷　製本・加藤製本
Printed in Japan
ISBN978-4-16-721517-0